Hitzelberger

HEYNE <

D1848669

ULRIKE SOSNITZA

Orangenblütenjahr

ROMAN

WILHELM HEYNE VERLAG
MÜNCHEN

Dieses Buch ist auch als E-Book erhältlich.

MIX
Papier aus verantwortungsvollen Quellen
FSC® C014496

Verlagsgruppe Random House FSC® N001967

Originalausgabe 03/2019

Printed in Germany
Redaktion: Dr. Diana Mantel
Umschlaggestaltung: Eisele Grafik Design, München
unter Verwendung von Getty Images
(LUVE_LIFE, Henry Sparrow and Kirsten Fowle),
iStockohoto (Denira777), Shutterstock (Tim UR)
Satz: KompetenzCenter, Mönchengladbach
Druck und Bindung: GGP Media GmbH, Pößneck
ISBN 978-3-453-42279-7

www.heyne.de

Knospen

1

Heute begann es, mein neues Leben. Jetzt. In diesem Moment, in dem der rote Umzugswagen endlich in der Danklstraße auftauchte. Mein Leben als betrogene Ehefrau und Witwe auf dem Dorf lag hinter mir – hier in München war alles neu, die Luft war klar und frisch, und zwischen den Häuserreihen strahlte blau der Himmel.

Als der Laster geparkt hatte, machte ich schnell ein Foto und schickte es an Freunde und Familie. Dann lief ich voller Vorfreude hoch in den dritten Stock. Die Möbelpacker trotteten müde hinter mir her. Ihnen merkte man an, dass wir morgens um vier im Odenwald losgefahren waren – mir dagegen nicht, ich war voller Energie und Tatendrang.

Erst mal erläuterte ich ihnen, was sie in welche Zimmer bringen sollten. Sie nickten eifrig und redeten kaum, und ich hoffte das Beste, während immer wieder mein Handy vibrierte. Mona schickte ein paar Herzchen und kündigte ihren Besuch für abends an, meine Mutter fragte, wie die Fahrt gewesen war.

So ein kleiner Dicker trug gerade meinen Orangenbaum ins Wohnzimmer und gähnte dabei so sehr, dass ich seine Zahnplomben sehen konnte. *Rumms* ließ er dann auch noch den Baum mitten im Wohnzimmer fallen.

Hoffentlich war alles heil geblieben. Langsam wickelte ich die Noppenfolie ab. Erde bröselte mir entgegen, Topf und Äste schienen jedoch intakt zu sein. Vorsichtig schob ich den Baum vor die Tür des kleinen Balkons und sah, wie der Mann schon wieder verstohlen gähnte, während er die Folie wegräumte.

Hier herrschte eindeutig Koffeinbedarf, und die Espressomaschine war natürlich noch in irgendeiner Kiste verpackt.

Ich liebe es, Leute zu überraschen. Gleich in der Nähe war ein kleiner Bäcker, also schnappte ich mir meinen Geldbeutel und den Einkaufskorb und lief an zwei Männern vorbei, die gerade die Einzelteile meiner Bücherregale nach oben trugen. Hinter der Tür mit dem schwarzen Fußabtreter im ersten Stock hörte ich Schritte. Gegenüber standen Kinderschuhe. An der PC-Reparaturwerkstatt im Erdgeschoss hing ein »Geschlossen«-Schild. Auf meine neuen Nachbarn war ich schon sehr gespannt, während der Renovierungsarbeiten hatte ich leider kaum jemanden gesehen.

Ich war so froh über meine neue Wohnung hier in Sendling. Drei Zimmer, Küche, Bad, einen winzigen Balkon zur Straße, einen etwas größeren in den Innenhof, in einem gelben Altbau. Vermutlich Jahrhundertwende, so wie die weißen Muster an der Fassade und die kleinen Balkone aussahen. Sie erinnerten mich mit den geschwungenen Eisenstäben an Paris, und ich hatte sie gleich beim ersten Anblick in mein Herz geschlossen.

Die Danklstraße war eine schmale Seitenstraße, viel Verkehr gab es also nicht, parallel dazu verlief aber die

Implerstraße mit allerlei Geschäften und einer U-Bahn-Station. Und eben den Bäcker, zu dem ich gerade unterwegs war.

Sendling war noch nicht so schick und teuer wie zum Beispiel Schwabing, aber auch hier standen viele alte Gründerzeit- und Jugendstilhäuser. Überall viele Bäume und kleine Parks, ein Schwimmbad, Cafés und Nachbarschaftsinitiativen. Und eine Buchhandlung! Nie hätte ich gedacht, dass ich so ein Glück haben würde.

Beim Bäcker holte ich für jeden einen großen Cappuccino und suchte belegte Brötchen mit Käse und Salami aus. »Semmeln«, wie die Verkäuferin sagte, einfach wunderbar, keine »Weck« mehr, sondern Semmeln.

Auf dem Heimweg vibrierte wieder mein Handy. Endlich, die Kinder – dachte ich. Doch da stand »Viola« auf dem Display. Na, die hatte Nerven. Mit Viola würde ich auf gar keinen Fall sprechen, nie mehr. Von wegen beste Freundin! Ein verlogenes Miststück war sie, mehr nicht. Sofort drückte ich das Gespräch weg.

Leider war der Chef der Truppe überhaupt nicht erfreut über die Unterbrechung. Aber ich war lange genug selber Chefin gewesen, um zu wissen, wie wichtig Pausen für die Arbeitsqualität sind, und bestand deshalb darauf, dass im Sitzen gegessen wurde und nicht irgendwie nebenbei.

Die Männer bedankten sich in vielen Sprachen und trugen meine Sachen danach viel schwungvoller und trotzdem vorsichtiger nach oben. Wenn ich mir jetzt so ansah, was sie da alles hochtrugen, hätte man nicht denken können, wie viel ich weggegeben hatte, verschenkt, eingelagert, weggeworfen. Unser Haus in Kleinfelden war so voll gewesen.

Nur mein Schlafzimmer war natürlich neu. Diese vielen Erinnerungen hätte ich nicht ertragen.

Auf meine Fotos von den wachsenden Stapeln antwortete mein Sohn Severin mit vielen Smileys und wünschte mir alles Gute. Schneller als erwartet war dann der Laster leer und meine Wohnung voll. Es roch nach Kartons und frischer Farbe, im Schlafzimmer riss ich die Tür zum Balkon auf, hörte einen Staubsauger, eine Polizeisirene, und hinter alldem geschäftiges Brummen. Meine neuen Heimatgeräusche, der Klang der Freiheit. Okay, das klingt pathetisch, aber genauso empfand ich in diesem Moment.

So viele Menschen wohnten in den bunten Häusern, die den Innenhof umgaben. Niemals würde ich sie alle kennenlernen, aber das machte nichts. In Kleinfelden hatte ich so gut wie alle gekannt, und es war mir nicht immer gut bekommen. Ich sage nur: Gerüchte. Nein, so ein bisschen Eintauchen in die anonyme Großstadtmasse würde mir ganz guttun.

Die Bäume im Innenhof waren noch kahl, die Wipptiere und die Schaukel darunter verwaist. Mir wurde kalt, ich schloss die Tür und ging ins Wohnzimmer. Da vibrierte mein Telefon erneut. Elena, endlich!

»Hallo Liebes!« Ich setzte mich auf eine der Kisten.

»Hallo Mama«, antwortete sie. »Na, alles überstanden?«

»Noch ist alles durcheinander, aber das wird wunderschön, wenn ihr Samstag kommt«, antwortete ich freudig.

Elena räusperte sich. Ja, *wunderschön* war nicht das richtige Wort für ihren Besuch, denn Elena und Severin kamen nicht, um meine Wohnung zu besichtigen, die kannten sie schon. Den wahren Grund vergaß ich gerne. Oder verdrängte ihn, je nachdem wie man es sehen wollte.

»Das Gästezimmer hat jetzt eine petrolblaue Wand«, versuchte ich vom Thema abzulenken. Im alten Haus war alles »mediterran« gewesen, helles Terracotta, viel Holz, Erdtöne. Nach Erde stand mir aber nicht mehr der Sinn. Blau soll beruhigend wirken. Hoffentlich brachte es etwas.

»Dann ist jetzt wirklich alles vorbei«, flüsterte Elena und räusperte sich erneut. »Ich … ich weiß nicht, ich habe irgendwie immer gehofft … Ich kann mir dich in gar keiner anderen Apotheke vorstellen. Die *Löwen-Apotheke*, das war doch dein Leben!«

»Mein Leben war vorbei, Liebes.«

»Wie konntest du sie nur verkaufen?«

»Wie bitte?«

»Ach, nichts«, sagte sie, wünschte mir noch alles Gute und legte ziemlich schnell auf.

Wieso hätte ich die Apotheke nicht verkaufen sollen? Es war ja nicht so, als ob sie oder Severin jemals Interesse an der Apotheke gezeigt hätten. Sie studierte Soziologie und Politikwissenschaften, er Medizin. Aber Elena hatte häufig komische Ideen, die verflogen schnell wieder. Da musste nur jemand etwas gesagt haben.

Ich stand von der Kiste auf. Die Wohnung sah auf einmal so voll und ungewohnt aus. Da – was war das Weiße dort am Orangenbaum? War da doch ein Ast abgeknickt? Oder hatte er wieder diese weißen Läuse? Als ich den Ast genauer betrachtete, erkannte ich, dass es Knospen waren. Kleine, weiße Kugeln. Er blühte, der Orangenbaum blühte, das allererste Mal! Unglaublich.

Sofort machte ich ein Foto und schickte es an Severin. Er war acht, als er wissen wollte, wozu diese nervigen Kerne in den Orangen sein sollten. Gemeinsam pflanzten wir einen ein, und all die Jahre kümmerte ich mich um den kleinen Setzling, stellte ihn Jahr für Jahr im Winter ins Warme und im Sommer nach draußen, düngte und topfte den immer größer werdenden Baum um, aber die Hoffnung auf Blüten hatte ich schon lange aufgegeben.

Jetzt hingen da Knospen am Orangenbaum, nach so langer Zeit. Das war ein Zeichen, das spürte ich sofort. Ein Zeichen dafür, dass ich auf dem richtigen Weg war.

Dass man einfach nie die Hoffnung aufgeben durfte.

Ich klappte eine Kiste auf. Teller und Tassen, sie erinnerten mich daran, dass ich Hunger hatte. Der Kühlschrank war leer. Bis Mona kommen würde, dauerte es noch Stunden. Sollte ich etwas einkaufen oder lieber eine Pizza liefern lassen?

Müde war ich auch. Schlagartig und bleischwer. Kein Wunder, nach vier unruhigen Stunden Schlaf und der ganzen Aufregung. Der Gedanke ans Bett besiegte meinen Hunger, und ich schlurfte zurück ins Schlafzimmer. Zum neuen Bett hatte ich neue Kissen und Decken und Bettwäsche gekauft, alles roch nach meinem Lavendelwaschmittel, und kaum, dass ich mich hineingelegt hatte, fielen mir schon die Augen zu.

Was? Wo? Die Türklingel schrillte ununterbrochen. Im Zwielicht suchte ich die Nachttischlampe, sie war nicht da, wo ich es gewohnt war.

Ich war in München.

Es klingelte immer noch. Mona? Ich stand auf, meine Knie waren steif. Zu viele Treppen die letzten Tage.

Vor der Tür wartete allerdings niemand, durch die Gegensprechanlage hörte ich nur energische Schritte. Vom Wohnzimmerfenster aus erkannte ich, dass es zu regnen begonnen hatte, ein Auto fuhr rauschend durch die Pfützen.

Seufzend schaltete ich in allen Räumen das Licht an. Mein Handy zeigte etliche neue Nachrichten an – inzwischen war es kurz vor neun Uhr. Da hatte ich tatsächlich fünf Stunden am Stück ohne Hitzewallungen geschlafen! Tief und fest wie seit Langem nicht mehr. Und Severin schrieb, dass er sich sehr über die Knospen am Orangenbaum freute.

Da rief auf einmal Mona an.

»Wo bist du?«, fragte sie.

»Äh – zu Hause? Hast du eben geklingelt? Sorry, ich habe geschlafen.«

Mona. Wegen ihr war ich nach München gezogen. Wir hatten zusammen studiert, gelernt, gelitten und zusammengewohnt. Zufällig saßen wir in der ersten Vorlesung nebeneinander, lästerten im Flüsterton über den näselnden Professor und blieben dann für die weiteren Jahre beieinander. Als ein Zimmer in ihrer WG frei wurde, zog ich zu ihr. Wir lernten gemeinsam unsere studentischen Freiheiten kennen, lösten uns von unserer Kindheit und

Familie und liebten das Leben. Mona und ich hatten den Kontakt nie verloren, auch wenn wir uns immer weniger sahen. Aus Mona, die lieber feierte als zu lernen, war Mona, Besitzerin der »Sonnen-Apotheke« geworden, die dringend eine weitere Apothekerin in ihrem Team brauchte. Mich.

Wenige Minuten später lagen wir uns in den Armen.

»Wow«, sie sah sich um, »das Parkett ist durch das Abschleifen wunderschön geworden. Und du hast zwischen all den Kisten ja noch Platz zum Durchlaufen! Echt, ich bewundere dich, dass du euren 250-qm-Haushalt so stark dezimieren konntest.« Sie lächelte mich an und zog eine Geschenkbox aus ihrer Designerhandtasche. »Kleines Willkommensgeschenk.«

»Ach, Mona, du brauchst doch nichts … oh, mein Gott, wie wunderschön!«

Ein Set aus Badeperlen und Körperölen einer sündhaft teuren, französischen Kosmetikserie. Lavendel und Verbene, zwei meiner Lieblingsdüfte. »Danke, Mona! Für die schönen Düfte, und für alles.« Ich umarmte sie erneut. »Ohne dich läge ich bestimmt noch immer depressiv auf der Couch.«

Mona schulterte ihre Tasche, dann lächelte sie mich an. Die vielen Jahre, in denen wir uns kaum gesehen hatten, schienen an ihr spurlos vorübergegangen zu sein. Wie sie den Kopf schräg legte und die langen blonden Haare zurückwarf – sie erinnerte mich an unsere Jugend, in der alles möglich zu sein schien.

»Dann wollen wir dich mal in deinem neuen Viertel willkommen heißen!«, sagte sie strahlend.

»Ich hätte ja nie gedacht, dass es hier in Sendling so schicke Bars gibt«, schaute sie sich erstaunt um. Ein Kronleuchter hing über der türkis beleuchteten Bar, es erklang sanfter Latin Jazz, und aus der Küche roch es verführerisch.

»Sendling, das ist zwar ganz gemütlich zum Wohnen, aber eigentlich keine Partygegend.«

Den Tipp mit dem *Barocco* hatte sie aus der Zeitung. Mona suchte immer so beeindruckende Bars und Restaurants aus. Wir setzten uns an einen kleinen Tisch am Fenster, sie bestellte einen *Gimlet*, ich einen *Strawberry Daiquiri*.

»Ich bewundere dich ja, Nelly«, sagte sie. »So schnell habe ich selten jemanden sein Leben ändern sehen. Alleine der Verkauf einer Apotheke dauert oft Jahre, und du hast gleichzeitig auch noch ein Haus verkauft und eine Eigentumswohnung gefunden. Und das in München!«

Die Getränke wurden gebracht. Der Gimlet war mit einer Limettenscheibe verziert, der Daiquiri mit einer Erdbeere.

»Neun Monate, ich weiß, das ist Rekord!« Ich stieß mit ihr an. Der Daiquiri schmeckte wunderbar nach Erdbeeren und Frühling. »Ich habe nur den richtigen Ansporn gebraucht. Dein Angebot, bei dir zu arbeiten, war genau das Richtige. München anstelle von Kleinfelden! Alles hinter mir lassen, das war die beste Idee überhaupt.«

»Wir brauchen dich ja auch, Nelly! Du weißt, wie es personalmäßig bei uns aussieht. Und immer diese Vertretungen …«

»Erinnere mich nicht daran.«

Die Mitarbeiter in Urlaubs- oder Krankheitszeiten alleine zu lassen ging nicht, die Anwesenheit eines Apothekers war gesetzlich vorgeschrieben. Deshalb gab es eine richtige Jobbörse für Vertretungen, meist waren es Berufsanfänger, ungebunden, jung, und mit ganz unterschiedlichen Erfahrungen. Und als ich letztes Jahr nicht arbeiten konnte, musste dann die Vertretung irgendwie alleine den Laden schmeißen.

»Aber die Zeiten sind ja jetzt vorbei«, sagte ich und versenkte mich in die kleine, handgeschriebene Menükarte. Ich war echt am Verhungern. Kurz entschlossen wählte ich das *Entrecôte rückwärts gegart*, mit Rosmarinkartoffeln und Tomaten-Avocado-Salat, das klang sehr lecker. Mona bestellte den Wildkräutersalat, mehr nicht. Sie war noch immer genauso schlank wie früher. Ich nicht, dazu koche ich viel zu gerne.

Der Wirt, dicker Bauch und graue Haare, notierte alles und wollte schon gehen, als ich ihn fragte, wie man ein Steak *rückwärts gart*.

»Ganz einfach«, sagte er und lächelte mich wahnsinnig sympathisch an. »Wie braten Sie denn sonst das Fleisch?«

»Na ja, ab in die Pfanne und danach im Ofen nachgaren lassen.« Ich schaute ihn erwartungsvoll an, neue Kniffe fürs Kochen interessierten mich immer.

»Und rückwärts …?« Er machte eine auffordernde Handbewegung.

»Zuerst in den Ofen?«

»Sie haben es erfasst!« Das violette Licht ließ seine braunen Augen funkeln. »Ich bin gespannt, was Sie dazu sagen werden. Zum Essen einen Rotwein? Wir hätten da einen wunderbaren Primitivo aus Apulien, sehr fruchtig, kaum Gerbsäure.«

»Was meinst du, Mona?«, fragte ich.

Mit ihrer typischen Handbewegung legte sie ihre langen blonden Haare vom Rücken auf die Schulter. »Sehr gerne.« Sie lächelte ihn von unten aus an, wie Lady Di früher, sehr gekonnt. Das würde sich auch nie ändern.

Jetzt lachte er sie noch viel stärker an als mich eben, nickte und ging wieder.

»Wann soll ich denn am Mittwoch in der Apotheke sein?«, fragte ich und genoss noch einen Schluck meines Daiquiri.

»Schaffst du denn alles bis dahin? Eine Woche zum Einrichten und geistig ankommen? Wenn du länger brauchst, ist das völlig in Ordnung.« Mona sah besorgt aus.

»Nein, nein, kein Problem. Samstag kommen ja die Kinder, und bis dahin will ich sowieso fertig sein.«

»Samstag?«, fragte Mona, dann räusperte sie sich und senkte den Blick. »Ach so. Natürlich.« Sie sprach nicht gerne Klartext, was Martin anging. Samstag war sein Todestag, mehr nicht.

»Wieder zu arbeiten ist genau das, was ich brauche«, betonte ich und biss in die Erdbeere.

»Aber erinnert es dich nicht – an die alte Apotheke?«

Der Wirt unterbrach uns und stellte die Weingläser auf den Tisch. Mona spielte nervös mit den Ringen an ihrer Hand. Zwei Eheringe waren unter den vielen Ringen an ihren Fingern. Beide Ehen waren geschieden.

Mein Ehering lag in meiner Schmuckschatulle.

»Keine Angst, Mona. Deine Apotheke mit dem Lagerroboter und dem vielen Glas in der Einrichtung kann mich gar nicht an unsere Apotheke mit den dunklen Eichenmöbeln erinnern. Und ganz bestimmt auch nicht an Martin, den Treulosen.«

»Dann ist es ja gut.« Sie ließ ihre Ringe los und sah mich an. »Mir gefallen übrigens deine Haare!«

Mein Frisör hatte gezaubert. Früher hatte ich meine Haare rot färben lassen, aber nach Martins Tod war es mir egal, wie ich aussah, ich ließ einfach alles wachsen. Zum Umzug dann entschloss ich mich, sie kurz schneiden zu lassen. Und keine Farbe mehr. Jetzt waren sie dunkelbraun, wie früher, dunkelbraun mit vielen weißen Strähnen rund um mein Gesicht. Am Hinterkopf wurde ich noch fast gar nicht grau, nur vorne.

Ich grinste. »Zu einem Neuanfang gehört doch eine neue Frisur, oder?«

»Normalerweise geht das andersrum«, sagte Mona. »Erst die Lebenskrise in Grau, dann Haare färben.«

»Normal ist langweilig.«

»Ich kenne so viele, die unbedingt von der Stadt aufs Land in die Ruhe wollen, am besten in die Provence ziehen oder in die Toskana, und du … du machst es umgekehrt! Wie dein Steak. Bleibt nur abzuwarten, ob es schmeckt.«

Ich trank noch einen Schluck. »Farbe ist Betrug. Jeder Blick in den Spiegel erinnert mich jetzt daran, dass das Leben kurz ist und ich es ausnutzen muss.«

»Okay«, sagte sie unwillig. »Ich werde ja lieber daran

erinnert, wie jung ich noch bin. Und attraktiv. Aber ich habe zum Glück auch noch keine grauen Haare.«

»Grau ist modern.«

»Das waren Karottenjeans auch mal, und trotzdem waren sie unmöglich.«

Wir grinsten uns an. Auf einmal vibrierte mein Handy, aber nach einem kurzen Blick drückte ich das Gespräch weg.

»Viola«, erklärte ich.

»Na, die hat Nerven!«

»Irgendwie komisch, dass sie erst dann anruft, wenn ich weg bin.«

»Vergiss das alles. Ich habe übrigens noch ein Geschenk für dich, Karten fürs Lustspielhaus. Wenn du morgen Abend ausgehen möchtest, ansonsten natürlich nicht.«

»Du meinst – wegen Samstag? Nein, das ist eine gute Idee! Bringt mich auf andere Gedanken. Was schauen wir uns denn an?«

Sie legte eine Hand aufs Herz und hob die andere theatralisch, als ob sie eine Opernarie singen wollte.

»Lass dich überraschen.«

2

In der Nacht schlief ich unruhig, wie immer. Hitzewallungen, Grübelphasen, so war das eben, wenn man über fünfzig war und eine Frau. Wenn es Menschen gab, über die man sich Sorgen machte, und Probleme, über die man nachdenken musste. Auch wenn man sie nicht lösen konnte. Und egal, wie sehr ich mich auf mein neues Leben freute, so sehr hatte ich trotzdem Angst vor dem morgigen Tag.

Um sechs gab ich endgültig auf. Ohne Kaffee würde das nichts werden, und die Espressomaschine war noch immer nicht ausgepackt. Der Kühlschrank war leer. Aber wozu lebte ich in einer Stadt, in der es von Cafés nur so wimmelte und es zum Einkaufen den berühmtesten Wochenmarkt schlechthin gab.

Duschen, anziehen, fertig. Ich schnappte mir den neuen Hausschlüssel und verschloss meine Tür. *Meine* Tür. *Meine* Wohnung. Was für ein Gefühl, das zu denken! Oder auszusprechen. Aus »unsere« war »meine« geworden. Wie damals zu Studentenzeiten. Und so beschwingt wie damals sprang ich die Treppe hinab.

Auf zum Viktualienmarkt. Ich koche ja sehr gerne und war daher neugierig, was dort angeboten wurde. Das rückwärts gegarte Steak gestern Abend war unglaublich zart gewesen, mit einer krossen Kruste, wie ich sie noch nie gegessen hatte. Das musste ich unbedingt auch mal selber ausprobieren. Manchmal war es eben eine gute Idee, einen anderen Weg auszuprobieren.

Draußen wehte ein kalter Wind, der Himmel war grau. Mütter mit Kinderwagen kamen mir entgegen, eine alte Frau mit einer Zeitung unterm Arm, Autos holperten übers Kopfsteinpflaster. Ich hätte ja nie gedacht, dass es in einer Großstadt noch Kopfsteinpflaster gab. Oder Vorgärten mit den ersten Osterglocken.

Die U-Bahn-Haltestelle war gegenüber von dem kleinen Bäcker, bei dem ich gestern bereits den Kaffee gekauft hatte. Der Cappuccino war weich und gar nicht bitter gewesen, auch jetzt kaufte ich mir einen und ließ mir von dem Becher die Finger wärmen, während ich zum Fahrstuhl gegenüber ging. Daneben stand eine lange Reihe blauer Mietfahrräder. Super, das musste ich unbedingt mal ausprobieren. Ein eigenes Rad besaß ich schon lange nicht mehr. Hier in München fuhren alle mit dem Rad, das wollte ich auch.

Zuerst aber studierte ich den Ticketautomaten. Kurzstrecke? Tageskarte? Ich entschied mich für einen normalen Einzelfahrschein. Es war lange her, dass ich mir ein U-Bahn-Ticket selber gekauft hatte. Im Urlaub, in London oder Paris – immer hatte sich Martin um alles gekümmert. Und während meines Besuchs bei Mona und der Wohnungssuche hier hatte mich das Navi im Auto immer sicher hin und her geschickt.

Einen Sitzplatz fand ich keinen, egal. Die Schüler um mich herum starrten alle in ihre Handys. Am Marienplatz stieg ich aus, und der Anblick vom Neuen Rathaus und den Kaufhäusern weckte mich schlagartig auf. München, ich war wirklich da!

Und jetzt? Ein Straßenkehrer wies mir den Weg, an einer Kirche vorbei, dann geradeaus. Gegenüber der Kirche roch es verführerisch aus einem italienischen Café, und in einem glücklichen Moment ergatterte ich einen Platz. Die Kuchen in der Auslage lockten, ich bestellte ein Stück Mandelkuchen und einen weiteren Cappuccino. Es waren fast nur Männer in Anzügen da, müde starrten sie auf ihre Bildschirme, und ich war mittlerweile so wach und voller Energie. Neugierig auf das, was kommen würde.

Der Kaffee schmeckte noch besser, als er roch, der Mandelkuchen hatte ein zartes Orangenaroma. Ach, Backen, dazu hätte ich auch mal wieder Lust.

Ich würde es sowieso nicht schaffen, bis morgen alle Kisten auszupacken. Als ob es Elena und Severin wichtig wäre, ob die Bücher im Regal standen. Die kamen aus einem ganz anderen Grund, und dafür war ein Kuchen genau das Richtige. Also, beschlossen, ich würde heute für die Kinder einen Kuchen backen.

Frisch gestärkt schlenderte ich nur wenig später über den benachbarten Viktualienmarkt. Versteckt hinter den Planen der Marktstände leuchteten Paprika, Tomaten und Zucchini bunt an diesem trüben Tag. An einem Stand stiegen mir die Düfte der unterschiedlichsten Gewürze in die Nase, am nächsten roch es nach Fisch oder geräucherten Maroni. So früh am Morgen war es noch leer. Nur wenige Menschen überquerten den Markt, die Mantelkrägen hochgeschlagen oder dicke Schals um den Hals.

Ich schlenderte hin und her, kaufte ein Bio-Rindersteak, um das *rückwärts garen* zu testen, dazu Pfifferlinge und einen Strauß Tulpen, und gerade, als ich voller Eindrücke und mit einem schweren Korb zur U-Bahn zurückgehen wollte, sah ich bei einem Biobauern goldgelbe Äpfel liegen. Waren das nicht ...? Dieses orangefarbene Gelb, die roten Flecken? *Cox Orange!*

Die wurden nur noch selten verkauft, schmeckten gebacken aber unwiderstehlich. Die musste ich haben, unbedingt!

Gerade, als ich die Verkäuferin in der knallroten Skijacke auf mich aufmerksam machen wollte, rief der Mann neben mir »Ich nehme alle Cox Orange, die noch da sind«, griff sich einen der Äpfel und roch genießerisch daran.

»Oh«, sagte ich enttäuscht und sah, wie die Verkäuferin die Äpfel auf die Waage legte.

Der Mann drehte sich zu mir um. Er trug eine dunkle Mütze, hatte braune Augen und ein kleines Grübchen am Kinn.

»Zehn Kilo«, rief da die Verkäuferin.

Er streckte ihr einen leeren Korb entgegen.

Schade. Diese neuen Sorten, *Gala* und *Topaz* und wie sie alle hießen, schmeckten gebacken einfach nicht so gut. Zu gerne hätte ich wenigstens an der Schale gerochen. Cox Orange haben so einen besonderen Duft, voller Erde und Herbst.

Die junge Frau nannte den Preis, er zog seinen Geldbeutel aus der Jacke. Ich seufzte. Da gingen sie hin, die besten Backäpfel der Welt.

»Wie viel brauchst du denn?«, fragte da der Mann und sah zu mir hinüber.

»Ich? Nur drei oder vier Stück, für einen Kuchen. Ich habe schon so lange keine Cox Orange mehr bekommen.«

Er nickte der Verkäuferin zu, und sie sortierte wirklich vier Äpfel wieder raus.

»Danke!« Ich nahm die Äpfel, legte sie in meinen Korb und strahlte ihn an. Er lächelte verschmitzt zurück.

»Wir backen auch«, sagte er, »aber ich befürchte, es wird mehr als *ein* Kuchen – die Äpfel sind für ein Café.«

»Was für ein tolles Café, das Kuchen aus seltenen Apfelsorten backt!«, sagte ich und reichte der Verkäuferin das Geld. Und was für ein netter Mann. Er war in eine schwarze Daunenjacke gehüllt, und eigentlich waren das Einzige, das man von ihm sehen konnte, seine Augen.

»Nächste Woche bekommen wir bestimmt noch eine Lieferung«, meinte da die Verkäuferin. »Immer freitags, die kommen von einem Bauern aus Norddeutschland.«

»Ich werde da sein«, sagte er und sah mich fragend an. Als ob er wissen wollte, ob ich auch käme. Irgendwie fühlte sich das komisch an.

»Wo ist denn Ihr Café?«, fragte ich stattdessen.

Er griff in seine Jackentasche und zog einen Flyer heraus.

Café Himmelblau, Valleystraße – direkt gegenüber vom Südbad.

Südbad – war das nicht bei mir in der Nähe? Da hatte ich schon mal geparkt. In der Danklstraße selber war es äußerst schwierig, einen Parkplatz zu finden.

»Komm doch mal vorbei, es wird dir gefallen«, sagte er. Seine Stimme war ganz tief und brummte leicht.

»Vielleicht.«

Die Bedienung reichte mir das Wechselgeld.

»Vielen Dank für die Äpfel!«, sagte ich und lächelte noch einmal, dann ging ich beschwingt Richtung Marienplatz zurück. Was für ein netter Mann! So offen und freundlich. Und dass er mich für jung genug gehalten hatte, um mich zu duzen, musste ich unbedingt Mona erzählen.

Es schneite leicht, als Mona und ich uns am Abend vor dem Lustspielhaus trafen. Anfang März war Schnee selbst für München ungewöhnlich. Die Flocken schimmerten im Licht der Straßenlaternen wie kleine Sterne und verzauberten den Abend bereits vor Beginn der Vorstellung. Innen sah es mit den griechischen Säulen, den goldgerahmten Gemälden und rot gedeckten Tischen wie in einem französischen Bistro der Jahrhundertwende aus. Nur der rote Vorhang auf der Bühne und die Scheinwerfer erinnerten daran, dass wir in einem Theater waren.

Wir gaben unsere Mäntel ab, fanden einen Tisch mit sehr guter Sicht und bestellten zwei Gläser Hugo. Den hatte ich mir auch verdient, nachdem ich den ganzen Nachmittag lang meinen Kleiderschrank eingeräumt hatte.

Mit meinem schwarzen Wollkleid kam ich mir zwischen den modisch angezogenen Menschen wie der letzte Dorftrampel vor. War ich ja auch! In meinem Kleiderschrank gab es nur Odenwald. Also, nicht, dass ich dort hätte Kleidung kaufen können, die wurde nachts im Internet bestellt. Aber sie erinnerte mich an Kleinfelden, weswegen ich keines der Kleider, die Martin so an mir gemocht hatte, anziehen konnte.

Mona sah wie immer umwerfend aus in ihrem locker fallenden, weinroten Samtkleid. Dazu als Hingucker eine lange, goldene Kette über dem großen Ausschnitt.

»Was ist denn ein *Opern-Slam*?«, fragte ich und zupfte an meinem Rock rum.

»Lass dich überraschen! Ein Bekannter von mir hat ihn in Hamburg gesehen und war begeistert.« Wieder einmal spielte sie mit den Ringen an ihrer Hand und erzählte dann von ihren Besuchen in Salzburg bei den Mozart-Festspielen mit ihrem ersten Mann.

Das Licht ging aus, und der lustigste Opernabend meines Lebens begann. Nicht, dass ich schon häufig in der Oper gewesen war. Ein- oder zweimal vielleicht. Niemals zuvor aber und ganz bestimmt auch niemals danach ging als Erstes eine Moderatorin mit einem Tablett durch die Reihen und gab Schnäpse aus. Limoncello, um genau zu sein.

Währenddessen erklärte sie im typischen Hamburger Singsang, dass vier Sänger bzw. Sängerinnen jeweils eine Arie zu einem bestimmten Thema singen werden und wir, das Publikum, dann per Applaus entscheiden sollten, wer am besten gesungen habe. Wie beim richtigen Poetry-Slam. Und darauf einen Limoncello!

Die Sänger waren wahre Meister: gesanglich, aber auch komödiantisch. Sie übertrieben jede Pose, flirteten mit dem Publikum und stritten sich ständig. Und dazu sangen sie wunderschöne Arien voller Sehnsucht, Liebe und Leid.

Wir wurden nach den Komponisten gefragt oder nach irgendwelchen anderen Sachen, und wer es wusste, bekam einen Schnaps. Vor allem Mona, ich hatte gar nicht gewusst, dass sie sich so gut auskannte. Einmal jedoch wusste auch ich die Lösung – ausgerechnet bei der *Lustigen Witwe*. Aber bevor ich länger darüber nachdenken konnte, wurde schon wieder gesungen.

»Wow«, meinte Mona in der Pause, »so hatte ich es mir nicht vorgestellt.«

»Meinst du, das ist alles abgesprochen?«

»Der rote Faden bestimmt. Was gesungen wird. Aber der Rest ist spontan, das kommt ja vom Publikum. Noch einen Hugo?« Sie winkte der Bedienung.

Ich schaute durch die bunt gemischte Zuschauermenge. War das nicht? Da, an der Wand? Der hochgewachsene Mann mit der grau melierten Haarsträhne, die ihm immer in die Stirn fiel? *Cox Orange*. Neben ihm eine junge Frau mit wahren Engelshaaren – langen, blonden Wellen. Sie steckten die Köpfe eng zusammen und redeten.

Und genau jetzt sah er zu mir und nickte mir zu.

»Wer ist das?«, fragte Mona und musterte ihn.

»Der Mann vom Viktualienmarkt«, antwortete ich.

»Der sieht aber gut aus.«

Das fiel in schwarzem Hemd und Hose auch viel mehr auf als in der Daunenjacke. Jetzt kam er zu uns herüber, die junge Frau folgte ihm, und ich spürte, wie mein Herz stärker schlug.

»Hallo«, grüßte er und lachte mich an, als wäre er froh, mich wiederzusehen.

»Hallo«, grüßte ich ihn zurück.

»Wir haben uns noch gar nicht richtig vorgestellt. Ich bin Gabriel. Gabriel Heilemann.« Er reichte mir die Hand.

»Nelly Leonhardt. Und das ist meine Freundin Mona Brückner.«

»Annabelle«, sagte die junge Frau und beschränkte sich aufs Nicken.

»Ob es noch mehr Schnaps gibt?« Gabriel grinste.

»Sie kennen sich ja toll aus!«, lobte Annabelle Mona, und Mona richtete sich etwas auf, sodass ihre Kette klimperte. »Ach, das ist doch nichts«, wiegelte sie ab.

Unsere Getränke wurden gebracht, Gabriel und Annabelle gingen kurz zur Seite, blieben aber stehen.

»Annabelle gehört übrigens das Café«, sagte Gabriel und lächelte mich so charmant an, dass ich wegschauen musste. So viel fremde Männeraufmerksamkeit war ich gar nicht gewöhnt.

»Die Äpfel waren ja toll«, meinte Annabelle. »Gabriel hat so viele verschiedene Apfelkuchen gebacken, ich konnte mich gar nicht entscheiden, welchen wir ins Angebot aufnehmen sollen.«

Eine Fanfare ertönte.

»Die Meistersinger von Nürnberg«, erklärte Mona, »die Pause ist zu Ende.«

Gabriel und Annabelle verabschiedeten sich und setzten sich wieder auf ihre Plätze. Ich sah den beiden nach und wunderte mich über die Scheu, die ich auf einmal empfunden hatte. Was war schon dabei, sich mit einem fremden Mann zu unterhalten?

»Typisch«, flüsterte da Mona, »sich eine wesentlich jüngere Frau zu nehmen. Ich sollte mir auch mal einen jungen Kerl suchen.«

Waren die beiden ein Paar? Bislang hatte ich gedacht, sie wären einfach nur Bekannte. Aber es stimmte. So, wie er jetzt seinen Arm um sie legte, das wirkte sehr vertraut. Und sie lehnte sich sogar an ihn!

»Komm, wir suchen uns auch ein paar junge Kerle.« Mona stieß mit dem Glas an meines. »Junge Männer sehen einfach viel besser aus. Ich steh auf diese Typen mit Dreitagebart und Hut. Am besten im Anzug. Jung und schlank und Anzug, das hat Klasse!«

»Aber sieht man neben einem jungen Kerl nicht alt aus?«, versuchte ich sie auf den Arm zu nehmen.

Wieder erklangen die Bläser. Es wurde dunkel, Orchestermusik setzte ein, alle wurden still.

»Selbst wenn es so wäre, würde der Sex es wieder wettmachen, oder?«, flüsterte Mona mir noch zu, bevor uns die Moderatorin schon wieder einen Schnaps in die Hand drückte.

Ordentlich angeheitert verließen wir später das Theater. Draußen schneite es immer noch. Mona wollte noch in eine Bar, wir liefen einfach los. Wunderbar, wie viele Kneipen und Bars in Schwabing auf engstem Raum waren! In der *Distillers Bar* war alles voll, Mona steuerte dann das *Cocktailhouse* an. Es war dunkel-schummerig, wir fanden einen Tisch am Fenster.

Mona bestellte wieder einen Gimlet, ich schloss mich ihr an. Obwohl ich echt schon ziemlich beschwipst war.

»Morgen …«, sagte Mona.

»Ja, morgen«, antwortete ich. »Morgen ist ein ganz normaler Tag, und wir sollten feiern!« Ich hob mein Glas.

»Geht es dir gut?«, fragte Mona.

»Natürlich«, sagte ich und betonte es, in dem ich einen großen Schluck trank. Es schmeckte unerwartet gut. Gin an sich riecht ja immer nach Hustensaft, finde ich, das liegt am Wacholder. Aber gemischt mit Limettensirup war das etwas anderes.

»Danke für die Einladung, so sehr gelacht habe ich schon lange nicht mehr!«

»Wann kommen denn die Kinder morgen?«

Musste das sein? Ich wollte nicht über den morgigen Tag reden. Der kam noch früh genug. Und dann vibrierte auch noch mein Telefon.

»Viola! Die kann es echt nicht lassen. Weißt du, wie man Nummern blockiert?«

»Ich finde es nur verständlich, dass sie mit dir reden will.«

»Ja?« Ich trank noch einen großen Schluck. »Hättest du es auch verstanden, wenn du im Krankenhaus nach der Kleidung deines gerade verstorbenen Mannes fragst, weil er nur im Untersuchungshemd im Bett liegt, und du ihn ja nicht mehr mit nach Hause nehmen kannst, aber seine Hose, sein Hemd, das nach ihm riechen würde, nach seinem After-Shave, das ich immer so geliebt hatte. Und dir die Schwester dann sagt, es wäre nichts da. Er sei *nackt* eingeliefert worden. Das hättest du auch verstanden? Ja? Und du dich fragst, wo er eigentlich gewesen war, als sein Herz zu schlagen aufgehört hat?« Auf einmal war er wieder da, der ganze Ärger, die Wut, die Verletzungen von damals. Von diesem Tag, der sich morgen das erste Mal jährte.

»Hör auf«, flüsterte Mona, aber ich konnte nicht.

»Hättest du es auch verstanden, wenn deine angeblich beste Freundin im Wartezimmer sitzt, du sie gar nichts fragen brauchst, sie dir von sich aus vorlügt, dein Mann hätte ein Medikament zu ihr nach Hause gebracht, weil ihr Sohn so starken Husten gehabt hätte, und Martin sei einfach zusammengebrochen.«

»Das hast du mir ja noch nie erzählt.« Mona beugte sich zu mir.

»Viola ist genauso für mich gestorben wie Martin.«

»Das wusste ich alles gar nicht ... Was ist eigentlich ganz genau passiert?«

»Viola hatte eine Affäre mit Martin, der auch der Vater ihres Sohnes ist. Das ist alles, und über die ganzen dreckigen Details zu reden ändert auch nichts mehr.«

Sie schaute mich fragend an, dann tranken wir die Gläser aus. Mona bestellte Nachschub. Oh, wie ich Viola hasste! Was sie mir alles vorgelogen hatte, die ganzen Jahre über. Ein Unbekannter habe sie geschwängert, ein One-Night-Stand nach zu viel Alkohol. Und dann Matteo, dieser liebe kleine Kerl, den ich gewiegt und gewickelt hatte, wie man es so machte, wenn die beste Freundin Mutter wird. Und da die ohnehin oft sehr hilflose Viola schon Anfang vierzig war und niemals mit einer Schwangerschaft gerechnet hatte, brauchte sie noch mehr Unterstützung von mir, als sie bisher schon gebraucht hatte.

Matteo war mir so vertraut gewesen. Wie ein zweiter Sohn. Ich vermisste ihn. Es war jetzt fast ein Jahr her, dass ich ihn gesehen hatte.

»Hast du seitdem mit ihr geredet?«

»Nicht ein Wort, und so wird es auch bleiben. Sie hat mich genauso verraten wie Martin.«

Die neuen Drinks kamen, wir tranken sie beide auf ex.

»Ach, Mona.« Ich stand auf, um sie zu umarmen. Alles um mich herum schwankte, egal, Mona fing mich auf.

»Lass deine Wut raus«, sagte sie, als wir uns wieder gesetzt hatten. »Das ewige Schweigen hat sie gar nicht verdient.«

»Sie will doch, dass ich mich aufrege. Dann kann sie sich entschuldigen, und alles ist in Ordnung. Nein, nicht mit mir.«

Mona sah mich nachdenklich an. »Du kennst Viola besser als ich. Ich denk nur, vielleicht ist was vorgefallen, dass sie so oft versucht, dich zu erreichen. Vielleicht mit Matteo.«

Sofort machte sich ein beklemmendes Gefühl in mir breit. »Dann wüsste ich das von Elena«, versuchte ich, es zu bekämpfen. »Du weißt, wie gut sie sich mit Martins Mutter versteht. Und die kennt jedes Gerücht im ganzen Odenwald.«

»Du machst doch Yoga, bringt das eigentlich was?«, versuchte Mona das Thema zu wechseln. Umsonst.

»Kommt drauf an. Ich war jedenfalls entspannt genug, Viola nicht zu schlagen.«

»Wieso …«

»Ich war beim Yoga, als das Krankenhaus anrief. Viola fand Yoga doof. Warum kannst du dir ja denken. Zweimal Yoga die Woche, da hatten die beiden genügend Zeit, für Bewegung und Entspannung ganz anderer Art zu sorgen.«

»Scheiße.«

»Kannst du laut sagen.«

»SCHEISSE«, rief Mona. Die anderen Gäste drehten sich um, und wir brachen in Gelächter aus.

»Also kein Yoga mehr?«, fragte Mona, als wir uns beruhigt hatten.

»Im Gegenteil, ich habe sogar wieder meditiert und ein paar Asanas gemacht.«

»Gut!«

»Nein. Ich musste die ganze Zeit an Martin denken.«

3

Letztes Jahr schien am Freitag, den achtzehnten März, die Sonne. Die Krokusse färbten unseren Garten bunt, und es war einfach ein guter Tag. Ein ganz normaler. Ich erledigte die Abrechnungen, während im HV-Bereich, also dem Verkaufsbereich einer Apotheke, die Kunden husteten. Die Grippe hatte Deutschland noch im Griff, dazu all der Kram, der eben immer war.

Auch zwischen Martin und mir war alles wie immer, sprich: Wir arbeiteten harmonisch nebeneinander her. Morgens hatten wir wenig geredet, Kaffee und Zeitung, für ihn zwei Brötchen, für mich eines. Die leeren Plätze der Kinder am Tisch hatten mich deprimiert, aber so war es eben. Damals war es erst ein paar Monate her gewesen, dass Severin sein Medizinstudium in Wien angefangen hatte. Elena wohnte ja schon länger nicht mehr zu Hause, war anfangs aber jedes Wochenende heimgefahren. Seitdem ihr Freund ebenfalls in Erlangen studierte, war auch das vorbei.

Nach dem Schließen der Apotheke war ich direkt zum Yoga gefahren, das fing um sieben an. Meditieren, auf den Atem achten, mich bewegen, die Knochen und Muskeln und Bänder spüren. Alles ohne zu reden, das machte ich tagsüber genug. Dann wieder meditieren, meistens schlief ich dabei ein. Hinterher noch ein Kräutertee und ein Schwätzchen, wir kannten uns ja alle. Ich liebte Yoga, es machte mich zufrieden.

Wie naiv ich gewesen war.

Mein Handy schaltete ich immer aus. Doch das Telefon meiner Mattennachbarin Tina klingelte. Silvie, unsere Kursleiterin, guckte böse, Tina murmelte was vom Babysitter, als sie mich entsetzt ansah.

»Viola ist dran. Martin wird gerade mit dem Rettungswagen ins Krankenhaus gebracht, er hatte urplötzlich unerträglich starke Bauch- und Rückenschmerzen.«

»Was?«

»Komm, zieh dich an!«, sagte Tina. Sie bot mir dann noch an, mich ins Krankenhaus zu fahren, aber so nervös war ich da gar nicht. Notarzt für Martin? Der war doch gesund, höchstens ein bisschen Bluthochdruck, Übergewicht und der übliche Stress, aber sonst …?

Als ich dann vor seinem Bett stand und sein Gesicht eine Ruhe wie nie ausstrahlte, da spürte ich, dass es real war. Real – und zu Ende.

Der Arzt sprach von einem rupturierten Bauchaortenaneurysma, aber die medizinischen Details drangen gar nicht so richtig in mein Bewusstsein. Die verstand ich erst in den Tagen danach.

Zuerst hatte ich Scheu, ihn anzufassen. Ich küsste ihn auf die Stirn und flüsterte in sein Ohr, dass ich ihn lieben würde, in der Hoffnung, er könnte es noch hören, auch wenn sein Herz schon seit der Fahrt im Krankenwagen nicht mehr schlug. Ich blieb bei ihm, bis Elena kam, völlig abgehetzt. Sie musste in einem Wahnsinnstempo unterwegs gewesen sein. Später dann, viel später, als auch

Severin sich verabschiedet hatte und sich unser aller Leben unwiederbringlich geändert hatte, dachte ich, ein Kaffee zu Hause wäre gut für uns. Zur Ruhe kommen, Dinge organisieren. Das war der Moment, in dem ich die Schwester nach seiner Kleidung fragte.

Es reichte. Viel zu oft war ich diesen Abend in Gedanken durchgegangen. Es wurde Zeit aufzustehen. Mich nicht unterkriegen zu lassen. Irgendwie. Der Kater nach den viel zu vielen Gimlets gestern Abend passte zu meiner Stimmung, störte aber. Ich brauchte meine Kraft, um diesen Tag durchzustehen, um den Kindern zu helfen, die der Verlust ihres Vaters so hart getroffen hatte. Also aufstehen, den ersten Espresso trinken, wach werden.

Das Rindersteak gestern hatte ich dann doch nicht mehr zubereitet, sondern eingefroren. Nach dem Einräumen meiner Kleidung war mir die Lust darauf vergangen. Doch der Kuchen war wichtig, den wollte ich auf jeden Fall backen.

Erst mal musste ich jedoch meine Küchenutensilien finden und einräumen, danach noch im Supermarkt einkaufen. Beim Vorheizen roch der neue Backofen noch ganz schön nach Fabrik, hoffentlich schmeckte man das später nicht.

Erneut ein Anruf von Viola, es war schon fast zur Routine geworden, ihn einfach wegzudrücken. Und während ich Butter, Zucker und Mehl abwog, fragte ich mich, wie ich es hatte übersehen können. Das »Verhältnis« zwischen Martin und Viola. Sex und Anziehung, kann man das überhaupt übersehen? Wo ich immer so genau hinsah, es nicht ertragen konnte, wenn ich wie eben gerade 130 g Zucker abwog anstelle von 125 g. Das machte dieser Job mit einem, dieses stete Kontrollieren und superexakte Arbeiten.

Nur bei Viola und Martin war ich blind gewesen.

Der Kuchen kam in den Ofen, ich duschte, zog Jogginghose und ein altes Shirt an, öffnete die nächste Kiste. Wieso hatte ich das alles überhaupt eingepackt? Siebenundzwanzig Blumenvasen. Ich hatte sie gezählt. Siebenundzwanzig!

Meine Brüder riefen an, sogar mein Neffe. Meine Nichten schrieben mir auf WhatsApp mit tausend Herzen und Smileys. Alle wussten, dass ich keinen Besuch wollte – nur die Kinder sehen, sonst niemanden.

Die Zeitschaltuhr klingelte, der Kuchen war fertig, und es duftete endlich nicht mehr nach Farbe, sondern nach Apfelkuchen in meiner Wohnung. Ich fühlte mich gleich etwas besser.

Da klingelte es.

Voller Freude riss ich die Tür auf, doch standen weder Severin oder Elena davor. Nur eine alte, sehr schlanke Frau mit weißen, raspelkurzen Haaren, rotem Lippenstift und engen Jeans. Und einem Brief in der Hand.

»Sind Sie …« Sie schaute auf den Brief. »Cornelia Leonhardt?«

»Ja«, antwortete ich und lächelte sie an, »ich bin gestern eingezogen. Schön, Sie kennenzulernen!« Ich streckte ihr die Hand entgegen. Sie nahm sie erst zaghaft, schaute mir dann ins Gesicht und erwiderte dann mein Lächeln.

»Grüß Gott, ich bin Thea Voss, ihre Nachbarin.« Sie deutete mit dem Kopf auf die Tür gegenüber. »Herzlich Willkommen!«

Dann streckte sie mir den Brief entgegen. »War bei mir im Kasten.«

»Danke! Tut mir leid, dass der Briefträger ihn falsch eingeworfen hat.« Der Brief war von meiner Mutter.

»Bei Ihnen riecht es ja gut.« Sie schnupperte und machte überhaupt einen netten Eindruck. Es war jetzt kurz nach zwölf. Wann die Kinder wohl hier sein würden? Vier Stunden brauchten sie von Kleinfelden hierher, und Oma Inge, Martins Mutter, ließ sie wahrscheinlich gar nicht aus ihren Klauen.

Und ich wollte nicht länger alleine vor mich hin grübeln.

»Möchten Sie vielleicht auf einen Kaffee reinkommen?«

Ein Strahlen überzog ihr Gesicht. Sie folgte mir in die Küche, und ich schaltete die Kaffeemaschine ein.

»Ist Ihre Familie nicht da?«

»Oh, ich wohne alleine hier.«

Sie schaute erstaunt zum Kuchen im Backofen.

Da klingelte es erneut. Thea Voss blieb in der Küche, als ich die Tür öffnete.

Severin nahm mich einfach nur in den Arm. Sonst sagte er nichts. Er hatte Ringe unter den Augen und war dünner geworden. War es das Studium, oder war er krank? Oder wirkte das nur so, weil er ein Hemd trug und keinen weiten Kapuzenpulli? Ich strich ihm über die Wange. Fragen brachte nichts, das wusste ich.

»Elena ist vor mir losgefahren, aber auf der Autobahn

hatte sie keine Chance mehr.« Trotz seines traurigen Gesichtsausdrucks war der Triumph in der Stimme nicht zu überhören.

»Du sollst doch nicht so rasen.«

»Ach, Mama.« Er sah mich mit einem Blick an, als ob ich ihm leidtäte, weil ich ihn immer noch wie ein kleines Kind behandelte. Dabei war er erst neunzehn!

Er stellte seinen Rucksack ab, und ich schloss die Haustür.

»Schön sieht es hier aus.« Er sah sich um. »Auf den Fotos kam es mir größer vor.« Auf einmal stutzte er, ich folgte seinem Blick.

»Severin, das ist meine Nachbarin, Frau Voss.«

Sie gaben sich die Hand.

»Ich lass euch dann mal lieber allein.« Sie öffnete die Tür, ich hörte das Klackern von Absätzen. Elena erschien im Türrahmen und beäugte meine weißhaarige Nachbarin mit dem roten Lippenstift misstrauisch.

»Tschö, ihr drei, viel Spaß!« Thea Voss verschwand in ihrer Wohnung.

Elena schaute ihr erstaunt nach und umarmte mich dann. Sie schmiegte sich eng an mich, küsste mich auf die Wange, und ich war so froh, meine Kinder wohlbehalten bei mir zu haben. Auch wenn Elenas Augen ganz verweint waren, so sah sie im Gegensatz zu Severin in ihren engen Jeans und dem weiten Wollpullover wie immer aus.

»Was wollte deine Nachbarin denn?«, fragte Severin.

»Sie hat mir netterweise die Post gebracht, schaut, aus Lübeck, von meiner Mutter.« Ich legte den ungeöffneten Brief auf den kleinen Tisch im Flur.

Elena öffnete den Mund, schwieg dann aber und schob ihre Unterlippe vor, als wäre sie noch immer drei und in der Trotzphase.

»Du hast eine neue Frisur«, sagte sie.

»Gefällt sie dir?« Ich fuhr mir stolz durch die Haare. Es hatte gedauert, mich an mein Spiegelbild zu gewöhnen. Wenn ich im Vorbeigehen in ein Schaufenster schaute, dachte ich jetzt noch manchmal, dass mich eine Fremde ansah. Andererseits kam ich mir unsichtbar vor, und genau das brauchte ich. In Kleinfelden hatte mich echt jeder gekannt, und als dann nach Martins Tod so viele verletzende Gerüchte verbreitet wurden …

Vorbei. Ich atmete einmal tief durch, dann zeigte ich ihnen die Wohnung.

»Mann, ist das bequem.« Severin testete das große Gästebett. »Da bekommt man ja richtig Lust, das nächste Mal hier zu übernachten.«

Elena sah zum Fenster hinaus, dann drehte sie sich um und verschränkte die Arme vor dem Bauch.

»Stimmt es, dass du noch nie bei Papa am Grab warst?«

»Wie kommst du denn darauf?« Ich setzte mich zu Severin aufs Bett.

»Oma Inge sagt …«

»Glaub ihr nicht alles, was sie sagt, Elena.«

»Und warum warst du heute nicht da?«

»Wegen des Umzugs, Liebes. Du weißt doch, dass die Umzugsfirma nur noch den Termin am Donnerstag frei gehabt hatte und ich gerade mal eine Woche zum Einräumen habe, bevor ich wieder arbeite. Und in der

Woche noch bis in den Odenwald fahren, das war mir einfach zu viel.« Vor allem seelisch, aber ich war mir sicher, dass sie das auch unausgesprochen verstehen würde.

»Und jetzt gehst du nie mehr hin?«

»Doch, natürlich, Liebes«, beruhigte ich sie. »Wie wäre es mit einem Stück Apfelkuchen nach der langen Fahrt?«

Severin sprang auf. »Und Kaffee!«, rief er, als wäre er am Verdursten.

»Hasst du Papa eigentlich?« Elena war stehen geblieben. Ihr trotziger Blick verhieß nichts Gutes.

»Was?« Meine Stimme zitterte.

»Da ist überhaupt nichts mehr von ihm in deiner Wohnung, nirgends. Alles ist weg. Bei Oma sind überall Fotos, eines sogar mit einem Kreuz und Kerzen daneben, wie ein kleiner Altar.«

»Elena«, rief Severin.

»Das kann ja jeder machen, wie er möchte …«

»Und dass du heute nicht zu Hause bist«, unterbrach sie mich, »Oma Inge war ganz alleine! Du bist so egoistisch …«

»Elena, nicht heute.« Severin schaute sie durchdringend an.

»Ist doch egal, wann. Sie trauert sowieso nicht!«

Es wäre besser, ich könnte mich beherrschen. Aber ich konnte es nicht. »Hier war nur einer egoistisch«, sagte ich viel zu laut. »Und das war euer Vater. Der wollte ja gleich zwei Familien haben.«

»Aber er ist tot!«

»Ändert das was an dem, was er vorher getan hat?«

»Ja!« Sie schrie mich richtig an. »Ich würde ihm alles verzeihen, wenn er dafür noch leben würde. Alles! Aber du ...«

»Hört endlich auf«, mischte Severin sich wieder ein. »Nach einem Kaffee und Mamas leckerem Kuchen sieht die Welt schon ganz anders aus.«

Er hielt zu mir? Das war ungewöhnlich. Normalerweise ging er einfach. Stellung hatte er noch nie bezogen, weder für mich noch für Elena.

»Ich weiß, dass du deinen Vater vermisst«, versuchte ich das Gespräch auf eine diplomatischere Ebene zu lenken.

»Du redest ihn überhaupt nicht mehr mit Namen an«, schluchzte sie. »Immer sagst du auf einmal *dein Vater* oder so.«

Ich legte vorsichtig die Hand auf ihren Rücken.

»Wenn – wenn *Martin* nicht gestorben wäre, und ich hätte von Viola und Matteo erfahren –, dann wäre ich genauso sauer wie jetzt. Ich hätte ihn verlassen. So ein Betrug, so ein jahrelanger Betrug ...«

»Das ist es eben – du verhältst dich, als wäre er nicht tot. Aber er ist es. Er hat *uns* verlassen, und er kann nie wiederkommen!« Sie schüttelte meine Hand weg und drehte sich zu Severin um. Er nahm sie in den Arm.

Dabei fiel mir die Uhr an seinem Handgelenk auf. Es war Martins, ich hatte sie Severin nach seinem Tod geschenkt, aber ich hatte noch nie gesehen, dass er sie trug. Die große, schwere Uhr schien sein dünnes Handgelenk zu erdrücken.

»Aber das weiß ich doch, Liebes«, sagte ich unsicher und ging in die Küche. Meine Hände zitterten, ich musste tief durchatmen, mich beruhigen. Ich wollte ihr so gerne helfen, aber wie? Elena und ich – wir hatten schon immer ein schwieriges Verhältnis. Stritten uns wegen jeder Kleinigkeit, manchmal reichte nur ein Wort und sie explodierte.

Als ich den Kuchen ins Wohnzimmer trug, schluchzte sie immer noch. Severin redete leise auf sie ein. Ich ging zurück, brühte frischen Cappuccino auf, und als ich die Tassen auf den Tisch stellte, setzten sie sich endlich dazu.

»Liebes, für dich ist der Tod von Martin ganz fürchterlich. Und auch für dich, Severin!« Ich legte ihr beruhigend die Hand auf den Arm. »Ihr habt euren Vater verloren. Aber ob ich Bilder von ihm aufstelle oder nicht, das macht ihn doch nicht wieder lebendig.«

Elena schluchzte auf, nahm sich ein Stück Apfelkuchen und stopfte den Kuchen in sich hinein, als hätte sie seit Tagen nichts gegessen.

»Er hat euch geliebt. Sehr sogar. Und ihr liebt ihn.« Meine Hand zitterte, als ich Zucker in meinen Cappuccino streute.

»Und du?«, schluchzte Elena.

»Ich habe ihn auch geliebt.« Aber ich tat es nicht mehr, doch das konnte ich nicht zugeben, das würde sie zu sehr verletzen.

»Der neue Besitzer will die Apotheke umbenennen, hast du das gewusst?«, brachte Elena unter Schluchzern hervor. »Oma sagt, es soll irgendwas Englisches werden.«

»Healthy living«, wusste Severin.

»Na, da frag ich mich, wie ein Odenwälder Bauer das aussprechen soll!« Ich versuchte, meiner Stimme einen humorvollen Klang zu geben.

»Helzy lifing.« Severin grinste.

Elena putzte sich die Nase. »Löwen-Apotheke – das waren wir! Die Kinder von der Löwen-Apotheke! Und jetzt gibt es sie nicht mehr.«

»Du bist ja auch kein Kind mehr.«

»Das ist doch egal. Das ist meine Kindheit, die du da verkauft hast! Das war ein Fehler, alles war ein Fehler! Ich habe gerade erst in einem Buch gelesen, man soll im ersten Trauerjahr keine großen Entscheidungen fällen, aber du, du hast alles weggeworfen, unsere Familie, einfach alles.«

Severin zuckte mit den Schultern. »Das Buch gehört Oma Inge.«

»Na und?«, rief Elena, »Ist es deswegen weniger wahr? Diese große Schockstarre, die da beschrieben wird, dieses emotionale Chaos, das trifft doch auf Mama zu! In so einer Situation muss man sich professionelle Hilfe holen – ich zumindest habe davon nichts gesehen. Du etwa? Erst lässt sie niemanden an sich ran, und kaum war diese Frau da, verkauft sie auf einmal alles! Sie ist doch völlig unzurechnungsfähig! Hätte ich das Buch nur früher gelesen, ich hätte was dagegen unternommen.«

Ich starrte sie an, dann Severin, dann wieder Elena, und verstand nicht, was da gerade passierte. Eigentlich hatte ich mit traurigen, weinenden Kindern gerechnet, die ich trösten müsste. Aber nicht mit Streit und Vorwürfen.

»Wir haben das alles gemeinsam entschieden!«, verteidigte ich mich. »Erinnerst du dich nicht? An diesem Tisch haben wir gesessen, in Kleinfelden, ich habe euch von Mona und ihrer Apotheke erzählt und dass ich dort arbeiten möchte, und ihr wart mit allem einverstanden, was ich euch vorgeschlagen habe.«

Elena schaute mich hocherhobenen Hauptes an. »Da haben wir doch selber noch unter Schock gestanden, das ging ja alles so schnell«, wehrte sie sich.

»Du hättest auch später noch was sagen können, Liebes. Immer, jederzeit! Ich dachte, es wäre alles in Ordnung.«

»Ich stand unter Schock, Mama!«, rief sie, inzwischen völlig aufgebracht. »Aber jetzt, jetzt ist alles weg!«

»Chill mal«, mischte Severin sich ein. »Du machst Mama ja ganz fertig, was soll das? Ausgerechnet heute. Du musst Oma nicht alles glauben, was sie gesagt hat.«

»Halt dich da raus, Sev. Dir ist doch alles egal.«

»Mir ist gar nichts egal. Ich finde, dass Mama richtig entschieden hat.«

Mir kamen vor lauter Rührung die Tränen. Ich drückte seine Hand, nickte ihm dankend zu. Dann griff er zur Kuchengabel

»Hmm, Mama, lecker!«, nuschelte er.

Ich konnte nichts essen.

Es kehrte Ruhe ein. Elena schaute mich noch ein paarmal wütend an, sagte aber nichts mehr. Dafür erzählte Severin auf einmal, dass in Österreich die Fußgängerzone »Fussgeherzone« heiße und Schluckauf »Schnackerl«. Dabei erwähnte er ein Mädchen, das er in einer

Vorlesung kennengelernt hatte. Sarah. Je häufiger er ihren Namen nannte, desto deutlicher wurde, dass Sarah für ihn mehr bedeutete als die Übersetzung von Schlagobers.

Nach dem Kaffeetrinken umarmten sie mich, Severin ungewohnt fest, Elena eher distanziert, dann setzten sie sich in ihre Autos und fuhren wieder in ihre eigenen Leben zurück.

Und ich blieb in meinem neuen Leben zurück, einsam und verloren, so wie in Kleinfelden.

Auf einmal verstand ich Elenas Schmerz. Martin war zwar ein Betrüger, aber dennoch gleichzeitig ein guter Vater gewesen. Geduldig, witzig, zuverlässig. Elena hatte ihn angebetet, und er sie.

Severin und Martin waren allerdings nicht so gut miteinander ausgekommen, irgendwie gab es da immer eine Rivalität, die ich nicht greifen oder benennen, aber dafür umso deutlicher spüren konnte. Aber wenn ich Martin darauf ansprach, leugnete er alles, und ich glaube auch nicht, dass es absichtlich geschah. Im Gegenteil, er bedauerte es lautstark, dass Severins Abischnitt von 1,5 nicht für ein Medizinstudium reichte. Und dass Severin sein Freiwilliges Soziales Jahr als Rettungssanitäter schon im Vorhinein geplant hatte, nötigte ihm sogar Respekt ab. Nur dass dieser Respekt so klang, als ob er es schwach fand, dass Severin damit gerechnet hatte, den Schnitt nicht zu schaffen.

Jetzt hatten Elena und Severin nur noch mich, sollte ich da nicht der Fels in der Brandung sein, auf den sie sich immer verlassen könnten? Und dann zog ich einfach weg, änderte nicht nur mein Leben, sondern auch ihres?

Ich rückte die Stühle zurecht, stellte die letzte Tasse in die Spülmaschine und schaute aus dem Fenster dorthin, wo ihre beiden Autos verschwunden waren.

War es ein Fehler gewesen, alles zu verkaufen? Wäre es für Elena und Severin besser gewesen, weiterhin dort zu wohnen? Waren ihre Erinnerungen, ihr Glück so sehr an das Haus, den Garten, die Apotheke gebunden gewesen?

Sie würden doch nie mehr zurückkehren. Beide zog es in die Welt. Elena hatte ein Auslandsjahr in Kanada gemacht, dazu ein Praktikum in London, als sie noch irgendwas mit Mode studieren wollte. Severin hatte sich beim Schüleraustausch in Lyon unsterblich in eine Französin verliebt. Sie hatten Freunde in aller Welt. Kleinfelden, das war früher das »Kaff« gewesen.

Aber jetzt? Vielleicht hatten sie es nur noch nicht gewusst. Sie sind eben noch so jung, sie wissen doch noch gar nicht, was gut für sie ist. Hatte ich ihnen eine Chance verbaut? Einen Weg im Leben, den sie vielleicht später, klüger und weiser, gerne eingeschlagen hätten, wenn sie genug von der Welt da draußen gesehen hätten?

Mein Brustkorb zog sich bei dem Gedanken daran zusammen, ich bekam kaum Luft. Die ganze Zeit hatte ich nur an mich gedacht. Wenn man trauert, hat man einfach keine Kraft für andere. Liebe, die kann einem das Herz weit machen, da will man die ganze Welt umarmen. Aber wenn man einen geliebten Menschen verliert – das engt einem das Herz ein. Wie hatte Elena es genannt? Schockstarre? Das stimmte. Bis Mona kam, und mit ihr ein Ausweg. Eine verlockende Aussicht auf etwas Neues. Und ich gespürt hatte, dass es genau das war, was ich brauchte. Weggehen, so schnell wie möglich – aber war es wirklich der richtige Weg gewesen?

Nein, ich hatte alles falsch gemacht. Ich hätte in Kleinfelden bleiben sollen. Ein Neuanfang? Lachhaft!

Aber ich lachte nicht, ich fror und fühlte mich so elend, immer wieder ging mir dieses *ich habe alles falsch gemacht* durch den Kopf, und ich dachte an andere Streitigkeiten mit Elena, bei denen sie geschrien und Türen geschlagen hatte, weil irgendein Lieblingsshirt nicht gewaschen war oder sie früher als ihre Freundinnen zu Hause sein sollte. Und ich zurückgeschrien hatte, wie ich immer auf ihre Provokationen reingefallen war.

Warum war ich nicht cool geblieben? Warum wurde ich immer so leicht wütend? Selbst das lange Meditieren beim Yoga hatte mir nie eine Antwort darauf geben können. Martin hatte ihr dann ihren Willen gelassen. Und ich war in ihren Augen die Böse gewesen, gegen die sie immer anrannte.

Martin. Martin und Viola. Ich zitterte immer mehr und schlang die Strickjacke um mich, versuchte mich zu beruhigen, und dann brach ich doch noch in Tränen aus.

Jetzt hielt ich es nicht mehr aus, ich musste raus aus der Wohnung, die mir den ganzen Ärger eingebrockt hatte. Martin konnte ich ja nicht mehr zur Rechenschaft ziehen.

Was überhaupt das Schlimmste von allem war.

4

Draußen war alles grau, es nieselte. Mütze und Schirm hatte ich vergessen, geschah mir ganz recht. Die Hände tief in den Jackentaschen lief ich durchs Viertel, Straße um Straße, bog an Kreuzungen ab, wieder und wieder, ob ich mich verlief oder nicht war mir egal. Ich starrte auf den Bürgersteig, achtete nicht auf die Häuser, beachtete kaum irgendwelche Ampeln oder Zebrastreifen, lief und lief.

Auf einmal musste ich an meine ersten Jahre in Kleinfelden denken. Wie ich als Eindringling in eine geschlossene Dorfgesellschaft gekommen war, in der einige Frauen es offensichtlich bedauerten, dass nicht sie die Frau des Apothekers geworden waren. Und dann redete ich auch noch klares Norddeutsch, verstand das Odenwälder Genuschel nicht und war sofort als arrogant verschrien. Als Elena auf die Welt kam und ich um eine Kindertagesstätte kämpfte, sagten mir einige offen, ich solle zu Hause bleiben, mein Mann würde doch genug verdienen.

Aber es wurde besser. Immer mehr Mütter unterstützten meine Idee, und durch mein Engagement im Elternbeirat, bei Fußballfesten und Nachbarschaftsfeiern fand ich Freundinnen.

Aber dann hielten sie zu Martin. Diese Beileidsbekundungen, als wäre nichts gewesen außer: seinem tragischen und viel zu frühen Tod. Nie ein Wort über Viola und Matteo. Als wäre mit seinem Tod seine Schuld ausradiert worden.

Irgendwann verschwanden die Gedanken an Kleinfelden. An Elenas Wut und Trotz. An Severins traurigen Blick. Irgendwann fror ich nur noch und schlug einen Weg ein, von dem ich glaubte, dass er mich nach Hause führen würde. In mein neues Zuhause, das mir so viel Ärger eingebrockt hatte.

Ein kleines Regenrinnsal rann mir in den Kragen, nass und kalt. Doch was war das da?

Licht im Dunkel. Eine blaue Markise, die großen Fenster hell erleuchtet. Nach ein paar Schritten erkannte ich die Schrift: *Café Himmelblau*. Das Café, in dem es Apfelkuchen aus Cox Orange gab.

Als ich näher kam, konnte ich die Schiefertafel neben dem Eingang lesen: *Optimismus ist die Fähigkeit, den blauen Himmel hinter den Wolken zu sehen.*

Na, den könnte ich gebrauchen! Ich stieß die alte Holztür auf. Endlich im Trockenen.

Innen empfing mich ein gemütliches Wohnzimmer mit bunten Fotos an den weißen Wänden, durcheinandergewürfelten Sesseln und Tischen. Kunterbunte Kissen luden zum Sitzen ein, Regale voller Bücher zum Lesen. Alles hell und luftig und unkompliziert. Viel besser als diese glänzende Schein-Perfektion, die Martin so wichtig gewesen war. Und dazu der verführerischste Kaffeeduft, den man sich vorstellen kann.

Das Café war gut gefüllt, am Fenster war noch ein

niedriger Tisch mit zwei Sesseln im Stil der Fünfziger Jahre frei. Ich zog meine nasse Jacke aus und hängte sie an den Garderobenständer neben der Tür.

Hinter der Kuchentheke werkelte eine junge Frau mit roten Locken an der Espressomaschine. Weder Gabriel noch seine junge Freundin waren zu sehen. Die Frau mit den Engelshaaren. Wie war noch mal ihr Name? Annabelle?

Auf der Toilette trocknete ich mich erst mal notdürftig mit Papierhandtüchern, kämmte mir die Haare, wischte die verlaufene Schminke weg. Ja, jetzt ging es besser, auch wenn die Haare am Kopf klebten und ohne Föhn grauenhaft trocknen würden. Egal. Mich kannte hier ja eh keiner, und ich würde nur für einen Kaffee bleiben, um mich aufzuwärmen.

Ich setzte mich. Wo war ich eigentlich? Meinen Stadtplan hatte ich vergessen, aber wozu hatte man ein Smartphone. Ich tippte auf Google Maps und stellte fest, dass das Café zwei Querstraßen von meiner Wohnung entfernt war, vielleicht fünf Minuten Fußweg.

Als die Bedienung neben mir auftauchte, war es tatsächlich Annabelle. Sie lächelte mich an und fragte mich einfach nur nach meinen Wünschen, als sähe ich nicht wie ein begossener Pudel aus. Nett von ihr.

»Einen Cappuccino und ein Stück Apfelkuchen bitte.« Meinen eigenen Kuchen hatte ich noch gar nicht probiert, und ich war neugierig, wie Gabriels schmecken würde.

»Welche Kaffeesorte?« Sie strich sich die Haare hinters Ohr und nickte einem jungen Mann zu, der gerade das Café betrat.

Auf der Schiefertafel vor dem Tresen standen verschiedene Kaffeesorten, *Bavarese* oder *Heinz Ritter Röstung* – sie klangen alle so lecker, wie sollte ich mich da entscheiden?

»Egal, Hauptsache schön stark«, wünschte ich mir einfach.

»Okay, dann probier' doch mal den *Jazzpresso*. Welche Milch?«

»Normale.«

Annabelle wirkte so offen und fröhlich, wie sie sich jetzt hinter dem Tresen an der Kaffeemaschine zu schaffen machte und dabei mit einem jungen Mann mit Schiebermütze und weißem Wollpullover redete.

Elena dagegen war so verschlossen und unglücklich. Nicht erst seit der Tragödie letztes Jahr. Einen Flunsch ziehen, mit den Füßen aufstampfen und sauer sein, weil alle anderen es besser hatten als sie – so war sie schon immer. Wie ihre Oma.

Martins Mutter Inge. Sie hatte sich in Elenas ersten Lebensjahren um sie gekümmert, als es noch keine Kindertagesstätte gab und ich in der Apotheke gebraucht wurde. Damals war ich froh gewesen über Inges Hilfe, auch, wenn sie sich oft eingemischt hatte in die Erziehung. Heute kam ich nicht damit zurecht, dass Elena ihr so ähnlich war.

»Hallo«, sprach mich da jemand an, und ich schaute verdutzt auf.

Es war Gabriel, der mich da anlächelte.

Oh Gott, musste das sein? So, wie ich jetzt aussah? Wieso hatte ich mir nicht irgendein Taxi geschnappt und mich einfach heimfahren lassen? Dann könnte ich jetzt alleine und unbeobachtet vor mich hin trocknen.

»Wie schön, dass du da bist«, sagte er, als ob wir uns schon lange kennen würden.

»Ihr Café ist sehr gemütlich«, antwortete ich höflich und widerstand dem Impuls, mir eine Haarsträhne hinters Ohr zu streichen, um seinen Blick nicht auf die Misere zu richten.

»Es ist das Café meiner Tochter, ich backe nur ab und an für sie, das ist alles. Darf ich?« Er legte seine Hand auf die Lehne des Sessels mir gegenüber, ich nickte, und er setzte sich.

»Sind Sie Bäcker?«, fragte ich, während ich noch die Info verarbeitete, dass Annabelle mit den Engelshaaren seine Tochter und nicht seine Freundin war, wie es Mona vermutet hatte.

»Nein. Du siehst müde aus, schlechten Tag gehabt?«

»Nicht nur heute«, sagte ich viel offener, als ich es vorgehabt hatte. Außerdem ärgerte es mich, dass ich ihn gesiezt hatte. Nur alte Leute siezten sich.

»Oh je, das klingt nach vielen schlechten Tagen.«

»Es ist nichts.« Meine Hände zitterten, und als mir wieder Wasser von meinem nassen Kragen den Rücken hinab rann, überlief mich ein Kälteschauer, und Gabriel sah mich fragend an.

»Ich habe mich vorhin verlaufen und bin unglaublich nass«, sagte ich entschuldigend.

»Brauchst du ein Handtuch?«, fragte er.

»Ach, ich bleibe nur kurz, ich wohne gleich um die Ecke.«

»Na, dann geh und zieh dich schnell um. Ich sage wegen deiner Bestellung Bescheid.«

»Jetzt?«

»Ja! Du erkältest dich noch! Das ist doch sonst ganz ungemütlich.«

Zögernd stand ich auf. Eigentlich war es keine schlechte Idee, etwas Trockenes anzuziehen und wiederzukommen.

Kaum eine halbe Stunde später betrat ich das Café erneut, dieses Mal mit frisch geföhnten Haaren, einer trockenen Jeans und dem Schirm in der Hand. So fühlte ich mich gleich viel wohler. Gabriel saß tatsächlich noch an meinem Tisch und las Zeitung.

»Na, geht's jetzt besser?«, fragte er und legte die Zeitung beiseite.

Ich nickte und freute mich, dass er mich nicht fragte, wieso ich das nicht gleich gemacht hätte. Martin hätte das gemacht.

»Steckte der Schirm vorhin noch in irgendeiner Umzugskiste?«, fragte er lächelnd.

»Was, woher …?« Woran um alles in der Welt merkte er, dass ich gerade erst hergezogen war?

»Woher kommst du denn?«

»Aus einem Dorf im Odenwald«, antwortete ich verwundert, »kennt sowieso keiner.«

Da brachte Annabelle den rettenden Kaffee und den Apfelkuchen. Der Cappuccino schmeckte wunderbar, teils fruchtig, teils ein wenig nach Schokolade. Sofort wurde mir warm ums Herz, ich trank noch einen Schluck.

»Erbach, stimmt das?«, sagte er da.

»Was?« Erbach, das war unsere Kreisstadt. Woher wusste er das? Hessischen Dialekt sprach ich doch gar nicht.

»Oh, ich kann Gedanken lesen!«, witzelte er. »Vor allem, wenn ich rote Umzugslaster und neue Nachbarinnen beobachten kann.« Er grinste. Jetzt war mir alles klar – er hatte meinen Umzug beobachtet.

»Du wohnst über der geschlossenen PC-Werkstatt, oder?«

»Das ist ja wie auf dem Dorf, wenn hier nichts unbemerkt geschieht.« Ich lächelte unbeholfen. Dem Dorf hatte ich ja eigentlich entkommen wollen.

»Hast lange nach einer Wohnung suchen müssen?«

»Ging eigentlich.«

»Du Glückliche.«

Als Glückliche wurde ich jetzt echt schon lange nicht mehr bezeichnet.

»Wohnt da nicht auch diese Schauspielerin – wie heißt sie noch gleich …« Er strich sich über die Stirn. »Schönes Haus, übrigens. Steht es nicht unter Denkmalschutz?«

»Was denn für eine Schauspielerin?«

»Na, diese tolle ältere Dame, früher hat sie in dieser München-Soap mitgemacht, und davor Theater … Voss! Genau, Thea Voss.«

»Frau Voss? Die wohnt mir gegenüber!« Irgendwie passte das zu meiner Nachbarin – sie hatte so eine Ausstrahlung. »Sie war Schauspielerin?«

»Sie spielt immer noch. Und sie war mal Bridge-Weltmeisterin, stand jedenfalls letztens in der Zeitung, als sie achtzig geworden ist.«

Und dann probierte ich endlich den Kuchen. Der Rührteig war schön saftig, die Streusel süß und kross, und die Äpfel – ein fruchtiges Gedicht. Cox Orange, ganz eindeutig.

»Dein Kuchen ist köstlich.« Endlich traute ich mich, ihn ebenso zu duzen wie er mich. »Zimt habe ich ja noch nie in den Streuselteig gegeben, superlecker!«

»Freut mich, dass es dir schmeckt.« Er schenkte sich erneut Tee ein, und es roch auf einmal leicht nach Orangen.

Der junge Mann mit der Schiebermütze ging an unserem Tisch vorbei und fragte Gabriel, ob er die Alpenüberquerung schon gemacht hätte.

»Nicht bei dem Wetter«, meinte Gabriel und zuckte bedauernd mit den Schultern.

Annabelle beobachtete uns. Besser gesagt, sie beobachtete die Schiebermütze, die jetzt wieder an ihren Tisch ging.

»Alpenüberquerung?«, fragte ich Gabriel. »Im Winter kann man doch gar nicht wandern.«

Wieder schaute er mich spitzbübisch an, als hätte ich ihn beim Naschen am Kuchenteig erwischt.

»Lass mich raten – du gehst spazieren, wenn du Probleme hast.«

»Frische Luft ist doch gut, um den Kopf freizubekommen.«

»Das sehe ich auch so. Aber ich versuche, so viel Abstand wie möglich zu gewinnen«, sagte er.

»Das habe ich versucht, und es hat nicht geklappt.«

»Der Umzug?«, fragte er.

Ich nickte.

»Mein Abstand ist ein anderer. Keiner auf der Erde, sondern …« Er wies auf eines der Fotos an der Wand.

Erst jetzt fiel mir auf, dass in den Wolkenaufnahmen immer ein kleiner Heißluftballon am Himmel zu sehen war. Oder als Schatten auf der Erde. Oder der Ballon, im Detail, wohl vom Korb aus.

»Du fliegst?«, fragte ich ihn.

»Ich *fahre* Heißluftballon. Und wenn ich da in aller Ruhe dem Wind vertraue und die kleinen Dinge auf der Welt betrachte, fällt mir oft die Lösung für meine Probleme ein.«

»Oh Gott, da wird mir ja schon beim Anblick schlecht, ich habe Höhenangst.« Erstaunt hielt ich inne. Normalerweise sprach ich nicht darüber. Ich war wirklich ganz schön durch den Wind heute.

Er aber lächelte mich weiterhin an. »Da oben brauchst du vor gar nichts Angst haben. Eher gewinnst du im Lotto, als dabei einen Unfall zu haben.«

Und er sah mich mit seinem spitzbübischen Grinsen an, als ob er mich am liebsten sofort in seinen Ballonkorb verfrachtet hätte.

»Im Korb fühlt man sich total geborgen.« Er schaute auf das Foto auf der gegenüberliegenden Wand. Berge und ein strahlend blauer Himmel, am unteren Rand des Bildes der rot gepolsterte Rand des Korbes.

»So hoch oben? Wie kann man sich da geborgen fühlen, wenn du abhängig bist von – Luft!«

»Hast du kein Vertrauen in die Aerostatik?«

»Ich weiß, was Naturgesetze sind. Aber ich weiß auch, wie schnell was schiefgehen kann.« So war das eben.

»Aber nicht beim Ballon fahren. Da streift man mal beim Landen ein paar Bäume, das ist alles. Tödliche Unfälle sind sehr, sehr selten. Jahre her! Während im Straßenverkehr mindestens …«

»Ich weiß«, unterbrach ich ihn.

»Im Korb, da ist alles ganz still, du bewegst dich, ohne dass du es spüren kannst. Von oben, da bekommst du viel mehr mit, was in der Welt da unten passiert … Und sie ist einfach wunderschön.«

»Das glaube ich dir ja, aber mich bekommen keine zehn Pferde in so einen Ballonkorb, das kannst du vergessen.« Abwehrend hob ich die Hände.

»Irgendwann fahren wir zusammen«, ging er gar nicht darauf ein, sondern beugte sich zu mir und sah mir in die Augen. »Und ich freue mich schon drauf.«

Entgeistert schüttelte ich den Kopf. Was dachte er sich denn? Dass er nur lächeln brauchte und ich würde meine Ängste über Bord werfen?

Traumtänzer.

Doch als er mich dann so anstrahlte, dass sich sogar kleine Grübchen in den Wangen bildeten, da konnte ich nicht anders und lächelte zurück.

Zu Hause roch es nicht mehr nach Apfelkuchen, sondern blumig, süß, beinahe wie ein Parfum. Vor allem im Wohnzimmer. Was konnte das nur sein? Erst beim Näherkommen erkannte ich, dass die Knospen am Orangenbaum aufgegangen waren und sie der Grund für diesen süßen Duft waren. Was für eine zauberhafte Überraschung.

Der Spaziergang und das Gespräch mit Gabriel hatten mir gutgetan, und ich fühlte mich besser, fast erleichtert sogar, als ich zum Telefon griff und Elena anrief.

»Ich habe eben noch lange mit Severin gesprochen«, sagte sie nach einer kurzen Begrüßung, »Es tut mir leid, was ich vorhin zu dir gesagt habe.«

»Ach, Liebes, ich habe euch auch wirklich viel zugemutet. Warum hast du denn nie gesagt, dass du mit dem Ganzen nicht einverstanden warst?«

»Wir hatten uns so viele Sorgen um dich gemacht, du hast nichts gegessen und immer nur geschlafen. Aber nach Monas Besuch ging es dir auf einmal viel besser, ja, du hattest endlich wieder richtig gute Laune! Wie hätten wir da Nein sagen können? Wir hatten doch Angst, du würdest dich wieder depressiv aufs Sofa verziehen!«

Ich seufzte. Sie hatte ja recht.

»Aber vorhin, es tut mir leid, da habe ich übertrieben. Das war alles nicht so gemeint«, sagte sie mit brüchiger Stimme, und eine Riesenlast fiel von mir ab. Ich hatte nichts falsch entschieden. Höchstens zu schnell.

»Ich weiß, Elena«, sagte ich, und wir redeten noch lange über allerlei, einfach, um die Stimme des anderen zu hören.

Draußen war es schon lange dunkel, der Tag war vorüber. Martins Todestag – ich hatte ihn überstanden. Das erste Jahr war geschafft. Alles hatte sich geändert, und ich war gespannt, was das zweite Jahr bringen würde.

Das Jahr, in dem der Orangenbaum blühte.

Blüten

5

Das Leben konnte so schön sein. So wie an diesem Sonntag, an dem das letzte Jahr endgültig hinter mir lag. Ich war erleichtert, als hätte ich eine schwere Prüfung bewältigt. Die Sonne lockte mich früh aus dem Bett, mich und die Kinder der Nachbarschaft, die fröhlich auf den Spielgeräten im Innenhof herumtobten.

Die Umzugskisten ließ ich links liegen, da steckte doch nur mein altes Leben drin. Erst mal kochte ich mir den obligatorischen Espresso. Und dort stand noch immer der Apfelkuchen von gestern. Ich probierte, und er schmeckte fast so gut wie der von Gabriel. Nur, was sollte ich jetzt mit dem Rest machen? Einfrieren?

Wieder hörte ich die Kinder im Innenhof laut lachen, und da wusste ich, was zu tun war. Heute würde ich mich endlich bei meinen Nachbarn vorstellen. Zusammen mit dem Apfelkuchen.

Im ersten Stock war niemand da, weder bei der Tür mit dem schwarzen Fußabtreter noch bei der mit den Kinderschuhen öffnete jemand. Im zweiten Stock das gleiche Spiel. Sonntagmittags um zwölf? Das war eben die Großstadt, da langweilte sich keiner zu Hause. Alle waren unterwegs, gingen in den Parks spazieren, frühstückten in Cafés oder besichtigten die berühmten Museen, und wenn ich überhaupt niemanden treffen würde, musste ich auch unbedingt hier raus.

Als Letztes stand ich vor der Tür von Thea Voss – einer Schauspielerin, wie Gabriel erzählt hatte. Hinter der Tür lachte jemand, sie war also da.

Oder war sie so berühmt, dass es irgendwie – aufdringlich war? Aber so hatte sie auf mich gar nicht gewirkt.

Ich klingelte. Langsame Schritte, die Tür öffnete sich erst einen Spalt, dann ganz.

»Hallo«, sagte Thea, heute mit pinkfarbenem T-Shirt und passendem Lippenstift.

»Vielen Dank noch mal für die Post gestern«, ich lächelte sie an, »Entschuldigen Sie, wenn ich störe – aber ich stelle mich gerade allen Nachbarn vor.« Ich streckte ihr den Kuchenteller entgegen.

»Ach, das ist aber nett, und sogar mit Kuchen! Kommen Sie doch rein!« Thea Voss ging zur Seite. »Sie haben Glück, normalerweise treffen wir uns immer mittwochabends.«

Sie führte mich ins Wohnzimmer, wo eine jüngere Frau und zwei Männer in meinem Alter warteten. Die Wände des Zimmers waren voller Bücherregale, vor den Büchern und an der Wand hingen unzählige Fotos, und alles sah wie aus der Zeit gefallen aus, dunkel, aber gemütlich eingerichtet. Ich fühlte mich sofort sehr wohl hier. Auf dem kleinen Sofatisch aus Mahagoni standen Sektgläser, und Spielkarten lagen geordnet daneben. Bridge? Sah eher wie Canasta aus, wobei: Ich wusste gar nicht, wie man Bridge spielte.

»Unsere neue Nachbarin«, stellte sie mich vor.

»Cornelia Leonhardt«, ergänzte ich.

»Ach, wie nett, ich bin Bianca.« Die junge Frau lächelte mich an. »Ich wohne im ersten Stock.«

»Und wir sind aus dem Zweiten. Ich bin Arndt«, stellte sich der Mann im schwarzen Hemd vor, »und das ist Rainer, mein Mann.« Rainer mit der blauen Brille und den noch blaueren Augen strahlte erst Arndt an, dann gab er mir die Hand.

»Wir sind die bessere Hälfte des Hauses«, sagte Thea Voss. Bevor ich nachfragen konnte, was das bedeutete, drückte sie mir schon ein Glas Sekt in die Hand.

»Herzlich willkommen!« Sie hoben die Gläser, wir stießen an, und ich war so froh, sie alle hier getroffen zu haben.

»Den Kuchen haben Sie selber gebacken, oder?«, fragte Rainer. »Gestern roch es schon so ungewohnt lecker im Treppenhaus.«

»Greifen Sie zu«, sagte ich und legte die Kuchenstücke auf die Teller, die Thea mir jetzt entgegenhielt. »Sie sind die Einzigen, die heute zu Hause sind.«

»Wir sind ja auch die bessere Hälfte dieses Hauses«, betonte Bianca.

»Und – die andere?«, fragte ich und befürchtete das Schlimmste.

»Ach, wir nennen uns nur die bessere Hälfte, weil … ach, das erzählen wir ein andermal.« Er biss herzhaft in den Kuchen. »Lecker! Wir sind jedenfalls harmlos. Arndt und ich, wir sind beide Lehrer, Geschichte und Sozialkunde, und zu Bianca gehört die liebe kleine Greta.«

Ich schaute mich neugierig um, aber da war kein Kind.

»Die ist bei ihrem Papa. Außerdem bin ich nicht nur Mama, Arndt, sondern vor allem Steuerberaterin«, betonte sie nachdrücklich.

»Und eine ziemlich gute«, fügte Thea hinzu und lächelte, wobei sich ihr gesamtes Gesicht mit einem Netz aus dünnen Falten überzog.

»Und wo kommen Sie her?«, fragte Thea.

»Aus einem Dorf im Odenwald. Kennt sowieso keiner.«

»Das wird bestimmt eine riesige Umstellung, vom Dorf in die Stadt. Wenn Sie Hilfe brauchen, melden Sie sich«, antwortete Rainer.

»Irgendwelche lauten Hobbys?«, fragte Bianca und erntete von Rainer einen scharfen Blick dafür.

»Ich will nur wissen, ob demnächst der Mittagsschlaf von Greta in Gefahr ist.«

»Nein.« Eigentlich hatte ich gar keine richtigen Hobbys. Zu sehr hatten die Apotheke und die Kinder die letzten zwanzig Jahre bestimmt. Und zum Yoga würde ich auch nie mehr gehen. »Außerdem arbeite ich ja den ganzen Tag.«

»Kinder? Haustiere?«

»Ihr verstört Frau Leongang ja ganz!«, sagte Arndt.

»Leonhardt«, verbesserte ich ihn. »Cornelia Leonhardt, aber alle sagen Nelly zu mir.«

»Nelly! Wie schön. Ich bin Thea. Lass dich nicht abschrecken, wir bellen nur und beißen nicht. Wegen des Kuchens habe ich dich sowieso schon in mein Herz geschlossen.« Thea trank ihr Glas leer.

»Manche sind aber so, dass man sie nicht kennen

möchte«, sagte Bianca. »Denkt nur an die Giftspritze.« Sie trank ihr Glas leer und lehnte sich zurück. »Die hat vorher in deiner Wohnung gewohnt, Nelly, und die war echt unmöglich. Hat sich über alles beschwert, Theas Klavierspiel, Gretas Schuhe im Flur, und zu Rainer und Arndt hat sie immer *Sodomiten* gesagt. Ihr hättet sie anzeigen sollen!«

»Na ja, jetzt ist sie ja weg.«

»Sie ist über eine ihrer Katzen gestolpert und hat sich die Hüfte gebrochen. Nach der OP konnte sie nicht mehr richtig laufen.« Thea grinste, als hätte sie die Katze persönlich mitten in den Weg der *Giftspritze* gelegt. »Sie ist dann zu ihren Kindern gezogen, die hatten ebenerdig eine Einliegerwohnung.«

Da klingelte mein Telefon. Mona. Ich drückte sie weg, aber sie ließ nicht locker.

»Entschuldigung, da muss ich drangehen«, sagte ich und ging in Theas Flur, der genauso wie das Wohnzimmer voller alter Bücher war.

»Ja, Mona, was ist? Ich besuche gerade meine neuen Nachbarn.«

»Tereza ist krank.«

Oh je. Tereza war Apothekerin bei Mona. Ich ahnte, was jetzt kommen würde.

»Kannst du vielleicht morgen schon arbeiten?«

Ich atmete tief durch und dachte daran, dass Mona morgen eine ganztägige Homöopathie-Fortbildung hatte. Und dass meine Kaffeemaschine bereits ausgepackt und die Kleidung gut auffindbar war. Was wollte ich mehr?

»Nur wenn es dir nichts ausmacht«, meinte Mona noch. »Sonst sage ich die Fortbildung ab.«

»Du wirst gar nichts absagen, Mona. Genau deswegen bin ich doch da.«

»Ach, Nelly, du bist die Beste!«

Es war mir ganz recht, dass der erste Arbeitstag so überraschend kam, dann hatte ich keine Zeit, mir Sorgen zu machen, ob ich es schaffen würde. Nicht fachlich, sondern seelisch. Ob da nicht Erinnerungen lauerten, denen ich doch entwischen wollte.

Vorerst aber fuhr ich mit der Tram in die Maxvorstadt. Die Sonne auf dem Apothekenschild strahlte schon von Weitem, und ich freute mich riesig auf Monas moderne *Sonnen-Apotheke* mit den beleuchteten Glasregalen und der französischen Kosmetik, die ganz anders aussah als unsere Traditionsapotheke.

Ich klopfte an die Mitarbeitertür, Mona öffnete und umarmte mich zur Begrüßung.

»Komm rein, Nelly, eine Stunde haben wir Zeit, dann müsst ihr öffnen und ich zu meinem Kurs nach Haidhausen.« Sie führte mich in die Teeküche und schloss die Tür. Dann überreichte sie mir ein gelbes Poloshirt mit dem Apothekenlogo auf dem Kragen.

»Na, dann los. Carson ist schon eingeschaltet.« Sie lächelte, wirkte aber trotzdem nervös.

»Carson?«, fragte ich, zog meine Bluse aus und streifte mir das Shirt über.

»Unser Kommissionierer.«

»Ihr habt dem Lagerroboter einen Namen gegeben?«

»War Terezas Idee. Carson ist der Butler von Downton Abbey, erinnerst du dich?«

Na klar. Und wie ein Butler arbeitete so ein automatisches Lagersystem auf jeden Fall. Lagerte alles ein, und sobald wir am Glöckchen läuteten (sprich: das Medikament im Computer bestellten), lieferte er es still und zuverlässig an den jeweiligen Kassenplatz.

Wir gingen direkt nach vorne in den HV-Bereich, und Mona zeigte mir noch einmal ganz genau, wo welche Produkte für die Kunden frei zugänglich angeboten wurden, wie ich die Rezepte im Computer überprüfte und bei Carson bestellte und was sonst noch alles für die Beratung wichtig war. Sie klang gestresst und voller Sorge.

»Mona, entspann dich. Das hast du mir alles schon letztes Jahr gezeigt.«

»Du kannst dich daran erinnern?«, fragte sie mit hoher Stimme.

»Natürlich. Das alles hier hatte auf mich großen Eindruck gemacht!«

Sie atmete auf. »Trotzdem. Du trägst nachher die Verantwortung.«

Ich zog belustigt die Augenbrauen hoch. »Habt ihr in München andere Krankheiten als bei uns im Odenwald? Komm, entspann dich. Die Beratung ist doch überall gleich.«

Sie atmete tief durch, zeigte mir aber trotzdem noch im Backoffice die Kopierer und das Regal für die Bestellungen, den Tresor für die Betäubungsmittel, den Medikamentenkühlschrank.

»Und das ist Julia, eine unserer PKAs!« Sie deutete auf die junge Frau, die gerade die grüne Lieferkiste eines Großhändlers auspackte.

PKAs, also pharmazeutisch-kaufmännische Assistenten, sind nur für die Warenbewirtschaftung zuständig. PTAs, die technischen Assistenten, für alles andere.

»Julia, das ist Nelly, die neue Apothekerin. Tereza ist krank, und Nelly fängt daher früher an.«

Sie nickte mir scheu zu. Mona duzte alle ihre Mitarbeiter – für mich war das ungewohnt, aber schön.

»Nelly Leonhardt.« Ich nickte ihr zu.

»Musst du nicht langsam gehen?«, fragte ich Mona. »Ich komm wirklich zurecht.«

»Ich wollte warten, bis … ah, da ist er ja. Nelly, das ist Adrian!«

Sie wies auf den jungen Mann, der gerade aus der Teeküche kam. An Adrian mit den schwarzen Locken konnte ich mich gut erinnern.

»Ihr beide seid heute für die Beratung zuständig«, sagte Mona.

»Herzlich Willkommen bei uns!« Er lächelte mich charmant an, dann wandte er sich an Mona und stellte sich ein ganz klein wenig aufrechter hin. »Du kannst jetzt ruhig gehen, wir schaffen das.«

Ich nickte zustimmend.

»Ja, gut. Nelly, hier …« Sie reichte mir einen großen Schlüsselbund. »Jetzt bist du die Chefin. Aber ruf mich an, wenn was ist. Ich schalte das Handy nicht aus!«

Kurz darauf schloss ich voller Vorfreude die Eingangstür auf und ließ einen wartenden Mann mit einem Rezept in der Hand ein. Ein Antibiotikum für ein Kind. Kaum, dass ich auf dem Display den Namen und die richtige Dosierung überprüft und angefordert hatte, hörte ich im

Hintergrund leise Carson knacken, dann machte es Klack, und die Packung mit dem Trockensaft landete in einem kleinen Auffangbehälter hinter meiner Theke. Ich war noch nicht mal mit meiner Erklärung fertig, wie er den Saft aus dem Pulver herstellen sollte. Sorgfältig verglich ich die Packung noch einmal mit dem Rezept. Mit einem Gratispäckchen Taschentücher versorgt verabschiedete sich der Kunde, der nächste wartete bereits.

Wie hatte ich das Gefühl, helfen zu können, vermisst. So wie bei der Mutter, die gerade erfahren hatte, dass ihr Kind Asthma hat, und der ich erklärte, wie der Pulver-Inhalator funktionierte.

Gegen neun stellte sich Maria bei mir vor. Sie war vielleicht dreißig und war als PTA in der Rezeptur, unserem kleinen Labor, für die Herstellung von Salben und Kapselmedikamenten zuständig. Es war gerade wenig los, und so gingen wir nach hinten, um die Rezepte durchzugehen. Sobald sie die einzelnen Komponenten in ihrer Menge ausgerechnet hatte, sollte sie mir alles zum Abzeichnen vorlegen.

Der Fahrer für die Eilbestellungen nahm Julia gerade eine Kiste voller Arzneimittel für die Ärzte in der Umgebung ab. Sah alles gut aus, beruhigt ging ich wieder nach vorne.

Als eine Kundin nach Magnesiumtabletten fragte und ich die gewünschte Packungsgröße in den Sichtwahlregalen nicht auf Anhieb finden konnte, war Adrian sofort bei mir. Lächelnd wie immer zog er die Packung aus dem obersten Regalfach und wandte sich dann wieder an seinen Kunden.

Es kam noch ein paarmal vor, dass genau in dem Moment, in dem ich im Computersystem nicht sofort sah, wie die Rabattvertragsregeln für ein bestimmtes Medikament waren, oder nicht wusste, wo die Milchpumpen gelagert wurden, Adrian sofort an meiner Seite war. Sogar, wenn er gerade telefonierte.

Er beobachtete und kontrollierte mich, als wäre ich eine Auszubildende. Fünfundzwanzig Jahre Berufserfahrung als Leiterin einer Apotheke, und dann so etwas? Der Kerl war doch höchstens dreißig!

Als er das nächste Mal an meiner Seite stand und mich verstohlen beobachtete, während er angeblich online etwas im Arzneimittelhandbuch nachsah, reichte es mir.

Kaum, dass die Kundin gegangen war, sprach ich ihn darauf an.

»Nein, ich kontrolliere dich nicht«, behauptete er. »Mona meinte nur, ich soll dir ein wenig den Einstieg erleichtern. Diese ganze Technik, die ist doch neu für dich, und das in deinem Alter!«

»Das meinst du jetzt nicht ernst.«

»Ich finde es ja toll, wie du dich neuen Herausforderungen stellst.«

»Und für wie alt hältst du mich?«

»Na, ich weiß nicht, sechzig?«

Ich musste schlucken. Vielleicht sollte ich meine Haare doch wieder färben.

»Und Mona?«

»Vierzig vielleicht? Geburtstag feiert sie ja nie.«

»Okay, dann hör mal zu. Mona und ich sind gleich alt,

beide zweiundfünfzig. Und ich kenne mich mit Computern sehr gut aus, nur euer Carson ist neu für mich.«

Er sah mich so kleinlaut an, dass ich ihm nicht böse sein konnte. »Sorry. Das hätte ich nicht gewusst.« Dann grinste er auf einmal. »Mona ist fünfzig?«, fragte er. »Gut zu wissen.«

»Wir haben zusammen studiert«, ergänzte ich noch.

Sein Grinsen wurde noch breiter. »Cool, ich freu mich schon auf deine Insiderstorys!«

Danach wurde es tatsächlich besser. Natürlich half er mir, wenn ich ihn fragte. Aber nur dann. Und als später Sabine ihn ablöste, eine ruhige und bedächtige Frau, nickte er ihr kurz zu, und auch sie ließ mich dann ungestört arbeiten.

Ich konnte Mona ja verstehen. Schließlich musste sie gleich an meinem ersten Arbeitstag ihre Apotheke, ihr »Baby« sozusagen, mir anvertrauen. Ohne sich vergewissern zu können, dass ich verantwortungsbewusst arbeitete. Ich hätte bestimmt genauso gehandelt und jemanden gebeten aufzupassen.

Etwas später dann geschah noch etwas Unerwartetes. Ich gab gerade ein Heuschnupfen-Nasenspray aus, als ich Martin hörte. Jedenfalls seine Stimme. Mein Herz blieb fast stehen, bis ich nach oben blickte und einen älteren Mann sah – aber nicht Martin. Dennoch war es seine Stimme gewesen, relativ hoch und leicht nasal.

Ich musste tief durchatmen, um das Trugbild loszuwerden. Und die unerwartete Freude, dabei war es mir doch manchmal, als würde ich ihn hassen für das, was er mir angetan hatte.

Ihn aber noch einmal sehen … und wenn nur, um ihm meine Meinung zu sagen … aber leider war es zu spät dazu.

Als gegen sechs Mona wieder da war und ich zehn Stunden ohne Pause durchgearbeitet hatte, fiel ich erschöpft auf den nächsten Stuhl. Ich blieb noch die halbe Stunde bis Ladenschluss und trank erst mal in Ruhe einen Kaffee. Dann gab es noch ein kleines Übergabegespräch mit Mona, und endlich war ich fertig.

»Und morgen kannst du dann deine Wohnung weiter einrichten, Nelly! Morgen bin ich dann wieder da«, sagte sie und zog ihre Jacke an.

»Und wie lange fehlt Tereza?«, erkundigte ich mich.

»Eine Woche.«

»Dann komme ich morgen auch.«

»Das wäre natürlich super.« Sie strahlte. »War die Umstellung denn schwer?«

»Nein. Adrian hat ja auf mich aufgepasst.«

»Da bin ich ja beruhigt. Ich hatte Angst, es könnte dich alles an Martin erinnern, und du würdest nicht durchhalten.«

»Na, also, hör mal!«, beschwerte ich mich und verzog die Lippen zu einem Grinsen, obwohl mir gar nicht zum Lachen war. Wie gut sie mich doch kannte. »Sag mal, kann Carson mir nicht zu Hause beim Kistenauspacken helfen?«

Sie lächelte befreit.

»Dann lass uns was essen gehen. Hier in der Nähe ist ein kleiner Italiener, wie wäre es?«

6

»Bei Ihnen fehlt das Türschild!« Der Paketbote hielt mir das Plastikdings zum Unterschreiben hin.

»Oh, Entschuldigung, ich bin gerade erst eingezogen.«

Das Türschild hatte ich ganz vergessen, dabei wohnte ich jetzt schon eine Woche hier.

»Ein Stück Papier mit Tesafilm reicht ja auch, Hauptsache, ich renne nicht vergebens durchs ganze Haus.«

»Danke, wie nett, dass Sie mich gesucht haben!«

Wieder in der Apotheke zu arbeiten hatte mich mehr angestrengt, als ich es erwartet hatte, und abends war mit mir nicht mehr viel los gewesen. Daher hatte Mona mich heute auch früher heimgeschickt.

Obwohl die Krankheiten ähnlich waren, die Kunden waren es nicht. Hier waren sie viel ungeduldiger und wollten kaum auf Bestellungen warten, die gerade mal zwei Stunden später vom Großhandel geliefert wurden. Zwei Stunden! In Kleinfelden waren es immer sechs gewesen. Dort gab es allerdings auch keine Geschäftsleute und Touristen aus aller Herren Länder, die Mona und Adrian in perfektem Englisch bedienten. Das musste ich unbedingt trainieren, mein Englisch war ganz schön eingerostet.

Am ersten gemeinsamen Tag mit Mona kontrollierte sie mich genauso wie Adrian. Es kribbelte mir im Nacken, selbst wenn ich mir immer wieder sagte, dass es normal war. Ich hatte bei neuen Mitarbeitern auch immer genau hingeschaut, bis ich genügend Vertrauen in sie entwickelt hatte, schließlich hing die Gesundheit unserer Kunden von uns ab.

Mona hörte eigentlich erst auf, als eine völlig aufgelöste Mutter mit einem schreienden Säugling und Stillproblemen in der Apotheke erschien. Wie viele junge Mütter war sie viel zu nervös und wollte alles perfekt machen. Perfekt gibt es aber im Zusammenhang mit Kindern nicht. Ich nahm ihr das Baby ab, damit sie durchatmen konnte, riet ihr zu warmen Kompressen für die Brust, Fencheltee und einem Anruf bei ihrer Hebamme. Und als ich das Neugeborene wieder in den Kinderwagen legte, schlief es tief und fest.

»Wie hast du das denn geschafft?«, fragte Mona voller Ehrfurcht, als die Kundin gegangen war.

»Keine Ahnung, Babys schlafen bei mir oft sofort ein.«

»Wie gut, dass du da bist, ich kann sowas nicht. Und wir haben hier in letzter Zeit viel mehr Säuglinge.«

Matteo hatte ich bei Koliken und Zahnungsschmerzen auch immer beruhigen können. Selbst wenn mich das Baby sehr an ihn erinnert und traurig gemacht hatte, so freute ich mich über das unerwartete Lob.

Im Paket, das der Bote mir gebracht hatte, waren meine neuen Vorhänge. Wunderbar, ich kam mir hier vor wie auf dem Präsentierteller. Aus den Häusern gegenüber konnte man direkt in meine Wohnung sehen, das war ich nicht gewöhnt.

Mit den Vorhängen kam auch ein Problem: Ich musste sie anbringen. Die Stangen hingen an der Wand, das hatten schon die Umzugsleute übernommen. Die Vorhänge waren jetzt meine Sache.

Erst mal bügelte ich sie ausgiebig. Wer bügelte, brauchte wenigstens auf keine Leiter steigen. Oder wer die Leiter aus dem Flur holte. Sie sah sicher und stabil aus. Sicher und stabil genug, um auf sie draufzusteigen. Für jeden anderen wäre das auch kein Problem, jeder andere hätte die Vorhänge längst angebracht.

Dabei wirkte das große Prüfsiegel für Gefahrensicherheit unendlich vertrauenserweckend. Aber es war ja nicht die Sicherheit. Es war die Höhe. Eigentlich brauchte ich einfach nur eine Stufe nach der anderen hochklettern, die Stange aus der Halterung nehmen und die Metallösen im Stoff über die Stange streifen. Fertig.

Eigentlich.

Mein Puls schoss in die Höhe, wenn ich mir die oberste Stufe nur anschaute, und mir brach der Schweiß aus. Trotzdem streckte ich den Arm aus und hielt mich an der Leiter fest. Atmete tief durch. Ich musste es probieren, unbedingt, ich musste es alleine hinkriegen!

Und ich blieb stehen.

Ganz schön blöd von mir, mich in einen Vorhangstoff zu verlieben, der nicht vorrätig gewesen war, sodass die Umzugsleute ihn gleich hätten anbringen können. Jetzt stand ich da. Und stand und stand.

Von wegen, ich kann das alles alleine. Natürlich würde sich jemand finden, das musste ich nicht zwingend selber machen. Rainer vielleicht. Ärgerlich war es trotzdem. Wer erzählte seinen neuen Nachbarn auch gerne als Erstes von seiner Höhenangst.

Ich warf den Vorhang über einen Kistenstapel und stellte die Leiter an die Wand. Vor dem Fenster bewegte sich etwas. Da! Ein Heißluftballon, der über unser Haus schwebte. Ziemlich nah. Mitten in der Stadt? Wenn da was passierte! Ob Gabriel dort drin war?

Langsam schwebte der Ballon Richtung Horizont, entfernte sich immer weiter. Wie fröhlich er aussah, frei und ungebunden. Und ich hatte nichts Besseres zu tun, als den sonnigen Tag mit Kistenauspacken zu verschwenden – und damit, vor einer blöden Leiter Angst zu haben? Raus mit dir, Nelly, sofort!

Ich lief zu den Mietfahrrädern an der U-Bahn-Haltestelle. Solange ich mir noch kein eigenes gekauft hatte, konnte ich es ja mal mit diesen ausprobieren.

Nur ein einziges Rad stand noch zur Verfügung. Ich musste mir allerdings erst eine App dafür herunterladen und alles übers Handy abwickeln. Das würde bestimmt dauern, also ging ich zum Bäcker zurück, setzte mich mit einem Kaffee auf die Eckbank und gab in Ruhe meine Daten ein.

Als ich zurückkam, war das Rad weg. Mist!

Die App zeigte mir zwei weitere Räder in meiner Umgebung an, sogar eines direkt vor unserem Haus, also ging ich zurück und schaute nach – aber da war nichts.

»Blöde Technik«, fluchte ich laut und steckte mein Handy ein.

»Was ist los?« Thea öffnete gerade mit Laufstöcken in

der Hand die Haustür. Ich schilderte ihr meine Suche nach einem Rad, und sie grinste breit.

»Sag doch gleich was, Nelly. Wozu hast du Nachbarn! Du kannst mein Rad nehmen.« Sie deutete auf ein grünes Damenrad vor unserem Haus. »Es hat ein Nummernschloss, immer die Eins, dann geht es auf.«

»Danke, aber das kann ich doch nicht …«

»Viel Spaß, ich muss los, meine Gruppe wartet.« Sie winkte mit den Stöcken, ungläubig sah ich ihr nach. Das hätte ich jetzt nicht erwartet.

Es war ein komisches Gefühl, nach so langer Zeit meine Tasche wieder in einen Fahrradkorb zu stellen und mich auf den Sattel zu schwingen. Seit meinem Studium hatte ich auf keinem Rad mehr gesessen. Martin hatte Fahrradfahren nicht ausstehen können.

Ich fuhr einfach drauflos. Die Implerstraße war stark befahren, hatte aber zum Glück einen Radweg. Anfangs fühlte ich mich unsicher, das Rad schwankte hin und her, bis ich schneller in die Pedale trat und mein Gleichgewicht wiederfand. Arm rausstrecken? Wieder ein kurzes Schwanken, aber dann – kein Problem. Nur die ständigen Fußgänger auf dem Radweg und die anderen Radler, die mich überholten oder mir entgegenkamen, störten.

Ich bog einfach ab, in eine stillere Straße ohne Radweg, und dort wurde es besser – und ich begann, das Fahren zu genießen. Der kalte Fahrtwind blies mir den Kopf frei, ein tolles Gefühl, etwas, das ich vermisst hatte. Freiheit. Die Erinnerung an mich, als ich jung war.

Bald gewöhnte ich mich an alles, Unterführungen,

große Kreuzungen. Da, das Sendlinger Tor erkannte ich, und dann, nach einer Kurve: War das nicht – die Kirche auf dem Weg zum Viktualienmarkt? Dieser lange, spitze und türkisfarbene Turm? Die auffällige Uhr? Natürlich. Und gegenüber das italienische Café.

Auch wenn hier keine Autos mehr fahren durften, wurde mir das Getümmel mit den Fußgängern schnell zu viel, und ich stieg ab. Wie bunt die Stadt war, wie voll. All diese Menschen waren jetzt Teil meines neuen Lebens. Eine Million lebte in München, dazu die Touristen, die Durchreisenden und die, die bleiben. Die Studenten. Sie alle hielten sich die Handys vors Gesicht, sie alle grinsten, und sie alle fanden dabei überhaupt nichts peinlich.

Vielleicht sollte ich so ein Selfie auch mal ausprobieren. So, wie Elena es aus dem Handgelenk konnte, einfach die Kamera weghalten, lächeln, Unsinn machen, fertig.

Scheppernd erklangen da Glocken, ich sah mich um. Der Marienplatz. Gerade begann das Glockenspiel im Turm des Neuen Rathauses. Gebannt beobachtete eine große Gruppe Touristen das Schauspiel. Wie ein Schilddach wirkten die nach oben gereckten Telefone, wie ein Meer spiegelnder Sonnenkollektoren. Im Glockenspiel drehten sich Hofnarr, Bürger und Ritter auf ihren Turnierpferden. Es erinnerte mich an den Anfang von *Game of Thrones*, als die Welt noch in Ordnung schien und der Ritter der Blume das Turnier gewann. Ganze Sonntagnachmittage hatten Severin und ich mit dieser Serie verbracht. Die neueste Staffel fehlte noch, er war ausgezogen, bevor sie gesendet wurde.

Ich stieg wieder aufs Rad und fuhr einfach irgendwohin. Frei war ich auf einmal, wie damals als Studentin, frei und an niemanden gebunden, ich war wieder Single und fühlte mich wie fünfundzwanzig.

Schade war nur, dass niemand da war, mit dem ich diese Gefühle teilen konnte. Ein Foto vom Rad an meine Freunde schicken? Smileys und Grüße erhalten? War nicht dasselbe wie jemanden zu haben, der neben mir herfuhr und der mich verstehen würde.

Ich bin kein Fußballfan, überhaupt nicht. Dafür aber Ludwig, ein alter Nachbar aus Kleinfelden. FC Bayern München. Er besaß sogar eine Dauerkarte und fuhr immer mit ein paar Kollegen zu den Spielen in die Allianz-Arena, auch am Samstag eine Woche nach meinem Radlausflug in die Innenstadt. Und er wollte mich nach dem Spiel besuchen.

Ehrlich gesagt hatte ich noch immer nicht alle Tassen im Schrank, sprich: alle Kartons ausgepackt. Nach der Arbeit in der Apotheke hatte ich in den letzten Tagen lieber mit Theas Rad die Stadt durchstreift, türkische und afrikanische Lebensmittelläden entdeckt, in denen es nach fremden Gewürzen duftete, ein Café in einem Blumenladen oder eine Kunstgalerie, die zu Kunstobjekten veredelte alte Schreibmaschinen anbot.

Aber für Ludwig sollte natürlich alles gut aussehen. Er war mehr als ein Nachbar – er war ein echter Freund. Ein zuverlässiger Kerl, der für den Kindergarten immer den Weihnachtsmann spielte und viel zu oft beim Kickern gewann. Wir hatten schon viele schlechte Zeiten zusammen durchgemacht.

Also nahm ich auch noch die letzten Kisten mit den Fotoalben und Geschäftsunterlagen in Angriff und bastelte aus Papier und Tesafilm endlich Namensschilder, damit er mich im Haus finden konnte.

Dann saugte ich überall durch, zog die Tischdecke auf dem Esstisch gerade und goss die Blumen. Der Orangenbaum trieb immer mehr Blüten, die ganze Wohnung duftete süß nach ihnen und erfüllte mein Herz mit Freude.

Stolz stand Ludwig kurz nach sieben mit seinem roten Fanschal und dem Bayern-Trikot, das sich über dem dicken Bauch spannte, vor mir. Er atmete tief durch, sah mich strahlend an und reichte mir einen wunderschönen Blumenstrauß aus rosa Tulpen und Rosen.

»Hallo, Nelly. Gut schaust du aus!«

Automatisch sah ich an mir herab. Jeans, weiße Bluse, nichts Besonderes. Komplimente war ich von ihm gar nicht gewöhnt.

Er umarmte mich. »Entschuldischung, isch riech nach Bier … irschendwer hat misch da ougerempelt …«

Ach, was hatte ich sein Hessisch vermisst.

»Ist schon okay.« Ich lächelte ihn an. Fußball war nüchtern sowieso viel zu langweilig, aber das durfte ich ihm natürlich nicht sagen.

»Alles Gute zum Einzug.« Er grinste und reichte mir ein Geschenk, umhüllt mit fliederfarbenem Papier, dem Erkennungszeichen des Geschenkeladens in Kleinfelden.

Es klapperte, und ich war gespannt, was drinnen war.

»Kommst du mit so wenig Platz überhaupt zurecht?«

Kritisch betrachtete er den kleinen Tisch im Flur, auf dem Familienfotos standen. Also, Familie – ohne Martin.

»Natürlich, ich bin nur froh, aus Kleinfelden weg zu sein«, sagte ich und ging mit ihm ins Wohnzimmer.

»Ah, hier sieht es aber gemütlich aus!« Er schaute aus dem Fenster auf die Danklstraße, drehte sich zu mir um.

»Na, dann pack mal aus.« Er strich sich über den Bauch. »Falls du Sehnsucht bekommst …« Seine Augen funkelten. Auf einmal fühlte es sich komisch an, mit ihm alleine in meiner neuen Wohnung zu sein.

»Mach auf!«

Noch einmal schüttelte ich den Karton. Hörte sich nach kleinen Holzstückchen an. Schnell packte ich es aus – und lachte laut los.

Ein Puzzle. 1000 Teile einer echt hässlichen Luftbildaufnahme von Kleinfelden. Keine Postkartenansicht der malerischen Burgruine, sondern einfach nur ein Neubaugebiet. Wenn man genau hinsah, war es unsere alte Straße, unser Haus mit dem schwarzen Dach und den Sonnenkollektoren. Gegenüber das rote Dach mit dem Teich im Garten gehörte zu Ludwigs Haus, und der l-förmige Bungalow dort hinten meiner Schwiegermutter.

»Wenn du Heimweh kriegst …«

»Du meinst, dann kuriert mich dieses Bild sofort?« Natürlich war auch das Haus von Viola zu sehen.

»Ja! Alles Gute zum Neuanfang! Wehe, du wagst es zurückzukommen!«

Ach, Ludwig war der Beste. Er hatte meine Entscheidung, mein Leben neu zu beginnen, von Anfang an akzeptiert.

»Und jetzt gehen wir essen! Zum Griechen, wie immer.« Er schmunzelte und schien es nicht recht ernst zu meinen. In Kleinfelden waren alle mangels Alternativen immer beim Griechen gewesen, aber eigentlich war nur der Ouzo genießbar gewesen.

»Ein Edel-Grieche!«

Ich war gespannt.

»Vorher hätte ich aber noch eine Bitte an dich.« Es war mir peinlich. Aber es war ja nur Ludwig, und so deutete ich auf die Vorhänge, die noch immer über einem der Stühle hingen. »Kannst du mir die bitte aufhängen?«

»Na klar.« Er rieb sich die Hände. »Hast du eine Leiter?«

Drei, vier Handgriffe, und die Fenster sahen wunderschön aus.

»Noch irgendwas anderes? Bilder aufhängen, Regale aufbauen? Wo ist denn die Bohrmaschine? Wenn du schon mal einen Mann im Hause hast, Nelly …«

Oh Gott, hätte ich es nur selber geschafft. *Ein Mann im Hause* – genau das wollte ich doch nicht mehr.

»Danke, nein«, wiegelte ich ab. »Den Rest schaffe ich auch alleine.«

Ludwig hielt an einer großen Baustelle und erklärte sofort, dass unter dem Luise-Kiesselbach-Platz demnächst ein neuer Straßentunnel verlaufen würde. Er konnte stundenlang über die Organisation von Autobahnbaustellen und Ähnlichem reden, schließlich war er Tiefbau-Ingenieur und seit Jahren beim Ausbau der A3 durch den Spessart beschäftigt. Aber zum Glück schwieg er nach dem Aussteigen und hielt mir dann die Tür zum *Thalasso* auf.

Wow, sah das toll aus! Violette und blaue Lichter strahlten offene Steinwände an, vor denen braune Lederbänke standen. An den Wänden Schwarz-Weiß-Fotos. Eher modern als spießig-griechisch, es gefiel mir sofort.

Ludwig bestellte für uns einen griechischen Sauvignon Blanc, und wir beschlossen, uns eine Fischplatte für zwei zu bestellen.

»Sobald ich in Rente bin, ziehe ich auch aus Kleinfelden weg«, verkündete er.

»Ehrlich? Wenn man von deinen Baustellencontainern irgendwo in Deutschland mal absieht, warst du doch noch nie woanders, du bist sogar in Kleinfelden geboren.«

»Genau deshalb. Ich muss mal was anderes sehen. Irgendeine Großstadt mit interessanten Hochhäusern, London, New York, würde dir das nicht auch gefallen?«

»New York? Warst du nicht immer froh, wenn du wieder in deinem Garten warst, anstelle auf der A3 Staub schlucken zu müssen?«

»Ja, aber wenn das alles hinter mir liegt! Ich muss das neue World Trade Center sehen. Eigentlich müsste man nach China, da werden die wirklich bemerkenswerten Häuser gebaut. Oder in die arabischen Staaten.«

So richtig konnte ich mir Ludwig, seinen hessischen Dialekt und seine Gemütlichkeit nicht in den Häuserschluchten von New York vorstellen. Oder in Dubai.

Er war Witwer. Als seine Frau mit dem Brustkrebs gekämpft hatte, hatte ich mich um ihn und seine Tochter

Sina gekümmert, wie man das als Nachbarin so machte. Vor allem wenn die Töchter eng miteinander befreundet sind. Seit meiner Katastrophe im letzten Jahr tat er das Gleiche für mich, und ich war sehr dankbar dafür.

»Deine Schwiegermutter erzählt übrigens jedem, du hättest einen Freund in München.«

»Die spinnt doch!« Ein Freund. Was für eine absurde Vorstellung.

Der Wein wurde serviert, wir stießen an. Sein Blick lag noch auf mir, als ich das Glas bereits wieder senkte. Irgendwie verhielt er sich anders als sonst.

Jetzt erst trank er und räusperte sich dann.

»Musst du dein Auto auf der Straße parken? Ganz schön unsicher.«

»Ich will es verkaufen«, antwortete ich und bestrich eines der kleine Fladenbrotstückchen mit Kräuterbutter.

Er nickte. »Klar, der Mini-Van ist viel zu groß für dich alleine. Was für ein schicker Flitzer soll es denn jetzt sein? Ein Cabrio?«

»Ich brauch kein Auto mehr, ich fahre jetzt mit dem Rad.« Das Brot war noch warm und schmeckte köstlich.

»Mit dem Rad?« Er lehnte sich zurück und verschränkte die Arme über dem Bauch. »Dauert das nicht viel zu lange? Und was ist bei Regen?«

»U-Bahn.«

»Aber – wenn du viel transportieren musst? Alleine – denk nur daran, wie schwer Getränke sind!«

»Das bisschen für mich, das schaffe ich schon.«

»Trägst du wenigstens einen Helm?«

»Nein.« Ich wollte mir zwar einen kaufen, aber das

würde ich ihm jetzt nicht mehr sagen, so sehr ging mir seine betuliche Art gerade auf die Nerven.

»Aber, kein Auto, fehlt dir da nicht was? Ich meine, dieses Gefühl, jederzeit einfach wegfahren zu können. Ungebunden zu sein. Unabhängig von Fahrplänen.«

War mir ja klar gewesen, dass Ludwig dafür kein Verständnis hatte. Auf dem Land ist ein Leben ohne Auto fast unmöglich. Busse fahren kaum, und ich konnte mir auch nicht vorstellen, dass Ludwig jemals Bus gefahren war. Und wer wie er auch noch vom Autoverkehr lebt …

»Mit dem Auto in der Stadt, im Berufsverkehr, da stehst du doch nur im Stau. Da habe ich echt keinen Bock drauf. Mit dem Rad bist du unabhängig, nicht mit dem Auto.«

»Ich habe schon so viele Unfälle in unseren Baustellen gesehen, ich würde mich freiwillig nie auf ein Rad setzen.«

»Fahrradunfälle in Autobahnbaustellen? Übertreibst du da nicht ein wenig?«

Je mehr er sich aufregte, desto mehr wippten seine Arme auf seinem Bauch.

»Kann es sein, dass du zugenommen hast? Vielleicht solltest du auch mal mit dem Rad fahren.«

»Na klar, mit dem Rad zu den Baustellen, bei dir piept's wohl.«

Zum Glück wurde jetzt eine große Platte mit Garnelen, Tintenfischringen und knusprig gegrilltem Fisch serviert. Dazu Rucolasalat mit Zwiebelringen und Pommes Frites. Wir nahmen uns schweigend, er trank noch etwas Wein.

Wieso er sich nur so darüber aufregte, dass ich kein Auto mehr hatte? In der Stadt war das echt unnötig. Um ins Theater zu gehen, musste ich mich nicht mehr bei Eis und Schnee durch den Odenwald quälen. Oder die Museen, die wir nach knapp zwei Stunden Autofahrt in Frankfurt besucht hatten, die lagen hier in München vor der Haustür. In den letzten Jahren waren Martin und ich sowieso viel zu wenig rausgekommen, hatten viel zu viel gearbeitet.

Ludwig erzählte mittlerweile wieder vom FC Bayern.

»Beim nächsten Heimspiel musst du unbedingt mitkommen, ich werde Jochen oder Klaus schon irgendwie dazu kriegen, dir ihre Karte abzugeben.« Er nahm sich eine üppige Portion Pommes.

»Ach, lass mal, Ludwig, so sehr interessiere ich mich gar nicht für Fußball, das weißt du doch.« Auf Pommes hatte ich keine Lust, aber der Salat und der Fisch waren einfach köstlich.

»Wenn du das mal erlebt hast, dann änderst du deine Meinung bestimmt. Die Stimmung ist gigantisch.« Er legte seine Hand auf meine.

Ich zog sie weg.

»Für die nächste Saison hole ich dir auch eine Dauerkarte. Hoffentlich muss ich im Herbst nicht wieder so oft samstags arbeiten, du weißt, vor dem Winter wird's immer hektisch.« Er redete einfach weiter, als wäre nichts geschehen.

Aber es war etwas geschehen. Meine Haut fühlte sich an, als hätte sie Stacheln gekriegt, mein Atem stockte. Ich legte meine Hände in meinen Schoß.

Das erste Mal, dass mich seit Martins Tod ein Mann berührt hatte.

Ich trank einen Schluck Wein und sah zu ihm hinüber, wie er wohlig brummend die letzten Pommes aß.

Was regte ich mich so auf? Das war doch nur Ludwig, der dicke, gemütliche Ludwig, der versuchte, Deutschlands marodes Autobahnsystem wieder in Schuss zu bringen, der Fußball liebte und gutes Essen.

Und so ein Handauflegen bedeutete gar nichts.

7

Frühling in der Stadt. Die Theresienwiese war voller gelbem Löwenzahn, im Olympiapark blühten die Kirschbäume. Einmal glaubte ich, Gabriel auf der Lindwurmstraße zu sehen, aber wenn er es tatsächlich gewesen war, dann fuhr er so schnell mit seinem Rad, dass ich keine Chance hatte, ihn zu erreichen.

In meinem Leben kehrte langsam wieder Routine ein. Sie hatte mir gefehlt. Aufstehen, tagsüber hoch konzentriert arbeiten, nachmittags der Seele freien Lauf lassen und die Stadt erkunden, abends die Nachbarn auf ein Glas Wein treffen oder einfach nur faul zu Hause sein.

Pünktlich kam ich in der letzten Zeit nur selten aus der Apotheke, denn Adrian hatte sich mit dem Noro-Virus angesteckt. Zum Glück war er an einem Wochenende krank geworden, da war es unwahrscheinlich, dass wir uns angesteckt hatten. Sein Arzt wollte ihn erst wieder arbeiten lassen, wenn er zwei Tage symptomfrei geblieben war, aber es machte nichts, dass ich dadurch mehr arbeiten musste. Es war immer noch weniger, als früher. Wesentlich weniger. So, wie die Hausarbeit, und ich genoss meine Freiheit sehr.

Nachdem eines Morgens der Seitenspiegel meines Autos abgebrochen worden war, brachte ich es endlich zu einem Autohändler. Keine mühselige Suche nach einem Parkplatz mehr, keine Werkstattbesuche oder Reifenwechsel. Zu Elena oder Severin konnte ich sowieso mit der Bahn fahren, in den Urlaub flog ich am liebsten. Ich war froh, mein Auto los zu sein. Und für den Fall, dass ich doch mal ein Auto brauchte, gab es schließlich Carsharing. Ludwig hatte mich ein paarmal angerufen und war immer wieder auf das Auto zu sprechen gekommen, keine Ahnung, wieso ihm das so wichtig war.

Jetzt musste ich mir noch ein Fahrrad aussuchen. Und obwohl oder vielleicht auch, weil es in München scheinbar an jeder Straßenecke Fahrradläden gab, fiel mir die Auswahl schwer, und ich fuhr lieber mit Theas Rad an der Isar entlang oder zum Botanischen Garten.

Thea gegenüber hatte ich natürlich ein schlechtes Gewissen und war richtig froh, als sie es an einem Nachmittag Mitte April mal selber brauchte.

Weil aber traumhaftes Wetter herrschte, versuchte ich es wieder mit einem Mietrad, und tatsächlich: Da wartete eines in der Nähe der Apotheke am Stand in der Türkenstraße auf mich.

Einfach die Nummer in die App eintippen, und los ging es, auf in den Englischen Garten! Dort bewunderte ich den Mut der Surfer auf der Eisbachwelle und die vielen fotografierenden Zuschauer. Bevor ich den Weg in den großen Park antrat, musste ich mich noch stärken und ging in das Café *Fräulein Grüneis* direkt neben der Eisbachwelle. Ganz vorschriftsmäßig schloss ich das Rad nach der Anleitung ab und schaltete den Gebührenzähler aus.

Über dem Eingang des kleinen Steinhäuschens mit

dem grünen Holzgiebel stand »Frauen« – sehr merkwürdig. Innen sah es aber wie ein normaler kleiner Kiosk aus, mit einer Theke, einem kleinen Tisch und Stühlen voller Kissen, und sogar einem Holzofen. Und was das »Frauen« zu bedeuten hatte, erklärte die Speisekarte – früher war das Café einmal ein Toilettenhäuschen gewesen.

Ich blieb auf einen Cappuccino und einen saftigen Schokoladenbrownie. Wenn keine Kunden zu bedienen waren, erzählten sie sich hinter der Theke Witze, die Stimmung war einfach herrlich, und ich blieb länger als gedacht. Doch dann wurde es Zeit, meine Erkundungsfahrt durch den Englischen Garten fortzusetzen.

Wo war das Rad? Hatte ich es nicht an diesem Baum hier abgestellt? Neben dem Biergarten? Da war nichts. Ich ging einmal um den Kiosk, nichts. Mir blieb das Herz fast stehen. Ausgerechnet das Mietrad wurde mir geklaut. Ich tippte auf die App, wenigstens war da eine Notrufnummer angegeben. Darunter meldete sich sofort eine Frau, und als ich ihr mein Problem schilderte, erklärte sie: »Das Rad hat jemand anderes ausgeliehen. Sie hatten es zurückgegeben.«

»Ich wollte nur eine Pause einlegen.«

»Nein, Sie haben es zurückgeben. Leihen Sie sich einfach ein Neues aus. Gegenüber am Haus der Kunst ist ein Stand von uns.«

Okay, gestohlen war es nicht, das war schon mal gut, aber war es nicht erstaunlich, was die Frau alles auf ihrem Bildschirm hatte sehen können? Nachdenklich ging ich die paar Meter zum nächsten Verleihstand. Trotzdem war kein Rad da.

Mir war die Lust am Radeln vergangen, und ich fuhr mit dem Bus zurück nach Sendling. Neben mir standen zwei junge Männer in Jeans und Sweatshirts, ihre Surfbretter im Arm. München war bestimmt die einzige Stadt in Deutschland, in der man Surfer in der Tram treffen konnte und sich niemand darüber wunderte. Der eine erinnerte mich an Severin, darum schickte ich ihm ein Foto vom Eisbach.

Severin antwortete ganz überraschend nur ein paar Minuten später mit einem Selfie von sich und Sarah. Sie hatte lange braune Haare und lächelte ungekünstelt. Sah eher wie ein Schnappschuss als ein gestelltes Selfie aus, die beiden schienen sehr viel Spaß miteinander zu haben. Erleichtert schaute ich es mir immer wieder an – seine erste feste Freundin. Jedenfalls die erste, von der ich etwas wusste. Nicht, dass ich ständig drauf gewartet hätte – obwohl: doch. Eine Freundin zu haben, oder einen Freund, völlig egal, bedeutete: glücklich zu sein. Und es hieß auch, dass man einen Menschen geboren und erzogen hatte, der von einem anderen geliebt wurde.

Welche Mutter wünschte sich das nicht?

Wieder in Sendling ging ich erst mal zu einem großen Fahrradhändler. E-Bike? Hollandrad? Viele Gänge, wenige, welcher Sattel, welcher Rahmen? Ich probierte mehrere Räder aus, aber dann wählte ich kurz entschlossen ein knallrotes Damenrad mit vielen Gängen, aber ohne Motor. Dafür hatte es einen rückenschonenden Lenker und einen Korb für meine Einkäufe. Mit seinen weißen Reifen und dem ebenfalls weißen, sehr bequemen Sattel war es ein echter Hingucker, genauso wie mein neuer, knallroter Helm.

Und ich kaufte ein sehr sicheres Schloss – diesen Schatz sollte mir niemand klauen.

Der Frühling weckte dann auch endlich die Lust zum Einkaufen in mir. In der Apotheke trug ich ja immer die gelben Poloshirts und hatte mir auch gleich am Anfang ein paar passende weiße Jeans dazu gekauft, aber für die Freizeit brauchte ich unbedingt neue Sachen. Sachen, die nach München aussahen und nach meinem neuen Leben. Außerdem hatte ich abgenommen, ein gutes Zeichen für eine Frustesserin wie mich.

Jeans nach dem neuesten Schnitt, helle Shirts und Blusen, luftige Sommerkleider und neue Schuhe (Turnschuhe fürs Rad und Riemchensandalen für die Kleider), neue Unterwäsche. Vor allem die auszutauschen war mir wichtig. Oder meine Nachthemden. Es war nicht so sehr der Stil, der sich änderte, es war – schwer zu sagen. Weil Martin sie noch nie gesehen hatte? Noch nie mit seinen betrügerischen Händen angefasst? Weil sie *rein* waren?

Meist ging ich alleine, einmal war auch Mona dabei. Wir tranken Sekt, bevor wir loszogen, probierten uns durch schicke Cocktail- und Abendkleider, und sie kaufte sich ein dunkelgraues Satinkleid, hauteng und ärmellos, einfach umwerfend.

Ich selber landete bei dieser Shoppingtour keinen Treffer, aber das war nicht wichtig. Wann sollte ich denn so ein Kleid jemals anziehen?

In den Osterferien war in der Apotheke viel los, zum Glück übernahm Mona an Ostern den Notdienst. Meine Mutter wollte mich nämlich besuchen.

Als sie mitbekommen hatte, dass ich Kleinfelden verlassen wollte, hatte sie mir angeboten, zu ihr nach Lübeck zu ziehen. Seit dem Tod meines Vaters vor ein paar Jahren lebte sie alleine. Aber das wäre mir zu eng geworden. Sie war schon eine Helikopter-Mutter, bevor das Wort überhaupt erfunden wurde.

Als sie jung war, litt sie unter schlimmer Migräne, tagelang lag sie dann im abgedunkelten Zimmer. Ich musste während dieser Zeiten auf meine jüngeren Brüder aufpassen und dafür sorgen, dass sie still waren.

Ihr schlechtes Gewissen, weil sie sich nur so wenig um uns kümmern konnte, brachte sie an gesunden Tagen dazu, uns mit Liebe und Fürsorge nur so zu überschütten. Sie verwöhnte uns mit unserem Lieblingsessen, half bei den Hausaufgaben, holte uns mit dem Auto von der Schule ab. Und sie hatte Angst, dass uns etwas passieren könnte, wenn sie krank war. Dabei war auch noch Vater da, und Onkel Peter. Freunde, Nachbarn. Wir lernten schnell, uns um uns selbst zu kümmern, und wenn sie uns dann zwischendurch bevormunden wollte, ging uns das natürlich heftig gegen den Strich.

Ich war mitten im Studium, als die modernen Migränemedikamente auf den Markt kamen und ihr endlich geholfen werden konnte. Ihre Fürsorge und ihr schlechtes Gewissen legte meine Mutter allerdings nie ab.

Deswegen wunderte es mich auch nicht, dass sie wegen einer Erkältung die Fahrt nach München absagte

(»Nicht, dass ich dich anstecke, Kind.«), aber nicht wollte, dass ich zu ihr nach Lübeck kam, um sie zu pflegen. Freunde würden sich um sie kümmern, es sei nicht nötig, dass ich meinen wohlverdienten Urlaub abbreche.

Ich fuhr natürlich trotzdem und sagte die Familienfeier mit Elena und Severin ab. Sie hatten Verständnis dafür und feierten mit den Familien von Konstantin und Sarah.

Freunde meiner Mutter waren gar keine in Sicht, als ich in Lübeck ankam. Dafür hatte sie hohes Fieber, von dem sie am Telefon natürlich nichts gesagt hatte. Das war keine Erkältung, sondern eine richtige Grippe, und mit der hatte sie noch dreimal täglich Janosch, ihren Hund, Gassi geführt.

Sich helfen zu lassen fiel ihr immer noch schwer. Wenn ich Essen kochte, stand sie auf einmal hustend neben mir und wollte Salat putzen. Kaum war ich mit Janosch an der Wakenitz, räumte sie »schnell« die Geschirrspülmaschine aus, sodass ich ihr gegen das Fieber nicht nur Ibuprofen, sondern auch Wadenwickel verordnete, die sie ans Bett fesselten.

Und trotzdem ich jetzt echt alt genug war, selber über alles entscheiden zu dürfen, sagte sie unumwunden, ich würde dick werden und wollte mir den Zucker im Kaffee und die Butter auf dem Brot verwehren. Und sie wollte, dass ich mir einen Hund oder eine Katze kaufte. Gegen die Einsamkeit. Am liebsten hätte sie mich gleich ins Tierheim geschickt.

So war das eben, man blieb immer das Kind seiner Eltern. Und so, wie ich mir als Kind nichts sehnlicher wünschte, als dass sie wieder gesund werden würde, so ging es mir auch jetzt. Obwohl sie nicht im dunklen Zimmer lag. Meine Mutter krank zu sehen rief ungute Gefühle und Erinnerungen hervor. Daran, nicht spielen, nicht laut lachen zu dürfen. Ihr leidendes Gesicht zu sehen. Die Angst, sie könnte sterben. Ja, ich hatte als Kind immer Angst gehabt, sie könnte sterben. Geredet hatte ich darüber mit niemandem.

Jetzt, wo sie sechsundsiebzig war, hatte ich diese Angst nicht mehr. Eigentlich war sie gesund und viel unterwegs, Spaziergänge mit Janosch, Frühschwimmen mit ihren Freundinnen. Migräne hatte sie schon lange keine mehr gehabt.

Über eine Woche dauerte es, bis sie fieberfrei war und sich auch keine Komplikationen zeigten. Von einer Last befreit setzte ich mich in den ersten Zug, der mich nach Hause brachte.

Und entgegen der Befürchtung meiner Mutter, ich würde in der Fremde völlig vereinsamen, hatte ich Nachbarn, die meine Blumen gegossen und die Post reingeholt hatten und für die ich babysittete. Greta liebte es, wenn wir abends zusammen den Pizzateig selber kneteten und später mit ganz viel Salami und Tomaten bei *Urmel aus dem Eis* der Augsburger Puppenkiste verspeisten. Sie war ziemlich brav, was mich mal wieder an meinen Erziehungskünsten bei Elena zweifeln ließ – bis ich miterlebte, wie Bianca und sie sich stritten. Mütter und Töchter waren eben immer ein ganz besonderes Gespann.

Manchmal frühstückte ich sonntags mit Rainer und

Arndt, und sie erzählten mir Geschichten über die anderen Mieter im Haus. Langsam verstand ich, wieso meine Freunde ihre Haushälfte als die »bessere« ansahen. Oder sie zeigten mir München. Was lachten wir gemeinsam auf der Auer Dult, einer Messe voll gurkenhobelnder Marktschreier, verstaubten Büchern und Antiquitäten! An einem Stand entdeckte ich historische Apothekenwaagen und konnte drei braunen Glasgefäßen nicht widerstehen, auf denen handgeschrieben Rizinusöl oder Arsen stand. Jetzt bewahrte ich Kekse in ihnen auf.

Und mit Mona hatte ich eine neue beste Freundin.

Es war bereits Anfang Mai, als ich wie elektrisiert in der Zeitung las, dass in der Neuen Pinakothek eines der berühmten »Sonnenblumen«-Bilder von Van Gogh hing. Da musste ich hin!

Thea mochte Museen leider genauso wenig wie Mona, aber so ganz allein fand ich es doch langweilig. Ich meldete mich zu einer Führung an – da hatte man jemanden zum Reden. Die Gruppe, die sich im Foyer zusammenfand, sah auch wirklich ganz nett aus.

Zuerst ging es in einen Saal mit griechischen Landschaftsbildern und beeindruckenden Wolkenbergen. Interessant, aber immer noch einsam, denn die anderen Gäste waren meist Paare und redeten miteinander, nicht mit mir.

Danach ging die Gruppe zu Van Goghs *Sonnenblumen*. Ehrfürchtig betrachtete ich die berühmten Blumen und bewunderte die Wärme, die sie ausstrahlen. Vor der lilagrauen Wand wirkten die Farben ganz besonders intensiv.

Auch die *Ebene bei Auvers* beeindruckte mich sehr, von Van Gogh ganz in Blau-, Türkis- und Grüntönen gehalten, eine strahlende Landschaft ohne Menschen mit drei hingetupften Mohnblumen im Vordergrund.

Ganz versunken versuchte ich zu ergründen, wie dieses leichte und schwerelose Gefühl erschaffen wurde. Mit der Kamera bildet man ja immer nur die Realität ab. Malerei – das war doch noch mal was ganz anderes.

Auf einmal räusperte sich jemand neben mir ausgiebig, und ohne groß nachzudenken, drehte ich mich um.

Gabriel.

»Wunderschön, nicht?«, flüsterte er mir ins Ohr.

»H… hallo!« Was machte der denn hier? So nah war ich ihm noch nie gewesen. Mir fielen seine Ohrlöcher auf und dass er sich beim Rasieren geschnitten hatte. Und dass er ganz schwach nach frisch gebackenem Kuchen duftete.

»Ich frage mich immer, wie Van Gogh die Aussicht vom Himmel auf die Erde gemalt hätte.« Er sah unverwandt auf das Bild und nicht zu mir. Mona hatte ja nach der Begegnung im *Café Himmelblau* gemeint, er würde mit mir flirten, aber das bildete sie sich nur ein.

»Vom Himmel?«, fragte ich daher, dabei ahnte ich die Antwort schon.

»Vom Ballon aus. Zu seiner Zeit gab es zwar schon Heißluftballone, aber soweit ich weiß, ist er nie mit einem gefahren.«

Ich wandte mich von ihm ab und schaute wieder zu dem Van Gogh. Da fiel mir etwas auf.

»Ein bisschen sieht es schon so aus, als wäre es von

oben herab gemalt. Vielleicht war Van Gogh auf einem Turm.«

»Du hast ein gutes Auge, Nelly.« Er beugte sich immer näher an mein Ohr und flüsterte dabei leise: »Was meinst du, was man von einem Ballon aus alles entdecken kann! Über der Stadt, du würdest dich wundern, wie viele Dachterrassen es da gibt! Und bei uns im Allgäu, da hast du manchmal einen Blick von den Bregenzer Alpen bis zum Münchner Olympiaturm. Und mittendrin Neuschwanstein. Beim Landen laufen manchmal Füchse und Hasen vor uns davon. Wäre das nicht was für dich?«

»Davonzulaufen?«, fragte ich verwundert. So gut kannte er mich doch gar nicht.

Er lächelte geheimnisvoll.

»Willst du noch bleiben, oder kann ich dir in einem anderen Saal etwas zeigen?«

»Gerne.« Ich hatte schließlich das ganze Museum noch vor mir. Und er schien sich gut auszukennen.

Was für ein merkwürdiger Mann. Wer konnte das schon – an einem normalen Werktag auf dem Markt einkaufen, Kuchen backen oder ein Museum besuchen? Wer hatte so viel Zeit, die Alpen mit einem Heißluftballon zu überqueren? Arbeitete er nie?

In einem etwas abseits liegenden Saal blieb er stehen. Vor einem Ballon – vor was sonst?

Die britische Flagge als Muster des schwebenden Heißluftballons fiel als Erstes auf. Unter ihm Hunderte von aufgeregten Menschen in der Kleidung des achtzehnten Jahrhunderts, teils auf Pferd und Wagen, dahinter eine bewaldete Landschaft.

»Das ist ein Gasballon. Hier, in dem Gestänge haben sie den Stoffsack aufgehängt und von unten durch Feuer den Wasserstoff erhitzt«, erklärte er voller Ehrfurcht und deutete auf die langen Holzstangen, die aus einer Art Amphitheater heraus in den Himmel ragten.

»Wow! Wann war das?«

»Das hier ist der erste Flug eines Ballons in England. 1785. Es war eine solche Sensation, dass sogar der Prince of Wales zuschaute, hier.« Er deutete auf eine rot gekleidete Figur auf einem weißen Pferd. »Muss ganz schön gedauert haben, bis der Ballon prall gefüllt war. Der Fahrer, ein Italiener namens Lunardi, war nach der erfolgreichen Fahrt über vierundzwanzig Meilen in Großbritannien der reinste Popstar. Sogar Ballonhüte wurden modern. Lunardi-Bonnet, so nannte man diesen Hut.« Er formte mit den Händen etwas Rundes auf seinem Kopf.

»Woher weißt du das alles?«, fragte ich. Unterhalb des Bildes hing nur ein Schild mit dem Namen des Malers und dessen Lebensdaten. *Julius Caesar Ibbetson, 1759 – 1817*.

»Ach, ich habe nur ein wenig recherchiert.« Er blickte noch immer auf das Gemälde.

»Bist du Historiker?«

»Nein.« Gabriel schmunzelte. »Ich schreibe gerade einen Krimi, in dem dieses Bild die Hauptperson ist.« Er deutete wieder auf den Ballon.

»Du bist – Schriftsteller?«, fragte ich erstaunt und sehr beeindruckt. Künstler kannte ich gar keine.

»Krimi-Autor und Ballonpilot. Eins alleine wäre mir zu langweilig.«

»Ach, deshalb hast du so viel Zeit, dass ich dich ständig überall treffe.«

»Zeit ist etwas, dass man als Autor eigentlich nie hat«, energisch strich er sich seine widerspenstige Haarsträhne aus dem Gesicht. »Immer drückt einen der nächste Abgabetermin, Manuskripte kommen aus dem Lektorat zurück, Lesungen stehen an, und dazwischen wird geschrieben.«

»Ist ja schon gut«, sagte ich und grinste schief. »Ich wollte dich nicht kritisieren. Ich habe keine Ahnung, wie ein Autor arbeitet, tut mir leid.«

»Viele denken, so ein Roman schüttelt sich im Rotweinrausch aus dem Ärmel. Hier im Museum, das ist für mich zum Beispiel Recherche. Und im Café – das sind Vaterpflichten. Das Ballonfahren brauche ich für meine Fantasie. Meist sind die Fahrten frühmorgens direkt nach Sonnenaufgang, das hängt mit der Thermik zusammen. Den Sonnenaufgang im Allgäu zu sehen ist immer wieder atemberaubend. Mein Bruder hat dort eine Ballonfahrtfirma, ich fahre dann schon am Vorabend hin, prüfe alle Wetterberichte, gehe früh schlafen und stehe vor Sonnenaufgang auf. Nach der Fahrt dann noch Mittagessen mit der Familie, und ab geht's wieder nach München und voller Inspiration an den Schreibtisch.«

Ich schaute beeindruckt zu ihm hinüber, da wurde es auf einmal richtig laut, eine Gruppe Kindergartenkinder und eine Museumspädagogin betraten den Saal und setzten sich vor das Bild des Ballons.

Er schaute auf seine Armbanduhr. »Ich muss jetzt leider gehen«, sagte er leise.

»Schade«, entfuhr es mir, ich wäre gerne noch länger mit ihm durchs Museum gegangen. Endlich war da jemand, der sich für die gleichen Dinge interessierte wie ich.

»Wir sehen uns!«, sagte er noch und winkte mir mit seinem Notizbuch zu.

8

Voll neuer Eindrücke radelte ich die Barer Straße entlang. Ich hatte einen echten Van Gogh gesehen! Sogar zwei. Dazu war ich doch in die Großstadt gezogen, weg vom Land mit seinen ewigen Rapsfeldern und Wandervereinen. Kunst! Musik! Immer war was los hier.

Ich musste unbedingt jemanden finden, der genauso gerne ins Museum ging wie ich. Gabriel? Ihn dort zu treffen fühlte sich nach so langer Zeit, in der ich immer nur mit Martin unterwegs gewesen war, ungewohnt an. Und genauso aufregend wie alles andere hier in der Stadt.

Nach Hause wollte ich noch nicht, sondern ins *Café Gartensalon* hier in der Nähe, in dem ich mal mit Mona gewesen war. Von der Barer Straße bog ich in die Blütenstraße ab und ließ das Rad ausrollen.

Auf der rechten Seite stand ein dunkles Cabrio. Die Lichtreflexe im Lack der Tür änderten sich, ich erahnte eine Bewegung, versuchte auszuweichen, bremste. Zu spät. Krachend landete ich in der Tür.

Das Rad flog nach links, ich hart auf den Asphalt. Mein Herz stockte, ich bekam keine Luft.

Stille. Endlose Stille.

Schritte.

Auf einmal atmete ich heftig ein und stöhnte.

»Oh Gott, ist was passiert?« Eine Frauenstimme.

»Ich habe sie gar nicht gesehen!« Eine Männerstimme.

»Hallo? Wir brauchen einen Krankenwagen. Blütenstraße. Unfall mit Radfahrerin.«

Irgendjemand ergriff meine Hand und drückte sie.

»Ist alles in Ordnung? Sind Sie bewusstlos?«

»Nein«, krächzte ich und öffnete die Augen.

Mich starrten drei besorgte Gesichter an, eine junge Frau, ein Mann mit grau melierten Haaren und einer, der ein Handy an sein Ohr hielt.

»Sie ist ansprechbar«, sagte der Mann ins Telefon.

Ansprechbar vielleicht, aber sonst? Schmerzen, überall.

»Ich habe gar nicht hingeguckt«, sagte der andere Mann. Die Stimme kam mir bekannt vor. »Es tut mir so leid, ich habe einfach die Tür geöffnet, und Sie … wie schrecklich! Ich habe Sie mit der Tür einfach zur Seite gedrückt und zu Fall gebracht.«

Wer weiß, was für Schürfwunden ich mir beim Aufprall zugezogen hatte. Oder noch Schlimmeres. Einen Milzriss oder ein Schleudertrauma. Einen Oberschenkelhalsbruch. Was für ein Mist. Ich versuchte, scharf zu sehen, bis ich begriff, dass ich keine Brille mehr aufhatte.

»Mona«, krächzte ich, »meine Freundin arbeitet in der Sonnen-Apotheke.«

»Die ist direkt um die Ecke«, sagte der Mann mit dem Telefon.

Die junge Frau lächelte mich an. »Ich schaue mal, ob ich sie finde«, sagte sie und verschwand aus meinem Gesichtsfeld.

»Zum Glück tragen Sie einen Helm«, sagte der Mann,

dessen Stimme mir bekannt vorkam. »Es tut mir wirklich leid, das wollte ich nicht, ich habe doch nur die Tür geöffnet …« Das war also der Autofahrer. Er hätte besser mal genau in den Rückspiegel geschaut. Oder aus dem Fenster. Langsam spürte ich Arme und Beine wieder, konnte ruhiger atmen.

Er drückte wieder meine Hand. »Es tut mir so unendlich leid, aber Sie sind auch viel zu nahe an meinem Auto vorbeigefahren«, sagte er, und auf einmal wusste ich, woher ich seine Stimme kannte.

Ich kniff die Augen zusammen, um ihn schärfer sehen zu können, und allmählich ging es. Er hatte kurze, blonde Haare, einen Dreitagebart und stahlblaue Augen. Augen, die mich früher um den Verstand gebracht hatten.

»Thomas«, krächzte ich.

Thomas Gehrke. Der Schwarm meiner Jugend.

»Schonen Sie Ihre Kräfte, der Krankenwagen kommt bestimmt gleich.«

»Thomas?« Vielleicht irrte ich mich ja auch. Männer verändern sich im Verlauf von viel zu vielen Jahren ja gerne. Beim fünfundzwanzigjährigen Abitreffen hatte ich kaum einen erkannt. »Thomas Gehrke?«

Er sah mich verwundert an. »Kennen wir uns?«

»Wir sind zusammen zur Schule gegangen.« Ich musste husten. »Cornelia Kraft.« Erneutes Husten, hoffentlich war das kein schlechtes Zeichen.

»Cornelia Kraft?« Er schien zu überlegen.

»Ich war im Jahrgang unter dir.«

»Ach, die kleine Conny!«

Oh ja, so wurde ich in der Schule genannt. *Die kleine*

Conny. Es gab auch noch eine große Conny, mit langen blonden Haaren und noch längeren Beinen, die sie jedes Jahr zur Leichtathletiksiegerin machten. Müßig zu erwähnen, dass ich im Sport eine Niete gewesen war, oder? Ich nickte schicksalsergeben. Hauptsache, er erkannte mich.

»Conny, das ist ja was, hätten wir uns nicht auf anderem Wege treffen können?«

Auf einmal konnte ich sein Aftershave riechen. Thomas Gehrke, unfassbar. Was war ich in ihn verknallt gewesen! Thomas mit den Augen wie Terence Hill. Eine Hitzewelle erfasste mich, als ich erkannte, dass er immer noch meine Hand hielt. Was hätte ich dafür gegeben, wenn er mich damals mal angefasst hätte. Angehimmelt hatte ich ihn, wie einen Popstar, und genauso wie dieser wusste er nichts von meinen Gefühlen für ihn.

Hoffte ich jedenfalls.

»Nelly!«, schrie da Mona, und schon kniete sie neben mir. »Was ist passiert?«

»Nichts«, versuchte ich abzuwiegeln und mich aufzurichten. »Ich bin nur vom Rad geflogen, mir geht's schon wieder besser.«

»Bleib liegen! Wo ist denn der Notarzt? Du könntest dir den Kopf verletzt haben.«

»Glaube ich nicht«, mischte Thomas sich ein, »ihr Gedächtnis funktioniert ganz wunderbar. Ich hätte dich ja im Leben nicht wiedererkannt, Conny.«

Monas Kopf flog rum, und sie starrte ihm ins Gesicht.

»Wer sind Sie?«

»Thomas Gehrke, wir sind zusammen zur Schule gegangen.«

Sie musterte mit zusammengekniffenen Lippen seinen dunklen Mantel, das weiße Hemd und die himmelblaue Krawatte.

»Sind Sie der Autofahrer, der Nelly aufgespießt hat?«

»So würde ich das nicht nennen.« Jetzt musterte Mona das neu glänzende Cabrio. Daneben glotzten neugierig die Passanten und zückten ihre Handys.

»Keine Fotos«, rief sie sofort. »Hören Sie auf, das ist doch das Allerletzte!«

Da erklang von Weitem das Martinshorn, wurde auch Zeit. Es war verdammt kalt auf dem Boden.

»Durchlassen«, rief die junge Frau.

Dann waren die Sanitäter da, kurz darauf die Polizei. Während ich untersucht wurde, gab Thomas den Unfall zu Protokoll. Das Cabrio war ein BMW, er lief im teuren Business-Outfit herum. Was er wohl beruflich machte?

Dann bestätigte ich dem Polizisten die Angaben. Alle lobten mich, weil ich einen Helm getragen hatte. Obwohl offensichtlich nichts gebrochen war und ich mich an alles erinnern konnte, nahmen sie mich für weitere Untersuchungen mit.

Thomas schrieb sich für seine Kfz-Versicherung noch schnell meine Personalien auf und gab mir seine Visitenkarte. Um mein demoliertes Rad wollte Mona sich kümmern.

Und dann fuhr ich ganz allein dorthin, wo ich auf gar keinen Fall hinwollte: ins Krankenhaus.

Fruchtstände

9

Ich war so froh, als Mona endlich mit wehenden Haaren eintraf. Im Krankenhaus war es genauso, wie ich befürchtet hatte. Gerüche, die ich kannte. Die mir Angst machten. Die Erinnerungen an Martin drohten mir den Atem zu nehmen.

Jetzt hielt sie mir die Hand, redete mir gut zu und übernahm die Regie. Papierkram, Untersuchungen, sie kümmerte sich um alles und schaffte es, meine Erinnerungen und Ängste zu vertreiben.

Entlassen wurde ich auf eigene Verantwortung, und auch nur, weil Mona versprach, meine Vitalwerte zu kontrollieren. Das hieß jede Stunde Puls messen, darum wollte sie im Gästezimmer schlafen, doch bald schon blieb sie einfach bei mir im Bett liegen. Und ich war so froh, sie zu haben.

Die Ärzte hatten übrigens außer Schürfwunden und blauen Flecken nichts gefunden. Helm plus niedrige Geschwindigkeit plus Ausweichmanöver plus Handschuhe plus dicke Daunenjacke (zum Radfahren eigentlich zu warm, aber eine dünnere besaß ich nicht). Meine Hose war kaputt, die neuen Lederstiefel hatten Kratzer. Genauso meine rechte Wange.

Ich hatte unglaubliches Glück gehabt.

Das Aufstehen am nächsten Morgen war eine Qual. Meine Knochen und Muskeln waren völlig erschlagen, steif und verspannt. Auf der rechten Seite wurden Beine und Hüfte ganz blau.

Zu gerne hätte ich gebadet, um meine verspannten Muskeln zu entspannen, doch auch an den Beinen hatte ich Schürfwunden, nicht nur im Gesicht, und überall Pflaster. Duschen?

Später. Und dann auch nur mit einem Antiseptikum, um keine Entzündung zu riskieren, sonst gab es große Narben. Bis jetzt hoffte ich noch, ohne Folgen davonzukommen.

Mühsam wankte ich in die Küche. Mona holte gerade die Milch aus dem Kühlschrank, auf der Anrichte stand eine Tüte vom Bäcker. Die Gute, dabei war es schon nach acht, offenbar musste Tereza ausnahmsweise morgens arbeiten.

»Alles in Ordnung?«, fragte Mona und hielt mir einen Espresso entgegen.

»Nein, ich bin heute Nacht gestorben«, ächzte ich, ging mit der Tasse ins Wohnzimmer und setzte mich vorsichtig aufs Sofa. So viel Sorge um mich war ich gar nicht gewöhnt.

»Zum Einbalsamieren brauch ich noch Heparinsalbe.«

»Hämatome?« Sie grinste. »Ich schick dir gleich die Julia, heute kommen den ganzen Tag Vertreter. Und abends hat mich ein Bekannter zu den Philharmonikern in den Gasteig eingeladen, Rachmaninoff, ich weiß gar nicht, wie ich das alles schaffen soll.« Sie setzte sich neben mich.

»Jetzt geh erst mal nach Hause und präparier dich für den Tag. Ich kann jetzt alleine bleiben.«

»Wirklich?«

»Ganz bestimmt.« Ich drehte mich zu ihr um und umarmte sie. »Vielen Dank für alles, Mona. Ich bin so froh, dass du da warst.«

Sie klopfte mir leicht auf den Rücken.

»Ist schon in Ordnung. Du hättest ganz bestimmt dasselbe für mich getan.«

Sie ging nicht, ohne mir ein Frühstück auf den Sofatisch zu stellen und eine Decke zu holen. Ich sollte mich ausruhen und ehrlich: Bewegen konnte ich mich sowieso kaum. Die Zeitung und ein Krimi lagen in Griffweite, perfekt.

Rachmaninoff mit einem »Bekannten«. Ob das der mit dem Tipp für den Opern-Slam war? Warum erzählte sie mir nicht mehr von ihm? Ob ich ihn kannte? Aber wer sollte das dann sein? Bislang kannte ich nur ein paar ihrer Freundinnen, meistens auch Apothekerinnen oder Frauen, die sie beim Sport kennengelernt hatte, ein lustiger Haufen. Ein paarmal war ich mit ihnen abends aus gewesen, sie tranken alle gerne und waren ziemlich eitel, so wie Mona eben auch. Und sie lästerten gerne über Männer – einfach wunderbar!

Ich schlug das Buch auf, und genau in dem Moment klingelte das Telefon. Und das lag leider nicht neben mir, sondern irgendwo ganz anders. Mühsam stand ich auf, meine Knie schmerzten und die Hüfte genauso. Von wo kam das Klingeln? Nicht aus der Jacke in der Garderobe oder vom Nachttisch. Nein, das Telefon lag im Bad auf der Ablage. Eine unbekannte Nummer. Ich seufzte, ging aber trotzdem dran.

»Guten Morgen, hier ist Thomas, Thomas Gehrke.«

Ich setzte mich auf den Badewannenrand und stöhnte im nächsten Moment auf. Mist, ich hatte einen der blauen Flecke erwischt.

»Hallo«, sagte ich.

»Geht es dir nicht gut?«, fragte er besorgt.

»Doch, doch, alles in Ordnung.« Mein Herz schlug Purzelbäume. Wie aufregend, mit ihm zu telefonieren!

»Bist du noch im Krankenhaus?«, fragte er. »Was haben sie gesagt?«

»Nichts gebrochen, nur ein paar Prellungen, ich bin inzwischen zu Hause.«

»Da bin ich aber beruhigt. Ich habe mir solche Sorgen gemacht!«

Im Hintergrund hörte ich Stimmen, Schritte, Autos. Es klang, als ob er irgendwo auf einer Straße war.

»Meiner Versicherung habe ich jetzt alles gemeldet. Hast du denn noch eine Rechnung vom Rad, oder Einkaufsbelege für deine Kleidung? Die werden auf jeden Fall noch auf dich zukommen. Am besten, du meldest es auch deiner Haftpflichtversicherung, dann können die das unter sich regulieren, wegen der Schuldfrage und so.«

Schuld? Das war er, wer sonst?

»Das Rad ist ja neu, da habe ich auf jeden Fall noch die Rechnung.« Es war kalt und unbequem im Bad. Ich stand auf, stöhnte aber wieder unwillkürlich.

»Oh je, du Ärmste!«

»Ist schon in Ordnung, Thomas. Das kann doch jedem mal passieren.« Oh je, was redete ich da. Ich war immer viel zu nett. Was, wenn die Schuldfrage wirklich unklar war? Auf irgendwelchen Kosten wollte ich auf gar keinen Fall sitzen bleiben.

»Ich will dich mal nicht weiter stören, ich melde mich wieder, ja?«

Und dann legte er auch noch sofort auf. Ob er auf ein Eingeständnis von mir gewartet hatte? Ich kannte ihn doch gar nicht! Der Thomas von heute konnte ein ganz anderer sein. Und auch damals hatte ich doch nur mein Traumbild von ihm gekannt, mehr nicht.

Mit klopfendem Herzen ging ich ins Gästezimmer. Alle wichtigen Aktenordner waren hier, ebenso mein Schreibtisch. Eigentlich war es ein Büro, in dem man auch schlafen konnte. Die Unterlagen von Haftpflicht- und Unfallversicherung waren schnell gefunden. Nach Martins Tod hatte ich alles neu regeln müssen und ordentlicher als zuvor abgeheftet.

Fünfundzwanzig Minuten Warteschleife im Call Center des Versicherungsunternehmens, nein danke! Ich rief Patrick an, den Versicherungsvertreter in Kleinfelden, der uns schon immer betreut hatte, er konnte den Schaden doch ebenfalls telefonisch aufnehmen. Dann noch die Fahrradrechnung raussuchen, fertig. Quittungen für Jeans, Handschuhe und Daunenjacke besaß ich keine, da müsste ich die Preise schätzen. Alles in einen Briefumschlag, erledigt. Fragte sich nur, wann ich zum Briefkasten kam.

Dann brühte ich mir einen frischen Cappuccino auf. Die Bewegung tat gut, langsam ging ich einmal durch alle Räume, um meine Muskeln zu lockern. Silvie würde mir jetzt bestimmt eine Yoga-Übung empfehlen – mir war aber eher nach Sofa.

Vielleicht waren die Sorgen von Thomas doch echt. Schon früher war er ein Mensch gewesen, der sich um andere kümmerte. Ein Schulsprecher, der etwas erreichen wollte. An den Kampf um den Aufenthaltsraum für die Oberstufe konnte ich mich noch gut erinnern. Die Schulleitung hatte befürchtet, dass dieser nur zum Rauchen genutzt werden würde, und das durften die Schüler nicht auf dem Schulgelände. Die Lehrer schon. Mein Gott, was für Zeiten.

Hatte Thomas geraucht? Das wusste ich gar nicht mehr.

Also stand ich noch mal auf und holte aus dem Gästezimmer ein schwarzes Fotoalbum mit einem »Atomkraft – Nein Danke«-Aufkleber auf dem Rücken. Abitur 1986, und mittendrin Tschernobyl.

Ich setzte mich wieder so aufs Sofa, dass ich keine Schmerzen spürte und entspannen konnte. Mit dem Telefon neben mir.

Im Album waren fast nur Fotos aus meiner Schulzeit. Familie war für mich damals reine Pflicht, kochen für meine Brüder, wenn meine Mutter mal wieder krank war, waschen, putzen, darüber sprach ich mit niemandem und fotografierte es erst recht nicht.

Nein, hier im Album gab es nur Oberstufenfeten, Maiwanderungen, Schulfeste. Und die Abifahrt, natürlich!

Thomas war im Jahrgang über mir gewesen. Ziemlich schnell stieß ich auf ein Foto von ihm. Mit weißem Poloshirt und Poppertolle, den Blick kritisch in die Kamera gerichtet, in der Hand ein Lück-Pils.

Er hatte mir direkt in die Kamera gesehen. Irgendwie bemerkt hatte er mich also. Auf Oberstufenfeten hatten wir immer viel fotografiert, die Bilder später bei einem Klassenkameraden in der Dunkelkammer entwickelt und Bestellungen der Abzüge organisiert. Mit Handy war das alles einfacher heute, aber coole Fotos von sich wollten auch damals schon alle haben. Oder die, wo die besoffensten Typen drauf waren. Die hübschesten Mädchen.

Da war noch ein Bild von Thomas, die Flasche hoch über dem Kopf, ein Mädchen gekleidet wie Madonna schmeißt sich an ihn ran und will sie ihm wegnehmen.

Ich blätterte immer weiter. Damals hatte ich so einen asymmetrischen Haarschnitt – auf der einen Seite kinnlang, auf der anderen endeten die Haare über den Ohren. Quergestreifte T-Shirts mit nur einem Ärmel trug ich und bunte Blazer mit aufgekrempelten Ärmeln. Und Schulterpolster.

Wie schlank ich früher gewesen war, und wie makellos meine Haut. Hässlich fand ich mich damals und versteckte mich am liebsten hinter der Kamera. Was für ein Unsinn.

Wieder war da ein Bild von Thomas, vom Schulfest, als er eine Rede hielt. Ich löste es langsam aus den Fotoecken und stellte es neben die Kerze auf dem Couchtisch. Sehr viel verändert hatte er sich wirklich nicht. Immer noch schlank, soweit man es unter dem Mantel sehen konnte. Die Haare viel, viel kürzer. Und ein Dreitagebart, der ihm verdammt gut stand.

War Thomas nach dem Abi zum Bund gegangen oder hatte er verweigert? Und wo hatte er studiert? Damals hatten wir beide im gleichen Stadtteil gewohnt, in St. Lorenz. Wir in einem Wohnblock, in dem es nie leise gewesen war, er in einem Haus mit Garten. Und seine Eltern hatten ein kleines Segelboot im gleichen Hafen wie Onkel Peter gehabt.

»Rechtsanwalt – Fachanwalt für Verwaltungsrecht – Geschäftsführer GGL Rechtsanwaltsgesellschaft« stand auf seiner Visitenkarte. Und die Adresse: Blütenstraße. Der Unfall war direkt vor seiner Kanzlei passiert.

Verwaltungsrecht klang nicht gerade spannend. Na gut, Apothekerin auch nicht.

Er war eindeutig einer der beliebtesten Jungs damals gewesen. Fußballer und … ach. Vielleicht wusste meine Mutter mehr über Thomas. Von dem Unfall durfte ich ihr aber keine Silbe erzählen, sie würde sich nur Sorgen machen und es Elena und Severin sagen, selbst wenn ich sie darum bäte, es nicht zu tun. So war sie.

Dass ich damals in Thomas verschossen gewesen war, wusste sie auch gar nicht. Was sollte es also bringen?

Aber dann siegte meine Neugier. Ich wählte ihre Nummer und trank einen Schluck Kaffee, bis sie dranging.

»Ich habe gestern zufällig einen früheren Mitschüler wiedergesehen«, sagte ich daher nach einer kleinen Begrüßung.

»Und wen?«, fragte sie mit unverhohlener Neugier.

»Thomas Gehrke. So ein großer Blonder. Schulsprecher.«

»Gehrke? Gehrke. Da klingelt bei mir was.«

»Die Eltern hatten ein Segelboot, das lag in der Nähe von Onkel Peters *Undine*. So eine gelbe Jeanneau.« Erstaunlich, dass mir sogar die Bootsmarke noch einfiel. Und der Name. »Beluga«, ergänzte ich.

»Ach, du meinst die, wo immer Schifferklavier gespielt wurde!«

»Thomas ist jetzt Anwalt hier in München.«

»Hast du Probleme? Wieso musstest du zum Anwalt?«

»Nein, ich habe ihn zufällig auf der Straße getroffen«, bog ich die Wahrheit zurecht. »Nur kurz, weißt du. Ich dachte, du kannst dich vielleicht an ihn erinnern.«

»Na gut, lass mich nachdenken. Der Vater, was war denn der Vater von Beruf gewesen? Irgendein höherer Beamter, glaube ich. Bei der Post? Über die Mutter weiß ich nichts, das war so eine graue Maus. Da liefen immer zwei Kinder im Hafen rum, ein Junge und ein kleines Mädchen.«

An die Schwester konnte ich mich auch erinnern, selbst wenn ich nicht so oft im Hafen gewesen war. Mein Vater segelte zwar leidenschaftlich gerne, aber ein eigenes Boot hatten wir nie besessen. Meine kleinen Brüder waren oft bei Onkel Peter, beim Segeln und im Hafen, wenn die Segel geprüft oder am Motor geschraubt werden musste. Ich eigentlich nur zu der Zeit, als Gehrkes Boot in der Nähe lag, und ich hoffte, Thomas sehen zu können. Ich hatte dort immer Angst. Angst, vom Steg oder vom Boot aus ins Wasser zu fallen.

»Ist Kai nicht mit der kleinen Gehrke in eine Klasse gegangen?«

Hoffentlich erzählte meine Mutter jetzt nicht meinem Bruder von Thomas. Es musste ja nicht jeder gleich wissen, dass ich mich für einen Mann interessierte, selbst wenn es nur ein alter Mitschüler war.

»Dein Vater wüsste bestimmt mehr. Oder Peter.« Meine Mutter seufzte. »Irgendwann bleiben immer wir Frauen übrig, Liebes. Von den alten Freunden lebt nur noch ein Mann, ein einziger! Wir sind alle Witwen, aber dass du jetzt auch schon dazugehörst, das gefällt mir ganz und gar nicht. Du bist doch noch so jung.«

Aber über Martin reden wollte ich nicht, und darum erkundigte ich mich lieber nach den neuesten Geschichten von Janosch, ihrem Hund. Man merkte ihr an, dass sie das billige Ablenkungsmanöver durchschaute, aber akzeptierte.

Ich schreckte durch ein Klingeln auf, war wohl kurz eingenickt. Es klingelte erneut. Die Haustür. Mühsam stand ich auf. Vom unbequemen Liegen auf dem Sofa waren meine Gelenke wieder ganz steif. So lange, wie ich zur Tür brauchte, konnte ich doch gleich liegen bleiben. Wer auch immer das war, war bestimmt schon weg.

Geduldig stand Thea in einem buntgemusterten Kaftan vor der Tür. Sie sah mich eindringlich an, sagte aber nichts zu dem großen Pflaster in meinem Gesicht. Dazu war sie viel zu höflich.

»Ich bin mit dem Rad hingefallen«, erklärte ich.

»Brauchst du Hilfe?«

»Nein, nein, alles in Ordnung.«

»Ich wollte dich eigentlich nur fragen, ob du Lust hast, heute Abend mit uns Canasta zu spielen. Arndt fällt aus.«

Sie trafen sich ja immer mittwochabends zum Kartenspielen, ich hatte inzwischen einige Male mitgespielt. Ich mochte Canasta, eine der wenigen Leidenschaften, die ich mit meiner Mutter teilte.

»Gerne!« Im Zweifelsfall im Liegen, wenn mir dann immer noch die Hüfte wehtun sollte. »Soll ich irgendwas mitbringen?«

»Wenn du möchtest«, sie lächelte mich dankbar an. »So um acht? Und – ich bin den ganzen Tag zu Hause, falls irgendwas ist, Nelly.«

Beruhigend zu wissen, auch, wenn ich sie nicht belasten wollte. Die paar Prellungen bekam ich durchaus alleine hin. Am Abend die Nachbarn zu treffen wäre aber schön, wenn ich schon den ganzen Tag nicht aus dem Hause kam.

Auf dem Weg zurück zum Sofa fiel mir der Briefumschlag für die Versicherung ins Auge. Mist, vergessen!

Aber kaum, dass Thea weg war, brachte Julia von der Apotheke die Salbe und nahm den Brief für die Versicherung mit.

Natürlich hatte Mona noch ein paar Proben mit in die Tüte gelegt – einen allergenfreien Abdeckstift und den Früchtetee »Glückliche Auszeit«. Sehr lustig!

Abends freute ich mich auf meine Nachbarn und füllte italienische Oliven und Käsecräcker in Schalen. Und als ich an Theas kleine Rente dachte, packte ich auch noch Sekt und Aperol in den Korb.

Ich öffnete gerade die Tür, als Schritte die Treppe hochkamen. Aber es war nicht wie erwartet Rainer oder Bianca, sondern Thomas, der die Treppen zum dritten Stock hocheilte. Thomas und ein Strauß gelber Rosen.

Mein Herz wummerte, mir brach der Schweiß aus. Durch meine Ersatzbrille sah er noch viel besser aus als in meiner verschwommenen Erinnerung vom Vortag. Schlank und voller Kraft. Und seine blauen Augen …

»Oh, dir geht es ja echt besser!«, begrüßte er mich.

»Natürlich!« Mit zitternden Händen stellte ich den Korb ab, bedankte mich und brachte die Rosen so schnell in die Küche, als ob sie am Verdursten wären. Dabei wollte ich nur meine roten Wangen verstecken. Schlagartig wurde mir unter dem Pulli so heiß, dass die Brillengläser beschlugen. Mist, diese Hormone!

Thomas folgte mir neugierig. »Ich hatte mir schon Sorgen gemacht, du würdest mir nur was vorspielen, weil du stark sein willst.«

»Nein, keine Angst.« Ich klappte den Schrank mit den siebenundzwanzig Blumenvasen auf. »Die paar blauen Flecke überstehe ich schon.«

Ohne lange zu überlegen, nahm ich die bauchige weiße, die müsste passen.

»Hallo, Nelly, kommst du?«, rief da Rainer vom Hausflur in die Wohnung.

»Ja, gleich!«, rief ich zurück und hätte beinahe aus lauter Nervosität die Rosen ins Küchenfenster gestellt. Ich atmete kurz durch. Thomas hier in meiner Wohnung zu sehen war aufregend, und ich wusste gar nicht, was ich tun sollte.

»Störe ich?«, fragte Thomas und blickte in den Flur.

»Na ja, ich bin mit meinen Nachbarn verabredet.« Ich deutete mit der Vase in den Händen auf den Korb, aus der die Aperol-Flasche herausragte.

»Schade.«

Er sah so aus, als ob er dieses *schade* ernst meinen würde, und mein Herz stolperte vor Freude.

»Ich habe mich echt gefreut, dich gestern getroffen zu haben. Natürlich nicht unter diesen Umständen …« Er lächelte, das Stolpern hörte nicht auf.

»Dass du dich überhaupt an mich erinnern kannst.«

Schnell brachte ich die Vase ins Wohnzimmer und versuchte, mich durch bewusstes Atmen zu beruhigen.

»Aber sicher, du warst doch in der Foto-AG!«

»Stimmt genau.« Ich war so nervös, dass ich etwas vom Blumenwasser verschüttete, als ich die Vase auf den Esstisch stellte. Schnell ging ich in die Küche und holte einen Lappen. Thomas folgte mir und betrachtete neugierig die Fotos am Kühlschrank. Ob ich ihm nicht etwas zu trinken anbieten sollte? Doch als er dann ganz kurz auf seine Armbanduhr schaute, verließ mich der Mut.

»Conny, ich wollte dich fragen – ob ich dich – zur Entschädigung – und weil wir uns so lange nicht gesehen haben – zum Essen einladen darf.« Er schaute noch mal auf die Kinderfotos am Kühlschrank. »Und natürlich auch deinen Mann.«

Träume meiner Jugend wurden wahr. Und auch Träume

von heute, das musste ich zugeben. Ich lächelte so sehr, dass die Wunde im Gesicht schmerzte, aber es machte mir nichts aus.

»Keine Sorge, ich bin Single.« Woher nahm ich nur den Mut, so etwas zu sagen?

»Gut, dann … Samstag?«, fragte er. »Wie wäre es mit Samstag? Oder ist das zu früh, brauchst du noch Ruhe?«

»Samstag bin ich schon verabredet«. Da wollte Ludwig mich wieder zum Essen ausführen. Zu schade aber auch.

»Dann Sonntag?«

»Sonntag geht.«

»Schön.« Er strahlte, kam einen Schritt auf mich zu, doch sein Blick blieb an meinem Pflaster hängen, und er gab mir nur die Hand. Obwohl ich dieses Münchner Bussi-Bussi-Getue nicht gewohnt war und mich dabei immer unwohl fühlte, bei ihm hätte es mir nichts ausgemacht.

»Was ist dir denn passiert?«, fragte Bianca.

»Nelly, Liebes, geht es dir gut?« Rainer stand besorgt vom Sofa auf.

»Nichts, ich bin nur vom Rad gefallen«, beruhigte ich sie und versuchte, nicht zu stöhnen, als ich mich aufs Sofa setzte. Sofort reichten sie mir ganz viele Kissen und fragten genauestens nach, was denn geschehen sei. Bianca mischte die Cocktails für uns, und als alle ein Glas Spritz in Händen hielten, erzählte ich ihnen vom Unfall und auch, wer der Unfallgegner war.

»Das war aber nicht der, den ich eben gesehen habe,

oder?«, fragte Rainer. »Der war ja viel älter als du. Attraktiv, ja, aber wesentlich älter.«

»Du schmeichelst mir – Thomas ist nur ein Jahr älter.«

»Kann gar nicht sein!«, betonte Rainer ernsthaft.

»Was gibt es Schöneres als einen Flirt mit einem gut aussehenden Mann, der einem Rosen vorbeibringt.« Thea schaute ganz versonnen.

»Das ist kein Flirt.« Was für ein abwegiger Gedanke. Als ob Thomas jemals mit mir flirten würde. Erstaunlich genug, dass er ausgerechnet mit mir, der *kleinen Conny*, den Abend verbringen wollte.

Rainer schaute mich wieder so neugierig an. Obwohl wir jetzt schon einige Abende miteinander verbracht hatten, wussten sie nichts von meinem treulosen und toten Ehemann.

Warum verheimlichte ich es eigentlich so? Meine Nachbarn waren mir in den wenigen Wochen ans Herz gewachsen, und von ihnen wusste ich auch, was für eine schreckliche Scheidung Bianca hinter sich hatte, dass Thea nur wenig Rente bekam und ständig nach einer neuen Rolle suchte und was für Schwierigkeiten Rainer und Arndt in der Schule hatten, seitdem sie ihre Beziehung öffentlich gemacht hatten.

Also atmete ich tief durch und erzählte, dass mein Mann von einem Moment auf den anderen gestorben sei. Im Bett seiner Geliebten. Am Schluss war der Aperol alle, Karten hatten wir keine Sekunde lang gespielt, und sie schimpften auf Martin, dass es eine Freude war.

»Ich bin seit dreißig Jahren Witwe«, sagte Thea und lächelte mich aufmunternd an, »das ist überhaupt nicht schlimm. Aber nicht, dass du denkst, ich hätte seit dreißig Jahren keinen Mann angefasst! Ich hatte meinen Spaß, verlass dich drauf! Ich bin nicht gerne alleine.«

»Mir macht das nichts aus.«

Daraufhin sah sie mich von der Seite aus an, als glaubte sie mir kein Wort.

10

Beim Verbandswechsel am nächsten Tag war der Arzt sehr zufrieden und klebte ein etwas kleineres Pflaster auf die Wunde. Die blauen Flecke wurden langsam grün und mein Körper insgesamt viel beweglicher und fitter.

Mona brachte abends Chicken Masala vom Inder mit und beglückwünschte mich zu dem »Date« mit Thomas.

»Das ist doch kein Date!«, wehrte ich mich, »mehr so ein Klassentreffen, oder so.«

»Wenn du meinst«, sie tätschelte mir das Knie.

Und während wir uns die neuesten Folgen von »Charité«, einer historischen Krankenhausserie, ansahen, und uns über die damaligen hygienischen Zustände amüsierten, fragte ich mich, was dieses Essen mit Thomas wirklich war. Doch als ich zu keinem Ergebnis, sondern nur zu noch mehr Herzklopfen kam, hörte ich damit auf und überlegte lieber, was ich anziehen sollte.

Diese Frage brachte mich dazu, am Samstag in die Innenstadt zu fahren. Aber als ich bei *Oberpollinger* die Kleiderständer betrachtete, konnte ich mich zu nichts entscheiden.

Entweder hatten die Kleider keine Ärmel, das konnte ich mir oberarmmäßig nicht leisten, oder sie waren mir zu sackartig. Für ausgestellte Röcke und Blumenmuster fühlte ich mich zu alt, Pastellfarben fand ich auf einmal zu meinen grauen Haaren öde. Dabei hatte ich schon helle Blusen gekauft und auch gerne getragen. Aber jetzt, jetzt musste was Knalligeres her, was aber nicht angeboten wurde. Dafür Grau. Viel zu viel Grau. Oder Schwarz, Trauerkleidung, die würde ich erst recht nicht anziehen.

Ratlos setzte ich mich in die Sitzecke, in der außer mir nur einige Männer saßen, die von ihren shoppenden Frauen mit viel zu vielen Tüten dort abgestellt worden waren. Sie alle schauten in ihre Smartphones, und auch ich zog mein Telefon aus der Tasche. Thomas hatte mir geschrieben, wir würden uns im Restaurant *Le Parisien* treffen, einem französischen Restaurant im Lehel. Die Website war sehr edel, die Fotos zeigten cremefarbene Wände, dunkle Stühle, die Tische waren mit Stoffservietten, Gläsern und Besteck eingedeckt. Keine feste Speisekarte, dafür Lobeshymnen von Feinschmeckerzeitschriften, es wirkte alles recht nobel und brachte mich nicht weiter.

Für Ludwig heute Abend würde ich mich nicht besonders schick machen. Wahrscheinlich zog ich wieder nur Jeans an, vielleicht die hellblaue Bluse dazu. Bei ihm hatte es mich auch nicht gestört, die alten Sachen anzuziehen, bevor ich sie weggeworfen hatte. Ludwig gehörte eben zu meinem früheren Leben.

Ich seufzte. Vielleicht half mir ja die Website von Thomas' Kanzlei. Er hatte sich auf Rechtsberatung rund ums Bauen spezialisiert. Für Unternehmen, öffentliche Bauträger, Makler, alles, was dazugehörte. Auf seinem Profilfoto trug Thomas ein weißes Hemd, das graue Jackett an der Hand über die Schulter gelegt, und lächelte offen in die Kamera. Er sah so verdammt gut aus, dass mein Herz allein beim Anblick dieses Kanzleifotos höherschlug.

Und dann fasste ich mir ein Herz, wechselte das Geschäft und fand ein sommerlich leichtes, weißes Kleid mit Kornblumen-Muster und Ärmeln. Dazu eine leichte schwarze Lederjacke. Das Blau sah hervorragend zu meinen Haaren aus, und die Lederjacke gab mir emotional Kraft. Die brauchte ich auch. Denn bei der Frage, was ich anziehen wollte, ging es gar nicht um Thomas.

Sondern darum, den nächsten Schritt in meinem Witwendasein zu machen – mit einem Mann auszugehen.

Abends dann war erst mal das Essen mit Ludwig dran. Vorsichtig entfernte ich das Pflaster auf meiner Wange, desinfizierte die Schrammen und überschminkte sie vorsichtig. Dann die hellblaue Bluse und eine der neuen Jeans, in der meine schlankere Figur gut zur Geltung kam. Ludwig würde von meinem Fahrradunfall gar nichts mitbekommen.

Dieses Mal holte er mich nicht im Fan-Shirt, sondern im weißen Hemd ab, einen Strauß mit Moosröschen und rosa Gerbera in der Hand. Aber er lächelte nicht, sondern schaute mich sehr besorgt an.

»Wie geht es dir? Wir können auch bei dir zu Hause bleiben, wenn du noch Ruhe nach dem Unfall brauchst!«

Woher wusste Ludwig denn davon?

»Patrick sagte, der Unfall wäre so schlimm gewesen, dass der Krankenwagen kommen musste!«

Patrick! Gab es für Versicherungsvertreter keine Schweigepflicht? Wieso hatte ich nicht gleich daran gedacht, dass die beiden dicke Freunde waren?

»Alles bestens, Patrick übertreibt maßlos«, versuchte ich, Ludwig zu beruhigen, und legte ihm die Hand auf den Arm.

»Ich habe es dir gesagt, Radfahren in der Stadt ist viel zu gefährlich!« Er kam einen Schritt auf mich zu, als ob er nach Verletzungen suchen würde. Ich wandte mich ab und ergriff meine neue Lederjacke.

»Ach, Ludwig, es ist doch nichts passiert.«

»Schrecklich, wie schnell es gehen kann! Ein 4er BMW Cabrio, hat Patrick gesagt? Was war das für ein Typ?«

»Alles in Ordnung, du brauchst dir echt keine Sorgen zu machen. Und stell dir vor, es war ein Klassenkamerad von mir. Ich find's sogar toll, ihn wiedergetroffen zu haben! Morgen führt er mich zum Essen aus.«

Das hätte ich besser nicht gesagt. Ludwigs Blick verfinsterte sich.

»Das halte ich für keine gute Idee, solange die Schuldfrage nicht geklärt ist. Der will dich nur um den Finger wickeln, um dich dann auf den Kosten sitzen zu lassen.«

»Dafür ist ja jetzt Patrick zuständig, nicht?« Ich legte meine Hand auf Ludwigs Rücken und schob ihn aus meiner Wohnung. »Was für ein Restaurant hast du denn für heute Abend ausgesucht?«

»Pass auf dich auf, Nelly.« Langsam stieg er die Stufen hinab. »München ist ein anderes Pflaster als Kleinfelden.«

Wieso hatte ich nur nicht genügend Geduld für diese

blöde Warteschleife im Call Center der Versicherung gehabt? Ludwig redete immer weiter, sprach von Einbrüchen und Pöbeleien, und als er bei der Gewalt gegen Frauen angekommen war, überholte ich ihn auf der Treppe, wartete dann unten bei seinem Wagen und überlegte, ob doch etwas an Ludwigs Misstrauen gegenüber Thomas stimmen konnte. Traf Thomas sich mit mir, um die Schuldfrage für sich günstig zu beeinflussen?

Was für ein grauenhafter Gedanke! Nein, das konnte ich mir nicht vorstellen, das passte gar nicht zu Thomas, der sich früher immer für andere eingesetzt hatte.

»Hör auf, Ludwig. Ich finde es schön, wenn du dir Sorgen um mich machst, aber es ist völlig unnötig.«

Er brummte nur irgendwas, und wir stiegen ein. Sein Navi wollte, dass er links abbog, er fuhr nach rechts.

»Wir müssen in die Nähe der Säbener Straße, da finde ich schon noch alleine hin.« Als er sich zum Navi beugte, um es auszuschalten, fiel mir auf, dass er nach Rasierwasser duftete. Aber beim Spiel war er in jedem Fall gewesen, sein Fanschal lag auf dem Rücksitz. Er wirkte irgendwie feierlicher als sonst. Nein, das war das falsche Wort. Aber irgendetwas war anders.

»Das Restaurant wird dir gefallen. In der *Bierwerkstatt* schenken sie nur selbst gebrautes Bier aus!«

Das klang allerdings völlig normal. Ach, ich bildete mir das Ganze doch nur ein.

»Ich trinke doch gar kein Bier«, schmunzelte ich.

»Nein?« Er schaute schnell zu mir rüber. »Schade, ich wollte dir mal was Außergewöhnliches zeigen. Außerdem meine ich ja auch nicht, dass sie nichts anderes als Bier ausschenken, sondern dass das Bier selbst gebraut ist. *Craft-Beer!*« Er sprach es ehrfürchtig aus. »Das ist Bier von kleinen, unabhängigen Brauereien, alles Handarbeit.«

»Ich kann ja mal eins probieren.«

Auf einmal standen wir im Stau. Und das am Samstagabend? Ganz München schien unterwegs zu sein. Die Ampel zeigte Grün, aber wir schafften es immer noch nicht über die Kreuzung.

Er stöhnte. »Hoffentlich ist der Tisch nicht weg. War schwer genug, einen zu ergattern.«

Ich schaltete das Radio ein, ein alter Song von Genesis erklang. Ludwig machte es wieder aus.

»Mir geht dein Unfall einfach nicht aus dem Kopf, Nelly. Wir wissen beide, wie schnell das Leben vorbei sein kann. Wir müssen es genießen, solange es noch geht.« Er schaute zu mir rüber, da ging es wieder ein Stück weiter. Jetzt waren wir die ersten an der roten Ampel, und wieder sah er mich eindringlich an.

»Vorruhestand wäre genau das Richtige für mich. So wie du es gemacht hast.«

»Ludwig, ich bin doch nicht in Rente!«, sagte ich, hob die Arme hoch und ließ sie wieder fallen. »Ich arbeite Teilzeit.«

»Ja, Altersteilzeit.«

»Ich habe einen Vertrag über dreißig Wochenstunden, das hat mit Rente überhaupt nichts zu tun.«

Ludwig schaute noch mal zu mir. »Ach, ich rede Unsinn. Für Altersteilzeit bist du ja auch noch viel zu jung.« Er grinste, als hätte er mir ein Kompliment gemacht und nicht die Wahrheit ausgesprochen.

Endlich ging es weiter, wir fuhren langsam über die im Licht der Stadt glitzernde Isar.

»Mein Rücken«, sagte Ludwig. »Vielleicht schaffe ich es, aus gesundheitlichen Gründen früher in Rente zu gehen. Ich will einfach nicht mehr, die A3 wird sowieso nie fertig.«

Kaum, dass wir am Tierpark Hellabrunn vorbei waren, landeten wir wieder im Stau.

»Ich hätte wohl besser aufs Navi hören sollen und die längere Route durch den Englischen Garten nehmen sollen«, fluchte er.

»Ich rufe schnell an, dann halten sie uns den Tisch frei«, beruhigte ich ihn. Direkt nach dem Telefonat war dann auch der Stau vorbei, und wenige Minuten später waren wir in Giesing. Über dem Eingang der *Bierwerkstatt* hing noch der alte Schriftzug »Schlosserei Salzbauer«, drinnen saß man an den alten Holzwerkbänken, und überall standen Metallobjekte an den Wänden.

»Lustig«, sagte ich und deutete auf die nach Größen aufgehängten Zangen. »Wie bei dir im Geräteschuppen.«

Der Ober war sauer, dass wir zu spät waren, von unserem Telefonat wusste er wohl nichts. Wir hätten zwei Stunden, danach käme die nächste Reservierung, und von den zwei Stunden war eine halbe schon vorbei.

»Nur zwei Stunden?« Ludwig schaute fassungslos auf das kleine Schild auf unserem Tisch. »Na ja, wenn das Essen schnell kommt. Dann gehen wir danach eben noch woanders hin.«

»Musst du dann nicht irgendwann heimfahren?«, wunderte ich mich.

»Nein«, er strich sich über den Bauch, wie immer, wenn er unsicher war. »Dieses Mal übernachte ich im Hotel. Zu Hause wartet sowieso niemand auf mich.«

Er sah mich mit traurigen Augen an.

»Na, dann lass uns mal ein Bier trinken.« Schnell öffnete ich die Karte. Ich hatte gar nicht gewusst, dass es verschiedene Hopfensorten gab. Die Biere trugen fremde Namen, der Geschmack wurde ausführlich beschrieben und erinnerte mich an die Kaffeeauswahl im *Café Himmelblau*. Wie sollte ich mich denn da entscheiden?

»Magst du es lieber herb oder süffig?«, fragte Ludwig.

»Keine Ahnung. Ich glaub, ich nehme erst mal ein Wasser und probiere bei dir, wenn ich darf.«

»Ich nehme aber ein starkes, ein Stout.«

»Ist schon okay.«

Zum Essen gab es »Hammer und Amboss«-Steaks und alles was dazugehört, ebenfalls mit lustigen Handwerkernamen. Ludwig erzählte von seiner Tochter, die mit ihrem Freund in Darmstadt wohnte und Erzieherin war.

»Sina arbeitet immer so viel. Diese Kindertagesstätte hat sogar samstags auf! Darmstadt ist so nah, und trotzdem hat sie nie Zeit, mich zu besuchen.«

»Meine Kinder haben auch keine Zeit für mich. Sie waren erst einmal da, zu Martins Todestag.«

»Selbst dann lässt Sina mich alleine zum Friedhof gehen.« Ludwig schüttelte traurig den Kopf.

Die Getränke kamen schnell. Ehrfürchtig trank er von dem rabenschwarzen, dickflüssigen Bier und hatte hinterher einen süßen kleinen Schaumbart, bis er ihn wegwischte.

»Sina hat jetzt ihr eigenes Leben«, tröstete ich ihn. »Deswegen vergisst sie dich doch nicht.«

»Sie hat mir vorgeworfen, ich hätte sie als Kind vernachlässigt. Dabei musste ich arbeiten! Ich konnte doch nicht weg von der Baustelle, nur weil Mama krank geworden war.«

Doch, das hätte er gekonnt. Aber er hielt es damals einfach nicht aus, seine Frau leiden zu sehen, und flüchtete sich in die Arbeit. Das wirkte bestimmt herzlos, vor allem auf seine kleine Tochter, aber ich wusste, dass es aus Liebe geschehen war und nicht aus Ignoranz. Ludwig hatte seine Frau damals sehr, sehr geliebt.

Aber was aus Sina geworden wäre ohne meine Hilfe oder die seiner Schwiegermutter, die extra wegen Sina nach Kleinfelden gezogen war, wer wusste das schon.

»So ein Streit, der gehört zum Abnabeln dazu. Sie müssen sich abgrenzen! Ich habe meiner Mutter in Sinas Alter auch die schlimmsten Dinge vorgeworfen.«

»Und was?«

»Ich war sauer, weil ich immer auf meine jüngeren Brüder aufpassen musste. Und wenn die Mist gebaut hatten, war ich sogar noch dafür verantwortlich!«

Ludwig hielt mir sein Bier hin. Es schmeckte merkwürdig, gar nicht bitter, sondern sehr karamellig und nach Lakritze, aber doch so, dass mir ein Schluck völlig reichte.

»Ich wollte nach dem Abi nur eines: weg aus Lübeck, weg von der Familie, alleine bestimmen können, nur für mich selber verantwortlich sein. Später erst habe ich gemerkt, dass das den anderen Mädchen auch so ging. Jede hatte an irgendwas zu Hause rumzumeckern und floh voller Trotz in die Selbstständigkeit. Das ist völlig normal.«

»Und was wirft Elena dir vor?«, fragte Ludwig und grinste.

»Den Verkauf des Hauses und der Apotheke.«

»Die spinnt doch! Aus wirtschaftlichen Gründen war der Zeitpunkt, die Apotheke zu verkaufen, doch perfekt, jetzt wo der Online-Handel erlaubt wurde und alles kaputt machen kann.«

»Natürlich spinnt sie. Genauso wie Sina!« Ich sah mich nach dem Ober um und bestellte einen Aperol Spritz.

»Da bin ich jetzt aber erleichtert, Nelly«, sagte Ludwig. »Du hast Sina schon immer am besten verstanden.«

Es dauerte, bis der Spritz gebracht wurde, und noch länger, bis überhaupt erst mal die Essensbestellung aufgegeben werden konnte. Die Zeit flog nur so dahin. Ludwig erzählte vom Umbau der Würzburger Autobahnbrücke, ich von Carson und dem Apothekenalltag und von Van Goghs *Sonnenblumen* in der Pinakothek.

»Da kriegst du mich nicht rein«, sagte er. »Außer es ist so ein architektonisches Highlight wie das Guggenheim in New York oder Bilbao.«

»Gibt es in München keine Häuser, die dich interessieren?«

»Doch, die gibt es«, sagte er leise und sah mir in die Augen, bis ich mir ganz komisch vorkam.

Endlich kam unser Essen. Nur noch eine halbe Stunde, bis wir den Tisch räumen mussten, und dann waren auch noch die Süßkartoffelpommes zu salzig, das Steak zäh und der Salat zu sauer.

»Wenigstens ist das Bier gut.« Ludwig bestellte noch ein Indian Pale Ale. Bier war das Einzige, das immer sofort serviert wurde.

Die nächsten Gäste kamen, bevor sein Bier da war. Missmutig standen sie neben dem Tisch und zählten uns die Bissen in den Mund. Ludwigs Kopf wurde immer röter.

»Können Sie nicht an der Bar warten?«

»Werde endlich fertig!«, meckerte der Mann, ein langer, hagerer Typ um die dreißig. Was für ein unverschämter Typ, so was war mir ja noch nie passiert!

Entgegen seiner sonstigen Gewohnheit aß Ludwig auf einmal sehr, sehr langsam. »Willst du noch ein Dessert oder einen Espresso?«, fragte er mich.

Der hagere Mann stöhnte und rief den Ober.

Ich schaute auf die Uhr. Es war exakt 22 Uhr. Unsere Zeit war abgelaufen.

»So ein Schokoladenflan wäre jetzt nicht schlecht.« Ich deutete auf die Tageskarte an der Wand gegenüber. Der Ober nahte.

»So schlecht, wie das Essen war, wird der Nachtisch auch nur eine Enttäuschung sein«, sagte ich so laut, dass es jeder hören konnte. Und Ludwig verkniff sich mühsam das Lachen.

Draußen versuchte er, das blasierte Getue des Gastes nachzumachen, und wir lachten laut los, riefen uns das miese Essen und die absurd teuren Preise in Erinnerung und amüsierten uns köstlich.

Als wir vor dem Auto angekommen waren, streckte ich die Hand nach dem Autoschlüssel aus. Normalerweise hütete er seinen BMW wie einen Augapfel, aber ich hatte nur einen Spritz getrunken – und er die ganze Craft Beer-Karte hoch und runter.

»Was für ein überteuerter Schickimicki-Laden«, japste Ludwig und legte mir den Schlüssel in die Hand.

»Da kann der Abend ja nur noch schöner werden«, sagte ich leichthin und sah ihm in die Augen.

Er kam einen Schritt näher, und kaum dass ich mich versah, hatte er seine Hände auf meine Schultern gelegt, zog mich an sich heran und küsste mich.

Ich wurde ganz steif. Es fühlte sich falsch an, klebrig und sperrig. Ich schreckte zurück, er ließ mich los.

Und sah mich an wie ein waidwundes Reh.

In mir war alles starr und stumm.

»Entschuldigung«, sagte er sofort. »Ich dachte … Ich muss da was falsch verstanden haben …«

Natürlich tat er mir leid, wie er hilflos und stotternd vor mir stand, den Rücken gebeugt, den Kopf gesenkt. Aber was er da wollte – das konnte ich nicht. Langsam wich ich Schritt für Schritt vor ihm zurück und ging aufs Auto zu.

»Nelly«, flüsterte er.

Ich wollte nur noch weg hier. Hatte er sich deshalb so schick gemacht? Und das Hotel gebucht? Ich öffnete die Tür, stieg ein. Er stand noch immer regungslos da, als wüsste er nicht, wie es weitergehen sollte.

Ich öffnete das Fenster, rief ihm zu, er solle einsteigen, und langsam setzte er sich in Bewegung.

»Ist dein Hotel im Navi gespeichert?«

Er nickte und ließ sich auf den Beifahrerplatz fallen.

»Nelly«, flüsterte er wieder.

»Ist schon gut, Ludwig, vergiss es.«

Auf der Fahrt redeten wir nicht. Ich hatte gedacht, dass Ludwig immer noch Anna nachtrauerte, eine Geliebte hatte er nach ihr doch nie gehabt. Auf die Idee, dass er etwas für mich empfinden könnte, wäre ich nie im Leben gekommen.

Am liebsten würde ich diesen Moment einfach vergessen.

Sein Hotel lag am Harras, also ganz bei mir in der Nähe. Ich parkte den Wagen in der Hoteltiefgarage, dann fuhren wir mit dem Aufzug nach oben. In der Lobby verabschiedete ich mich mit einer Umarmung von ihm, so wie immer. Er blieb bewegungslos, sah müde aus. Und einsam.

11

Ich liebe es, wenn die Kastanien blühen. Und in München blühten die Kastanien an jeder Straßenecke, nicht nur in den Biergärten, sondern in Parks und Alleen, überall dort, wo ich am nächsten Morgen spazieren ging. Die Sonne schien, die Stadt wimmelte nur so von Spaziergängern und Radfahrern, und alle sahen glücklich und zufrieden aus.

Aber ich war es nicht. Die halbe Nacht hatte ich wach dagelegen und mich gefragt, was ich falsch gemacht hatte. Ob ich Ludwig irgendwie ermutigt hatte, schließlich war ich es nicht mehr gewöhnt, mit anderen Männern alleine zu sein. Ich war mit Ludwig umgegangen wie früher, offen und herzlich, und hatte mir gar nichts dabei gedacht.

Da waren Momente gewesen, seine Hand auf meinem Arm, auf meiner Hand, Umarmungen und Blicke. Längere Blicke.

In Kleinfelden hatte er nie den Hauch eines Annäherungsversuches gemacht. Nie! Warum jetzt? Weil ihm das Dorf nicht mehr zusah und bei einer Abfuhr, so wie sie jetzt ja auch eingetreten war, nichts zu tratschen hatte?

Wahrscheinlich.

Ob er wirklich seine Heimat verlassen würde? Um zu

mir zu ziehen? Nach München? Stellte er sich so sein Leben vor – als Frührentner mit seiner ehemaligen Nachbarin?

Es war nicht das Bier, das er zu viel trank. Oder seine Liebe zum Fußball. Nein, das könnte ich akzeptieren, das waren doch nur liebenswerte Schrullen.

Aber dass er mir Vorschriften machen wollte, das war ein Problem. Alleine die Sache mit dem Autoverkauf, den er nicht verstand. Oder dass er nie in ein Museum gehen wollte. Hatten wir überhaupt gemeinsame Interessen?

Aber auch das wäre nebensächlich, wenn da irgendein Gefühl gewesen wäre. Ein Kribbeln, ein Funke, der überspringen wollte. Aber meine Lippen waren kalt und gefühllos geblieben, als er seine daraufgepresst hatte. Alles in mir hatte nur fliehen wollen.

Ich empfand einfach gar nichts für ihn.

Straße um Straße lief ich und überlegte, wie ich ihm das erklären sollte, ohne ihn zu verlieren. Die letzte Verbindung nach Kleinfelden. Wobei ich mir sicher war, dass er sie kappen würde. Nach dem Abend gestern, da hörte ich bestimmt nie wieder von Ludwig.

Ich musste aufpassen, dass es heute Abend nicht auch zu irgendwelchen Missverständnissen kam. Wahrscheinlich war ich es einfach nicht mehr gewöhnt, mich einfach so mit einem Mann zu unterhalten.

Da klingelte das Telefon, es war Elena. Aber ich verstand sie kaum, auf dem Kopfsteinpflaster ratterte gerade ein Auto an mir vorbei, sodass ich in den angrenzenden, kleinen Park ging.

»Was ist? Sorry, Liebes, ich habe dich gar nicht verstanden, jetzt ist es besser.«

»Du hattest einen Unfall?«, schrie sie mir ins Ohr. »Wieso sagst du uns nichts davon?«

Ich hielt die Luft an. Wer hatte ihr das denn erzählt?

»So schlimm ist es doch gar nicht, Elena«, beschwichtigte ich sie, »die paar Kratzer!« Auf einmal flitzten vor Freude johlende Kinder auf Laufrädern an mir vorbei.

»Kratzer?«, beschwerte sich mein eigenes Kind währenddessen weiter. »Oma Inge hat gesagt, du warst im Krankenhaus!«

Inge. Da konnte nur Patrick die Quelle sein. Bei ihm anzurufen war wirklich die dümmste Idee seit Langem gewesen.

»Nur zur Untersuchung«, versuchte ich sie zu beruhigen. »Die haben mich direkt nach Hause geschickt!«

»Denkst du eigentlich irgendwann auch mal an Severin oder mich? Mama, das kannst du einfach nicht bringen! Wir machen uns doch Sorgen um dich!«

Sie hatte ja recht. Ich verhielt mich gerade genauso wie meine Mutter früher, die auch immer so getan hatte, als wäre alles in Ordnung, während sie mit unerträglichen Kopfschmerzen im Bett lag.

Auf einmal flogen Seifenblasen um mich herum, die Kinder versuchten sie zu fangen, doch sie zerplatzten in der Luft.

»Das ist doch völlig unnötig. Wenn wirklich was ist, dann kriegt ihr das schon mit, keine Angst.«

Sie machte ein Geräusch, als ob sie mir nicht glauben würde.

»Es tut mir leid, Elena. Ich wollte dich nicht beunruhigen. Das letzte Jahr war schrecklich genug, ich wollte, dass ihr Spaß habt und nicht schon wieder in ein Krankenhaus rennen müsst. Alleine dieser Geruch … sei froh, dass du nicht da warst. Du hättest es nicht ausgehalten.«

Darauf schwieg sie. Keiner von uns erinnerte sich gerne ans Krankenhaus.

Ich war an einem Spielplatz angelangt. Die bunte Kinderparade dort tobte auf einem Spielgerüst herum, Eltern standen mit Tassen und Thermoskannen daneben. Alles sah so friedlich und heiter aus.

»Es ist wirklich alles in Ordnung, Liebes. Gestern war ich in der Stadt und habe mir ein neues Kleid gekauft!«

»Mama, verheimlichst du uns noch mehr?«

»Na, jedenfalls keinen Liebhaber, wie Oma Inge überall rumerzählt.« Die Bemerkung konnte ich mir nicht verkneifen. Elena schwieg kurz, offenbar hatte ich ins Schwarze getroffen.

»Ich bin einfach dabei zu entdecken, wie mein Leben ohne deinen Vater aussehen kann. Dieser kleine Sturz vom Rad jetzt, das ist doch normaler Alltag. Nichts, worüber du dir Sorgen machen musst!«

Sie zog die Nase hoch. Bestimmt weinte sie, wie immer, wenn von Martin die Rede war. Hoffentlich fragte sie nicht noch, warum ich mir dieses Kleid gekauft hatte. Dabei war echt nichts dabei, sich von einem alten Schulfreund in ein Restaurant ausführen zu lassen.

Außer, dass ich mich nach einem Lächeln von ihm sehnte, nach einem Wort, nach einer Geste. Und das würde Elena niemals verstehen.

»Ja, Mama«, sagte sie genervt.

»Es geht mir wirklich gut. Warte, ich mache ein Selfie, dann siehst du es. Aber nicht lachen, ich kann das noch immer nicht richtig!«

Sie schniefte noch einmal, ich beendete das Gespräch und rief die Kamera auf. Wo war noch mal das Selfie-Symbol? Ach da, rechts oben. So, Kamera weghalten und lächeln. Vielleicht etwas näher, damit man die verheilende Wunde auf meiner Wange erkennen konnte.

Das Foto war grauenhaft, ich guckte krampfhaft in die falsche Richtung und hatte vergessen zu lächeln, also noch mal. Das dritte Bild war dann okay.

Ich schickte es ihr per WhatsApp, sie antwortete mit einem Smiley. Dann war ja alles in Ordnung.

Als Nächstes rief ich Severin an.

Besetzt. Oh je, hoffentlich war Elena mir jetzt nicht zuvorgekommen. Ich schlug den Weg nach Hause ein. Als er mich zurückrief, wusste er schon alles von Elena.

»Tut mir echt leid, Severin. Ich hätte es dir gerne selber gesagt.«

»Erstaunlich, dass du keine inneren Verletzungen hattest. Ich habe das grad nachgelesen, Stürze wegen einer Fahrertür kommen sehr oft vor und enden häufig letal.«

»*Letal*. Danke, dass du nicht tödlich sagst, da klingt es gleich weniger dramatisch. Können wir nicht von was anderem reden?«

»Ich bin doch nur so froh, dass dir nichts passiert ist. Papa zu verlieren hat gereicht.« Seine Stimme wurde brüchig, er räusperte sich.

»Du verlierst mich nicht, Severin, keine Angst. Mir geht es so gut wie seit Langem nicht mehr.«

»Was ist das für ein Typ, dieser Anwalt? Hat er schon versucht, sich vor der Zahlung zu drücken?«

»Das regeln doch die Versicherungen«, wiegelte ich ab.

Und ich dachte daran, dass ich mal in Thomas verliebt gewesen war.

Aber davon sagte ich natürlich nichts.

Das *Le Parisien* sah genauso aus wie die Restaurants in Paris – eine weinrote Markise mit Goldschrift, weit geöffnete Fenster, Bistrotische und dazu passende Stühle auf der Straße.

Thomas war noch nicht da, und ich stand suchend mitten im Restaurant. Eine Kellnerin sprach mich an, und ich erklärte, dass ich hier verabredet sei, vielleicht hatte Thomas ja einen Tisch bestellt. Für »Gehrke«.

»Natürlich!« Lächelnd brachte sie mich zu einem Tisch neben einem mannshohen Oleander, mit Blick auf die St. Anna-Kirche.

»Thomas wird bestimmt gleich da sein!«

Was für ein Gegensatz zur *Bierwerkstatt* am Abend zuvor! Wobei es ungerecht war, Thomas lebte hier, und Ludwig musste sich bei der Suche nach einer Craft Beer Brewery auf die Bewertungen im Internet verlassen.

Ich setzte mich, und der Oleander umhüllte mich mit seinem süßlichen Duft. Die Kellnerin brachte Wasser und ein Glas Prosecco, ohne dass ich es bestellt hatte. Ich nahm erst mal einen Schluck, um meine Aufregung in den Griff zu kriegen, dann schaute ich mich um. Die anderen Tische waren fast alle besetzt, auf dem Platz vor der Kirche fuhr eine Vespa vorbei – es könnte auch Italien sein. Oder eben Paris.

Da schlenderte Thomas über den Platz, und mein Puls stieg gefährlich an. Er trug eine sandfarbene Hose, dazu ein hellblaues Hemd. Im Restaurant sprach ihn die Kellnerin an. Eine Blondine Mitte dreißig. Er begrüßte sie mit Wangenküsschen – dann blickte er mit seinen strahlend blauen Terence-Hill-Augen zu mir.

Mein Herzschlag setzte aus. Und jetzt? Ich blieb einfach sitzen und rechnete damit, dass er mir die Hand entgegenstreckte. Er beugte sich aber zu mir, umfasste meine Schultern und küsste mich auf beide Wangen. Mir blieb vor Schreck und Freude fast das Herz stehen, eine Hitzewelle überflog meinen Körper. Wie gut sich das anfühlte!

Er setzte sich, erkundigte sich bei der Bedienung, die Claire hieß, noch nach deren Wohlergehen, während sie vorsichtig ein Glas Prosecco vor ihm platzierte. Mir war viel zu warm und die Gelegenheit günstig, darum zog ich schnell die Lederjacke aus. Beinahe hätte ich dabei meinen Prosecco umgeworfen. Oh je, das fing ja super an.

Aber er schien gar nichts zu bemerken, lächelte mich an und stieß mit mir auf die alten Zeiten an, auch wenn wir sie kaum zusammen verbracht hatten.

»Du glaubst es nicht, aber ich habe mir gestern tatsächlich die alten Fotos von damals angesehen«, sagte er. »Ihr von der Foto-AG wart echt fleißig! Hast du noch Kontakt zu den anderen beiden? Petra und – Udo?«

»Ulf«, ich musste erst mal tief durchatmen, bevor ich weiterreden konnte. »Nein, schon lange nicht mehr. Man sieht sich halt alle fünf Jahre zu den Abitreffen.«

»So oft? Bei uns hat nur ein einziges stattgefunden, nach zehn Jahren glaube ich.«

Claire fragte, was wir essen wollten, und Thomas fragte, ob ich Lust hätte, mich überraschen zu lassen. Mir war alles recht, in seiner Gegenwart hätte ich mich auch mit einem trockenen Brötchen vom Vortag begnügt. Er bestellte ein Drei-Gänge-Menü, ohne zu verraten, aus was diese drei Gänge bestehen würden.

Dann erzählten wir uns, was aus den einzelnen Mitschülern so geworden war und versuchten uns förmlich mit den Geschichten von Bürgermeisterinnen und Schafzüchtern zu übertrumpfen, wir jonglierten mit den Anekdoten unserer Lehrer, und bald hatte ich so viel wie schon sehr, sehr lange nicht mehr gelacht.

Als Vorspeise servierte Claire ein Muschelragout mit Safransauce – es sah köstlich aus und schmeckte noch viel besser. Langsam entspannte ich mich und genoss die lockere Atmosphäre.

Dann wurden wir etwas ernster und sprachen über unser eigenes Leben. Dass ich Apothekerin geworden bin, wunderte ihn gar nicht.

»Du warst doch im Chemie-Leistungskurs, oder?«

Ich nickte verwundert. Er hatte mich doch gar nicht richtig gekannt. Zumindest hatten wir nie irgendwie nennenswert miteinander geredet.

»Und du hast dich damals schon immer für andere eingesetzt«, sagte ich.

»Ach, na ja. Robin Hood ist man als Anwalt nun nicht gerade. Aber sag, du bist nicht verheiratet, aber die Fotos bei dir am Kühlschrank – waren das deine Kinder?«

Oh, jetzt ging es um Privates. Ich trank noch einen Schluck Rotwein, er schmeckte viel zu gut. Alkohol konnte bei mir verheerende Folgen haben, ich musste aufpassen. Aber solange wir nur über die Kinder redeten, war ja alles in Ordnung.

»Elena ist dreiundzwanzig und studiert Soziologie und Politikwissenschaften in Erlangen. Severin studiert Medizin in Wien, er ist neunzehn.«

»Meine wohnen auch nicht bei mir.«

Ich sah auf. Er hatte auch Kinder? Jetzt wurde es langsam interessant.

»Geschieden.« Er zog sein Handy hervor. »Ich habe Zwillinge, Luisa und Paul. Sie sind dreizehn. Hier.«

Zwei Teenager auf einem Segelboot, das Mädchen klein und braunhaarig, der Junge groß und blond wie der Vater. Danach ein Foto von Thomas auf dem Boot, umgeben von türkisfarbenem Wasser. »Kroatien, da ist das Wetter besser als an der Ostsee«, grinste er. Das Boot sah groß und teuer aus.

»Luisa und Paul gehen in ein Internat am Bodensee.« Sein Lächeln verschwand. Jetzt kam auch noch ein Foto vom Internat, danach eines von seinem Reihenhaus. Dass er die alle so schnell fand! Ich musste immer ewig suchen, wenn ich jemandem Fotos auf dem Handy zeigen wollte.

»Sie gehen seit der fünften Klasse dorthin und sind glücklich. Ihre Mutter und ich, wir arbeiten einfach zu viel. Es war ein ständiges Hin und Her, bei Diana ein

Au-Pair als Unterstützung, bei mir eine Tagesmutter, Stress pur.«

Er trank sein Weinglas leer.

Diana. Seine Ex. Und er lebte alleine. Klang doch gut, oder?

»Diana sehe ich leider immer noch. Beruflich. Nur beruflich! Diana ist das zweite G im Namen unserer Kanzlei: Diana Göbel.«

Ich erinnerte mich an sie, auf der Website der Kanzlei war nur eine einzige Anwältin gewesen. Sofort sah ich wieder das schmale Gesicht mit dem zusammengekniffenen Mund vor mir, die langen, goldbraunen Haare, zu einem strengen Zopf gebunden. Weiße Bluse, bis oben zugeknöpft. Schwarzer Blazer.

Sie war mir unsympathisch gewesen, schon bevor ich gewusst hatte, wer sie ist.

»Gibt das nicht ständig Streit?«

»Leider ja.«

Da tauchte Claire wieder auf und fragte, ob es mir nicht schmecken würde, da ich noch nicht einmal probiert hatte.

»Vor lauter Reden habe ich es ganz vergessen«, sagte ich und lächelte entschuldigend.

»Es ist wie immer, Claire! Bestell François schöne Grüße, aber wenn er so weiter kocht, werde ich irgendwann kugelrund sein!« Thomas legte Claire die Hand auf den Arm. Sie schenkte ihm Wein nach und schaute ihn intensiv an. Flirteten die beiden? Oder bildete ich mir das ein?

Ich war so ganz aus der Übung. Martin, der hatte eigentlich mit allen Kundinnen geflirtet, ohne es ernst zu meinen, er wollte nur, dass alle sich wohlfühlten und ihm ihr Herz ausschütteten, damit er es heilen konnte. So hatte ich es jedenfalls immer gesehen und mir nie Gedanken drum gemacht. Was für ein Fehler.

Voller Scham senkte ich den Blick. Meine Naivität war so grauenhaft! Ludwigs Flirtversuche hatte ich ja nicht einmal wahrgenommen. Und was war mit Gabriel, von dem Mona immer behauptete, er würde mit mir flirten, obwohl ich es gar nicht so empfand?

Das Lammfilet war so kunstvoll angerichtet, ich wagte anfangs gar nicht, den Anblick mit dem Messer zu zerstören. Der Geschmack jedoch rechtfertigte alles. Wow, so zart bekam ich das nie hin! Auch die Sauce war ein Gedicht. Die Zuckererbsen, mehr Deko als Beilage, waren knackig gegart, das Kartoffelpüree sahniger, als ich es je gegessen hatte.

Claire stand derweil noch am Tisch und philosophierte mit Thomas über den Wein. Ich lobte das Essen in höchsten Tönen, und endlich verschwand sie. Wer hier kugelrund werden würde, war sowieso klar: ich.

Der Rotwein schmeckte immer besser, mir wurde irgendwie so leicht, und als Thomas mir in die Augen sah, war ich einfach nur glücklich.

Hier war ich, Nelly, die *kleine Conny*, und ging mit Thomas Gehrke, Schulsprecher und Schwarm aller Mädchen, essen.

»Du warst bestimmt klüger als ich, Nelly. Du hast dir bestimmt keinen herrschsüchtigen Drachen wie Diana als Partner ausgesucht.«

Oh, er hielt mich für klug. Wieder eine Hitzewelle, ich

trank einen Schluck Rotwein zur Abkühlung und Ablenkung.

Mir lag schon das Wort *Martin* im Mund, als ich mich noch rechtzeitig besann. Nicht nur, weil ich kein Opfer mehr sein wollte. Auch, weil ich mich über meine Naivität von damals schämte.

Und deshalb kein Wort über Martin, nie wieder. So viel Beachtung hatte er auch gar nicht verdient.

»Das ist kompliziert«, sagte ich. »Ich will nicht drüber reden.« Ich schaute hoch und sah ihm in die Augen. Sie waren von einem Strahlenkranz an Falten umgeben und blitzten immer noch so blau wie damals.

»Tolle Bilder an der Wand hier, oder?«, fragte ich. Das war ein ziemlich mieser Themenwechsel, aber ich war gerettet. Thomas trank noch einen Schluck und betrachtete mich. Dann lächelte er. »Interessierst du dich für Frankreich?«

»Nein, aber für Kunst.«

Und dann erzählte ich ihm, dass ich erst seit Kurzem in München wohnte, schwärmte von den vielen Cafés und Kunstgalerien und natürlich auch von Van Goghs *Sonnenblumen*.

»München ist so eine bezaubernde Stadt.«

»Wenn man von den Fahrradunfällen absieht«, warf er belustigt dazwischen.

Ich grinste und schob eine Haarsträhne hinters Ohr.

»In Kleinfelden hätte mich wahrscheinlich ein Mähdrescher übersehen.«

»Wie gut, dass du umgezogen bist.«

»Sage ich doch.«

Claire räumte die Teller ab, Thomas bestellte Espresso für uns beide. »Ich würde auch gerne auf dem Land wohnen.«

»Bis du mal einen Notarzt brauchst. Oder die Fahrt zum Flughafen länger dauert als der Flug in den Urlaub. Aber vor allem die ärztliche Versorgung ist echt schlecht, und wir werden alle nicht jünger.«

»Aber du bist doch nicht der Ärzte wegen nach München gezogen.«

»Nein. Ich habe einen Tapetenwechsel gebraucht.«

»Den bräuchte ich auch. Aber ich will Ruhe und frische Luft und einen Hafen in der Nähe.«

»Keinen öffentlichen Nahverkehr, keine Jobs.«

»Kinder, die im Wald spielen können.«

»Als ob du deine Kinder in den Wald lassen würdest.«

Er schmunzelte. »Du hast recht. Wenn, dann sollte man Deutschland gleich ganz verlassen und die Welt umsegeln. Irgendwann mache ich das.«

»So hat jeder seinen Traum«, sagte ich und sah ihm tief in die Augen.

Später, als wir nach dem Espresso und einer himmlischen Crème Brûlée für mich und Erdbeermousse für ihn das Restaurant verließen, schwebte ich innerlich. Schon lange hatte ich mich nicht mehr so wohlgefühlt. Nicht eine Sekunde hatte ich mich wie die kleine Conny von früher gefühlt, sondern eher wie eine schöne und kluge und vor allem witzige Frau. Und dann der viele Wein, das gute Essen. Thomas winkte einem Taxi, es fuhr vorbei. Wo wohnte er? Würde er mich nach Hause bringen? Was würde noch geschehen?

Mein Herz schlug voller Erwartung, und ich lächelte ihn an, einfach so, und er lächelte zurück.

Ein Taxi hielt, er öffnete die Tür, sagte dem Fahrer meine Adresse. Dann ging er auf mich zu, mein Herz schlug mir bis zum Hals, er umfasste meine Schultern, ich schloss die Augen, beugte mich zu ihm, öffnete meine Lippen und …

… er ließ los.

Ich riss die Augen auf, ein schneller Blick von ihm, da stand er schon zwei Schritte von mir entfernt.

»Komm gut heim, Nelly!«

Er lief davon, die Hände in den Manteltaschen, und drehte sich nicht ein einziges Mal um.

12

Mona sah mir am Morgen die Verunsicherung und den Kater nach dem Essen mit Thomas natürlich sofort an, dachte aber, ich würde noch unter dem Unfall leiden. Leider hatten wir kaum Zeit für ein paar Worte zwischendurch, sodass ich mich umso mehr freute, als sie versprach, nach Ladenschluss noch bei mir vorbeizuschauen. Auf Mona war einfach immer Verlass.

Die Abendsonne schien so warm auf meinen Balkon, dass ich Lust bekam, den Orangenbaum nach draußen zu stellen. Er liebte ja die Sonne, und Nachtfröste gab es auch keine mehr. Schnell räumte ich für ihn den Platz neben dem Margeritenstämmchen und dem Lavendel frei und schob ihn bis zur Türschwelle vom Balkon. Um ihn alleine drüber zu heben, war er zu schwer, aber Mona konnte mir ja helfen.

Die Orangenblüten waren mittlerweile alle verblüht, die Blütenblätter abgefallen, und es bildeten sich winzig kleine Knollen, aus denen hoffentlich Orangen werden würden.

Noch schnell die Kissen auf die Stühle, für später ein paar Kerzen auf den kleinen Tisch, fertig.

»Ach, Nelly«, sagte Mona zur Begrüßung und umarmte mich lange. Dann hoben wir den Orangenbaum auf den Balkon, leider fielen dabei einige der kleinen Fruchtstände ab.

»Kein Wunder«, sagte ich und hob sie seufzend auf.

Mona schaute mich verwundert an.

»Der Baum hat genau am Umzugstag geblüht, und ich dachte, das wäre ein Hinweis darauf, dass jetzt alles besser werden würde. Aber wenn die Fruchtstände wieder abfallen ... das passt ja zu gestern Abend!«

»Jetzt erzähl doch endlich mal!«

Die Sonne schien uns ins Gesicht, es roch nach Lavendel und Thymian. Mona hatte frische Erdbeeren mitgebracht, und wir tranken Chardonnay, während ich ihr alles erzählte.

»Echt, in meiner Einbildung habe ich schon seine Lippen auf meinen gespürt, und dann ergreift er plötzlich die Flucht«, beendete ich den Bericht meiner Blamage.

»Du Ärmste.« Mona beugte sich zu mir und legte mir den Arm um die Schulter.

»Und dann diese Blicke von ihm zu Claire! Die sind mir erst hinterher so richtig klar geworden. Aber ich bin ja selber schuld. Als ob ausgerechnet Thomas sich für mich interessieren würde«, sagte ich. »Für mich, die *kleine Conny*. Wenn an der nächsten Ecke jemand wie *Claire* mit faltenfreiem Dekolleté wartet.« Ich trank einen großen Schluck Chardonnay.

»Irgendwann hängt bei der auch alles. Sie steht wahrscheinlich eh nur auf sein Geld.«

»Und das hat er, du hättest seine Fotos sehen sollen, wie in der Werbung: mein Haus, mein Auto, meine Jacht. Er ist es gar nicht wert, dass ich mich so aufrege.«

»Recht hast du.« Mona nahm ihre Haare und wickelte sie in einen Dutt, dann krempelte sie ihre Hose ein Stück hoch.

»Was er wohl gemacht hätte, wenn ich ihn wirklich geküsst hätte? Die Lippen mit dem Handrücken abgewischt?«

»Jetzt mach dich mal nicht fertig.« Jetzt zog sie auch noch Schuhe und Strümpfe aus.

»Du glaubst gar nicht, was ich jahrelang für ihn geschwärmt habe! Das fing schon mit dreizehn oder so an.«

»Da hast du noch Schwärmereien nachgehangen? Ich hatte da schon meinen ersten Freund«, sagte sie erstaunt, lehnte sich weiter zurück und legte die nackten, rot lackierten Füße aufs Balkongeländer. Bei ihr sah immer alles so leicht aus.

»Naja, so bist du eben«, fügte sie noch an.

»Ein Spätzünder?«

»Nein«, sie wackelte mit den Zehen. »Vernünftig. Ich war ja eher – egal.«

»Thomas sieht halt verdammt gut aus.« Ich seufzte.

»Gut aussehende Männer sind die Schlimmsten. Eitel bis zum Umfallen und völlig egozentrisch. Mit der Bedienung zu flirten, während du danebensitzt!«

»Vielleicht habe ich das ja auch falsch verstanden. So war er früher nicht.«

»Früher!« Mona schnaubte. »Vergiss ihn. Wenn er sich in der Blüte deiner Schönheit nicht für dich interessiert hat, wird er das jetzt auch nicht tun.«

»Ich will sowieso keinen Mann. Das war nur – Nostalgie.« Ich zog ebenfalls die Strümpfe aus und legte die

Füße hoch. Der Duft von Grillkohle lag in der Luft, von weit her hörte man leises Gelächter und Gitarrenmusik. Als ob schon Sommer wäre.

»Na ja«, meinte Mona, »so ein bisschen rumflirten und sich ausprobieren, das würde dir nach der langen Ehe echt guttun. Das bringt dich auf neue Gedanken! Aber es muss ja nicht gleich der Erstbeste sein, der zufälligerweise da ist.«

»Oh, er war nicht der Erste. Am Samstag – da hat mich Ludwig geküsst.«

Mona hob ihr Glas. »Nelly! Ich bin stolz auf dich!« Sie trank es leer.

Ich grinste sie an, dann wurde ich wieder ernst. »Leider habe ich mich genauso wie Thomas verhalten, im Nachhinein tat es mir echt leid. Aber es hat sich komisch angefühlt. Völlig falsch!«

»Du brauchst einfach nur Erfahrung. Wie ich dich kenne, warst du so treu, dass du in den letzten zwanzig Jahren nur mit Martin geschlafen hast.«

»Achtundzwanzig«, verbesserte ich sie.

»Du meine Güte! Und wie war der Sex bei euch so nach – achtundzwanzig Jahren?« Sie machte eine verzweifelte Geste.

Ich holte tief Luft. Ging das Mona wirklich etwas an? Aber egal. Es war vorbei. Geschichte. Wozu also verschweigen?

»Da war nicht mehr viel, aber das ist völlig normal.«

Mona sah nicht so aus, als ob sie das für normal halten würde.

»Du hast ja recht – wahrscheinlich hat Martin sich

deshalb jahrelang außer Haus geholt, was er bei mir vermisst hat. Und ich … war zu langweilig, zu mies im Bett, oder … keine Ahnung.«

»Aber das ist völliger Unsinn!«, Mona lächelte mich aufmunternd an. »Vergiss die Vergangenheit. Wichtig ist die Zeit, die vor uns liegt.« Sie spielte mit den Ringen an ihrer Hand, wie sie es so oft machte, wenn sie nervös war. »Nicht, dass du so wie meine Mutter endest.«

Von ihrer Mutter hatte Mona noch nie viel erzählt. Eine umwerfende Blondine, so hatte ich sie in Erinnerung, riesige Ohrringe, Dauerwellen und ein pinkes Kostüm.

»Wieso, was ist denn mit ihr?«

Mona hob die Flasche und wollte nachschenken, aber sie war leer. Mir war schon ganz schwummerig, ich musste etwas essen. Etwas Richtiges, nicht nur Erdbeeren, und so brachte ich neben einer neuen Flasche Wein italienische Salami und Olivenciabatta aus der Küche mit. Und fetten Camembert. Thomas sah mich ja sowieso nicht mehr an.

Mona schenkte uns nach, und während ich den Käse probierte, sah sie nachdenklich auf den Orangenbaum. Dann seufzte sie und trank einen Schluck.

»Mein Vater …«, begann sie. »Mein Vater hat meine Mutter nach fünfundzwanzig Jahren durch ein jüngeres Modell ersetzt, das ist alles. Die neue Frau war genauso alt wie ich, ein komisches Gefühl.«

»Das wusste ich ja gar nicht!«, nuschelte ich kauend. Wie schrecklich für Monas Mutter. Als ob Martin und Viola jetzt zusammenleben würden. Aber nein, Viola war mit Vierzig zu alt für diese Art von Beziehung.

»Du hast damals ja schon mit Martin zusammengewohnt. Und mir war es irgendwie peinlich.« Sie streckte die Beine wieder aufs Balkongeländer aus. »Mittlerweile wurde sie aber ebenso ersetzt, er ist 77 und mit einer Zweiunddreißigjährigen verheiratet.«

»Mein Gott! Wie macht er das?«

»Geld. Und Viagra. Was sonst? Meine Mutter hat sich dann völlig aufgegeben, lief nur noch in Jogginghosen rum und hatte vier Katzen.«

»Wow.« Ich schaute auf meine bequeme Yoga-Hose. »Meine Mutter hat mir geraten, einen Hund zu kaufen.«

»Wehe«, sie drohte mir mit dem Zeigefinger. »Geheiratet hat meine Mutter nie mehr, hatte auch keinen Freund. Nur den Tierschutzverein. Jetzt hat sie Alzheimer und lebt in der Welt, die ihr immer am besten gefiel: Der Welt ihrer Jugend, in der mein Vater sie immer noch abgöttisch liebt.« Sie trank einen großen Schluck.

»Erinnerungen können gut sein«, sagte ich und prostete ihr zu, »oder auch verdammt schlecht.«

Mona war gerade gegangen, ich räumte die Gläser in die Küche, als das Telefon klingelte. Ludwig. Am liebsten wäre ich gar nicht drangegangen, aber ich musste mich bei ihm entschuldigen, unbedingt! Eigentlich hätte sogar ich ihn anrufen sollen. Schließlich hatte ich mich kaum einen Deut besser als Thomas verhalten.

»Hallo, Ludwig.« Ich ging zurück auf den Balkon.

»Hallo, Nelly!«, sagte er, »Wie geht es dir? Merkst du noch was von dem Unfall?«

»Nein, alles bestens.« Ich atmete tief durch und schaute

in die untergehende Sonne. »Ludwig, ich muss mich bei dir entschuldigen.«

»Wofür das denn? Nein, nein, mir tut es leid. Es war ziemlich dumm von mir. Ich … ich hatte schon befürchtete, du würdest gar nicht ans Telefon gehen.«

Ertappt! Er kannte mich wirklich sehr gut. Bis auf meine Gefühle ihm gegenüber.

»Nein, du musst dich nicht entschuldigen, Ludwig. Du … du fühlst etwas für mich, das ich leider nicht erwidere. Nicht so, wie du es verdienst.«

»Vergessen wir das Ganze doch einfach, okay?«, sagte er schnell. Es hörte sich an, als ob er einen Schluck trinken würde.

»Ich dachte nur, ich rufe dich an – du kannst immer auf mich zählen, wenn du Hilfe brauchst, Nelly. Du hast doch sonst niemanden mehr. Ruf einfach an. Wir bleiben doch Freunde, oder?«

»Natürlich.«

Dann legten wir auf. Ich löschte die Kerzen, räumte die Kissen rein und war froh, dass zwischen Ludwig und mir alles geklärt war. Mich anzurufen und darüber zu sprechen wird ihm bestimmt schwergefallen sein. Ludwig war ein guter Kerl.

13

Ich vermisste mein Fahrrad. Patrick hatte mir empfohlen, nicht den Gutachter von Thomas' Versicherung zu akzeptieren, sondern einen seiner Versicherung. Würde zwei Wochen dauern, die Reparatur dann zwei Tage, so hatte man es mir zumindest gesagt – aber die zwei Wochen waren schon lange vorbei.

Zu schade. Thea hatte einen Job bei einem Kindertheater, für das sie ihr Fahrrad tagsüber selber brauchte. Also musste ich bei schönstem Frühlingswetter mit der U-Bahn fahren. Oder zu Fuß nach Hause gehen. So lernte man eine Stadt allerdings am besten kennen, jeden Tag probierte ich neue Seitenstraßen aus und entdeckte viele Cafés und kleine Geschäfte auf dem Weg. Und wunderschöne Parks.

Erstaunlich – noch vor einem Jahr konnte ich meinen Garten und die Arbeit, die mit ihm verbunden war, nicht mehr ertragen, und jetzt suchte ich einen Park nach dem anderen auf und genoss das viele Grün und das Gezwitscher der Vögel.

Der Königsplatz beeindruckte wieder auf ganz andere Art mit seiner Leere und den griechisch anmutenden Palästen. Auf den Stufen vor der Glyptothek sonnten sich junge Menschen, lachten zusammen oder lasen. Als ich eines Tages an einer jungen Frau vorbeiging, konnte ich den Titel ihres Buches erkennen: »Der Klenze-Mörder«. Und der Autor war – Gabriel Heilemann.

Gabriel! Natürlich – wenn er Krimis schrieb, dann könnte ich doch auch einen davon lesen. Wieso war ich nur nicht früher auf den Gedanken gekommen?

In der Sendlinger Buchhandlung lagen die Krimis von Gabriel gleich vorne am Eingang: »Der Klenze-Mörder«, »Die Tote in der Villa Stuck« und »Der Vorhang fällt«, auf dessen Titelblatt ein Foto der Bayerischen Staatsoper war. Münchner Krimis, die in den kulturellen Highlights der Stadt spielten.

Ich nahm alle drei mit und begann den »Klenze-Mörder« gleich am Abend. Witzig, spannend, nicht mit so viel Blut, dafür sehr viel Kultur – schon lange hatte ich mich bei einem Krimi nicht mehr so gut amüsiert. Das musste ich ihm unbedingt sagen.

Doch als ich das nächste Mal beim *Café Himmelblau* vorbeischaute, waren weder Gabriel noch Annabelle da, nur eine blasse Frau mit schwarzen Haaren und einem Nasenpiercing. Schade. Durch das Lesen war er mir auf einmal nähergekommen, allerdings fühlte ich mich ihm gleichzeitig weiter entfernt, was unlogisch klingt. Aber er war schließlich ein berühmter Autor, und ich?

Dafür stand ein neuer Spruch auf der Schiefertafel vor der Tür: *Versuche stets, ein Stückchen Himmel in deinem Leben freizuhalten. Marcel Proust.*

Und ich versuchte mir vorzustellen, wie das so wäre – in einem Heißluftballon.

Ein paar Tage später packte ich gerade für eine ältere

Dame Osteoporose-Medikamente in eine Papiertasche, als mir die hinter ihr wartende Frau im grellroten Trenchcoat auffiel.

Ich hatte mir ihr Foto so oft angesehen, dass ich sie sofort erkannte: Diana, die Exfrau von Thomas. Sie reichte mir grußlos ein Rezept.

Hormone gegen Wechseljahresbeschwerden. Während ich das Rezept einscannte, lächelte ich sie an. Sie aber wühlte in ihrer Handtasche mit dem großen Chanel-Logo. Unter dem Trench trug sie eine weiße Bluse mit breiten Rüschen, wodurch sie nicht ganz so verkniffen wie auf dem Kanzleifoto aussah.

»Wir müssen die Kapseln erst anfertigen, das dauert einen Tag«, erklärte ich.

Sie nickte. Endlich schien sie gefunden zu haben, was sie suchte. Ein Rezept für eine Creme für die Therapie von Hautkrebsvorstufen.

Das Rezept war von heute, sie musste die Diagnose eben erst erfahren haben. Oft waren die Patienten dann so geschockt, dass sie dem Arzt nicht richtig zuhörten, nur das Wort »Krebs« im Ohr hatten, und wir in der Apotheke noch mal alles erläutern mussten. Dabei waren Keratosen sehr gut behandelbar.

»Hat Ihnen der Arzt die weitere Behandlung erklärt?«, fragte ich daher und wies auf unseren Beratungsraum.

»Ja, ja«, wiegelte sie ab und musterte mich. »Sind Sie die Apothekerin, mit der Thomas den Unfall hatte?«

»Ja.« Wir trugen ja alle ein Namensschild.

Sie schaute mir in die Augen. Irgendetwas schien sie auf dem Herzen zu haben.

»Sagen Sie ihm nichts.«

»Frau Göbel, natürlich, wir unterliegen doch der Schweigepflicht.«

Ich reichte ihr den Abholbeleg für die Kapseln. »Sollen wir das Hautmedikament direkt in die Arztpraxis liefern? Es muss immer gekühlt werden, und dann ist es auch sicher da, wenn Sie Ihre Behandlung bekommen.«

Sie nickte und notierte sich alles in ihrem Handy. Offenbar war sie besser organisiert, als sie anfangs den Eindruck gemacht hatte. Das Rezept vom Hautarzt nicht gleich zu finden war wohl eher eine Abwehrreaktion gewesen.

Dann streifte sie den Bügel ihrer Handtasche über den Unterarm, verabschiedete sich kurz und machte dem nächsten Kunden Platz.

Und während ich die Einnahme eines Antibiotikums erklärte, ging sie mir nicht aus dem Kopf. Ihre Kinder waren mitten in der Pubertät. Wie gut, dass sie Thomas offensichtlich näherstand, als ich gedacht hatte, sonst wüsste sie wohl kaum von seinem Unfall.

Mitten in Sendling gab es den Stemmerhof, einen alten Bauernhof, in dem heute Bio-Lebensmittel verkauft wurden und viele kulturelle Projekte stattfanden. Noch vor dreißig Jahren wurden hier Kühe gehalten. Ein kleines Stück Dorf mitten in der Stadt.

Es war nicht so, dass ich die dörfliche Atmosphäre vermisste, im Gegenteil, aber ich suchte eine neue Yoga-Gruppe. Und im Stemmerhof gab es ein großes Yoga-Zentrum.

Ich wollte gerade die Tür öffnen, als Thomas anrief. Hoffentlich fragte er mich nicht nach Dianas Befund. Dass ich ihn hatte küssen wollen, war von der Begegnung mit ihr völlig verdrängt worden. Warum sollte ich auch rumjammern? Ich war doch nicht mehr der schüchterne Teenager von damals. Wenn ich wollte, konnte ich ihn jederzeit küssen.

Er verhielt sich allerdings, als wäre nichts gewesen, fragte, wie der Apothekenalltag sei, ob ich mich nach dem Unfall gut erholt habe und so weiter. Kein Wort über Diana. Ich setzte mich derweil auf einen großen Stein und schaute dem Treiben im Stemmerhof zu.

»Du interessierst dich doch so für Kunst«, fragte er da auf einmal. »Hast du Lust, mich nächste Woche zu einer Vernissage zu begleiten?«

Eine Vernissage! Das klang aufregend, so etwas hatte ich noch nie miterlebt.

»Es geht um *Sox*, eine Graffiti-Künstlerin, so ähnlich wie Keith Haring früher. Sie wird grad total gehypt. Einer meiner Mandanten sponsert die Ausstellung, daher bin ich an Karten gekommen.«

»Gerne! Thomas, das ist ja nett, dass du an mich denkst. Vielen, vielen Dank!«

»Wird bestimmt lustig. Der Schöllgruber, also der Mandant von mir, ist einer der größten Bauunternehmer hier in München, da kommt bestimmt viel Prominenz, der kennt echt jeden.«

»Sind Graffitikünstler nicht die natürlichen Feinde von Bauunternehmern?«

»Ach, der Schöllgruber ist da ganz offen, hat angeblich

in seiner Jugend selber gesprüht. Überzeugt sogar gerne mal die Bauherren davon, Betonflächen freizugeben. Ein lockerer Typ! Samstagabend, um acht fängts an. Ich hole dich dann ab, ja?«

Hatte ich mich etwa getäuscht? War er doch nicht vor mir geflohen? Eine Vernissage, wie aufregend!

Sofort rief ich Mona an. Sie war von der Einladung ebenso begeistert wie ich.

»Wenn ich nur wüsste, was ich anziehen soll«, stöhnte ich.

»Lass uns nächste Woche zusammen shoppen gehen. Mittwochnachmittag, da ist sowieso immer am wenigsten los. Das wird bestimmt lustig. Und wir finden was, versprochen. Ich weiß auch schon, wo wir hingehen …«

Am nächsten Tag ließ Diana sich von Mona Sonnencremes mit Lichtschutzfaktor 50 empfehlen, die man täglich unter dem Make-Up verwenden konnte. Mona konnte so etwas ganz wunderbar, es klang, als wären diese Sonnencremes der letzte Schrei aus Paris und ein Muss in dieser Saison. Und tatsächlich: Diana lächelte auf einmal viel entspannter.

Doch es verging ihr sofort, als sie in meine Richtung sah.

»Sie gehen mit Thomas zu *Jetzt und Immer*?«

Jetzt und Immer? Ach, die Galerie und die dortige Vernissage.

»Ja, er meinte, es könnte interessant für mich sein.«

»Interessant für Sie?«, sie runzelte die Stirn. »Nun ja. Ich bin leider verhindert, wissen Sie, mich hat er natürlich auch gefragt. Wahrscheinlich waren Sie die Einzige, die Lust hatte. Graffiti sind völlig out. Und der Schöllgruber, nun ja, Sie lernen ihn ja dann kennen.«

Mit jedem Satz streckte sie sich mehr, und am Schluss stand sie fast bedrohlich vor mir. Was wollte sie nur?

Später, als ich kurz in der Teeküche Zeit für einen Kaffee und ein paar Bisse in mein Käsebrot hatte, kam sogar Mona auf mich zu und fragte mich nach ihr.

»Sie ist die Ex von Thomas.«

»Daher dieser unnötige Anfall von Eifersucht!«

Sie grinste und stibitzte sich eine meiner Weintrauben. »Komm, lass es krachen. Probier' dich aus! Nur Gefühle würde ich an deiner Stelle keine investieren, ich glaube, das könnte schwierig werden.«

Gefühle. Hatte ich Gefühle für Thomas?

14

»Hallo, Nelly«, rief mir jemand hinterher. Ich bremste leicht und drehte mich um. Ein Radfahrer hielt. War das nicht … ja, Gabriel! Ich hatte beim Radeln so konzentriert auf die türkisblaue Isar geschaut, dass er mir gar nicht aufgefallen war.

Es war einige Zeit her, seit ich ihn das letzte Mal gesehen hatte. Im Museum, vor dem Unfall. Gestern konnte ich mein Rad endlich aus der Werkstatt abholen, fast drei Wochen hatte es gedauert. Heute war nach einigen Gewittertagen der erste Tag mit blauem Himmel und Sonnenschein, ich hatte mich so darauf gefreut, wieder radeln zu können.

»Hallo«, grüßte ich zurück und stieg vom Rad.

»Das ist ja schön, dass ich dich mal wiedersehe!« Er lächelte breit. In seinem roten Shirt und der kurzen, schwarzen Radlerhose sah er viel muskulöser aus, als ich es vermutet hätte. Und schlanker als die meisten Männer seines Alters.

Bevor ich antworten konnte, klingelten die anderen Radler heftig – wir standen im Weg. Ich befürchtete schon, Gabriel würde sich daher gleich wieder auf den Sattel schwingen und davonfahren, aber er schob wie ich das Rad zur Seite. Ich freute mich mehr, ihn zu sehen, als ich es erwartet hätte.

»Wie geht's dem Krimi?«, fragte ich und ging langsam auf die Isar zu.

»Abgegeben, endlich.« Er folgte mir. »Ich bin so froh. Die letzten Wochen habe ich nichts anderes gemacht als geschrieben, so ist das immer, kurz bevor ich abgeben muss, da tauche ich völlig in der Geschichte ab – und ehrlich gesagt bin ich erst gestern Abend wiederaufgetaucht.«

»Da musst du dich nach dem langen Sitzen wohl erst mal austoben!« Ich wies mit dem Kinn auf seine schlammbespritzten und durchtrainierten Waden. Und das dreckige Rad, natürlich.

»Oh ja, das war nötig.«

»*Der Klenze-Mörder* hat mir richtig gut gefallen.«

»Du hast eines meiner Bücher gelesen?« Er schaute mich schnell von der Seite aus an, als prüfte er, ob man mir meine Meinung von meinem Gesicht ablesen könne. »Du musst aber nicht mit mir darüber reden. Das mache ich nicht gern. Aber – es ist schön, dass du es gelesen hast.«

»Wie du willst.« Ich lächelte ihn aufmunternd an.

Da, eine Parkbank am Isarufer! Als ich das blaue Mietrad daneben stehen sah, musste ich innerlich grinsen. Seitdem ich selber keines mehr brauchte, sah ich ständig welche in der Stadt rumstehen.

Wir setzten uns in die Sonne, Gabriel streckte seine Beine aus und schloss die Augen. »Ist das schön heute.«

»Föhn«, antwortete ich und öffnete meine Strickjacke, so warm war es. »So viel habe ich schon gelernt. Schönes Wetter liegt in München immer am Föhn.«

»Nicht immer«, sagte er und blinzelte mit seinen braunen Augen zu mir rüber. »Es kann auch ein ganz normales Hoch sein.« Jetzt richtete er sich etwas auf und legte seinen Arm auf die Lehne zwischen uns, sodass er mich fast berührte.

»Erzähl mir was von dir«, sagte er, und sein Blick wurde ernster. »Sonst rede ich stundenlang übers Wetter, das machen wir Ballonfahrer nämlich gerne.«

Ich überlegte, was ich ihm überhaupt schon erzählt hatte. Eigentlich gar nichts, außer, dass ich frisch nach München gezogen war.

»Irgendwas«, wiederholte er seine Bitte. »Zum Beispiel – wo du gerade herkommst.«

»Du bist neugierig!«, schmunzelte ich.

»Stell dir vor, ich würde über eine geheimnisvolle Frau schreiben, die der Held an den unterschiedlichsten Plätzen in der Stadt immer wieder trifft – auf dem Markt, im Theater, im Museum oder hier am Flaucher – und er weiß gar nichts über sie. Was würde sie ihm auf diese Frage antworten?«

»Aber warum will er das überhaupt wissen?«

»Finde es heraus«, sagte er. Und beugte sich etwas weiter zu mir.

»Also, deine Romanfigur kommt gerade von der Arbeit«, gab ich ihm einen Hinweis. Rätsel mochte ich schon immer.

»Eine Arbeit, die nachmittags um …« Er schaute auf sein Handy. »Halb drei zu Ende ist. Lehrerin?«

»Nein.«

»Fertig um halb drei. Wann hat sie denn angefangen?«

»Um halb acht.«

»Sieben Stunden, Fahrtzeiten – zu viel für einen Halbtagsjob. Gleitende Arbeitszeit? Beamtin?«

Ich schüttelte den Kopf.

»Du liest Krimis und kennst dich bei alten Obstsorten aus. Du fährst ein nagelneues Rad mit einem ebenso neuen Helm, das heißt, an deinem früheren Wohnort bist du nicht Rad gefahren. In deinem neuen Job wird man nicht dreckig, und du darfst Jeans und Sneakers anziehen. Und du hast Höhenangst. Stewardess scheidet dann wohl auch aus.«

Ich grinste. Erstaunlich, was er sich alles gemerkt hatte. Jetzt rückte er noch etwas näher an mich heran und schnupperte übertrieben.

»Du riechst nach Desinfektionsmitteln. Ärztin mit Schichtbetrieb? Krankenschwester?«

»Nein, aber die Richtung stimmt.«

»Ah! Sehr gut. Keine Ärztin, keine Krankenschwester, aber Desinfektionsmittel. Arzthelferin? MTA?«

Belustigt schüttelte ich den Kopf.

»Desinfektionsmittel …« Er musterte mich erneut.

»Du machst so einen korrekten Eindruck. Als ob du es gewöhnt bist, dass du Verantwortung trägst und sehr genau arbeiten musst.« Er legte die Hand ans Kinn und tat so, als ob er nachdenken würde.

»Ich habe es, du bist Apothekerin!«

»Richtig! Da bin ich jetzt aber echt beeindruckt.«

»Danke, danke, du darfst Sherlock zu mir sagen.« Er schaute betont überheblich.

»Was hat mich verraten?« Ich schaute noch mal an

mir herab, und da erst fiel mir auf, dass meine Strickjacke offenstand und den Blick auf das Logo der Sonnen-Apotheke freigab. Und er grinste mich auf einmal so breit an, als hätte er es von Anfang an gesehen.

»Ach du!« Lachend verschränkte ich die Arme vor der Brust.

»Dann ist ja das erste Geheimnis gelöst – dein Beruf. Den Rest kriege ich auch noch raus.«

»Ach, und was ist der Rest?«

»Ob dein Ehemann Preisboxer ist, die Kinderschar unüberschaubar und vor allem, ob du gerne kochst.«

»Der Preisboxer ist das Einzige, das stimmt.«

»Schade. Ich bekomme nämlich gerade Hunger und wollte dich fragen, ob du …« Er machte eine andeutungsreiche Pause.

»Wie bitte?« Es klang, als ob ich für ihn kochen sollte.

»Ob du dich von *mir* bekochen lassen möchtest. Da ich aber ungern alleine in der Küche stehe oder erkläre, wie man ein Kartoffelschälmesser benutzt …!«

»Da hast du dich aber gerade noch gerettet.«

»Also? Wer zum Backen auf alte Apfelsorten steht, der kocht doch auch gerne, oder?«

»Ganz genau.«

Wir saßen erst noch eine Weile in der Sonne, und ich erzählte ihm von den Kindern, von der Apotheke und von Carson. Danach radelten wir gemeinsam nach Sendling zu einem Bio-Markt am Resi-Huber-Platz, den ich noch gar nicht kannte. An der übervollen Obst- und Gemüsetheke suchte er knackige Tomaten, Rucola und sizilianische Zitronen aus. Auf meine Frage, was wir denn kochen würden, bekam ich allerdings nur sein verschmitztes Grinsen zu sehen, dann verschwand er zur Metzger-Theke und bat mich, vorne zu warten. Ich kaufte eine Schale aromatisch duftender Erdbeeren, bis er wenig später mit zwei Papiertüten wiederkam. Dann fuhren wir zu ihm nach Hause.

Er wohnte in dem großen Wohnblock gegenüber vom *Café Himmelblau*. Ganz oben, mit Eckwohnzimmer und einem wirklich sehr großen Balkon in den Innenhof und einer fantastischen Sicht über die Dächer ins Umland von München.

In seiner Küche sah es aus wie in einem Gewächshaus. Vor einem seiner Fenster stand ein Holzregal voller Blumentöpfe. Basilikum, Petersilie, Thymian und vieles mehr. Vom anderen Fenster aus konnte man zum *Café Himmelblau* hinübersehen.

Zuerst schenkte er mir ein Glas italienischen Rotwein ein, dann packte er aus und ließ mich raten.

Hauchdünne Kalbsschnitzel und Parmaschinken? Ich schaute mir das Kräuterregal näher an. Ja, Salbei war auch dabei.

»Saltimbocca!«, rief ich.

»Das war ja auch einfach«, lächelte er, sah mir tief in die Augen und drückte mir dann ein Messer in die Hand.

Während Gabriel die Kalbsschnitzel flach klopfte, frische Salbeiblätter und den Schinken darum wickelte und alles mit Zitronenscheiben in Olivenöl anbriet, erzählte er von sich und seinem Leben. Ich wusch derweil den

Salat, schnitt Tomaten klein und rührte ein Essig-Öl-Dressing an.

Es schien ihm wichtig zu sein, dass ich alles wusste. Oder er redete gerne. Jedenfalls wusste ich noch bevor er die Kalbsschnitzel, trotz des mit einem Zahnstocher angehefteten Schinkens, gekonnt in der Pfanne umgedreht hatte, dass er zweimal verheiratet gewesen war und drei Kinder hatte. Annabelle und Emmanuel, einen Archäologiestudenten, dazu noch Marlene, die erst elf war, aus zweiter Ehe. Jetzt lebte er alleine, war aber schon Großvater, wie er stolz berichtete. Annabelle war Mutter von Carl, acht Monate alt, und er hatte sich sehr gefreut, als sie sich zusammen mit einer Freundin ihren Traum vom eigenen Café ausgerechnet in der leer stehenden Videothek gegenüber seiner Wohnung erfüllt hatte. Seitdem war der durch die Scheidung lange unterbrochene Kontakt zu ihr wieder neu aufgeblüht, und die Geburt von Carl war wie ein Geschenk für ihn gewesen.

Großvater! Er war doch höchstens fünfzig. Und es schien ihm nichts auszumachen. Wenn ich daran dachte, dass Martin im gleichen Alter Vater geworden war … Jedenfalls gefiel es mir, wie Gabriel von seinen Kindern sprach. Sie waren ihm wichtig, so wie Elena und Severin für mich wichtig waren.

Wir aßen im Wohnzimmer an einem runden Esstisch mit einer Vase voll blauer Hortensienblüten in der Mitte. Auch dieses Zimmer stand voller Pflanzen. Die Wände waren voller heller Bücherregale, unterm Fenster stand ein riesiger Schreibtisch mit Zettelchaos, PC und zwei Bildschirmen. Unzählige Kinderfotos vor den Bücherreihen. Und vor den Fenstern der große Balkon voller Oleander und Holzmöbeln.

Martin hatte nie gekocht. Überhaupt war es früher immer einsam in der Küche gewesen, auch die Kinder halfen nur, wenn man Zwangsmaßnahmen androhte. Vielleicht wäre eine Wohnküche doch besser gewesen, immer mittendrin sein, aber Martin wollte das damals nicht, als wir den Hausbau planten. Keine Essensgerüche im Wohnzimmer, und dreckige Töpfe wollte er auch keine sehen.

Gabriel schien das alles nichts auszumachen. In seiner Küche stand ein kleiner Tisch, auf dem Notizbücher und Zeitungen gelegen hatten. Durch die offenstehende Küchentür duftete es in der gesamten Wohnung köstlich, und er erzählte lustige Geschichten, die ihm bei den Recherchen für seine Krimis passiert waren.

»Eine Apothekerin könnte ich mir natürlich auch als Romanfigur vorstellen«, sagte er.

»Zu langweilig«, meinte ich und nahm mir ein weiteres der köstlichen Kalbsschnitzel. Den Bratensaft tunkte ich mit frischem Ciabatta auf, dazu aßen wir Salat. Ich liebe solche einfachen Gerichte.

»Na, jemand, der sich mit giftigen Substanzen auskennt, kann gar nicht langweilig sein.«

»Als Apothekerin bist du immer verdächtig, das ist null spannend.«

»Dann eben als falsche Fährte.« Er trank einen Schluck. »Und du weihst mich in all deine Geheimnisse ein.«

»Meine Geheimnisse?« Ich war doch so langweilig. Bis

darauf, dass ich ihm noch nie von Martin erzählt hatte, aber die Geschichte war jetzt auch nicht unbedingt das, was mich interessant machen sollte.

»Na, die Geheimnisse einer Apothekerin.«

»Ist das hier etwa ein steuerabzugsfähiges Recherchegespräch?« Ich lächelte noch mehr und trank noch einen Schluck des köstlichen Rotweins.

»Findest du?« Da war es wieder, dieses Spitzbubengrinsen.

»Pass auf, dass ich dich nicht irgendwann vergifte!«

Er beugte sich über den Tisch. »Probiere es doch aus!«

Es war wunderbar, wie wir einfach so miteinander redeten und Spaß hatten. Nie hätte ich mir vor meinem Umzug vorstellen können, mit einem immer noch recht fremden Mann mit nach Hause zu gehen. Nach fünfundzwanzig Jahren Ehe machte man das nicht einfach so. Aber bei Gabriel hatte ich nicht eine Sekunde gezögert.

Es war Mitternacht, als mich mein Gewissen an den nächsten Tag und das frühe Aufstehen erinnerte. Wir hatten so viel gelacht und geredet, ich war völlig aufgedreht.

Er bestand darauf, mich nach Hause zu bringen. Wir schoben die Räder, keine Ahnung, warum. Zwischen den Häusern und Alleebäumen konnte man den Himmel kaum sehen, aber als wir an einer Straßenkreuzung ankamen, blickte Gabriel nach oben und zeigte mir die Sterne.

Er trug mir mein Rad in den Innenhof und brachte mich zur Tür. Mein Herz klopfte so laut, dass ich fürchtete, meine Nachbarn aufzuwecken. Tatsächlich konnte man hinter Theas Tür ein Geräusch hören. Ich schloss meine Tür auf, drehte mich zu Gabriel um. Er kam einen Schritt auf mich zu. Was jetzt? Küssen? Nicht küssen? Was wollte ich? Was fühlte ich? In mir ging alles durcheinander.

Er blieb stehen.

»Vielen Dank für alles«, flüsterte ich.

»Was für ein schöner Abend.« Er streckte die Arme aus, umarmte mich, küsste mich auf beide Wangen, so wie man es bei Freunden machte, nicht mehr und nicht weniger. Auch meine Lippen berührten seine stachelige Wange, auch ich drückte ihn kurz an mich, und es war geschafft. Es war gut so, wie es war.

»Gute Nacht, Nelly.«

»Gute Nacht, Gabriel.«

Am nächsten Morgen gähnte ich ununterbrochen.

»Schlafstörungen?«, fragte Mona grinsend. »Als Apothekerin hätte ich da was gegen deine Wechseljahrsbeschwerden.« Sie öffnete die Schublade mit den Werbegeschenken und hielt mir eine kleine Packung Koffeinschokolade hin.

Dankbar griff ich zu, während sie wieder in den Computer schaute.

»Übrigens«, ich steckte mir das Stück Schokolade in den Mund. Bitterschokolade mit Kaffeegeschmack, lecker! »Ich bin nicht wegen irgendwelcher Hitzewallungen so müde, sondern weil ich gestern zu lange mit einem *Mann* gequatscht habe.«

Mona schaute erstaunt zu mir rüber und ließ die Maus los. »Ehrlich? Mit wem?«

»Gabriel. Den wir damals beim Opern-Slam getroffen haben.« Und ich erzählte ihr die ganze Geschichte.

»Und Samstag ist dann dein Date mit Thomas auf der Vernissage? Alle Achtung, Nelly. Du weißt ja, wo unsere Kondom-Vorräte liegen.«

Die Tür klingelte, ein älterer Mann mit Gehstock betrat die Apotheke.

»Mona, du bist unmöglich«, zischte ich ihr zu, sie grinste fröhlich zurück, dann begrüßte ich den Kunden.

Unser Shopping-Nachmittag war da. Gegen zwei übernahm Tereza die Apotheke, und Mona und ich fuhren mit der Tram zum Odeonsplatz. Sie steuerte direkt *Schumanns Bar* am Hofgarten an, leider waren draußen alle Tische reserviert, und bei dem schönen Wetter wollten wir nicht drinnen sitzen. Im *Tambosi* im Hofgarten fanden wir dann einen Tisch unter den Linden, das gefiel mir sowieso besser als mitten im Gewimmel auf der Straße zu sitzen. Wir bestellten Hugo und wollten uns ein Pilzrisotto teilen.

»Nachmittags in einer Bar, was für ein Leben!«, sagte ich, als ich den ersten Schluck probiert hatte.

»Wen von den beiden magst du eigentlich mehr?«, fragte Mona, »Gabriel oder Thomas?«

»Keine Ahnung«, sagte ich. »Thomas, da kribbelt es natürlich überall in mir, aber dieser missglückte Kuss, bestimmt will er gar nichts von mir. Gabriel hingegen, da hat es auch auf einmal gekribbelt, als wir uns gemeinsam die Sterne angesehen haben. Aber ich weiß gar nicht, ob ich einen anderen Mann, also: einen neuen Mann in meinem Leben will. Da werde ich doch nur enttäuscht.«

»Nelly, deine Bedenken kommen aber reichlich spät, findest du nicht? Außerdem willst du keine wunderliche Alte werden, das hast du mir versprochen.«

Sie nickte mir aufmunternd zu.

»Und deswegen suchen wir jetzt ein Kleid aus. Ich will Spaß haben.«

Ich lehnte mich zurück. Spaß, das war genau das, was meinem früheren Leben zwischen den kranken Menschen in der Apotheke, dem langweiligen Haushalt und den Entspannungsübungen beim Yoga gefehlt hatte. Vor allem, als mich alle nur noch mitleidig als Witwe angesehen hatten oder Gerüchte über mich verbreiteten. Dabei mussten sie alle still sein, die über mich getratscht hatten. Als Apothekerin kannte ich ihre Geheimnisse, ihre Potenzmittel, Diätpillen und Antidepressiva.

Dieses Mal gingen wir nicht in die Boutique, in der Mona dieses fantastische metallic-farbene Satinkleid gekauft hatte. Ich überließ mich ihrem Spürsinn, doch mir fiel schnell auf, dass irgendetwas nicht stimmte. Ständig schlug Mona mir Klamotten vor, die mir zu bieder waren. Und ganz viel Grau, bis ich ihr klarmachte, dass das zu meinen grauen Haaren langweilig aussah. Sie zog nur die Augenbrauen hoch.

Irgendwann reichte es mir, und als wir an einem netten kleinen Café vorbeikamen, bat ich sie um eine Pause.

»Was ist denn los, Mona?«, fragte ich sie, nachdem

wir einen Cappuccino für mich und einen weiteren Hugo für sie bestellt hatten.

»Wieso? Manchmal ist es nicht so einfach, das Richtige zu finden. Und so genau weißt du doch auch gar nicht, was du willst.«

»Das meine ich nicht. Was du mir grad alles vorgeschlagen hast – würdest du selber das anziehen?« Ich rührte Zucker in meinen Kaffee, sie zuckte kaum merklich zurück.

»Äh – natürlich!«

»Niemals, Mona. Das letzte Kostüm, dieses Beige, das wäre sogar meiner Schwiegermutter zu spießig gewesen.«

»Findest du? Beige ist doch eine klassische Farbe.« Sie grinste. Wie gut, sie nahm mir die Kritik nicht krumm.

»Ich meine, ich frage mich – wie siehst du mich eigentlich? Du sagst immer, ich soll mich austoben, aber ich glaube, du traust mir das gar nicht zu. Für dich bin ich immer noch die langweilige Ehefrau aus dem Odenwald.«

»Das stimmt doch gar nicht!« Sie richtete sich auf.

»Wieso hast du mich eigentlich nach München geholt?«, fragte ich, weil ich das schon lange wissen wollte. Denn so sehr sie mir geholfen hatte, so wenig wusste ich, wieso sie nach so langen Jahren Funkstille zur Beerdigung gekommen war. Und mir dann Wochen später eine Stelle anbot.

»Das ist gar nicht mehr wichtig. Dir ging es schlecht! Da wollte ich dir beistehen.«

»Das glaube ich. Aber das ist bestimmt nicht alles.« Ich schaute sie unverwandt an. Mona spielte wieder mit ihren Ringen, also war da etwas, das sie mir verheimlichte.

»Bitte«, sagte ich. »Sag es mir. Ich kann es vertragen.« Ich streckte ihr meine Hand entgegen.

Sie ließ ihre Finger los und legte die Hände in den Schoß, seufzte, sah mich an.

»Ich hatte ein schlechtes Gewissen«, gab sie zu.

»Ein schlechtes Gewissen?«

»Ich fand damals schon Martin komisch. Er – er starrte mir immer in den Ausschnitt, solche Sachen. Und nicht nur mir. Ich habe nichts gesagt, um dich nicht zu verletzen, aber das war der Grund, weswegen ich mich nur noch so selten gemeldet habe.«

»Martin?«

»Und als er starb – ich hatte dich vermisst. Echt, sehr vermisst. So eine enge Freundin wie dich habe ich nie mehr gefunden. Zu oft umgezogen, zu viele Männer, keine Ahnung. Und dann bei der Beerdigung – da dachte ich, es wäre für unsere Freundschaft die zweite Chance. Ich hatte ein schlechtes Gewissen und wollte wiedergutmachen, was ich dir angetan hatte.«

»Aber du hast mir doch nichts angetan!« Ich setzte mich aufrecht hin. »Wenn du mir was davon erzählt hättest, wäre es vielleicht ein Grund für mich gewesen, nicht mehr mit dir zu reden. Es hätte danach geklungen, als ob du neidisch wärst. Mir mein Glück madig machen wolltest.«

»Also hätte er uns so oder so auseinandergebracht?«

Ich dachte kurz nach, nickte dann.

»Ganz schön idiotisch von uns, wegen eines Mannes unsere Freundschaft aufs Spiel zu setzen.«

»Und dann auch noch für so einen Idioten wie Martin.«

Sie sah mich ganz erleichtert an, beugte sich zu mir rüber und umarmte mich.

»Danke, dass du es mir gesagt hast. Du brauchst kein schlechtes Gewissen zu haben. Ohne Martin hätte ich diese beiden tollen Kinder nicht.«

»Ach, Nelly.« Sie küsste mich auf die Wange. »Dann wollen wir mal aus der langweiligen Witwe vom Dorf einen echten Hingucker machen.«

Und mit ihrer Hilfe fand ich ein Kleid, bei dem Thomas garantiert das Herz stehen bleiben würde. Es war bunt und gewagt und überhaupt nicht spießig. So aufregend hatte ich mich schon lange nicht mehr gefühlt.

Ich war froh, dass wir uns ausgesprochen hatten. Ich hatte ja immer gedacht, es wäre meine Schuld gewesen, dass wir uns nicht mehr trafen, dass ich für sie in meinem Leben als Dorfapothekerin und Mutter keinen Platz mehr gehabt hatte.

Ob Martin sie wirklich so angesehen hatte, wie sie glaubte? Aber wozu mir das Hirn zermartern, denn damals war ich glücklich gewesen, und ich wollte mir diese glückliche Erinnerung nicht zerstören lassen.

Mona und ich, wir hatten so viel gemeinsam erlebt. Sie war beliebter als ich, schöner, strahlender, das war sie ja noch heute. Aber sie hielt immer zu mir, und tat es noch.

Im Gegensatz zu Viola, aber das war auch eine ganz andere Freundschaft gewesen. Die zwischen einer Macherin und einer, die immer Hilfe brauchte. Fast zehn Jahre Altersunterschied, sie eine kinderlose Musiklehrerin, die mit ihren Schülern nicht zurechtkam und am liebsten den ganzen Tag nur Cello gespielt hätte, und ich, die gut durchorganisierte berufstätige Mutter.

Viola hatte ich immer alles erzählt, wirklich alles, jeden Streit, jedes Gemecker über Martin – und sie wird ihm alles weitererzählt haben, da war ich mir inzwischen sicher. Wer weiß, was die beiden dann gemacht haben, vielleicht über mich gelacht? Sich die besten Nelly-Storys erzählt?

Ich sollte nicht mehr daran denken. Das war vorbei. Viel wichtiger war doch die Frage: welchen dieser Männer, die auf einmal um mich herumschwirrten wie die Bienen um den Honig, ich am meisten mochte. Und warum. Und was das bedeuten würde.

Aber auf diese Frage fand ich keine Antwort.

15

Meine Knie zitterten, als ich Thomas im neuen Kleid die Tür öffnete. Anstelle einer Begrüßung nahm er nur die Sonnenbrille ab. Sein Blick alleine genügte, und ich wusste, dass nichts mehr schiefgehen konnte. Im Gegenteil, war ich nicht so schön wie seit Langem nicht mehr? Und begehrenswert?

Thomas selbst war ganz in Schwarz gekleidet, der Stoff der Anzughose schimmerte leicht, der oberste Knopf des Hemdes war geöffnet. Seine blonden Haare strahlten nur so. Er sah sogar noch besser aus als damals mit achtzehn.

Schon die Fahrt mit dem Cabrio im schicken Kleid und hohen Schuhen durch die Stadt fühlte sich wie prickelnder Sekt an. Ich redete ununterbrochen, wie immer, wenn ich aufgeregt bin, über lauter unwichtigen Kram. Auf einmal hatte ich Martin im Ohr, *Jetzt nimm dich endlich mal zusammen*, als ob Vorfreude ein Charakterfehler wäre. Doch wozu an Martin denken? Nicht an diesem Abend, nicht in dieser Minute, in der Thomas, *Thomas Gehrke!*, beim Schalten mein Knie berührte.

Wir waren viel zu schnell in der Nymphenburger Straße. Alles zugeparkt vor der völlig veränderten, violett angestrahlten Galerie. Thomas fand dann einen Parkplatz in einer Seitenstraße, und als ich versuchte, aus dem sehr niedrigen Wagen halbwegs elegant auszusteigen, streckte er die Hand aus und *half mir!*

Das Erdgeschoss des Gründerzeithauses mit seinen klassizistischen Giebeln und Säulen schien völlig mit Graffiti verziert zu sein, beim Näherkommen konnte ich aber erkennen, dass es Spanplatten waren, die da besprüht worden waren. Fantasievolle Figuren, Frauengesichter, der Name der Künstlerin: Sox, sowie der Spruch *Ich mach mir die Welt, wie sie mir gefällt.*

Lightshow, elektronische Musik, es wirkte alles fremd und aufregend. Innen hingen die Wände voller bunter Frauenbilder, Soldatinnen und Mütter, Tänzerinnen und Bauarbeiterinnen.

Die Gäste waren genauso unterschiedlich: Frauen in schwindelerregend hohen Absätzen oder mit zerrissenen Jeans im Punkerlook, Männer mit kurzen Hosen und Basecaps genauso wie Anzugträger. Bussi-Bussi hier und Bussi-Bussi da, wie sollte ich das überstehen? Ich mochte es nicht, von Wildfremden abgebusselt zu werden. Und Thomas kannte viele Menschen, er wisperte mir »Presse« oder »Künstlerin« zu, »Politiker« oder »Unwichtig.«

Den ersten Sekt trank ich sehr schnell, meine Stimmung machte Höhenflüge. Thomas stellte mich als »Cornelia Leonhardt« vor, ohne Funktionsbezeichnung wie »Freundin/alte Freundin/alte Klassenkameradin/Bekannte«. Alles ganz zwanglos, lässig. *Gechillt*, wie Severin sagen würde. Durch ihn wusste ich auch, dass dieses überall auftauchende Namenskürzel ein *Tag* war und die Bilder *Pieces* hießen. Ich nickte Sox zu, klein und mager, mehr Mädchen als Frau, im Manga-Kleidchen mit einem

Make-up wie ein Panda, so schwarz waren die Augen geschminkt.

Der Galerist freute sich, mit Sox Berliner Subkultur ins behäbige und satte München geholt zu haben. Dann eine kurze Rede von Herrn Schöllgruber über die Legalisierung von Graffiti. Ein Bild wurde für einen guten Zweck versteigert, und Menschen mit Namen und Gesichtern, die ich aus dem Fernsehen kannte, boten viel Geld, um eine Göttin mit nach Hause zu nehmen, die aussah wie eine Mischung aus Frida Kahlo und Banksy.

Thomas nickte eifrig zu meiner Einschätzung. Überhaupt merkte ich, dass er es mochte, wenn ich über Kunst redete, auch wenn einer von der Presse da war oder Herr Schöllgruber persönlich. Wir tranken ein zweites, ein drittes Glas, er legte seine Hand auf meinen Rücken, wenn er mich sanft durch die Menge dirigierte, um gezielt mit Männern zu reden, die Mandanten waren oder die er so sehr mit Lobeshymnen überschüttete, dass er sie wohl gerne als Mandanten hätte. Andere Baulöwen wie Herr Schöllgruber waren da, Architekten, der Leiter des Baureferats der Stadt, der die Idee einer Legalisierung von Graffiti völlig absurd fand. Banker, die Sox als Geldanlage betrachteten.

Herr Schöllgruber erzählte von den Jugendstrafen, die er in den Achtzigern wegen Sachbeschädigung, sprich: Graffiti sprayen, bekommen hatte. »Wildes Sprayen wird man nicht verhindern können. Aber durch die Legalisierung nehmen wir den Kick. Es wird langweilig werden. Wem die Kunst wichtiger ist, der wird sich auch auf legalen Flächen austoben, die Rebellen sich andere Ausdrucksformen suchen. Ich bin überzeugt, dass die Legalisierung nicht zu mehr Sachbeschädigungen, sondern zu weniger führen wird.«

»Legalize it«, flüsterte Thomas und kam mir sehr nahe dabei, »klingt, als ob sie über Hasch reden.«

»Hauptsache, kontrovers und in die Schlagzeilen kommen«, flüsterte ich zurück. »Das meint der doch nicht ernst, oder?«

»Du hast den Nagel auf den Kopf getroffen!«, er legte die Hand auf meinen Arm, mein Blutdruck stieg.

»Und was sagst du als Anwalt dazu?«, flüsterte ich und hoffte, er würde die Hand nie mehr wegnehmen.

»Dass ich eine rauchen muss. Kommst du mit raus?« Er ließ los, eilte voraus, ich folgte ihm mit klopfendem Herzen. Auch dort traf er wieder Bekannte, manchmal klang es wie Kundenakquise, aber er verteilte keine Visitenkarten. Wieder berührte er mich ständig, zufällig, absichtlich, als ob er testen wollte, wie weit ich es zulassen würde. Und ich genoss es von Mal zu Mal mehr. Erwiderte das Spielchen.

Irgendwann stand er neben mir. Herr Schöllgruber sprühte gerade sein früheres *Tag* auf eine Leinwand. Thomas legte seine Hand um meine Hüfte – sofort erstarrte ich, dachte an meinen Speck, doch als er die Hand liegen ließ, entspannte ich mich. Er berührte mich, mich, die *kleine Conny* mit den grauen Haaren.

Er drehte sich zu mir, kam näher und näher. *Oh, bitte, lass es wahr werden.*

Da beugte er sich vor, eindeutig, ich schloss die Augen, spürte seine Lippen auf meinen. *Endlich!* Mein

Herz setzte aus, er drückte mich enger an sich, ich öffnete meine Lippen und küsste ihn zurück. Er nahm mir den Atem, küsste härter und fordernder, als ich es gewohnt war – und es gefiel mir.

Meine Hände strichen über seinen Rücken, fühlten Muskeln, er hielt mich in der Taille, küsste meinen Hals, presste mich an sich, mein Körper stand in Flammen, *Wahnsinn*!

»Lass uns gehen«, flüsterte er mir zu und rannte voraus, ich zog die Schuhe aus, lief hinterher. Da, sein Auto. Wie in einem Musikvideo. Ein weiterer Kuss, bei dem ich keine Luft bekam, er legte den Gang ein, gab zu viel Gas, und ohne nach rechts oder links zu sehen preschte er die Nymphenburger Straße entlang, über die Donnersberger Brücke, am Audi-Dome vorbei, schon parkte er vor meinem Haus, und es konnte nur Sekunden gedauert haben, als er mir das Kleid vom Leib riss und wir uns in meinem Bett hin- und herwälzten. Das Licht war aus, gut, schemenhaft erkannte ich, dass er ein kleines Päckchen aus seiner Hosentasche holte, bevor er die Hose auszog.

Die Packung eines Kondoms.

Es ging alles so schnell, und obwohl ich es so sehr gewollt hatte, fühlte ich mich auf einmal unsicher. Mein Körper war noch nicht so weit, ich hoffte auf ein Vorspiel, eines, das mich lockerer werden ließ, die Scheu und die Trockenheit verjagen, Spaß machen würde, aber da war nichts. Früher hatte ich schnellen Sex geliebt, aber jetzt – wieso war auf meinen Körper nur kein Verlass? Auf einmal musste ich an Martin denken. Ich öffnete die Augen, um die verwirrenden Erinnerungen loszuwerden. Thomas blonde Brusthaare schimmerten im Zwielicht, seine Bewegungen wurden stärker, ich hoffte, mein Körper würde antworten, aber nichts tat sich, egal, wie ich mich bewegte, oder er. Noch rechtzeitig merkte ich, dass ich stöhnen sollte. Fake, natürlich, er merkte es nicht, sein Körper strebte dem Höhepunkt entgegen, während meiner versagte.

Danach murmelte er was von *früh aufstehen* und *viel Arbeit*, küsste mich flüchtig und verschwand.

Aber kaum, dass die Tür hinter ihm ins Schloss fiel, schluchzte und weinte ich. Ich war eben doch – alt geworden. Ungeübt, unvorbereitet. Vertrocknet.

Und wieso nur hatte ich auf einmal an Martin denken müssen? Daran, wie er mich immer berührt hatte, und wie es mir gefallen hatte.

Mona musste mir helfen. Ein Uhr zehn, eigentlich zu spät, um anzurufen, aber das war ein Notfall.

Es dauerte, bis sie abnahm, sie klang verschlafen. Schluchzend und stockend erzählte ich, was vorgefallen war. Sie unterbrach mich nicht und schwieg sogar noch, als ich geendet hatte.

»Das war das erste Mal seit Martin«, fügte ich erklärend hinzu. »Es fühlte sich so toll an, als Thomas mich berührte, erregend, ja, aber dann musste ich auf einmal an Martin denken …«

»Ach, Nelly, es tut mir wirklich leid.« Sie seufzte, und ich fühlte mich getröstet. »Das hättest du Thomas sagen können.«

»Der weiß doch gar nichts von Martin.«

»Nein? Na gut, im Bett hätte ich darüber auch nicht reden wollen. Aber wenn es dir keinen Spaß gemacht hat, das hätte er ruhig merken können.«

Ob er es gemerkt hatte? Hoffentlich nicht.

»Aber was mach ich denn jetzt?«, fragte ich und wischte mir die Tränen vom Gesicht.

»Gar nichts. So schnell, wie der fertig war und dann abgehauen ist: Große Gefühle sehen anders aus. Oder Fähigkeiten. Das war bestimmt ein Schnellschuss, und er fühlt sich genauso beschissen wie du.«

»Mona!«

»Na, ist doch wahr. Ich an deiner Stelle würde gar nichts machen, einfach abwarten.«

»Aber wie kann ich ihm denn jemals wieder unter die Augen treten?«

»Lächelnd. Was sonst. Beim nächsten Mal klappt es bestimmt besser. Thomas ist sowieso kein Mann fürs Leben, aber für Spaß und zum Training ist er toll.«

»Du spinnst! Ich bin doch nicht bei *Sex and the City*.«

»Du bist echt eine süße, alte Ehefrau, noch immer. Keine Ahnung von der freien Wildbahn. Entspann dich, Nelly, das wird schon noch, versprochen.«

»Eine zweite Chance …« Eine schöne Vorstellung, auch wenn ich gerade nicht ganz daran glauben konnte. Auf einmal musste ich gähnen.

»Entspann dich und träum schön von ihm, Nelly.«

»Danke, Mona. Wenn ich dich nicht hätte. Mit dir sieht die Welt immer viel leichter aus.«

16

Und dann wurde ich auch noch ein Jahr älter. Kein Anlass für eine große Feier. Ich mochte es nicht, so im Mittelpunkt zu stehen, und das Gute jetzt in München war, dass niemand wusste, wann ich Geburtstag hatte. Bis auf Mona, aber das war okay. Sie würde abends zum Essen kommen, zum Essen mit mir und den Kindern.

Denn der Besuch von Elena und Severin war das größte Geschenk. Ich brauchte sie, um mich wieder wohlzufühlen, wohl und komplett. Severin würde bereits am Freitagabend kommen, Elena dann am Samstag zum Kaffee. Am Telefon hatte er sich über den Abend mit mir alleine gefreut, so als Zweitgeborener hatte man das ja selten.

Als er vor der Tür stand und mich anstrahlte, hätte ich heulen können vor Freude. Habe ich natürlich nicht, sondern ihn in den Arm genommen, bis er sich aus meiner Umklammerung befreite.

Mehr als zwei Monate war es her, dass wir uns gesehen hatten, und er sah aus, als wäre er schon wieder gewachsen. Oder war es nur, weil er aufrechter stand, in sich ruhend, glücklich? Die Jeans hatten keine Löcher mehr, die Haare waren etwas länger, er wirkte erwachsener. Das Studium schien gut zu laufen, aber die Uni war es nicht, die ihn so glücklich machte. Sondern Sarah, von der er mir beim Essen übersprudelnd erzählte.

Wie sehr er doch Martin ähnlich sah. Und ihm ähnlich war, wenigstens in einigen Aspekten. Martin hatte sich auch immer so begeistern können, zumindest als er jünger war. Später hatte das irgendwie nachgelassen, und er war immer bürokratischer und einsilbiger geworden. Aber als ich ihn kennenlernte, war er genauso sportlich und schlank wie Severin jetzt, wenn auch mit viel mehr Charme und Selbstbewusstsein. Eine gesicherte Zukunft mit der Familienapotheke vor sich und Examen, die er gerade so bestand. Ob Severin sich auch so durchlavierte?

Bestimmt nicht. Bis jetzt war er immer sehr strebsam gewesen. Irgendetwas musste er ja auch von mir geerbt haben, und wenn es nur das Organisationstalent und die Angst vor dem Durchfallen war.

Oder die Liebe zu Rinderrouladen, von denen er sich gerade ein zweites Mal nahm, obwohl es so sommerlich warm war und mir eher nach kalter Gazpacho der Sinn gestanden hätte. Aber für Severin kochte ich Rouladen auch im Hochsommer, mit Rosenkohl und selbst gemachtem Kartoffelpüree.

»Deine Schürfwunde ist ja echt gut verheilt.«

»Danke, Herr Doktor!«, sagte ich mit ironischem Unterton und reichte ihm die Soße.

»Fährst du denn wieder Rad, oder hast du jetzt Angst gekriegt?«

»Nein, wieso, ich fahre wieder – als ob ich so ängstlich wäre.«

»Na, ist ja nur … aber so ein Fahrrad ist ja auch keine Leiter.«

»Scherzkeks.« Aber er hatte recht. Bei einer Leiter

schaffte ich es noch nicht mal auf die erste Stufe, aber beim Rad ohne Probleme auf den Sattel, sogar direkt nach dem Unfall. Hatte ich noch nie drüber nachgedacht. Auf dem Rad fühlte ich die Höhe gar nicht. Komisch, das Ganze.

»Schon gehört? *Game of Thrones* wird erst nächstes Jahr fortgesetzt«, unterbrach er meine Überlegungen.

»Leider«, ging ich darauf ein. »Hast du denn die letzte Staffel schon gesehen?«

Er schüttelte den Kopf. »Keine Zeit.«

»Wenn du willst – ich habe die DVD gekauft und auf dich gewartet.« Ich stand auf und holte die schwarze Hülle aus dem Regal.

»Du bist süß, Mama«, er lächelte verschmitzt, und ich drückte ihm aus Dankbarkeit für das Kompliment einen Kuss auf die Wange, das hatte er nun davon. Er ließ es geschehen – die Zeit, in der Mama-Küsse peinlich waren, schien endlich vorbei zu sein.

Er nahm seinen Teller mit aufs Sofa, und wir starteten die DVD, begierig zu wissen, ob Jon Snow die weißen Wanderer endlich besiegte.

»Irgendwie ist *Game of Thrones* wie das echte Leben«, meinte Severin auf einmal.

»Wie bitte?« Ich stoppte die DVD mitten in einer Drachenflugszene und schaute ihn an.

»Es sterben immer die, von denen man es am wenigsten erwartet, und dann rennt irgendeiner voller Rache davon.«

Ich begriff nicht sofort, was er meinte. Doch dann dämmerte es mir. Er redete gar nicht von den vielen

Morden und Betrügereien der Fantasyreihe. Sondern von mir.

»Du denkst, ich will mich rächen?« Der Gedanke erschreckte mich.

»Keine Ahnung. Aber wenn ich so betrogen worden wäre, ich würde mich rächen wollen.«

»Aber wie denn? Soll ich Viola töten?« Ich schmunzelte. »Ich bin doch nicht Cersei!« Die hatte ihren untreuen Ehemann umbringen lassen.

»Nein«, er lachte. »Dazu bist du viel zu nett.« Er dachte nach. »Catelyn Stark hat es nichts ausgemacht, dass Ned mit einem Bastard nach Hause kam.«

»Matteo ist kein Bastard!« Der liebe kleine Kerl mit seinen blonden Strubbelhaaren.

»In Westeros wäre er einer.«

»Was Catelyn gemacht hätte, wenn sie gewusst hätte, wer die Mutter wirklich war …« Ich legte die Füße aufs Sofa. »Die Mutter von Jon Snow wird so unschuldig dargestellt, dabei ist sie der Auslöser für das ganze Drama.«

»Wie die Helena in der Ilias.«

Ach, mein gebildetes Kind. Stolz versuchte ich, ihm durch die Haare zu wuscheln, leider wehrte er es ab.

»Elena ist ein bisschen wie Daenerys«, meinte Severin und fuhr sich ordnend mit den Fingern durch die Haare. »Sie will unbedingt ihr Erbe zurück.«

»Sie hat ihr Erbe doch bekommen, und ich glaube, sie wohnt mit Konstantin sehr gut in ihrer neuen Eigentumswohnung.«

»Es geht ihr nicht ums Geld. Sie will jetzt Pharmazie studieren.«

»Wie bitte?« Ich setzte mich wieder auf. Hatte sie sich deshalb über den Verkauf der Apotheke beschwert? Ich öffnete schon den Mund, wollte mich aufregen, als Severin mich unterbrach.

»Aber sie will ja ständig was anderes«, beschwichtigte er mich. »Machst du die DVD wieder an?«

Aber Daenerys und Jon Snow waren mir gar nicht mehr so wichtig, ich schaute gar nicht mehr richtig hin.

Laut Testament war ich die Erbin der Apotheke. Das Haus hingegen erbten seine Kinder, alle drei übrigens. Über den Verkauf des gesamten Erbes hatten wir trotzdem gemeinsam entschieden, mit der weinenden und sich andauernd entschuldigenden Viola übrigens. Und alle waren damit einverstanden gewesen.

Auch Elena.

Am nächsten Morgen schien die Sonne wieder und kündigte einen heißen Tag an. Severin verwöhnte mich mit einem wunderbaren Frühstück, während das Telefon ständig klingelte. Meine Brüder beschwerten sich scherzhaft, dass ich sie nicht eingeladen hatte. Aber wie gesagt: das machte ich nie. Früher hatten Martin und ich immer ein großes Sommerfest anstelle der einzelnen Geburtstagsfeiern organisiert und Freunde und Familie dazu eingeladen.

Auch aus Kleinfelden riefen mich viele an, meine Yogafreundinnen schickten mir ein Buch zum Achtsamkeitstraining mit dem netten Hinweis *gegen die Hektik in der Stadt*. Ludwig schickte mir eine Karte, und dann endlich war auch Elena da, fiel mir um den Hals und ließ mich lange nicht los. Sie trug ein roséfarbenes Sommerkleid, dessen sehr kurzer Rock zum Glück kein Rock, sondern eine Hose war. Sie sah wunderschön aus und glücklich, als sie mit verschwörerischem Grinsen einen Kuchenbehälter in die Küche brachte.

»Cool!« Lächelnd wies sie auf die Apothekengläser, die ich auf der Auer Dult gekauft hatte. »Arsen. Ganz schön gefährlich bei dir.«

Dann schickten Severin und sie mich raus aus der Küche. Ins Wohnzimmer durfte ich auch nicht, also stellte ich Elenas Tasche ins Gästezimmer und wartete.

Kurz darauf riefen sie mich zu sich. Der Kaffeetisch war gedeckt, Kerzen brannten auf einem Schokoladenkuchen, und ein kleines, goldverpacktes Geschenk lag davor. Sie sangen sogar *Happy Birthday*, alles war genauso wie sonst immer, und ich musste eine Träne aus meinem Augenwinkel wischen. Nicht die letzte, denn auch das Geschenk rührte mich sehr: eine schmale Goldkette mit einer kleinen weiß schimmernden Perle als Anhänger.

Hatten sie bemerkt, dass ich Martins Schmuck nicht mehr anlegen mochte? Ich fragte nicht. Die Perle strahlte auf meiner Haut förmlich, und ich wusste, dass ich sie jeden Tag tragen würde.

Der Kuchen war lecker, die Kinder erzählten viel von der Uni, ich aus der Apotheke – und ich war einfach rundherum glücklich. Bis Severin im Regal das Puzzle von Ludwig sah.

»Trauerst du doch Kleinfelden nach?« Er grinste. Elena nahm ihm die Schachtel ab und starrte auf das Bild.

»Ach, das hat mir nur Ludwig zum Einzug geschenkt«, versuchte ich abzuwiegeln.

»Ludwig?«, Elenas Kopf fuhr herum, und sie starrte mich an. »Der Vater von Sina?«

»Der FC Bayern hat gespielt, du kennst ihn, er hat Dauerkarten. Da hat er ein paarmal hier vorbeigeschaut und mich zum Essen eingeladen. Er wollte mal sehen, wie es seiner alten Nachbarin so geht.«

Ich streckte die Hand nach dem Puzzle aus, sie aber sah mich mit aufgerissenen Augen an und schob die Unterlippe vor.

»Der dicke Kerl. Der war schon immer hinter dir her, jedenfalls hat Sina das erzählt. Und du? Willst du Papa jetzt auch noch ersetzen?« Ihre Stimme wurde immer höher. Was war denn jetzt los?

»Nicht nur die Möbel, das Haus, die Apotheke, sondern auch ihn?«, rief sie und hielt das Puzzle wie eine Trophäe in der Hand.

»Elena, beruhig dich.« Ich legte meine Hand auf ihren Arm, aber sie zuckte zurück.

»Das glaube ich echt nicht! Kaum ist der eine unter der Erde, kommt der andere schon dran?«

»Elena!«

»Wie du Papa so schnell vergessen kannst! Das ist einfach unglaublich!« Sie stand auf.

»Also, wirklich – weder habe ich Martin vergessen noch suche ich einen neuen Mann! Nachdem, was dein Vater uns angetan hat?«

»Dir hat er das angetan, nicht Severin oder mir. Dir ganz allein. Er wird schon seinen Grund gehabt haben!«

»Jetzt chill mal, Elena!«, mischte Severin sich ein.

»So, wie sie ihn unbedingt vergessen will?« Elena lief durch das Zimmer und fuchtelte dabei mit dem klappernden Puzzle herum. »Papa war bestimmt nicht mehr glücklich mit ihr. Er hätte sie besser verlassen. Vielleicht würde er dann noch leben!«

»Was für ein Unsinn, Elena!«, regte Severin sich weiter auf. »Wenn Blutgefäße platzen, hat das nichts mit der Psyche zu tun.«

»Nein?« Wieder wedelte sie mit dem Karton in der Luft herum. »Und wieso war er vorher nie beim Arzt? Das hätte er doch merken können! Oder den Krankenwagen früher rufen! Aber so, Viola und er, die haben sich versteckt und wollten nicht, dass es rauskommt …« Elena schluchzte.

Ich konnte es kaum glauben. Sie dachte, ich wäre schuld an seinem Tod? Worte lagen mir auf der Zunge, die ich besser runterschluckte. Kein Öl ins Feuer gießen. Das konnte sie gar nicht ernst meinen.

»Liebes, leg mal das Puzzle zur Seite und setz dich mit mir aufs Sofa.«

»Vielleicht hattest du ja früher schon was mit Ludwig, und Papa ist gar nicht schuld.«

»Elena, du bringst da zwei Sachen durcheinander, die nichts miteinander zu tun haben! Martin und ich hätten so glücklich wie Frischverliebte sein können, er wäre trotzdem gestorben. Der Arzt hat damals ganz genau erklärt, dass es bei einem Bauchaortenaneurysma vorher keine Anzeichen gibt und es in der Hälfte aller Fälle tödlich endet.«

»Ja, eben, nur die Hälfte, die andere Hälfte lebt weiter!«

Ich holte tief Luft. Langwierige medizinische Erklärungen fielen bei Elena immer auf taube Ohren, damit brauchte ich erst gar nicht anfangen.

»Schatz, du vermisst deinen Vater, aber mit der Zeit wird es besser werden.«

»Wenigstens vermisse ich ihn. Vielleicht ist es ja auch gar nicht Ludwig, sondern dieser Anwalt, von dem Patrick erzählt hat, dass er dich zum *Essen* eingeladen hat.« Sie wurde immer gehässiger.

»Elena, was ist nur los mit dir?«

Fassungslos stand ich vor ihr, da klingelte mein Handy. Und es lag auf dem Esstisch, vor dem wir alle standen. Bevor ich es wegnehmen konnte, hatten beide schon aufs Display gesehen. Und starrten mich an.

Gabriels Name stand da so groß, dass ihn jeder lesen konnte. Ausgerechnet jetzt.

Schnell drückte ich das Gespräch weg, da klingelte es erneut. Der war aber hartnäckig. War was passiert? Jetzt nahm ich das Gespräch doch an, obwohl die Kinder bestimmt das Schlimmste von mir dachten, ging aber in die Küche.

»Nelly! Ach wie schön, endlich erreiche ich dich, die Verbindung war eben weg. Wir hatten gerade eine so tolle Fahrt, ich schicke dir gleich ein paar Fotos, du musst unbedingt mal mitkommen, wirklich.«

»Gabriel, ich kann grad nicht, meine Kinder sind da.«

»Dann grüß sie von mir! Ich schick dir jetzt die Bilder.«

Und schon hatte er aufgelegt. Dafür kamen ein paar wirklich atemberaubende Luftbilder vom Forggensee und von Schloss Neuschwanstein. Und kleine Detailaufnahmen vom grünen Ballon, dem Korb, und Gabriel lächelnd in der Mitte lachender Menschen.

»Wer war das?« Auf einmal stand Elena neben mir und äugte misstrauisch aufs Display.

»Hier.« Ich gab ihr mein Handy. Sollte sie sich doch angucken, was sie wollte, ich hatte keine Geheimnisse. »Mach dir keine Sorgen, er will unbedingt, dass ich mit ihm Heißluftballon fahre, und das bei meiner Höhenangst.«

»Na, den Kandidaten kannst du schon mal vergessen, Elena!« Severin grinste.

»Drei Männer!«, schrie Elena stattdessen, »Du hast Dates mit drei Männern?« Sie warf das Puzzle auf den Esstisch, der Karton ging auf, und tausend Puzzleteile verstreuten sich im gesamten Wohnzimmer.

Entsetzt starrte sie mich an.

Wieder klingelte mein Telefon. Severin warf einen Blick darauf. »Oma Inge«, sagte er und reichte es mir. Elena bückte sich bereits und begann, die Teile aufzulesen.

Ich ging in die Küche und war froh über die Unterbrechung. Nicht, dass ich wieder irgendetwas zu Elena sagte, was ich später bereuen würde.

Meine Schwiegermutter gratulierte wortkarg und lästerte dann über die neuen Besitzer der Apotheke, die ausgerechnet ihr hätten erklären wollen, wie sie ihre Herzmedikamente einnehmen solle. Ich seufzte innerlich. Natürlich waren sie dazu verpflichtet, wenn sie die Patienten nicht kannten. Doch dass jemand sie nicht kannte, das konnte Inge sich wahrscheinlich gar nicht vorstellen.

Sobald es irgendwie ging, beendete ich das Gespräch, stellte Gläser, Wasser und Apfelsaft auf ein Tablett und wollte ins Wohnzimmer gehen, aber die Tür war demonstrativ geschlossen. Und es klang, als ob Elena und Severin sich stritten.

Zu gerne wäre ich hineingegangen und hätte geschlichtet. Ich wollte nicht, dass schon wieder ein Besuch der Kinder im Streit endete, und schenkte mir ein Glas Wasser ein. Bei der Hitze heute war es kein Wunder, dass wir alle so gereizt waren.

Da öffnete sich die Tür, und Severin kam zu mir.

»Die spinnt doch«, sagte er. »Egal, was war, eines ist doch klar – dass du nicht alleine bleiben wirst. Ich will das jedenfalls nicht. Alleine, das ist doch schrecklich. Du bist doch noch jung!«

Ich versuchte zu lächeln. »Danke, Severin.«

Dabei wollte ich genau das: alleine bleiben. Diese Flirts und Küsse und – dafür war ich nicht gemacht. Zu alt. Und überhaupt.

»Möchtest du was trinken?«, fragte ich. »Diese Hitze heute.«

Severin nickte und füllte sich ein Glas voll Wasser. »Ich wollte mit dir über Viola reden.« Er hielt kurz inne, sah zu mir, beugte sich zu mir. »Sie hat sich bei Elena und mir gemeldet.«

Ich erstarrte, entsetzt darüber, dass er mit Viola geredet hatte. Mit der Frau, die mein Leben zerstört hatte. »Wieso das denn? Zieht sie euch jetzt auch noch hinein?«

»Nein, Mama, alles gut. Sie – hat nur von Matteo erzählt.«

Er wandte sich von mir ab und sah durchs Fenster in den Innenhof. »Ich möchte gerne für ihn der große Bruder sein. Ihn besuchen, mit ihm Fußball spielen oder so. Er ist doch mein Bruder.«

Matteo! Ich seufzte. »Das ist gut, Severin. Gut für ihn, und gut für dich.«

»Und du? Willst du Matteo nicht auch wiedersehen?«

Ich seufzte erneut. Natürlich wollte ich ihn noch einmal auf dem Arm halten. Aber er war Violas Sohn, und Viola wollte ich nie wiedersehen.

»Du solltest mit ihr reden«, sagte er.

»Mit Viola?« Das konnte nicht sein Ernst sein.

Auf einmal hörte ich Elena schluchzen. Zu gerne würde ich sie trösten – aber würde sie es zulassen? Oder machte ich es nur schlimmer, wenn ich zu ihr ging? Früher, als sie noch ein Kleinkind gewesen war, und auch später in der Pubertät ließ man sie in solchen Situationen am besten alleine, egal, wie schwer es mir fiel. Aber jetzt? Ich hielt es sowieso nicht aus, sie so unglücklich zu sehen.

Also stand ich auf und klopfte an die Wohnzimmertür. »Liebes, ist alles in Ordnung?«

Langsam öffnete ich. Sie lag auf dem Sofa, das Schluchzen stockte.

»Lass uns noch mal über alles reden«, sagte ich.

Sie richtete sich auf und schaute mich mit roten Augen an.

»Es tut mir leid, Elena.«

Sie schluchzte erneut. Ich ging langsam wie bei einem scheuen Reh auf sie zu und setzte mich dann neben sie auf das Sofa.

»Es tut mir leid, dass ...«, wiederholte ich. Ja, was eigentlich? Sollte ich zum Trost lügen? »Dass alles gerade so schwer für dich ist, Elena. Es ist auch viel auf einmal. Nicht nur für dich, für mich doch auch. Und für Severin.« Ich legte vorsichtig die Hand auf ihre Schulter, sie ließ es zu.

»Du hast von Viola und Papa gewusst, oder?«, flüsterte sie.

Entsetzt schüttelte ich den Kopf.

»Doch, da bin ich mir sicher. Du hattest schon alles geplant, die neue Stelle, den Umzug. So schnell, wie das ging.«

»Nein, Elena. Ich hatte keine Ahnung!«

»Viola meint ...«

»Oh nein«, unterbrach ich sie und legte meine Hände in meinen Schoß. »Glaub ihr kein Wort! Sie ist die Schuldige, und dann hat sie mir noch die beste Freundin vorgespielt. So ein fieses Miststück!«

»Du hast Papa schlecht behandelt, hat sie gesagt. Dich überhaupt nicht mehr um ihn gekümmert. Nicht mit ihm geredet, ihn nicht mehr geliebt. Er wäre so einsam gewesen! Sie hätte ihn nur getröstet, weil du nur noch gearbeitet hättest. Oder dich mit ihm gestritten.«

Ich stand auf und starrte Elena ins Gesicht.

»Viola sagt, er hätte dich nur nicht verlassen können, weil er sich für dich verantwortlich gefühlt hat.«

»Verantwortlich? Was erzählst du denn da? Soll ich jetzt etwa schuld daran sein, dass dein Vater fremdgegangen ist?«

»Ja.«

Das war zu viel. Ich rannte in mein Schlafzimmer und knallte die Tür zu. Warf mich aufs Bett und heulte laut los, schluchzte schreiend, mein Körper bebte.

Leises Klopfen mischte sich in meine Tränen. Ich antwortete nicht, die Tür wurde trotzdem geöffnet.

»Mama?«

Severin, zum Glück.

»Geht es dir gut?«

Ich brummte irgendetwas Zuversichtliches. Dann spürte ich seine Hand auf meinem Rücken.

»Elena meint es nicht so.«

Oh, da war ich mir nicht sicher. Sie hatte endlich gesagt, was sie wirklich dachte.

»Sie ist einfach völlig fertig. Konstantin hat mir gesagt, dass sie ständig Oma Inge anruft und sich von ihr erzählen lässt, wie Papa so als Kind war.«

Wenn er glaubte, dass ich dadurch vergessen konnte, was sie eben gesagt hatte, dann täuschte er sich aber gewaltig.

»Sie ist übrigens gegangen.«

Sein Handy vibrierte, er las die Nachricht und schrieb dann gleich zurück. »Elena spinnt völlig. Ich glaube, ich gehe ihr besser nach, so wütend, wie sie ist. Nicht, dass noch etwas passiert.«

Ich nickte nur, und kaum, dass ich mir die Nase putzen konnte oder wieder klar denken, stand er mit geschultertem Rucksack vor mir, umarmte mich und ging.

17

Was hatte ich mir nur dabei gedacht, mich so mit Elena zu streiten? Schlimmer als je zuvor. Weggelaufen war sie früher auch, zu Martin oder zu Inge, um sich auszuweinen, mit Schokolade getröstet zu werden und wiederzukommen. Genauso machte sie es jetzt auch. Kein Grund zur Sorge, oder? Die Autos von Elena und Severin standen noch immer vor der Tür. Sie würden wiederkommen. Schließlich war heute mein Geburtstag.

Ich lauschte. Schritte im Treppenhaus? Da! Es klingelte an der Tür. Elena! Ich rannte zur Tür und riss sie auf.

Thea trat mit einer tiefen Sorgenfalte auf der Stirn auf mich zu. »Ich bin grad deiner Tochter auf der Treppe begegnet, sie hat echt übel über dich geschimpft und dabei geweint, und dann kam auch noch dein Sohn fluchend hinterher. Ist alles in Ordnung?«

Enttäuscht schaute ich ins Treppenhaus. Stille.

»Wir hatten Streit«, antwortete ich mit brüchiger Stimme. Sie trat einen Schritt näher, umarmte mich und kam mit rein. Ich weinte und redete, und sie hörte zu. Irgendwann kochte ich schon wieder Kaffee und stellte den Kuchen dazu. Thea zog die Augenbrauen hoch, als sie die Geburtstagskerzen sah, und drückte mich noch mal an sich. Vom Kuchen aßen wir trotzdem nichts und tranken lieber Grappa.

»Wieso denkt Elena nur, ich wäre an irgendetwas schuld?«, fragte ich und legte mir eines der Sofakissen auf den Bauch.

»Das meint sie nicht so«, sagte Thea.

»Du hättest sie hören sollen.«

»Sie ist verletzt. Ging aber auch wirklich alles ganz schön schnell bei dir … Gleich alles zu verkaufen, das sind doch Lebensentscheidungen!«

»Fang du nicht auch noch an.«

»Ja, jetzt ist es eh zu spät, aber so im Trauerjahr – meiner Erfahrung nach ist man da eigentlich nicht in der Lage, gescheite Entscheidungen zu treffen.« Sie trank ihr Glas leer und stellte es auf den Sofatisch. »Ich habe da die ganze Kleidung meines Mannes weggegeben, weil ich jedes Mal in Tränen ausgebrochen bin, wenn ich sie gesehen habe. Später hätte ich mich gefreut, sie noch zu besitzen.«

»Die Kleidung?« Martins war auch sehr schnell in der Altkleidersammlung gelandet. »Wozu hättest du die denn noch gebraucht?«

»Für nichts. Es war nur so leer. Seine Bücher habe ich natürlich noch. Aber der Schal, den er immer trug … Oder seinen Lieblingspulli … Manchmal hätte ich den gerne angezogen. Da fühlt man sich dem anderen nahe. Umarmt.«

Ich brauchte aber keine Umarmungen eines Betrügers und schenkte uns lieber noch einen Grappa ein.

»Wieso können sie nicht einfach akzeptieren, dass ich mein Leben ändern MUSSTE? Ich wäre auch weggezogen, wenn er nicht gestorben wäre. Sobald ich von Viola erfahren hätte.«

»Und hättest du ihnen dann den Kontakt zu ihm verboten?«

»Nein, natürlich nicht. Wäre doch auch gar nicht gegangen.«

»So verhältst du dich aber.«

»Wie bitte?«

»Na klar! Alles, was ihn ausmacht, hast du weggegeben. Du hast ihn ein zweites Mal getötet.«

»Was hängt ihr nur alle immer an dem Haus? Oder der Apotheke? Das sind doch nur Sachen! Ich nehme den Kindern nicht ihre Erinnerungen weg, die sind in ihnen drin!«

»Redet ihr über Martin?«

»Nein.«

»Wie sagte Balzac so schön: *Man lebt zweimal: Das erste Mal in der Wirklichkeit, das zweite Mal in der Erinnerung.* Wenn du mit ihnen nicht über Martin redest, tötest du ihn ein zweites Mal.«

»Ich bin aber so wütend auf ihn, ich würde all ihre guten Erinnerungen zerstören. Sie können ja mit Oma Inge über ihn reden, das macht sie sowieso am liebsten.«

»Und deshalb sind sie gegangen.«

»Um mit Inge zu reden? Nein, Elena hat gesagt, ich sei schuld am Tod von Martin!«

»Du bist jetzt nur zu wütend, um es zu verstehen.«

»Ich bin nicht schuld. An gar nichts. Ich bin das Opfer, schon vergessen?«

Auf einmal knurrte mein Magen. Bis wir mit Mona Essen gingen, dauerte es noch lange, und so holte ich aus der Küche den halbvollen Korb mit den Frühstücksbrötchen, biss direkt in eines rein und brachte den Rest zu Thea.

Da klingelte es, und Severin stand mit hängenden Schultern vor der Tür.

»Ich habe sie nicht umstimmen können«, sagte er kleinlaut, aber ich war so froh, dass wenigstens er wieder da war, dass ich ihn einfach nur umarmte und wieder zu weinen begann.

Im Wohnzimmer nickte er Thea zu, stellte die Grappaflasche weg und setzte sich zu mir.

»Wir waren die ganze Zeit in einem Café und haben geredet. Elena steigert sich da mal wieder in was rein. Am besten, du hältst dich raus, Mama. Ich kümmere mich schon darum.«

Er reichte mir die Box mit den Taschentüchern vom Esstisch. Geräuschvoll putzte ich mir die Nase.

»Und wo ist Elena jetzt? Kommt sie wieder?«

»Nein. Tut mir leid, ausgerechnet an deinem Geburtstag. Ich verstehe es ja auch nicht, aber sie – sie hat immer diese Fotos von den Heißluftballons angestarrt, und auf einmal ist sie aus dem Café gestürmt. Ich bin sofort hinterher, aber ich musste noch zahlen, und als ich an ihrem Auto angekommen bin, war es schon weg.«

»Sie ist einfach so gefahren? Ohne sich zu verabschieden?« Mein Herz stockte, ich bekam kaum Luft. Thea strich mir beruhigend über den Rücken, ich starrte Severin an.

»Sie meldet sich bestimmt jede Sekunde«, antwortete er, aber ich sah ihm an, dass er das nicht glaubte.

»Tut mir leid«, murmelte er.

Thea stand auf. »Ich lass euch dann mal alleine, ich will gar nicht länger stören.«

»Nein, du bleibst, Thea!«, rief ich. Soweit käme es noch, dass ich sie an meinem Geburtstag wegschickte.

Severin schaffte es wieder einmal, mit seinen heiteren Anekdoten von der Uni meine Laune zu heben. Dann verabschiedete sich Thea endgültig, und er schloss sich ihr an. Bis Wien hatte er noch vier oder fünf Stunden Fahrt vor sich.

»Fahr bloß nicht zu schnell, Severin.« Ich strich ihm über die stoppelige Wange. »Und melde dich, wenn du angekommen bist.«

Geschickt manövrierte er das Auto aus dem engen Parkplatz, ich winkte ihm noch nach. Da fuhr Mona vorbei, setzte zurück und parkte in Severins Lücke.

Sie stieg mit einem strahlenden Lächeln und einem rosafarbenen Paket aus, stutzte aber, als sie mich ansah. Kein Wunder, bei meinen rot verweinten Augen.

Oben dann erzählte ich ihr alles, während sie eine Flasche Rotwein öffnete und den Lieferdienst anrief. Dann kuschelten wir uns zusammen aufs Sofa, und ich atmete tief durch. Bei Mona konnte ich mich einfach so ausheulen, sie hatte keine Analysen oder Vorschläge oder gar Kritik parat, sondern einfach nur ihr grenzenloses Verständnis für meinen Schmerz.

Am nächsten Morgen dachte ich noch mal über das nach, was Thea gesagt hatte – dass ich Martin töten würde, wenn ich nicht über ihn redete. Aber ich konnte nicht mit Elena oder Severin trauern oder reden. Seine Erinnerung hochhalten. Gab es nicht noch andere Wege, sie glücklich zu machen? Ich schaute mich um, hier im Wohnzimmer war nichts, martinfreie Zone.

Im Gästezimmer standen die Fotoalben im Regal. Leicht anachronistisch hatte ich immer Abzüge von den besten Bildern machen lassen. Zwar im Internet bestellt, aber selbst eingeklebt. Martin war der Fotograf der Familie gewesen, er war selten auf den Fotos, trotzdem gab es immer wieder Bilder mit ihm.

Vielleicht sollte ich aus unserem Fundus jedem Kind ein eigenes Album machen? Für das erste Babyjahr besaßen sie das. Das wäre eine tolle Idee für Weihnachten, bis dahin hatte ich genügend Zeit. Aber jetzt?

Da standen mehr als zwanzig Fotoalben. Ich kniete mich hin und machte zwei Stapel, auf die die Alben wechselseitig kamen. So hatte jeder erst mal die Hälfte. Und ich konnte gleich damit anfangen und die Alben Elena bringen. Ich packte sie in den großen Koffer, und fertig. Ein Blick in mein Handy zeigte mir, dass sogar sonntags alle halbe Stunde Züge nach Erlangen fuhren. Jetzt war es elf – Zeit genug für meinen Plan. Und ich würde sie überraschen – zu Hause war sie bestimmt, sie musste ja den ganzen Tag lernen, darüber hatte sie sich gestern doch so lauthals beschwert.

Severin würde ich die Alben mit der Post schicken. Oder ihn mal in Wien besuchen.

Der Entschluss beruhigte meine Gedanken. Überhaupt sah heute alles gar nicht mehr so schlimm aus wie gestern. Und ich hatte ja auch nicht alles weggeworfen, sondern ganz viel eingelagert. Alles, was die Kinder später vielleicht mal interessieren könnte und ich nicht in meinem neuen Leben haben wollte. Und das wussten sie auch. Es ging nicht um Sachen, um alte Uhren oder Fotos oder die gewonnenen Schleifchen der Tennisturniere.

Es ging um die Schmerzen, die Martin uns zugefügt hatte. Um ihn.

Aber daran konnte ich nichts ändern.

Es war kurz vor drei, als das Taxi vor dem hellgrün gestrichenen Mehrfamilienhaus im Erlanger Stadtteil Burk hielt. Der Fahrer wuchtete mir den schweren Koffer raus. Hoffentlich war Konstantin da, sonst blieb uns nichts anderes übrig, als auf der Straße die Fotoalben auszupacken und stückweise in den vierten Stock zu tragen. Und das bei knapp dreißig Grad.

Wie Elena wohl gucken würde? Ich zitterte ein wenig, als ich meine Handtasche über die Schulter streifte, den Koffer zum Haus hin rollte und klingelte.

Nichts tat sich.

Ich drückte erneut auf die Klingel. Nichts.

Das durfte doch nicht wahr sein! Ein weiteres Mal.

Nichts.

Ich rief sie an. Sie ging nicht dran. War etwas passiert? Besser, ich rief auch noch Konstantin an.

»Nelly?«, fragte er erstaunt.

»Ja! Ist eure Klingel kaputt? Ich habe schon dreimal draufgedrückt, aber ihr reagiert gar nicht!«

»Nein, nein«, unterbrach er mich. Getuschel im Hintergrund, ich konnte nichts verstehen, aber er redete mit

Elena, ganz eindeutig. »Wir – wir sind gar nicht zu Hause. Deswegen macht dir keiner auf.«

»Wie? Wieso – ich dachte, Elena muss lernen.«

Wieder Getuschel.

»Aber wieso …?«, verstand ich, dann: »Sorry, Nelly, Ich habe grad gar keine Zeit! Tschüss!«

Und er legte einfach auf. Konstantin, der sonst so nett und höflich war, so hilfsbereit. Der perfekte Schwiegersohn. Aufgelegt.

Da stand ich nun mit dem schweren Koffer. Das Taxi war nicht mehr zu sehen. Und wo waren Elena und Konstantin überhaupt?

Ihr Auto parkte nicht vor der Tür, aber das war ja auch normal, zum Haus gehörte eine Tiefgarage. Ich schaute nach oben. Dort, die Fenster im dritten Stock waren ihre. Nichts war zu hören oder zu sehen.

Jetzt rief ich Severin an.

Es klingelte. Es klingelte verdammt lange. Dann ging die Mailbox dran. WhatsApp verriet mir, dass er nicht online war, ich schickte ihm eine Nachricht und fragte, wo Elena ist. Sie und Konstantin waren übrigens online, aber das nutzte mir nichts.

Schräg gegenüber war ein Café. Ich rollte den schweren Koffer über die Straße und setzte mich dort ans Fenster. Erst mal brauchte ich einen Kaffee, bevor ich unverrichteter Dinge wieder nach Hause fuhr.

Der Erdbeerkuchen konnte meine Stimmung nicht heben, so lecker er auch war. Da traf eine Nachricht von Severin ein, er hätte keine Ahnung, wo Elena sei, er jedenfalls sei in der Bibliothek und bräuchte seine Ruhe.

Ich schickte ihm ein »Sorry« und viele Herzchen zurück. Mutierte ich jetzt doch noch zur Helikoptermutter?

Während ich weiter Elenas Haus beobachtete, erinnerte ich mich an die Immobiliensuche und wie schnell es bei ihr gegangen war. Bei mir eigentlich auch. Nur Severin wohnte noch immer zur Miete.

Ein Mercedes fuhr aus der Tiefgarage. Je länger ich auf das Haus und die Garageneinfahrt starrte, desto mehr kam ich mir vor wie eine Stalkerin. Es wurde Zeit, ein Taxi zu rufen. Ein Überraschungsbesuch – was für eine idiotische Idee! Der totale Fehlschlag.

Elena wollte nicht mit mir reden, so sah es eben aus.

Ich zahlte, rief ein Taxi zum Bahnhof, und als ich später mit Rainers Hilfe den Koffer wieder im Gästezimmer stehen hatte, sank ich aufs Bett und weinte meinen Schmerz hinaus.

Was sollte ich nur tun? Bei Thea öffnete niemand, Mona besuchte ihre demente Mutter. Ich wollte aber auf gar keinen Fall allein sein. Rainer hatte vorhin erzählt, er und Arndt würden heute Abend ins Kino gehen. Ob ich mal ins *Café Himmelblau* schauen sollte?

Aber was sollte ich Gabriel erzählen – dass Elena sich darüber beschwert hatte, ich würde mich mit drei Männern treffen, und er einer davon war? Und ich nicht wusste, was das zwischen uns bedeuten sollte, und es mir im Moment auch nicht wichtig war? Denn nur Elena war wichtig, nur sie allein. Natürlich versuchte ich weiterhin, sie anzurufen, aber sie nahm nie ab. Und auf meine Nachrichten reagierte sie nicht.

Nein, da musste ich alleine durch, irgendwie.

Irgendetwas musste ich essen. Also band ich mir eine Schürze um und kochte Tomatensoße, wie ich sie früher immer gemacht hatte, mit Knoblauch und Fenchel. Der Geruch erinnerte mich an unser Familienleben, und ich rührte mit einer Inbrunst, als würde ich damit Elena besänftigen können. Danach ging es mir besser, auch wenn ich nicht viel essen konnte.

Es war spät, lange nach zehn, die Sonne ging langsam unter, und es kühlte endlich ab. Vom Fenster aus konnte ich in die Häuser und Wohnungen gegenüber schauen. Ein Mann tanzte mit einem Kleinkind, ein Paar knutschte vor dem Fernseher. Es schien, als ob nur ich alleine war. Einsam.

Und zwar so richtig. Die Verbindungen gekappt. Zurückgeworfen auf mich selber. Und die Welt da draußen tanzte Tango. Autos hielten, Menschen stiegen aus, Lichter gingen an. Umarmungen, Weingläser, Lachen.

In Kleinfelden konnte ich vom Fenster aus nur in unseren Garten sehen, umgeben von Bäumen und Sträuchern, auf zwei Seiten ans Feld grenzend. Keine Häuser, keine Fenster, keine anderen Menschen. Nichts. Nur dunkle Stille.

Hier war die Dunkelheit laut und hell. Hier, in der Stadt, wo außer einem selbst keiner alleine zu sein schien.

Montag dann Alltag, endlich wieder arbeiten, endlich waren da wieder Menschen, denen ich helfen konnte. Die nicht wütend auf mich waren. Dachte ich jedenfalls.

Denn kaum hatte ich ein- oder zweimal die Bestellungen im Regal oder die neue Anti-Aging-Creme nicht gefunden, schaute Mona mich schon kritisch an.

Und dann die Sache mit dem Herzmedikament. Wie immer klackte es hinter mir, Carson lieferte eine blaue Verpackung, aber der Kunde schüttelte den Kopf.

»Die nehme ich nicht. Ihre Kollegin hat mir bislang immer eine rosa Packung gegeben!«

Ich begann, ihm ausführlich das Rabattsystem der Krankenkassen zu erklären, aber er bestand lautstark auf seinen Tabletten. Der Mann war zweiundsiebzig und hatte Bluthochdruck. Und wenn er sich noch länger darüber aufregen würde, dass seine Krankenkasse sein gewohntes Medikament nicht mehr erstatten wollte, bekam ich auch welchen.

»Frau Brückner?«, würgte er meine Erklärung einfach ab. Mona war irgendwo im hinteren Teil der Apotheke. Glaubte er etwa, sie würde ihm eine andere Auskunft geben als ich?

»Ich kann Ihnen Ihr gewohntes Medikament geben, aber dann müssen Sie es selber bezahlen.« Meine Stimme bebte leicht vor Ärger, hoffentlich merkte er es nicht.

Er zog die Augenbrauen hoch und sah mich strafend an.

»Frau Brückner?«, rief er etwas lauter.

»Ich versichere Ihnen, dass der gleiche Wirkstoff in der gleichen Menge in den Tabletten ist«, wiederholte ich mich. Es war völlig unnötig, dass er Mona fragen wollte, die konnte an den Rabattverträgen der Krankenkassen auch nichts ändern. Wieso wollte er mir nur nicht glauben?

Da erschien Mona mit dem Telefonhörer in der Hand zwischen den Regalreihen.

»Grüß Gott, Herr Kirchner!« Sie nickte ihm zu und murmelte »ich rufe gleich zurück« ins Telefon. »Wie geht es Ihrer Frau?« Kaum, dass sie ihn anlächelte, wurden seine Zornesfalten sofort glatter.

»Danke, bestens. Sie ist noch in der Reha, aber sie kann schon wieder laufen. Besser als vorher!«

»So ein künstliches Knie ist auch eine technische Meisterleistung. Was für ein Problem gibt es denn, Herr Kirchner?« Ihr Lächeln hörte gar nicht mehr auf.

»Meine Tabletten! Diese Frau hier will mir die falschen mitgeben! Wenn ich daran denke, wie viel Geld wir dieser Krankenkasse im Verlauf unseres Lebens bezahlt haben, und dann will sie uns wegen zwanzig Cent nicht die richtigen Tabletten geben?«

Sie streckte die Hand nach dem Rezept aus, ich gab es ihr. Dann schaute sie noch mal im Computer nach, als hätte ich nicht längst geprüft, ob es Bedenken wegen der Zusammensetzung der Zusatzstoffe gab oder der Arzt angegeben hatte, dass es zwingend die geringfügig teureren Tabletten sein mussten.

»Frau Leonhardt hat völlig recht, wir können da leider gar nichts machen.« Sie legte ihm bedauernd die Hand auf den Arm. »Ich kann Sie so gut verstehen, Herr Kirchner. Diese Rabattverträge sind schrecklich. Aber testen Sie das neue Medikament erst mal. Wenn es Probleme gibt, reden Sie mit Ihrem Arzt. Trinken Sie doch einen Salbeitee dazu, der ist gut für den Magen.«

»Salbei?«

»Ja.« Sie öffnete hinter sich eine Schublade und entnahm ihr ein paar Teebeutel. »Hier, in Bio-Qualität, der ist ganz neu.«

Herr Kirchner nahm sie voller Dank entgegen und lächelte dann Mona so intensiv an, dass ich an seine Frau in der Reha denken musste.

»Liebe Frau Brückner, Sie sind die Beste! Ich werde Ihnen berichten, wie es mir ergangen ist.«

Nach ihm wartete kein weiterer Kunde, und ich drehte mich verärgert zu Mona um.

»Entschuldige, Nelly«, sagte sie sofort beschwichtigend. »Aber bei uns musst du um jeden Kunden kämpfen, das ist was anderes, als wenn man im Dorf das Monopol hat.«

Ich nickte. Die Tür scharrte leise, der nächste Kunde betrat die Apotheke. Sie kam näher und flüsterte mir ins Ohr: »Heute bist du einfach nicht ganz bei der Sache. Ich verstehe das ja. Willst du nicht besser früher gehen?«

Entsetzt starrte ich sie an. Glaubte sie wirklich, meine Sorgen würden meine Leistung beeinträchtigen?

Dann war es wohl besser, ich ging wirklich.

Ohne rechts und links zu schauen, trat ich kurz darauf in die Pedale, schnell, schneller, ich powerte mich richtig aus. Einem Autofahrer, der mir die Vorfahrt nahm, hätte ich am liebsten den Stinkefinger gezeigt. Aber ich war ja so gut erzogen.

Zu Hause angelangt war die Wut verraucht, und ich erkannte beschämt, dass Mona recht hatte. Ich war noch nicht wieder die Alte, ich hatte mich von den Sorgen um

Elena ablenken lassen. Früher hätte ich es auch alleine geschafft, den Kunden zufriedenzustellen.

Abends füllte ich gerade Handtücher in die Waschmaschine, als mein Handy klingelte. Ludwig.

Bitte keine neue Einladung zu einem Essen! Davon hatte ich echt genug, lieber blieb ich einsam zu Hause.

»Weißt du, wen ich gerade gesehen habe?«, kam er nach einer kurzen Begrüßung auf den Grund seines Anrufs zu sprechen. »Elena – mit Viola und Matteo.«

Elena. Dann war sie also bei Viola, wo auch sonst. Bei der Frau, die mein Leben zerstört hatte. Ich musste mich auf den Badewannenrand setzen.

»Ich glaube, ich habe ihr Auto auch schon gestern hier in Kleinfelden gesehen. Wusstest du davon?«

»Nein.« Während ich mich nach Erlangen aufgemacht hatte, hatte Elena also Viola besucht. Es versetzte mir einen Stich.

»Elena war mit Matteo am Markt, und er spielte mit den Fingerchen im Brunnenwasser.«

Wir waren früher auch immer mit den Kindern am Marktbrunnen gewesen. Es tat weh, daran zu denken. Oder mir Matteos kleine Hände vorzustellen.

»Sie redet nicht mehr mit mir«, sagte ich leise.

»Aber du doch auch nicht, hast du gesagt.«

»Was? Ich versuche die ganze Zeit, sie anzurufen, aber Elena geht nie dran.«

»Ach, ich dachte, du meinst Viola. Was ist mit Elena?«

»Elena und ich haben uns gestritten. Ziemlich heftig sogar.«

Und ich erzählte ihm alles. Also, bis auf die Vorwürfe, ich würde mich mit zu vielen Männern treffen. Ich wollte Ludwig nicht verletzen. Das hatte er nicht verdient.

»Ein bisschen mehr Respekt hätte ich von Elena schon erwartet«, sagte er. »Hat sie ganz vergessen, dass ihr das gemeinsam entschieden habt? Soll ich mal mit ihr reden?«

»Nein, Ludwig, das halte ich für keine gute Idee.«

»Aber ich würde dir wirklich gerne helfen! Du hast es doch schon schwer genug, du brauchst jemanden, der sich um dich kümmert.«

Wenn Ludwig sich jetzt in diese Sache einmischte, würde Elena erst recht denken, er wäre irgendwie wichtig für mich.

»Danke, Ludwig, lieb von dir, aber ich muss das alleine regeln.«

Kurz darauf beendeten wir das Gespräch, ich stopfte die letzten Handtücher in die Maschine. Obwohl ich mir nach dem Umzug viel Neues gekauft hatte, war nicht alles neu in meinem Haushalt, wer könnte sich das auch leisten. Die Handtücher jedenfalls waren alt, und mir fiel ein pinkes zwischen den roten in der Maschine auf. Ein pinkes Handtuch mit einer weißen Stickerei: *Elena*. Sie hatte es damals von irgendjemandem zur Konfirmation bekommen, beim Auszug aber nicht mitgenommen. Ich zog es aus der Maschine, verbarg mein Gesicht darin und weinte bitterlich.

Alles hatte ich falsch gemacht! Hatte das Vertrauen meiner Kinder missbraucht, sie zu Entscheidungen gezwungen, als sie dazu nicht in der Lage waren. Hatte nicht mehr mit ihnen über ihren Vater gesprochen. Kein Wunder, dass Elena sich Trost bei Viola holte. Viola, die den gleichen Verlust wie Elena empfand, genauso viel weinen würde wie sie und auf mich schimpfen.

Immer wieder versuchte ich, Elena zu erreichen. Wiederholte Rückrufbitten liefen ins Leere. Ich war noch immer gereizt, in einer lauernden Habachtstellung, wie ich sie gar nicht kannte. Aufs Schlimmste gefasst. Jedem misstrauend. Mies drauf. Mein Projekt mit den Fotoalben für die Kinder vertagte ich, ich ertrug es einfach nicht, diese glücklichen Erinnerungen anzusehen.

Donnerstag dann rief Viola an. Ich warf vor Schreck das Handy aufs Sofa, es sprang vom Kissen auf den Teppich, zum Glück war es noch heil, als ich es aufhob.

Viola. Wenn Elena mit ihr redete … sollte ich … vielleicht auch? Vielleicht wusste sie mehr?

Nicht jetzt. Das hielten meine Nerven nicht aus. Und vor allem nicht so spontan, das musste überlegt werden. Was sollte ich ihr überhaupt sagen? Dass ich mich mit Elena gestritten hatte und befürchtete, sie würde nicht mehr mit mir reden wollen?

Nein, das konnte ich nicht. Auch nicht, wenn Viola es wusste. Viola war eine unsichere Frau, die immer von einem Problem zum anderen gewankt war und nicht gewusst hatte, wie sie es lösen sollte. Unselbstständig. Sie hatte sich von mir bemuttern lassen. Genauso wie Martin, da hatten sich echt zwei gefunden.

Ihr gegenüber wollte ich auf keinen Fall Schwäche zeigen.

Wieder klingelte das Handy. Wieder zog ich es aus der Hosentasche, wieder war es Viola.

Das nächste Mal wollte ich erst gar nicht aufs Display sehen, aber dann war ich zu neugierig.

Gabriel.

»Hi Nelly«, begrüßte er mich. Meine Knie zitterten auf einmal vor Erleichterung, ich musste mich setzen.

»Das Wetter ist so schön! Hast du nicht Lust auf einen kleinen Spaziergang?«

Wetter? Tatsächlich, die Sonne schien.

»Gerne, Gabriel.«

18

Wir trafen uns vorm Haus, er schlug den Weg ein, ich folgte. Das Ziel war mir egal – Hauptsache raus. Ein leichter Wind wehte und vertrieb die stickige Luft des heißen Tages. Vor den Fenstern und auf den Balkonen blühte es bunt, Lachen lag in der Luft. Wie selbstverständlich nahm er mich am Arm. Er trug Jeans und Sneakers, roch nach frischem Kuchen, und ich spürte, wie meine Anspannung Schritt für Schritt abnahm. Wie ich ständig seufzte und immer ruhiger und sicherer wurde.

Währenddessen erzählte er von der Heißluftballonfahrt am Wochenende, von der er mir die Fotos geschickt hatte, und davon, dass Marlenes Besuch am nächsten Wochenende verschoben worden war. Auch bei ihm ging nicht alles glatt, auch er hatte ein verkorkstes Familienleben.

»Macht dir das nichts aus?«, fragte ich.

»Nicht mehr. Die ersten Jahre, als Annabelle und Emmanuel klein waren, das war hart – Ruth hat sich ganz selten an die Besuchsregeln gehalten. Erst jetzt sehe ich sie so oft es geht.«

»Sie sind ja auch schon erwachsen.«

»Bis auf Marlene. Mit Janina, das ist Marlenes Mutter, läuft das aber besser als mit Ruth damals. Marlene kommt jeden Mittwoch nach der Schule zu mir.«

»Überall die gleichen Probleme.«

»Du bist auch geschieden?«

»Nein.« Er sah mich fragend an. Schließlich hatte ich Kinder und lebte alleine. Ich seufzte. Er war immer so ehrlich und offen zu mir, und ich? Wozu diese Geheimniskrämerei? Einfach nur spazieren gehen und meine Probleme verschweigen brachte mich nicht weiter.

»Er ist gestorben.«

Und ich erzählte es ihm. Schritt für Schritt liefen wir durch die Stadt – und durch meine Lebensgeschichte. Gabriel fragte wenig, kommentierte gar nichts. Manchmal drückte er meinen Arm, und irgendwann waren wir an der Isar und ich bei Elena und Viola angelangt und bei der Tatsache, dass ich an allem schuld war.

»Schuld?«, fragte Gabriel. »Die Frage nach der Schuld ist nur sinnvoll, wenn man vergeben will. Rache macht einem das Leben kaputt.«

»Sagt der Krimiautor!«

»Ich denke halt viel über so was nach. Und in einem Krimi würdest du jetzt Rache an Viola nehmen.«

»Manchmal würde ich das auch gerne, aber ich beschränke mich darauf, nicht ans Telefon zu gehen, wenn sie anruft.«

»Ignorieren – auch eine Lösung. Aber da frisst sich der Schmerz oft erst richtig tief in die Figur. Elena verdaut wahrscheinlich alles besser, wenn sie offen wütend ist. Unter ihrer Wut liegt ja auch noch viel Schmerz.«

Was war das denn jetzt für eine Pseudo-Analyse? »Ich dachte, du bist Autor und kein Psychiater!«

»Wir Autoren müssen immer das tiefste Geheimnis

unserer Figuren kennen und ihren größten Wunsch, um sie lebendig darstellen zu können. Und ich frage mich daher, was Elena will.«

»Sie ist aber echt und keine ausgedachte Figur.«

»Nelly, wehr dich nicht. Was will Elena?«

»Dass ihr Vater wieder lebt. Was sonst.«

»Willst du das auch?«

»Na, hör mal, natürlich! Ich wünsche ihm doch nicht den Tod!«

»Na ja, verständlich wäre es. Er hat dich verletzt, verraten, hintergangen. Andere morden aus solchen Gründen. Und das nicht nur in Krimis.«

»Wenn er nicht gestorben wäre, hätte ich mich von ihm getrennt, mehr nicht.«

»Und ihr hättet euch gestritten.«

»Na, du hast gut reden, du bist schon zweimal geschieden. Du weißt, wie das abläuft. Wenigstens etwas, das mir erspart bleibt.«

»Streit – ja, aber auch die Versöhnung hinterher. Das Verständnis, das man entwickelt. Die Fähigkeit, wieder an die guten Zeiten denken zu können, als man verliebt war. Aber vielleicht kommt das alles bei dir ja noch.«

»Ich weiß nur, dass ich, wenn ich jemals wieder an seinem Grab stehen werde, mich nicht beherrschen kann und ihn anschreien werde. Deshalb gehe ich da ja nicht hin.«

»Verstehe. Er ist gestorben, du hast dich zusammengenommen, dein Leben neu geregelt und bist gegangen.«

»Ganz genau.«

»Dann wundert mich gar nichts.«

»Gabriel!«

»Elena will, dass alles wie früher ist, hast du gesagt. Und früher, da war alles in Ordnung, nicht? Mama und Papa haben sich geliebt, wohnten in einem schönen Haus voller Erinnerungen und kümmerten sich um die Menschen im Dorf.«

Ich nickte. Diese Küchenpsychologie von Gabriel ging mir auf die Nerven, aber ich hatte keine Kraft mehr, mich dagegen zu wehren.

»Und wenn dann einer von euch gestorben wäre, dann hätte der andere getrauert, zu den Erinnerungen im Haus wären noch mehr dazugekommen, aber ansonsten wäre alles geblieben.«

»Ich weiß, dass Elena das Haus vermisst, das sagt sie ja immer!«

»Sie vermisst nicht das Haus. Sie will, dass du trauerst.«

»Was für ein Schwachsinn!«, antwortete ich, dabei sagte er dasselbe wie Thea.

»Nelly, irgendwann wird deine Trauer stärker als dein Ärger sein. Und dann wird deine Tochter wieder zu dir finden.«

»Na, das klingt mir jetzt aber zu esoterisch.«

»So ist es aber. Du kannst es nicht erzwingen. Du musst die Hand ausstrecken und warten, dass sie sie ergreift.«

»Und was ist, wenn sie es nicht macht? Soll ich dann im Kaffeesatz lesen?«

»Sie wird kommen.«

»Du kennst sie doch gar nicht!«

»Aber ich kenne mich mit Scheidungskindern aus. Außerdem wirst du irgendwann trauern. Irgendwann bricht dein Panzer, deine harte Schale, auf.«

»Ich habe keinen Panzer.«

Er stellte sich mir in den Weg und sah mich ernst an. Ich verschränkte die Arme vor der Brust, obwohl ich wusste, dass das wie eine Abwehrhaltung aussah. Aber mir war kalt.

Langsam hob er die Arme und berührte mich an den Schultern. Ohne es zu wollen, zuckte ich leicht zusammen. Das endete nur wieder in Peinlichkeiten. Ich wollte keinen neuen Mann.

Seine Hände blieben trotz des Zuckens liegen.

»Da ist ein Panzer um dich«, flüsterte er. »Lass los, Nelly.« Und er zog mich langsam an sich heran. Ich hätte mich weiter wehren können, ihn abschütteln, mich umdrehen und weggehen, was weiß ich.

Aber nichts davon tat ich, sondern blickte in seine braunen, tiefgründigen Augen, spürte seine Hände, dann seine Schulter an meiner Wange, er hielt mich fest, und dann drückte auch ich mich an ihn.

»Was ist, wenn Elena nie mehr mit mir reden will?«, sprach ich meine größte Angst aus und lehnte meinen Kopf an seine Schulter.

»Warte es einfach ab.«

»Das schaffe ich nicht. Ich rufe ständig an, und Elena geht nicht dran.«

»Du musst lernen, sie loszulassen. Damit sie zu dir zurückkommen kann.«

»Loslassen! Ich dachte immer, das könnte ich. Verkaufen, wegziehen, alles hinter mir lassen. Aber jetzt auch noch die Kinder … was bleibt mir dann?«

»Es wird der Tag kommen, an dem ihr euch aussprechen könnt.«

»Dein Vertrauen möchte ich haben.«

»Das hatte ich auch nicht immer. Der größte Vorteil, so alt wie ich zu sein, ist die Lebenserfahrung.«

Ich hob den Kopf und lächelte ihn an.

»Ich bin genauso alt wie du, daran kann es nicht liegen.«

»Du? Sechsundfünfzig?« Er zog die Stirn in Falten. »Nie und nimmer.«

Ich kuschelte mich wieder an ihn, atmete seinen Geruch ein und hatte einen Moment lang das Gefühl, dass alles möglich war. Seine Nähe tat mir so gut. Auch, dass er nicht versuchte, mich zu küssen. Oder ich ihn. Sondern dass wir einfach nur so füreinander da waren. Freunde.

»Genug von der Vergangenheit!«, flüsterte er mir ins Ohr. »Du musst nach vorne blicken – und da soll das Wetter einfach genial sein! Komm mit, wir schweben da oben, lassen uns vom Wind tragen.« Er ließ mich los und wies in den blauen Himmel. »Du fühlst dich wie ein anderer Mensch.«

»Ich finde, bei mir hat sich schon genug geändert. Ich wäre gerne so wie früher.«

»Wirklich? Eine betrogene Ehefrau, die von nichts weiß?«

»Nein, so meine ich das nicht.«

»Außerdem finde ich es gut, dass du nicht wie die

anderen denkst, dass eine neue Haarfarbe ausreichen würde, um dein Leben zu ändern. Nein, du hast alles geändert, bis auf die Haare!«

»Ich habe meine Haare sehr wohl geändert.«

Er schaute erstaunt zu mir.

»Früher hatte ich mir die Haare immer rot gefärbt.«

Er schaute mich genauer an. »Rot?«

»Kupfer-Mahagoni. Mona meint ja, ich wäre mit den grauen Haaren unsichtbar und sähe älter aus, als es nötig wäre.«

»Ob eine Frau graue Haare hat, sagt nichts über ihr Alter, sondern nur über ihren Charakter aus.«

Er streckte die Hand aus und berührte sanft meine Haare. Eine Hitzewelle breitete sich in mir aus, hoffentlich wurde ich nicht so rot, wie es meine Haare früher gewesen waren.

»Und was war das dann für eine Frau, die sich die Haare rot gefärbt hat?«, fragte ich ihn.

»Keine Ahnung, die kenne ich nicht. Ich kenne nur die, die Ehrlichkeit über alles zu schätzen scheint.«

Dieses Mal kam er mit zu mir. Wir tranken Rotwein und kochten irgendetwas aus den Resten, die ich dahatte.

Mit Gabriel zu kochen war eine wunderbare Erfahrung. Keiner gab dem anderen Anweisungen, keiner war der Chef. Jeder von uns warf seine Ideen in den Raum, und der andere fing sie oder nicht. Setzte sie um oder nicht. Erklärte, warum. Oder warum nicht.

Letztendlich kochten wir Nudeln, schnitten Zwiebeln, Möhren und Knoblauch klein, brieten alles in Olivenöl an, dazu kleingeschnittenen gekochten Schinken und passierte Tomaten.

Mir fielen die langen schlanken Finger seiner Hände auf, wie er Blätter vom Basilikum abzupfte. Unter dem Nagel seines rechten Zeigefingers hatte er einen Bluterguss. Und verheilende Schrammen.

Wie es sich wohl anfühlen würde, wenn er mich mit diesen Fingern berühren würde? Mich küssen?

Wie dumm ich war – es würde genauso desaströs enden wie bei Thomas. Ich war einfach aus dem Alter raus. Und Gabriel empfand wohl ganz genauso, denn er verabschiedete sich spät am Abend nur mit einer weiteren Umarmung. Mehr nicht.

Das erste Mal seit dem Streit mit Elena hatte ich mich richtig wohlgefühlt, konnte entspannen. Gabriel tat mir gut, das spürte ich.

Nachts im Bett fragte ich mich, wie er auf die Idee kam, ich würde einen Panzer um mich herum tragen. Wo ich doch so offen war und Thomas nicht nur geküsst hatte, sondern mit ihm im Bett gelandet war. Aber das wusste er natürlich nicht – von wegen, ich sei eine ehrliche Frau. Er irrte sich, er irrte sich mit allem. Ich war keine Romanfigur, und Elena auch nicht.

Aber Elena war verletzt unter ihrer Wut, das war klar. Und ich?

Wenn ich an Martin dachte, tat mir alles weh. Mein Herz hatte er rausgerissen, als es am einsamsten und empfindlichsten war. Martin verblutete innerlich, mein Leben schien zu Ende zu sein, aber nicht meine Liebe zu ihm. Sie erfüllte mich bis in die allerletzte Zelle. Meine Liebe zu ihm schien unermesslich.

Und dann – stieß er mir vom Totenbett aus ein Messer in die Brust.

Natürlich überdeckte Wut diesen Schmerz.

Aber die Liebe, die war weg. Und kam auch nicht wieder.

19

Jetzt, nach all den Gesprächen, fiel es mir leichter, Elena in Ruhe zu lassen. Keine Anrufe, keine Textnachrichten, gar nichts. Letztendlich hatten mir Thea und Gabriel dasselbe geraten. Aber erst jetzt war ich bereit dazu. Und ich hoffte natürlich auf eine Reaktion von ihr. Sobald das Telefon klingelte, suchte ich es hektisch und mit klopfendem Herzen, immer in der Hoffnung, dass sie anrief.

So auch an einem schönen Sommertag einige Wochen später, als ich beim *Verrückten Eismacher* anstand, um mir ein Feierabend-Eis zu gönnen. Ich schwankte gerade zwischen »Vanille-Karamell-Krokant« oder »Champagner-Erdbeere«, als mein Handy klingelte, und ich es so aufgeregt aus meiner Hosentasche zog, dass es mir runterfiel. Und dann: war es nur Thomas. Passte ja hervorragend zu den graffiti-artigen Bildern aus »Alice im Wunderland« an den Wänden der Eisdiele.

»Wie geht es dir? Sorry, dass ich mich so lange nicht gemeldet habe, aber ich hatte wahnsinnig viel Stress in der Kanzlei.«

Ich hätte nicht gedacht, dass er noch mal anrufen würde. Bei mir war das Interesse an ihm jedenfalls erloschen.

»Hallo, Thomas«, grüßte ich, während die Schlange ein ganz klein wenig nach vorne rückte.

»Du kennst dich ja richtig gut in Kunstgeschichte aus, hat beim Schöllgruber Eindruck gemacht. Das sollten wir mal wiederholen!« Solche Begeisterung hätte ich jetzt nicht erwartet. Die Schlange rückte erneut vor, langsam konnte ich die Theke sehen.

Dass wir über Kunst geredet hatten, daran konnte ich mich kaum erinnern. Für mich bestand der Abend nur aus dem, was hinterher in meiner Wohnung passiert war. Ich wusste nicht, was ich antworten sollte, aber er redete sowieso ohne Punkt und Komma einfach weiter.

»Weswegen ich anrufe – hast du schon was von der Versicherung gehört? Ist dein Schaden mittlerweile beglichen worden?«

»Nein.«

»Der Unfall ist bereits sechs Wochen her! Ich hätte nie gedacht, dass die Versicherungen so lange brauchen. An mir liegt das jedenfalls nicht!«

»Davon bin ich bislang auch nicht ausgegangen.«

»Ja, das weiß ich, so bist du nicht, das ist nur die typische Anwaltsskepsis. Du bist – auch viel zu nett – aber manche Mandanten … nun ja.«

»Alles in Ordnung, Thomas.« Ich war endlich dran und wollte gerade auflegen, um mein Eis zu bestellen, als Thomas sagte: »Weißt du, was eine Keratose ist?«

Oh je. Ich ging zur Seite und überließ dem Nächsten meinen Platz. Diana hatte Thomas also davon erzählt.

»Eine Keratose – die ist ja gar nicht so selten.« Und ich erklärte es ihm, rein sachlich natürlich. Wegen der lauten Gespräche der Kunden in der Eisdiele verstand er nicht alles, ich ging nach draußen.

»Das kann man sehr gut behandeln, du brauchst dir keine Sorgen machen, wenn dein Hautarzt so etwas bei dir entdeckt hat.« Davon, dass ich Dianas Befund kannte, durfte ich ja nichts sagen. Schweigepflicht.

»Ich mache mir aber Sorgen. Wenn es um mich ginge, wäre es ja egal. Aber es geht nicht um mich. Sondern um Diana. Meine Exfrau.«

»Oh.« Hoffentlich klang es überrascht.

»Sie wollte mir erst gar nichts sagen, als sie auf einmal dieses Pflaster im Gesicht hatte. Und als sie es dann erklärt hat, hat sie es wie immer völlig runtergespielt. Bloß keine Schwäche zeigen.«

»Du machst dir Sorgen, das ist völlig normal.«

»Sag das mal ihr. Gestern bei François hat sie mir eine Szene gemacht, nur weil ich ihr was aus dem Internet zu Keratosen vorlesen wollte!«

François? Ach ja, vom *Le Parisien.*

»Thomas, verlass dich auf das, was sie sagt. Vertrau ihr. Dann wird sie dich auch mit ihrem Arzt sprechen lassen.«

»Ja. Ich stehe ihr auf jeden Fall bei. Das muss sie nicht alleine durchmachen. Ach, wie gut, dass ich dich fragen kann, Nelly.« Dann verabschiedete er sich.

Und ich reihte mich erneut ein. Um so eine Keratose, wenn sie vollständig entfernt wurde und Diana nicht mehr in die Sonne ging, brauchte er sich gar keine Sorgen mehr zu machen. Aber sie hatten Kinder. Es sprach eindeutig für Thomas, dass er seine Ex nicht hängen lassen wollte.

Natürlich gibt es wichtigere Fragen als die beste Eissorte. Familie, Gesundheit. Trotzdem war Eis wichtig, um das Leben meistern zu können, und so entschied ich mich am Schluss für eine Kugel »Belgische Schokolade«.

Als ich Mona am nächsten Tag nach Diana fragte, konnte sie mich beruhigen. Sie wusste von keinen weiteren Krankheiten oder Komplikationen, hatte aber Thomas und Diana Arm in Arm zur Kanzlei gehend gesehen. Vielleicht half ihnen ja die Krankheit, sich auszusöhnen.

Und sie hatte eine ganz wunderbare Idee: dass wir das gute Sommerwetter ausnutzen, die staubige Stadt hinter uns lassen und ins Allgäu fahren sollten. Kühe beim Grasen beobachten, die Beine vertreten und gut essen. Und vielleicht auch Gabriel und seinen Ballon am Himmel sehen.

Ich rief ihn sofort an, um nach seiner nächsten Fahrt zu fragen, aber er ging nicht ans Telefon. Nun gut, vielleicht war er gerade in der Luft. Das hatte ich mittlerweile gelernt – da oben gab es keinen Mobilfunkempfang. Oder er war in der Welt seines neuen Krimis versunken.

Nach der Mittagspause rief er zurück, freute sich wahnsinnig, und wir vereinbarten ein Treffen. Natürlich wusste man nicht, ob das Wetter mitspielen würde, aber ich wollte auf jeden Fall mal raus hier, auch, wenn Flaute herrschen sollte. Gabriel schickte mir Übernachtungstipps, die Fahrt ging bereits kurz nach Sonnenaufgang los. Ich steckte gerade mein Handy weg, als die Ladenglocke erklang, und eine Kundin die leere Apotheke betrat, mit der ich nie gerechnet hätte.

Viola.

Von einer Minute zur anderen bebte mein Körper. »Was willst du denn hier?«, fragte ich sie entgeistert.

»Ich muss mit dir reden. Bitte!«

»Wir haben nichts mehr zu besprechen«, sagte ich so laut, dass Mona aufblickte. Kunden waren keine da, Adrian füllte gerade das Regal mit den Vitaminpräparaten auf, da konnte ich für ein paar Minuten verschwinden. Auch wenn ich es nicht wollte. Ganz und gar nicht.

»Komm mit!« Ich ging voraus zum Besprechungszimmer, einem kleinen Raum mit Fenstern in den Verkaufsraum, deutete auf einen Stuhl und schloss die Tür.

Sie wirkte noch kleiner und zarter als früher. In ihren braunen Locken waren erste graue Haare zu sehen, die dunklen Ringe unter den Augen waren kaum überschminkt. Die Jeans hing an ihr herab, das T-Shirt war ungebügelt. Ich blieb an der Tür stehen. Viola setzte sich seufzend, öffnete ihre Tasche und holte ihr iPad heraus. Dann sah sie zu mir, aber ich schaute weg.

»Ich will mich entschuldigen«, sagte sie zittrig.

»Und du meinst«, ich musste tief durchatmen, um mich etwas zu beruhigen, »mit einer Entschuldigung ist alles in Ordnung? Du hast dich schon die ganze Zeit entschuldigt! Von Anfang an. Als ob das irgendetwas ändern würde.«

»Aber was soll ich denn jetzt machen?«

»Du bist einfach unglaublich. Immer brauchst du Hilfe, nie kannst du was alleine hinkriegen. Jetzt soll ich dir auch noch sagen, was du tun sollst? Lass mich in Ruhe! Hau ab und komm nie wieder. Mir wird schlecht, wenn ich dich sehe.«

»Und was ist mit Matteo?« Sie tippte auf ihr iPad und rief ein Foto von ihm auf.

Sein Anblick schnürte mir den Hals zu. Wie groß er geworden war in dem Jahr. Die Haare kürzer, der Babyspeck weniger. Er lachte und rannte eine Wiese hinab.

Wollte sie mich mit ihm erpressen? Eine Versöhnung erzwingen? Ich legte das Tablet unsanft auf den Tisch und die Hand auf den Türgriff.

»Geh bitte.«

»Elena sagt, dass du ihr verboten hast, ihn zu sehen.«

Ah! Da hatten wir ja den Grund für ihren Besuch.

»Das stimmt gar nicht! Natürlich darf sie ihn sehen, Severin auch, er ist ihr Bruder. Nur ich, ich kann euch nicht ertragen. Und jetzt geh bitte.«

Viola schluchzte, aber ich schaute nicht zu ihr, meiner ehemals besten Freundin, sondern sah verzweifelt zu Mona und Adrian und hoffte, sie würden mich wegen irgendetwas zu sich rufen.

»Nelly«, sagte Viola und wischte sich die zerlaufene Schminke weg, »du weißt, dass du die Einzige warst, die nichts von Martin und mir gewusst hat, oder? Du warst so blind, du wolltest nichts sehen. Also wirf mir nicht Charakterschwäche vor, wenn du selber deinen Mann jahrelang vernachlässigt und ihn so selbstverständlich wie ein Möbelstück angesehen hast!«

Sie stand auf, warf ihren Schal theatralisch über die Schulter und knallte die Tür hinter sich zu.

Das konnte sie nicht ernst meinen, oder? Alle anderen hatten es gewusst? Ich hielt die Luft an, sah wieder deren bedauernde Blicke, doch verstand ich jetzt erst, wieso –

ein Schluchzen drang durch meinen Körper, ich musste mich setzen, schlug mir die Hände vors Gesicht und weinte bitterlich.

»Alles in Ordnung?«, fragte Mona, die auf einmal neben mir stand.

Ich schüttelte den Kopf.

»Wieso, was war denn mit der Patientin eben?«

»Viola«, sagte ich. »Das war Viola.«

Mona brachte mir einen heißen Tee, hielt mich dann im Arm und tröstete mich, während ich erzählte, dass offenbar alle im Dorf schon lange vorher von Martins Treuebruch gewusst hatten und keiner es mir gesagt hatte.

Warum waren sie alle so feige gewesen? Hatten sich nicht eingemischt? Waren zu Komplizen geworden? Weil Martin aus dem Dorf stammte und ich nicht? Viele Zugereiste gab es nicht in Kleinfelden. Uninteressant für Pendler, da zu weit weg von Heidelberg, Darmstadt oder Frankfurt. Kaum eigene Industrie. Aber es gab ein paar Zugereiste. Zumindest die hätten doch zu mir halten können.

Und Martin? Wieso hatte er nicht alles zugegeben und sich von mir getrennt? Unsere Kinder waren groß, die Familie sowieso am Auseinandergehen. Die ganze Zeit hatte ich gedacht, er wäre aus Liebe geblieben. Aber – *Möbelstück*?

Hatte er sich so gefühlt, oder war das Violas Meinung?

Wieso sie alles verheimlicht hatte, war mir völlig klar. Sie hatte schon immer jede unangenehme Entscheidung gescheut, nur für ihre Musik gelebt. Als Violinistin gescheitert, war sie Musiklehrerin geworden, versagte aber auch hier. Die Schüler tanzten ihr auf der Nase herum.

Wir hatten uns angefreundet, weil sie immer am offenen Fenster Geige geübt hatte und ihre Musik mir so gut gefallen hatte. Wir verstanden uns auf Anhieb, mochten die gleichen Bücher und Filme, kochten ab und an zusammen.

Manchmal, wenn sie sich nicht entscheiden konnte, half ich ihr. Damals war sie noch verheiratet und versuchte verzweifelt, schwanger zu werden. Die Ehe ging in die Brüche, ich stand ihr bei. Als sie dann doch schwanger wurde, sprach sie von einem One-Night-Stand.

Was hatten wir uns gefreut! Wir alle, die gesamte Nachbarschaft. Ludwig, dessen Frau gerade gestorben war, Martin und ich und auch die anderen Familien. Keiner redete über den Vater.

Mona hörte sich all meine Überlegungen in Ruhe an, tröstete, bestätigte mich, dann wollte sie mich heimschicken.

»Ach, Mona.« Ich seufzte. »Wenn ich jetzt heimgehe, dann grübele ich die ganze Zeit. Nein, lass mich hierbleiben, ich kann ja auch Julia in der Warenannahme helfen. Du kannst mich auch gerne wieder kontrollieren, ich halte das alles aus.« Ich zog ein Taschentuch aus der bereitstehenden Papp-Box. »Ob meine angeblichen Freunde in Kleinfelden was gewusst haben oder nicht, ist eigentlich ganz egal. Ich bin denen egal, und sie sind mir egal. Ich war nur – überrascht. Das ist alles. Versprich mir nur, mich nie anzulügen. Egal, was es ist. Keine Lügen, niemals.«

Sie nahm mich noch einmal in den Arm.

»Versprochen.«

Nach Ladenschluss gingen Mona und ich zu unserem Lieblingsitaliener. Das *Ciao Ragazzi* war ein kleiner Laden ganz in der Nähe, bei dem die Pizza aus einem traditionellen Mehl gebacken wurde. Denn manchmal aß sogar Mona keinen Salat, da musste es nach einem stressigen Tag Pizza oder Pasta sein – und so ein Tag war heute.

Schon der Geruch nach Hefeteig und Parmesan ließ meine Lebensgeister wieder auferstehen. Draußen war alles voll, wir setzten uns innen an einen der Holztische und bestellten eine Schinken-Rucola-Pizza für mich und eine mit Trüffeln für Mona. Und weil es so heiß war, mal wieder einen Aperol Spritz.

Nachdem wir die Bestellung aufgegeben hatten, ging Mona kurz nach draußen, um mit ihrem »Bekannten« zu telefonieren.

Ich hätte ja zu gerne gewusst, wer das war. Aber jetzt rief ich erst mal Ludwig an und erzählte ihm haarklein von der Begegnung mit Viola.

»Wusstest du eigentlich, dass sie nach Weinheim gezogen ist?«, fragte Ludwig gerade, als der Spritz serviert wurde. »Es hat ja kaum noch einer mit ihr geredet. Für den Jungen ist es bestimmt auch besser.«

»Die haben sie geschnitten?« Ich trank einen Schluck, das tat gut.

»Das Maul haben sie sich zerrissen über sie. Ob das Kind überhaupt von Martin sei oder nicht von irgendjemand ganz anderem, er sei viel zu gutmütig gewesen, und und und. Martin stammt halt aus einer alteingesessenen Familie, und sie hat sich da reingedrängt.«

»Ich dachte immer, sie würden über mich schlecht reden. Viola sagte, das ganze Dorf hätte von ihrer *Beziehung* gewusst und dass Martin mich verlassen wollte.«

»Na ja«, sagte Ludwig gedehnt, als ob er sich vor dem drücken wollte, was er dann doch aussprach. »Ob sie das wirklich hatten geheim halten können? Irgendwer sieht immer irgendetwas, du kennst das doch.«

»Hast du es gewusst?«

»Nein. Ich bin einfach zu oft weg. Und auch zu eng mit dir befreundet, ich habe jedenfalls erst hinterher davon gehört.«

Anderes hätte ich von ihm auch gar nicht erwartet.

»Jetzt tun alle so, als hätten sie das schon immer gewusst, aber vorher … gib da nichts drauf. Ich hätte es dir erzählt, glaube mir.«

Sein Verständnis zu hören ließ mich ganz rührselig werden. Schnell trank ich einen Schluck Spritz, um die aufsteigenden Tränen loszuwerden.

»Redet Elena wieder mit dir?«

»Nein.« Noch ein Schluck Spritz.

»Du musst dich mit ihnen versöhnen!«

Ich seufzte. Abwarten, die Initiative ergreifen, jeder riet etwas anderes.

»Was sagt denn deine Schwiegermutter dazu?«

»Oh, mit der rede ich am liebsten gar nicht.«

Er schwieg. Ich hörte ihn atmen. Mona kam von draußen, setzte sich und nippte von ihrem Cocktail.

»So geht das nicht, Nelly«, sagte Ludwig. »Am besten wäre es, ihr würdet euch alle zusammensetzen und reinen Tisch machen. Ihr müsst euch zusammenreißen. Weitermachen. Hast du doch früher immer zu mir gesagt: einfach weitermachen.«

»Bei dir war das was anderes.«

»Findest du?« Er brummte ablehnend. »Na ja, vielleicht hast du ja recht. Du siehst immer nur das, was Martin vor seinem Tod gemacht hat, dabei ist das, was euch alle verletzt hat, sein Tod.«

Nicht schon wieder jemand mit seinen eigenen psychologischen Theorien!

»Ludwig, ich wollte dich nur bitten, mir Bescheid zu sagen, wenn du wieder irgendwas Wichtiges siehst oder hörst. Frag Patrick mal ein bisschen aus. Wegen Elena und Severin. Für mich. Bitte.«

Und er versprach es. Ich legte das Telefon auf den Tisch, Mona schaute mich fragend an und trank dann noch einen Schluck.

»Lass uns über was anderes reden. Zum Beispiel …« Ich sah mich fragend um, dann fiel es mir ein: »Wer dein *Bekannter* ist.«

Mona prustete los, verschluckte sich und musste einige Mal husten, bevor sie antworten konnte.

»Ach, der – ist unwichtig.«

»Nein, nein, so leicht kommst du mir nicht davon!« Ich rückte etwas näher. »Komm, wer kann dir denn peinlich sein? Adrian?« Der junge PTA sah ja ziemlich gut aus.

»Nein! Ich habe nichts mit meinen Angestellten!«, wehrte sich Mona und hustete erneut.

»Also?«

»Es ist … wir sind einfach nur Freunde, mehr ist da nicht.«

»Wer?« Das mit dem *Nur-Freund-Sein* konnte ich mir bei Mona sowieso nicht vorstellen.

»Du kennst ihn nicht.«

»Ich denke schon, sonst würdest du nicht so ein Geheimnis daraus machen.«

»Es ist nur Kurt, mehr ist da nicht.«

»Kurt?« Ich hatte bislang nur von einem einzigen Kurt gehört. »Kurt Ansorge? Dein Ex?« Ihr erster Mann. Chirurg in Leipzig. »Dein *Bekannter* ist dein Exmann?«

»Siehst du, genau deshalb wollte ich nichts sagen. Dabei verstehen wir uns heute besser als damals.«

»Kurt, das war der Opern-Fan, oder?«

Sie atmete tief ein und aus. »Ja. Von ihm war auch der Tipp mit dem Opern-Slam.«

»Und wieso sagst du mir das nicht? Natürlich kenne ich ihn, ich war doch auf eurer Hochzeit damals!«

»Ach, das ist doch so lange her!«

»Ich erinnere mich, Elena konnte gerade laufen. Sie war krank, Mittelohrentzündung, weswegen Martin und sie nicht mit auf der Hochzeit waren.«

Dabei hatte ich damals so ein süßes Kleidchen für sie gekauft. Weiß mit Spitze, und schwarze Laufschuhe. Zum fünfundsechzigsten Geburtstag meines Vaters ein paar Wochen später hatte es gerade noch gepasst.

Zu der Zeit sahen Mona und ich uns nur noch selten. Ich rieb mich zwischen den Kindern und der Apotheke auf, sie war mit Kurt nach Leipzig gezogen. Aus täglichen

Telefonaten waren schon lange monatliche geworden, bald würden es nur noch E-Mails sein, dann Geburtstagskarten. Eine Trauerkarte.

Und ein Wiedersehen.

»Ich mochte Kurt«, betonte ich, obwohl ich mich noch nicht mal daran erinnern konnte, wie er aussah.

»Ja? Da warst du aber ziemlich alleine. Wobei, meine Mutter hat ihn ja vergöttert, alleine wegen des Doktortitels. Und dann als er Professor wurde! Alle anderen fanden ihn arrogant.«

»Ach, ist egal. Wir verdanken ihm einen tollen Abend, oder? Bestimmt hat er sich geändert, sonst würdest du dich ja nicht mit ihm treffen.«

»Aber da ist wirklich nichts! Wir gehen nur ab und an zusammen aus, in Konzerte und die Oper. Wenn er Zeit hat, er ist jetzt Leiter der Klinik für Unfallchirurgie an der Uniklinik, Siebzig-Stunden-Wochen sind normal, und Pläne darum schwer zu machen.«

»Und weshalb habt ihr euch damals getrennt?«

»Wegen der Zahnbürsten und Mülleimer und Lichtschalter. Ganz einfach.«

Die Pizzen waren fertig, wir griffen beide zu. Ich liebte den Teig, außen kross, innen weich. Und heute Schinken und Rucola dazu – perfekt.

»Lichtschalter?«, fragte ich mit vollem Mund.

»Kurt ist zwanghaft ordentlich. Im OP ist das sinnvoll, in der Apotheke ja auch, aber zu Hause? Alles hatte seine bestimmte Ordnung, und wenn die nicht eingehalten wurde … Eine Zwangsstörung, ganz eindeutig. Irgendwann wurde mir das zu viel.«

»Hat er wieder geheiratet?«

»Nein. Mit dem kann man auch nicht zusammenleben.«

»Aber ab und an mal in die Oper gehen.«

»Genau. Dann ist er ein interessanter Mann, witziger und charmanter als früher, nicht nur hochintelligent.«

Mona hob ihr Glas. »Der Sex mit ihm war übrigens immer eine Katastrophe. Das kommt davon, wenn man alles kontrollieren will.«

»Hast du denn schon getestet, ob er sich da auch verändert hat?«

»Bis jetzt noch nicht.«

20

»Was ist denn jetzt los?« Wie die Katze vor dem Mäuseloch, so stand ich vor der Medikamentenausgabe von Carson. Es war mir gleich so komisch vorgekommen, als ich das Förderband nicht mehr hören konnte.

»Nicht schon wieder«, maulte Adrian hinter mir. »Carson streikt.«

»Und jetzt?« Ausgerechnet heute war Mona nicht da.

»Ich kümmere mich schon«, sagte er und verschwand mit dem Telefon in der Hand.

Ich lächelte die Kundin vor mir entschuldigend an. Sie schaute genervt auf ihr Handy. Beratung war nicht notwendig, sie brauchte nur ihr Schilddrüsenmedikament, das sie seit Jahren einnahm. In Kleinfelden hätte ich jetzt mit dem Dorfklatsch angefangen. Und hier?

»Kennen Sie die neueste Apotheken-Umschau?«

»Dauert das länger? Sonst geben Sie mir bitte das Rezept zurück, ich hole das Medikament dann woanders.«

»Nein, keine Sorge, mein Kollege hat das im Handumdrehen geregelt.«

Jetzt verstummte auch noch das Motorgeräusch von Carson. Ich suchte ein paar Kosmetikproben für die junge Frau zusammen, fragte nach ihrem Hauttyp, sie schaute schon wieder genervt auf ihr Handy. Schnell legte ich weitere Proben dazu, und sie packte alle ein.

Es rumpelte, der Motor fuhr hoch – und erstarb.

»Mist«, rief Adrian.

»Bitte, das Rezept«, sie streckte die Hand aus und ging dann kopfschüttelnd. Den nächsten Kunden konnte ich mit dem Eilboten vertrösten, danach war es kurz leer, und ich schaute, ob ich Adrian helfen konnte.

Er stand gerade vor dem geöffneten Lagersystem und telefonierte per Freisprechanlage mit dem Kundendienst. Mit einem Blick erkannte ich das Problem: Der Greifarm hatte sich im obersten Regalfach verklemmt. Der Kundendienst sagte Adrian, er solle alle Türen wieder zumachen, per Notknopf alles ausschalten und das System neustarten. Wie beim Computer zu Hause.

»Der Greifarm müsste sich jetzt in der Mitte neu positionieren«, hörte ich noch, als ein leises Klingeln einen neuen Kunden ankündigte.

Ich ging nach vorne, zum Glück brauchte die Kundin mit dem Reiseführer in der Hand nur Blasenpflaster aus dem frei zugänglichen Regal. Ständig lauschte ich, ob ich Carsons feines Motorbrummen oder das Förderband wieder hörte – nichts. Auf den Bildschirmen sah es aber so aus, als ob der Neustart erfolgreich gewesen sei.

Und dann erschien Adrian kopfschüttelnd bei mir an der Theke.

»Der Greifarm ist defekt, und bis ein Ersatzteil hier ist, wird es sechs Stunden dauern.«

»Sechs Stunden?« Jetzt war es morgens um zehn. Dann käme der neue Arm zum Glück noch, bevor es freitagabends immer richtig voll wurde. »Wo ist eigentlich Mona?«

»Beim Steuerberater, sie weiß Bescheid und kommt, sobald sie kann. Aber mehr kann sie auch nicht ausrichten. Carson ist früher häufiger ausgefallen, meistens ging er aber nach dem Neustart wieder. Jetzt müssen wir ihn öffnen und die Medikamente per Hand rausholen.«

Entsetzt schaute ich von außen durch die Glaswände in das kastenförmige Lager. Die verschiebbaren Regalteile standen sehr eng. Und sie gingen bis an die Decke.

»Und – wie?«, stotterte ich und ahnte es bereits.

Hinten, neben dem Sicherungskasten, hing eine Leiter. Auf die ich nicht klettern konnte. Was ich aber noch nie jemandem in der Apotheke gesagt hatte, so peinlich war mir das. Und die gewünschten Medikamente konnten überall sein. Carson lagerte alles »chaotisch«, was hieß, dass er nach Packungsgröße und Platzangebot sortierte und nicht nach Alphabet.

»Kein Problem, ich fange an«, sagte Adrian da netterweise und spannte seinen Bizeps an. »Du musst mir einfach nur die Nummern von Regal, Etage und Fach sagen, und ich hole es raus, als wäre ich Carson. Wenn wir beide gleichzeitig Kunden bedienen und hier rumklettern, stehen wir uns nur im Weg.«

»Aber du kannst doch nicht die ganze Zeit die Leiter rauf und runter klettern«, sagte ich, dabei war es genau das, was ich hoffte.

»Ach was, das ist gut für die Wadenmuskulatur.« Er grinste, im Hintergrund hörte man schon wieder die Ladenglocke.

»Geh nur, ich habe alles im Griff.«

Beunruhigt ging ich nach vorne. Natürlich brauchte

der Patient ein Medikament aus dem Kommissionierer. Ich bestellte es wie normal, klickte »Handauslagerung« an und schrieb die genaue Position des Medikaments auf einen kleinen Zettel, den ich dann Adrian reichte.

Die Medikamentenausgabe dauerte länger, Adrian kletterte die Leiter rauf und runter. Wir waren unterbesetzt, außer uns war nur noch Maria da, die sich um die Rezepturen kümmern musste, und Julia, die aber weiterhin die Warenlieferungen der Großhändler annehmen musste, auch wenn sie von Carson nicht einsortiert werden konnten. Außerdem trug sie nach einem Sportunfall noch immer eine Orthese ums Knie und konnte schon aus diesem Grund nicht die Leiter hochklettern.

Wenn nur endlich der Kundendienst käme! Ständig schaute ich auf die Uhr. Irgendwann musste Adrian Pause machen, und dann? Diese blöde Höhenangst! Mein Puls ging in die Höhe, als ob ich selbst die ganze Zeit die Leiter hochklettern würde. Dabei lief ich nur zwischen Theke und Lager hin und her und kümmerte mich um die ungeduldigen Kunden. Manch einer ging sofort wieder, wenn er die Warteschlangen sah, andere rieten, einfach nur mal den Stecker zu ziehen, das würde bei jedem Computer helfen. Doch die meisten warteten geduldig und froh darüber, dass ihnen bald geholfen werden konnte.

Kurz nach zwei, Adrian schnaufte schon. Was tun? In den durchsichtigen Regalfächern, an denen ich immer vorbeilief, lagen Diazepam-Schachteln. Ob ich es damit schaffen würde? Valium? Während der Arbeitszeit? War ich wahnsinnig geworden? Auch wenn Diazepam gegen Angstzustände und Schwindelgefühle half, so war es ein

Psychopharmakon und beeinträchtigte die Konzentrationsleistung.

Die ganze Zeit ging mir das Päckchen nicht aus dem Sinn. Jedes Mal, wenn ich dran vorbeilief, wollte ich schon die Hand ausstrecken. Aber wie sollte ich es Mona erklären, wenn die Packung fehlte?

Vielleicht wenn ich hinterher zum Arzt ging und mir ein Rezept besorgte? Es dann ganz normal abrechnete? Dann würde es nur Julia merken, und die unterlag genauso der Schweigepflicht wie wir.

»Kann ich eine Pause machen?«, fragte Adrian da. Meine Hand zuckte in Richtung der lila Verpackung.

Lass es, Nelly! Mach das Richtige!

»Muss das sein?«, fragte ich und ballte die Hand zur Faust, damit sie nicht zum Valium griff. »Ich steige nicht so gerne auf Leitern.«

Puuh, geschafft.

»Ist in Ordnung. Du bist ja auch nicht mehr die Jüngste.« Er tätschelte gönnerhaft meine Schulter, aber ich nickte nur erleichtert. Sollte er Witze über mein Alter machen, so viel er wollte. Das war okay. Hauptsache, alles ging gut aus und er kletterte wieder auf die Leiter.

Ich kochte ihm einen Kaffee, legte Schokoladenstücke dazu und lobte ihn so sehr, dass er rot wurde.

Der Kundendienst kam dann sogar früher als angekündigt, direkt danach Mona, die sofort beherzt zupackte, Adrian von der Leiter scheuchte und selbst die Medikamente holte.

»Wieso musste er das denn die ganze Zeit alleine machen, Nelly? Der arme Kerl!«

Völlig zerknirscht schaute ich sie nur kurz an. Dann gab ich mir einen Ruck. Sie musste es wissen, so einen Tag wie heute wollte ich nicht noch mal erleben. Was wäre gewesen, wenn ich alleine gewesen wäre?

»Höhenangst«, flüsterte ich.

»Wie bitte?«, fragte Mona und ging dem Techniker aus dem Weg, der einen glänzenden Greifarm ins Lager trug. Ich winkte sie mit dem Kopf ein wenig zur Seite, sodass wir ungestört waren.

»Ich habe Höhenangst«, wiederholte ich mit fester Stimme.

Sie schaute mich erstaunt an. »Ehrlich? Schon immer? Als Studentin ist mir da gar nichts aufgefallen.«

»Nicht? Mein Bruder meint zwar, ich wäre als Kind ohne mit der Wimper zu zucken auf Bäume geklettert, aber daran kann ich mich nicht erinnern. Jedenfalls kann ich kaum auf einen Hocker steigen.«

»Und hast du mal versucht, das zu ändern? Du kannst doch gar nicht alleine in der Apotheke sein, was, wenn du was oben aus dem Schrank holen musst. Eine Therapie?«

Da tauchte der Techniker mit einer Frage an Mona auf, und ich eilte in den übervollen Verkaufsraum. Es dauerte, bis alles wieder seinen gewohnten Gang lief.

Abends, im Sonnenuntergang auf meinem Balkon, grübelte ich über meine Höhenangst nach.

War sie schlimmer geworden? Eigentlich nicht. Es hatte mich nur früher nicht so belastet wie heute. Notdienst hatte sowieso immer nur Martin gemacht, ganz klassische

Rollenverteilung. Er hatte sich nie beschwert – und ich war froh gewesen, mich um die Kinder kümmern zu können.

Und im Generalalphabet, dem herkömmlichen Schubladenschrank mit all unseren Medikamenten, waren die obersten Schubfächer mit unwichtigen, selten gebrauchten Dingen bestückt worden. Ob er das vielleicht extra so eingerichtet hatte, weil ich im Zweifelsfall alleine nicht überall drangekommen war?

Bislang war mir das noch nie aufgefallen. Aber es war was dran an dem Gedanken. Es war früher weniger schlimm gewesen – weil Martin da gewesen war.

Martin.

Erschreckend, aber wahr: Martin hatte mir jedes Hindernis aus dem Weg geräumt.

Jetzt musste ich es irgendwie alleine schaffen. Das war ein Problem, das mir nie so bewusst gewesen war, aber das ich unbedingt bewältigen musste. So etwas wollte ich nie wieder erleben. Ich musste meine Angst in den Griff kriegen, um mich völlig von Martin zu lösen. Um völlig frei zu sein. Eine neue Nelly.

Und da kam die morgige Fahrt ins Allgäu gerade richtig.

21

Das Allgäu im Sommer sah aus wie die Landschaft einer Miniatureisenbahn. Kleine Hügel voller Wiesen, Dörfer, Kirchen, kaum Neubaugebiete, keinerlei Industrie, dafür Kühe satt. Es zwitscherte überall, die Luft war gesättigt vom Duft nach frisch gemähtem Heu. Am meisten beeindruckten mich aber die Alpen. Sonst kannte ich sie vom Skifahren nur mit Schnee bedeckt. Im Sommer aber wirkten sie vor der lieblichen Landschaft in ihren bunten Farben geheimnisvoll grau und zerklüftet.

Idylle pur.

Kurt war mitgekommen und fuhr uns im offenen Cabrio an den Forggensee. Das Hotel war ziemlich nobel. Mona und Kurt wollten nicht in das viel einfachere Gasthaus in direkter Nähe zum Startplatz, sodass ich jetzt unter einem silbernen Hirschgeweih schlafen würde. Es gab einen Garten, in dem die Wirtsleute ihr Gemüse selber zogen, und im Speisesaal guckten Ritter grimmig von den Wänden.

Kurt redete nicht viel und hielt mir immer die Türen auf. Er war noch dünner, als ich ihn in Erinnerung hatte, die Haare ganz kurz.

Mona und er teilten sich ein Doppelzimmer, offensichtlich waren sie in ihrer Beziehung weiter vorangeschritten. Ich freute mich sehr für sie. Nicht jede Begegnung mit einem Mann aus der Vergangenheit musste so enttäuschend verlaufen wie die mit Thomas.

Was mich an Kurt irritierte, war, dass er so gut wie nie lächelte, noch nicht einmal abends im Hotelrestaurant, als Gabriel ihn mit seinem umwerfenden Lächeln begrüßte.

Wissenschaftliche Fakten waren es, die Kurt interessierten. Nicht so unwichtige Dinge wie das Wetter. Nur, dass wir beim Essen erfuhren, dass das Wetter das Wichtigste im Leben eines Heißluftballonfahrers ist. Ihm vertraute Gabriel sein Leben an, nicht den physikalischen Gesetzen, wie er mir mal gesagt hatte. Auf die war ja immer Verlass.

Gabriel redete von Hoch- und Tiefdruckgebieten, Luftschichten und der Luvlage vor den Alpen, und als er Kurt erklärte, was eine Konvergenz ist, erzählte Mona mir lieber davon, dass Carson am Samstag die Arbeit wieder aufgenommen hätte, zuverlässig wie immer.

»Ich erkläre das so genau, um Nelly die Angst zu nehmen«, entschuldigte sich Gabriel. »Je besser man sich auskennt, desto sicherer fühlt man sich.«

Er lächelte mich an. Nicht so lausbübisch verschmitzt, wie sonst so oft, sondern verständnisvoll. Dann drückte er kurz aufmunternd meine Hand und sprach weiter.

»Michael, mein Bruder, beobachtet das Wetter eigentlich immer, er fährt ja auch unter der Woche. Wenn ich dann am Tag vor dem Start hier ankomme, übernehme ich die Planung.«

Ich hätte ihm stundenlang zuhören können. Bei ihm wirkte alles so selbstverständlich. Nie hatte er sich lustig gemacht über meine Höhenangst, sie immer ernst genommen. Mich ernst genommen und nie bevormundet. Bei ihm fühlte ich mich anders als sonst. So, wie ich sein wollte.

Gerade zeigte er mit den Händen verschiedene Luftschichten an und versuchte Mona zu erklären, was Thermik bedeutet.

»Wenn die Erde sich nach Sonnenaufgang erwärmt, steigen nach etwa zwei Stunden Luftschichten horizontal auf und andere Luftschichten strömen vertikal nach …«

Fazit war, dass Ballonfahrer die Thermik meiden und wir deshalb so früh am Morgen starten würden. Seine Haarsträhne fiel ihm wieder ständig ins Gesicht, er ignorierte sie, zu sehr war er vertieft in seine Erklärungen.

Dann sah er wieder zu mir, und mir stockte der Atem. Da waren auf einmal Gefühle für ihn in mir, die ich nicht haben wollte. Mehr als reine Freundschaft. Aber ich brauchte ihn als Freund – was, wenn wieder alles schiefgehen würde, wenn das einfach nicht mehr meine Sache war? Ich wollte ihn nicht verlieren, auf gar keinen Fall!

»Und die Ausrüstung, wer schaut, ob da alles in Ordnung ist?«, fragte ich, um wieder auf dem Boden der Tatsachen zu landen.

»Beim Einpacken fällt uns sofort auf, wenn was nicht mehr in Ordnung ist.« Auch sein Gesichtsausdruck wurde ernster, als wüsste er, was ich gerade gedacht hatte.

»Außerdem – Michael prüft und repariert auch im Auftrag anderer Ballonfahrer, sein zweites geschäftliches Standbein. Bei ihm passt immer alles.«

Jetzt legte er seine Hand auf meine, und es kribbelte

überall in mir. »Verlass dich auf uns.« Sein Blick blieb ernst, als ob er mir etwas versprechen wollte.

»Alles wird gut.«

»Fährst du mit, Nelly?«, fragte Kurt erstaunt.

»Nein, wir schauen nur vom Boden aus zu.«

»Wieso …«, begann er, doch Mona schüttelte leicht den Kopf.

Gabriel lächelte mich auf einmal sehr breit an.

»Gib zu, du hast Angst, dass ich abstürze.« Er zwinkerte mit den Augenbrauen, um zu verdeutlichen, dass er einen Witz machte.

»Ja«, sagte ich und meinte es ernst.

Zum Glück gab es um kurz vor fünf schon Kaffee, im Hotel waren sie auf Ballonfahrer vorbereitet. Draußen war es still und milchig blau, in den Senken standen Nebelschwaden, die ersten Vögel zwitscherten. Als wir am vereinbarten Treffpunkt, einem Café an einem kleinen Weiher ankamen, wechselte das Blau des Himmels gerade zu einem durchdringenden Orange, und direkt über dem Weiher ging blutrot die Sonne auf. Es war beeindruckend, so friedlich und zuversichtlich.

Einige Passagiere warteten bereits. Ein Pärchen hatte im Wohnmobil am Weiher übernachtet, ein anderes kam aus Marktoberdorf, und dann war da noch eine Familie aus Dänemark, die gerade Urlaub in Füssen machte und sich wahnsinnig freute, als Nachrücker einen Platz ergattert zu haben. Es kamen immer mehr, sollten die alle in einen Korb passen?

Pünktlich um halb sechs fuhren ein Van mit Anhänger und ein Mini-Bus vor. Als Erstes stieg Gabriel voller Elan aus, gefolgt von einem kleinen Mann mit Mütze. Der Fahrer des Mini-Buses war ein junger Mann, vielleicht dreißig, groß und muskulös.

Gabriel begrüßte mich mit einer Umarmung und flüsterte: »Wie schön, dass du da bist.« Den anderen gab er die Hand. Der Mützenträger hieß Hartmut, der junge Mann Tobias. Gabriel stellte sich der Gruppe vor, erklärte den Ablauf des Tages und prüfte die Fahrscheine, während Kurt mit Tobias Handynummern austauschte und besprach, wie er den Vans folgen sollte.

Dann ging es auch schon los, ein kurzes Stück nur, bis sie auf einer riesigen, frisch gemähten Wiese hielten.

Wir parkten in gebührendem Abstand und gesellten uns zur Gästegruppe. Gerade zogen sie den Korb vom Hänger und legten ihn mithilfe der Gäste auf die Seite. Er war ziemlich groß und hatte mehrere Zwischenwände, im Abteil in der Mitte waren die Gasflaschen und mehrere kleine Taschen an der Korbwand befestigt. Den Symbolen nach waren dort zwei Feuerlöscher, ein Erste-Hilfe-Kasten und eine Löschdecke untergebracht. Sehr gut.

Tobias und Hartmut schoben aus dem Hänger einen kleinen Wagen, auf dem die Ballonhülle lag. Einen Armvoll Seile und Karabinerhaken legten sie vor den Korb und fuhren dann den Wagen ans Ende der Wiese, wobei die Ballonhülle längs ausgebreitet wurde. Gabriel befestigte die Seile am Korb, dann wurde der Ballon mittels zweier Ventilatoren aufgeblasen.

Und während die drei Männer routiniert arbeiteten, ohne irgendeinen Handgriff absprechen zu müssen, erklärte Gabriel, was er da machte, wie sicher die Karabinerhaken wären, wie viel Luft in den Ballon passte, wie die Türen im Ballonkorb aufgingen und sturzsicher verschlossen wurden und so weiter.

Die Gäste waren sehr aufgeregt, eine Frau mit rosa Windjacke war sich gar nicht sicher, ob sie einsteigen würde. Zwei ältere Männer fotografierten jeden Handstrich, halfen aber überhaupt nicht. Die beiden Teenager der dänischen Familie jedoch packten überall mit an.

Kurt wurde gebeten, ans Ende des Ballons zu gehen und eine der Topleinen zu halten, Mona und ich folgten ihm. Tobias befestigte ein rundes Stück Stoff mit Klettverschlüssen am oberen Ende des Ballons und erklärte, dass das die »Parachute« sei, ein Ventil zum Luftablassen während des Landens.

Der Ballon blähte sich langsam auf, und Kurt und Hartmut hielten ihn mit den Seilen auf der Wiese. Dann hörte man es zischen, der Brenner war an, und der Ballon richtete sich auf.

Ich ging nach vorne zu Gabriel. Er stand im Korb und bediente den Brenner, ließ immer wieder kleine und größere Stichflammen in den Ballon ab. Während einer Flammenpause durften die Gäste in den Korb einsteigen. Jetzt erst fiel mir auf, dass dieser mit einem Seil an einem der Vans vorne befestigt war und dessen Gewicht den Korb daran hinderte, einfach davonzuschweben.

Alle stiegen ein, auch die Frau mit der rosa Jacke.

»Glück ab und gut Land«, rief Gabriel, winkte mir

noch zu und löste dann den Karabinerhaken. Der Ballon stieg ganz allmählich in den Himmel, viel langsamer als erwartet.

Und Gabriel mit ihm. Mein Herz stockte, ich sah ihm nach, und es fühlte sich an, als ob er nie wiederkäme. Das war Unsinn, sicher. Aber so fühlte es sich an.

Von ferne erklangen Kirchenglocken und begleiteten sie bei ihrem Aufstieg. Sechs Uhr.

Mona fasste mich am Arm. »Sieht ganz schön majestätisch aus.«

»Hoffentlich passiert nichts«, sagte ich.

»Statistisch gesehen …«, begann Kurt einen Vortrag über die Gefahren diverser Fortbewegungsmittel, und obwohl ich erneut hörte, wie ungefährlich es war, in den Himmel hinaufzusteigen, konnte ich es mir immer noch nicht vorstellen.

Dann fuhren wir den beiden Vans hinterher zu einem Parkplatz auf einer Anhöhe, von der aus man einen weiten Blick in alle vier Himmelsrichtungen hatte und den Ballon langsam von Westen aus auf uns zusteuern sah.

»Der steht ja fast«, meinte da Tobias, dabei bewegte der Ballon sich ganz eindeutig.

»Nein«, widersprach ich ihm daher.

»Schau mal über den Türrahmen, so als Bezugspunkt, dann siehst du: Die Wolken bewegen sich, und der Ballon steht.«

»Aber es ist doch Wind da«, ich wies auf die Baumspitzen.

»Da oben kann es ganz anders aussehen.« Und er zog sein Handy hervor und zeigte mithilfe einer App die verschiedenen Luftschichten und Wetterdaten, aber nur Kurt interessierte sich wirklich dafür.

»Und wenn er steht, ist das gefährlich?«, fragte ich.

Tobias grinste. »Nein. Nur langweilig.«

»Der Blick von da oben muss fantastisch sein«, sagte ich zu Mona.

»Na, dann auf!« Sie lächelte mich auffordernd an, dann zog sie mich zur Seite und flüsterte mir ins Ohr: »Aber sag, was hältst du von Kurt?«

»Wahnsinnig wissbegierig und sehr nett«, beruhigte ich Mona. Da unterbrachen uns Knackgeräusche aus dem Wagen nebenan. Das Funkgerät. Ich verstand kein Wort.

»Was wollte Gabriel?«, fragte ich Tobias.

»Das war er nicht, das kam von dem Ballon dort drüben.« Hartmut deutete auf einen gelben Ballon, der südlich von uns fuhr. »Keine Angst, der kann uns nicht gefährlich werden. Bei gleicher Höhe nutzen die Ballone die gleiche Luftschicht und sind in der gleichen Geschwindigkeit unterwegs. Bei Gabriel ist alles bestens.« Und dann erklärte er Kurt, wie der »nicht-kontrollierte Luftraum« funktionierte und wie hoch der Ballon steigen würde. 3000 Meter. Dann wäre die Sicht am besten.

Mein Herz schlug. 3000 Meter, das überlebte doch niemand! Aber es stürzte eben auch kein Ballon einfach so ab, das sagte ich mir zumindest immer und immer wieder.

Da war Radfahren gefährlicher, und trotzdem dachte man nicht jedes Mal an einen Unfall, wenn man sich aufs Rad schwang. Ich hatte nach meinem Radunfall keine Angst gehabt, wieder zu fahren. Überhaupt nicht. Also sollte ich jetzt auch keine haben.

Alles war so still und friedlich hier oben. Ich atmete tief durch. Vögel zwitscherten, Autos waren so wenige unterwegs, dass eine Katze sich auf die Straße legte und zu putzen begann, bis Tobias sie verjagte. Dann kam er zu mir rüber.

»Soll ich dir mal zeigen, wie das Funkgerät funktioniert? Dann kannst du ihn anfunken!«

»Gerne!«, sagte ich und ahnte, dass Gabriel von meiner Angst erzählt hatte. Na ja, irgendwie musste er ja auch unsere Anwesenheit erklären.

»Hier.« Tobias drückte mir das schwere Gerät in die Hand. »Auf den roten Knopf drücken und deinen Namen sagen.«

Es knackte, als ich auf den roten Knopf drückte.

»Nelly an Gabriel«, sagte ich, wie es Hartmut vorhin gemacht hatte. Tobias nickte mir aufmunternd zu, ich wiederholte den Satz lauter und auch etwas langsamer.

»Gabriel an Nelly, was gibt es?«

»Wie geht es euch da oben?«

»Super!« und Knack – war das Gespräch beendet.

Ich bedankte mich, und komisch, aber mir war wirklich auf einmal leichter ums Herz.

Er war da oben, und es ging ihm gut. Mona bot mir einen Schluck Tee aus ihrer Thermoskanne an, die Männer rauchten, auch Kurt. Der Tee tat mir gut, er vertrieb die Unruhe. Langsam bewegte der Ballon sich weiter gen Osten, und Gabriel war sicher dort oben.

Das Funkgerät knackte wieder, Tobias nahm Anweisungen entgegen, ich verstand kein Wort.

Wir stiegen wieder in die Wagen und fuhren von Dorf

zu Dorf der Sonne entgegen, den Ballon meistens auf der linken Fensterseite des Autos. Dann warteten wir auf einem Parkplatz vor einem Café, das natürlich noch geschlossen hatte. Ein Mann führte seinen Hund spazieren und grüßte Hartmut.

Kurt nervte Tobias weiter mit Fachfragen, gerade ging es darum, was passiert, wenn ein Ballon höher als 13 000 Fuß steigt und in den Luftraum der Flugzeuge eindringt. Und wo man nicht fahren darf.

Es hörte sich so an, als wäre wirklich jeder mögliche Problemfall geregelt. Wir als Verfolger waren nur dazu da, am Schluss alle wieder einzusammeln.

Wieder gab es per Funk Anweisungen, wieder fuhren wir hinterher, und immer versuchte ich, den Ballon im Auge zu behalten. Am nächsten Halt deutete Tobias auf eine Senke. »Da unten will er wohl hin.«

»Jetzt schon?« Ich sah auf die Uhr. Tatsächlich, die Stunde war vorüber. Und der Ballon fuhr auch nicht mehr so hoch.

Es dauerte allerdings noch, Gabriel überfuhr die Senke, da die Wiese noch nicht gemäht war. Immer weiter fuhren die Verfolger, es war beeindruckend, wie gut sie sich auskannten, in kleinste Feldwege einbogen, an einsamen Weilern und Heuschobern vorbei. Wir scheuchten Angler, Füchse und Hasen auf, und dann war es endlich so weit: Der Ballon senkte sich und streifte beinahe einige Fichten. Mir blieb fast das Herz stehen, doch der Ballon glitt einfach weiter auf einer unsichtbaren Bahn gen Boden, langsam und in einem sehr schmalen Winkel näherte sich der Korb der Wiese, bis er sanft mit der Vorderkante aufsetzte, der Ballon vom abrupten Halt sich dellte, zurückschwang und der Korb vollständig zum Stehen kam.

Ich rannte sofort zu ihnen. Die Passagiere klatschten Beifall, johlten und lachten, und ich war unglaublich erleichtert, dass alles so gut geklappt hatte.

Gabriel, die Hand noch immer über sich am Brenner, drehte sich zu mir um. Seine Augen strahlten wie noch nie, und auf einmal breitete sich ein unerwartetes Kribbeln in mir aus.

22

Im Treppenhaus hörte ich bei Bianca Kinder lachen, bei Thea wurden Tonleitern auf dem Klavier geübt, alles mittlerweile vertraute Geräusche. Auch in meiner Wohnung war alles vertraut, der Platz für den Schlüssel, die Jacke, den Fahrradkorb. Die Angewohnheit, erst mal die Kaffeemaschine einzuschalten und dann bequemere Kleidung anzuziehen.

Dann öffnete ich die Balkontür und genoss den Anblick meines bunten Paradieses. Die Sonne ließ Lavendel und Thymian duften, die grünen Orangenfrüchte waren bereits so groß wie Kirschen. Ich machte es mir mit einem Cappuccino auf dem Liegestuhl bequem, legte die Post von heute auf den Balkontisch und zog mein Handy hervor, um zum wiederholten Male die Fotos vom Wochenende anzuschauen.

Der Ballon, so klein am Himmel, und darin Gabriel und seine Gäste. Und wie sie heil und glücklich wieder gelandet sind.

Sie alle hatten hinterher so von der Aussicht dort oben geschwärmt. Auch die Frau, die erst nicht einsteigen wollte. Nach dem sorgfältigen Einpacken aller Gerätschaften hielt Gabriel eine launige Rede, taufte seine Gäste mit Radler und erhob sie dabei in den Adelsstand der Königlich-Bayerischen Ballonfahrer.

Und ein Plan reifte in mir, über den ich noch kein Wort verlieren wollte. Für den ich Hilfe brauchte, professionelle Hilfe.

Ich atmete tief durch. Wieder ein Entschluss, dessen Umsetzung mein Leben verändern würde, vor dem ich aber mehr Angst hatte als vor allem anderen, was ich in letzter Zeit so geändert hatte.

Noch mehr Angst hatte ich, wenn ich über Gabriel nachdachte. Hatte ich mich wirklich in ihn verliebt? War das klug? Oder nicht einfach nur eine Laune, die vergehen würde, so wie sie bei Thomas vergangen war? Und was, wenn er dieses Gefühl nicht erwiderte? Nein, ich sollte es vergessen. Es bedeutete mir so viel, dass wir Freunde waren, das wollte ich nicht aufs Spiel setzen.

Seufzend schaute ich mir die Post an. Werbung einer Möbelfirma und einer Versicherung. Nein – das war keine Versicherungswerbung, sondern ein ganz normales Anschreiben.

»... Unfall am ... entstandener Schaden ... Überweisen wir in den nächsten Tagen auf das von Ihnen angegebene Konto ...«

Na endlich! Beinahe zwei Monate war der Unfall jetzt her. Schnell holte ich mir die Unterlagen, setzte mich wieder aufs Sofa und überprüfte den Antrag – ja, sie übernahmen wirklich die gesamte Schadenssumme.

Gesundheitlich merkte ich gar nichts mehr. Ungeschminkt sah man noch kleine Narben, aber ich ging schon seit Jahren nicht mehr ohne Schminke aus dem Haus, und irgendwann würde man sie gar nicht mehr sehen.

Ich tippte auf Thomas' Nummer.

»Nelly! Was gibt es?« Es erklang ein Geräusch, als ob er sich auf einem Bürostuhl zurücklehnen würde.

»Entschuldige, wenn ich dich im Büro störe, ich wollte dir nur kurz sagen, dass die Versicherung sich gemeldet hat und den Schaden bezahlt.«

»Sehr gut!« Wieder dieses Stuhlgeräusch. Und Papiergeraschel. »Vollumfänglich? Also – vollständig? Oder gab es irgendwelche Abstriche?«

»Nein, die volle Summe.«

»Ach, dann ist das endlich auch erledigt. Ich bin ja so froh, dass es keine unerwarteten Komplikationen in der Schadensabwicklung gab.«

»Hattest du etwa Angst, ich würde im Rollstuhl und mit Anwalt an der Seite dich in den Ruin treiben? Wir sind doch nicht in Amerika.«

Er atmete aus. Hörte sich an, als hätte ich ins Schwarze getroffen. Ludwig hatte das ja von Anfang an befürchtet.

»Nein«, versuchte er, mich zu beschwichtigen, dabei war ich gar nicht sauer, eher belustigt. »Es hätte ja auch sein können, dass deine Schäden nicht abgedeckt sind. Oder meine. Schließlich hattest du mir die Tür verkratzt.«

»Ehrlich?« Daran hatte ich ja noch gar nicht gedacht.

»Die Innenverkleidung musste ausgetauscht werden, die war voller Kratzer. Und der Hebel zum Öffnen der Tür funktionierte nicht mehr.«

»Davon hattest du nie etwas gesagt.«

»War ja auch nur eine Tür und kein körperlicher Schaden. Übrigens drehe ich mich jetzt immer dreimal um, bevor ich beim Parken am Straßenrand die Tür öffne!«

»Und ich halte mehr Abstand.«

»Ach, Nelly. Wollen wir uns nicht vielleicht noch mal auf einen Kaffee treffen oder so?«

Es lag mir auf der Zunge, ihn nach Diana zu fragen. Sie war seitdem nicht mehr in der Apotheke gewesen, jedenfalls hatte ich davon nichts mitbekommen. Mona hätte es mir bestimmt erzählt.

»Im Moment habe ich wahnsinnig viel um die Ohren«, schränkte er sein Angebot allerdings sofort wieder ein, »ein riesiges Bauprojekt, ich darf noch gar nichts sagen, aber ich komme kaum aus dem Büro. Aber wenn ich mal wieder zum Luftholen komme, dann melde ich mich, okay?«

»Gerne«, sagte ich und war mir sicher, nie mehr von ihm zu hören. Der Besuch aus der Vergangenheit war beendet. Er hatte Spaß und neue Erkenntnisse gebracht, mehr aber auch nicht. Der Junge, in den ich verliebt gewesen war, den gab es nicht mehr.

Nur noch seine strahlendblauen Augen.

Ich brachte die Unterlagen wieder ins Gästezimmer und ging dann in die Küche. Irgendwie hatte ich Hunger und überlegte, was ich kochen sollte. Was Neues, Ungewohntes. Das Kochen mit Gabriel hatte mich so begeistert, dass ich sogar angefangen hatte, für mich alleine Rezepte auszuprobieren. Spaghetti mit Zitronensaft und Rucola? Martin hatte keinen Rucola gemocht, und Obst im Essen auch nicht. Aber Gabriel, der würde bestimmt den Sommer darin schmecken. Es klang so frisch und leicht, das wollte ich ausprobieren.

Kochen entwickelte sich von der Pflicht im Familienkreis (die ich so froh gewesen war, los zu sein, dass ich mich im Trauerjahr nur von Pizza und Käsebroten ernährt hatte) zu einem wahren Vergnügen.

Ich hatte mir ein Notizbuch gekauft, in das ich meine Rezeptideen und -abwandlungen reinschrieb. Manchmal fotografierte ich sogar die schönsten Speisen mit dem Handy, auch wenn ich es eigentlich albern fand. Ich war ja keine Bloggerin oder stellte Bilder in irgendein soziales Medium. Die Fotos waren nur für mich, um mich zu erinnern und erfreuen. Und weil es niemanden als mich was anging und es der Vorteil des Alleinseins war, dass da auch niemand Neugieriges mehr seine Finger und Augen in meinen Sachen hatte, klebte ich Abzüge der Bilder in das Kochbuch.

Das Kochen brachte die Erinnerung an unser Familienleben hoch. Unzählige Pfannkuchen, Hähnchenkeulen und Bratwürste. Elena, die immer probieren wollte und sich dabei oft die Zunge verbrannt hat. Severin, der so gerne alles auf seine Bestandteile untersucht hat. Keine Chance für versteckten Brokkoli im Auflauf. Martin, der meine Rouladen geliebt hat und natürlich Lammkeule.

Und diese guten Gerüche. Geborgenheit für alle. Wärme und Liebe. Streit, natürlich, zwischen den Kindern. Aber nie zwischen Martin und mir. Oder so gut wie nie – als wir jünger waren mehr, später weniger. Eher herrschte dann Schweigen. Ein einvernehmliches, wie ich gedacht hatte. Bei den Japanern gilt ein Ehepaar, das viel redet, als unglücklich, denn ein glückliches Ehepaar hat es nicht mehr nötig, miteinander zu reden – da gibt es ein Einverständnis in allen Dingen.

Sagen die Japaner.

Die Spaghetti wurden sauer, aber der bittere Unterton des Rucola gefiel mir. Sauer, bitter, so war das Leben eben manchmal. Als Nachtisch einen süßen Cappuccino und Notizen in meinem Kochbuch.

Was Gabriel wohl gerade machte? Heute war Mittwoch, Marlene war also bei ihm zu Besuch. Ob er Hausaufgaben kontrollierte und Vokabeln abfragte? Mit ihr etwas unternahm? Vielleicht mit ihr kochte?

Wieder nahm ich mein Smartphone zur Hand. Er hatte ein neues Profilbild auf WhatsApp – ein Selfie mit einem jungen Mädchen. So sah also Marlene aus – lange blonde Haare, rosafarbenes Shirt mit Flamingos, Sommersprossen und eine Narbe über dem Auge.

Wie sie ihn anstrahlte. Es gab mir einen Stich, das zu sehen. Sofort musste ich an Elena denken und daran, wie sehr ich sie vermisste.

Am nächsten Tag erreichten mich zwei ungewöhnliche Anrufe. Überhaupt hatte ich den Eindruck, dass nicht mehr wie früher alle zu mir in die Apotheke kamen oder an der Haustür klingelten, sondern dass das Telefon auf einmal die Nabelschnur in die Welt war.

Zuerst rief Gabriel an, während ich im Englischen Garten die Füße in die Sonne hielt und in der Tageszeitung Ausflugstipps fürs Wochenende studierte.

»Am Samstag gibt es im Olympiapark ein riesiges Feuerwerk mit Live-Musik. Hast du Lust, mit mir da hinzugehen?«, fragte ich ihn daher.

»Lust schon, aber keine Zeit. Du auch nicht, übrigens.«

»Aha.« Erstaunt legte ich die Zeitung zur Seite.

»Ich brauche dich nämlich als Verfolger.«

»Und du glaubst, ich kann das?« Schon der Gedanke daran nahm mir die Luft zum Atmen.

»Du hast einen Führerschein, und ein Funkgerät kannst du auch bedienen, das haben wir das letzte Mal gesehen. Das klappt schon.«

Ich spürte Panik meinen Hals hochkriechen, mein Puls ging in die Höhe. Verfolger, das hörte sich so einfach an: einfach dem Ballon auf dem Boden folgen. Immer in Kontakt bleiben mit einem Funkgerät, um den Ballon und seine Passagiere zu finden und abholen zu können. Außerdem, wenn man früh genug da war: beim Landen helfen.

Und genau das machte mir Angst. Das letzte Mal war es ja eine Bilderbuchlandung gewesen. Aber ich hatte auf YouTube Filme gesehen ... ja, Gabriel hatte mir verboten, irgendwas anzusehen. Deshalb hatte ich es ja gemacht. Manchmal verfing sich der Korb in den Ästen eines Baumes oder kippte um oder landete in einem See ... wobei sich dabei aber nie jemand verletzt hatte.

»Komm, atme durch, Nelly.«

Tatsächlich merkte ich erst jetzt, dass ich die Luft angehalten hatte. »Wenn da was schiefgeht!«, stieß ich hervor.

»Da geht nichts schief. Du hast doch mich als Pilot. Die Familie der Passagiere folgt dir dann, das ist mal wieder eine Brautfahrt.«

Brautfahrt. Ein Heiratsantrag, mitten in den Wolken.

»Wissen die anderen denn von dem Heiratsantrag?« Was, wenn da mal jemand Nein sagte?

»Na klar. Nur die Braut nicht. Hoffe ich jedenfalls. Hinterher will die Familie die Landung besonders zelebrieren, mit Sekt und Plakaten und so. Das ist immer wunderschön.« Wie gefühlvoll er das sagte.

»Komm, das Wetter soll herrlich werden. Treffpunkt ist wieder am Weiher! Hartmut hat keine Zeit, und ich brauche dringend noch einen Fahrer.«

Er schwieg, und mir sank das Herz in die Hose. Ich war es gewohnt, Verantwortung zu tragen, aber trotzdem ... Da hörte ich ihn am anderen Ende belustigt schnauben. »Reingelegt!«

»Was?«, rief ich und setzte mich auf.

»Also, Hartmut fällt wirklich aus. Aber Emmanuel springt ein, den hat das Ballonfahrvirus genauso gepackt wie mich. Es ist eine Abendfahrt, und er wird extra dafür aus München hinfahren und direkt danach wieder zurück, ich dachte, vielleicht hast du Lust mitzukommen.«

»Also nur als Gast?« Oh Gott, war ich froh. Mein Herz stolperte und hatte Schwierigkeiten, sich so schnell wieder zu beruhigen.

»Na klar.«

»Oh, du Schuft! Wehe, du legst mich noch mal so rein!«

»Also, ausgemacht? Mit einem Feuerwerk kann ich leider nicht mithalten.«

»Ach, das ist egal, ich schaue mir lieber dich am Himmel an.« Es war das letzte Mal so schön gewesen. Der stete Blick in den Himmel, die Weite und Ruhe. Ich brauchte nicht früh aufstehen und wurde sogar gefahren. Und im Allgäu war es so schön. Nichts sprach dagegen.

Bis auf mein Herz, das schon wieder viel zu stark schlug und Angst um Gabriel hatte. Und die Frage, wieso er mich ausgerechnet zu einem Hochzeitsantrag eingeladen hatte. Ob das etwas bedeuten sollte.

Der zweite Anruf kam, als ich gerade mein Rad vor meinem Haus abschloss. Dieses Mal war es Ludwig, und ich wunderte mich sehr, als er nach den Telefonnummern von Elena und Severin fragte.

»Ich habe da was vor ... es soll aber eine Überraschung sein ...«, druckste er herum.

»Aber kein Versöhnungstreffen der gesamten Familie, von dem du letztens erzählt hast.« Ich hob meine Tasche aus dem Korb und hängte sie mir um.

»Mm«, räusperte er sich. »Doch, genau das.«

»Und wie soll das gehen? Wir sitzen alle um einen Tisch, und dann? Wer soll da überhaupt alles dabei sein?«

»Alle. Du und die Kinder, dazu Viola und Inge.«

»Oh je. Die werden wie die Krähen über mich herfallen und mir die Augen aushacken.« Ich ging die Treppe hoch. »Da komme ich auf gar keinen Fall, und die Telefonnummern kriegst du auch nicht. Vergiss es.«

»Und wenn ich auch dabei bin und den Schiedsrichter spiele?«

»Wir sind hier nicht beim Fußball, Ludwig. Alle gegen einen, dafür gibt es gar keine Vergleichssportart.«

»Ich stelle mir das auch nicht wie beim Sport vor, sondern wie in einer Selbsthilfegruppe.«

»Selbsthilfegruppe?« Mit Wellness-Musik, Aromakerzen und einem Ball, der hin und her geworfen wird und jeder nur etwas sagen darf, wenn er ihn in Händen hält? Wie kam er denn da drauf?

»Sprechen denn deine Kinder wieder mit dir?«, fragte Ludwig.

»Severin hat nie damit aufgehört.« Ich schloss meine Wohnung auf und ging in die Küche, wie immer.

»Und Elena? Ich werde sie zu mir einladen, irgendein Vorwand wird sich schon finden. Sinas Geburtstag, irgend so etwas. Wenn ihr dann alle da seid, dann geht es doch gar nicht anders, dann müsst ihr reden.«

»Severin kann doch gar nicht aus Wien weg, frühestens zum Ende des Semesters.« Als ich in der Küche das Licht anschaltete, machte es *bss*, und das Leuchtmittel in der Deckenlampe ging sofort wieder aus.

»Mist!«

»Was?«

»Ach, nichts, mir ist gerade die Lampe an der Küchendecke durchgebrannt.«

»Oh. Jetzt schon? Die Lampen sind neu, oder?«

»Nee, die Deckenlampe ist noch vom Vorbesitzer.« Dann schaltete ich eben die Lichter unterhalb der Hängeschränke ein. Für einen kurzen Gang zum Kühlschrank war mir das bislang zu aufwendig gewesen, aber was soll es.

»Und in den Semesterferien fährt Severin in den Urlaub«, kam ich auf das ursprüngliche Thema zurück.

»Und die Lampe?«, fragte Ludwig.

»Mach dir keine Sorgen, ich kann ja Kerzen anzünden.«

Gepruste am anderen Ende der Leitung.

»Na gut. Also, überlass das mit den Terminen mal mir, ich kriege das schon hin.«

Und wenn. »Wie gut, dass ich vorgewarnt bin. Da gehe ich auf gar keinen Fall hin«, sagte ich.

Er versuchte noch, mich umzustimmen, aber ich legte auf, ohne dass er die Telefonnummern bekommen hatte.

Ein Versöhnungstreffen! Nach all den Vorwürfen von Elena, nach den Lügen, die meine Schwiegermutter über mich in Kleinfelden verbreitet hatte, und vor allem nach dem jahrelangen Betrug meiner sogenannten besten Freundin? Die jetzt allen erzählte, ich sei schuld daran? Schuld an allem? Ich?

Was für eine idiotische Idee!

23

Wenn Liebe der Weg ist – führt er in den Himmel, stand am Samstag auf der Schiefertafel vom *Café Himmelblau*. Sehr witzig.

Mit weichen Knien schaute ich mich nach Emmanuel um. Ob er häufiger jemanden mit zum Heißluftballon fahren nahm? Bekannte von Gabriel, Freundinnen? Ob Emmanuel denken würde, wir wären ein Paar? Ich wusste das ja selber nicht. Wozu auch, wichtig war doch nur, dass wir eine gute Zeit miteinander verbrachten. Ich wollte nicht wieder denselben Fehler wie bei Thomas machen, als ich mich kopfüber in eine Sache gestürzt hatte, bei der ich mit dem Herzen nicht richtig dabei gewesen war. Aber jetzt konnte ich keinen Rückzieher mehr machen, jetzt musste ich da durch.

In zweiter Reihe wartete bereits ein alter, dunkelblauer Golf. Es war unverkennbar Gabriels Sohn, der sich da lässig an die Beifahrertür lehnte und in sein Handy schaute: Auch wenn er die Haare seitlich am Kopf modisch rasiert hatte, fiel ihm seine braune Haartolle genauso ins Gesicht wie Gabriel. Sogar die Gesichtszüge und das verschmitzte Lächeln waren genau gleich. Er war etwas größer als sein Vater und hatte trotz seiner jungen Jahre ein breiteres Kreuz. Hätte ich bei einem Archäologiestudenten jetzt nicht unbedingt erwartet, aber das waren sowieso immer nur Vorurteile. Gabriel war ja auch ganz anders, als ich es mir auf den ersten Blick gedacht hatte.

Emmanuel streckte mir die Hand entgegen, stellte sich vor und fragte: »Sie sind Nelly?«

Sein Fahrstil war lässig, das Auto klapprig, und nach wenigen Minuten bot ich ihm das *Du* an. Dann erzählte er von seinen bisherigen Ballonfahrten, vom Wetter und seinen Plänen, selber Pilot zu werden.

Er schien sich überhaupt nicht zu wundern, wieso er mich mitnehmen sollte. Im Gegenteil, er erkundigte sich, wie es mir ginge, wie ich mich in München eingelebt hätte und lauter andere, erwachsene Small-Talk-Fragen. Offensichtlich hatte ich mir ganz umsonst Sorgen gemacht. Er behandelte mich wie eine Kundin, und vielleicht machte er das ja häufiger: Kunden von München mit in diese wunderschöne Landschaft des Ostallgäu zu nehmen.

Wir fuhren direkt zum Café am Weiher, das wieder der Treffpunkt war, und wir hatten sogar noch Zeit für einen Kaffee, bevor es losging. Ich spendierte Emmanuel einen Flammkuchen zu seiner Cola, wir setzten uns an den Weiher, und es kam mir wie Urlaub vor.

Ich genoss diese kleinen Ausflüge aufs Land. Und auch wenn es hier ganz anders als im dunklen Odenwald aussah, so erinnerte es mich natürlich an mein früheres Leben, und ich stellte fest, wie gut es mir doch in München gefiel. Hier, das war Urlaub und Entspannung. Aber das aufregende Leben, das fand woanders statt.

Wenn Michael im Allgäu lebte, ob die Brüder dann

vielleicht hier aufgewachsen waren? Ich fragte mich, ob Gabriel auch ein Kind vom Lande war.

Die Ballonfahrt war dann ganz anders als die, die ich mit Mona und Kurt beobachtet hatte. Es fuhren nur das Brautpaar und ein Freund mit, der ständig in seine große Spiegelreflexkamera schaute. Und Emmanuel und ich waren die einzigen Verfolger, da musste das angehende Brautpaar kräftig mit anpacken und zeigen, ob es zusammenarbeiten konnte. Und es ging, auch wenn die junge Frau ständig Angst um ihre Fingernägel hatte.

Der Ballon war kleiner, der Korb genauso, mehr als die vier hätten kaum reingepasst. Ich merkte Gabriel an, dass der neugierige Fotograf ihm zu eng auf den Leib rückte. Doch ein Blick von ihm genügte, und der Fotograf nahm Abstand.

Schon stieg der Ballon in die Höhe. Dieses Mal blieb mir nicht sofort die Luft vor lauter Angst und Sorge weg, und ich konnte die ganze Zeit zusehen.

Emmanuel rief die Angehörigen des Brautpaares an, die in der Nähe geparkt hatten, dann fuhren wir gemeinsam auf den Parkplatz mit der weiten Sicht und bewunderten den Ballon beim Steigen.

Es war interessant, die Familie zu beobachten. Der Vater fragte Emmanuel nach technischen Details, die Brautmutter war völlig aufgelöst. Ihr Kind im wichtigsten Moment seines Lebens (nach der Meinung der Mutter) da oben im Himmel, und dann ging sie nicht ans Handy und schrieb auch nicht. Bis ich sie damit beruhigen konnte, dass es dort keinen Mobilempfang gab.

So ruhig wie das letzte Mal war es dieses Mal leider nicht. Zum einen die laut schnatternde Familie, zum anderen mähten die Bauern mit ihren Traktoren die Wiesen, und Motorräder cruisten über die engen und kurvigen Straßen. Als wir den Parkplatz verließen, verstopften auf einmal Autos mit Pferdeanhängern die schmalen und kurvenreichen Straßen, irgendwo schien ein Reit-Turnier gewesen zu ein. Wir verloren den Ballon, Emmanuel am Steuer … und ich? Ergriff spontan das Funkgerät, fragte Gabriel, wo sie seien – und schon fanden wir den Ballon hinter einer bewaldeten Bergkuppe.

Es dauerte, bis Gabriel endlich zum Landen ansetzte. Vorher peilte er verschiedene Wiesen an, stieg dann aber immer wieder, um Hochspannungsleitungen, einen Campingplatz oder den Lechstausee zu überfahren. Die Brautmutter hyperventilierte vor Angst beinahe, als sie den Ballon über dem Wasser sah, während der Brautvater alles filmte. Im Vergleich zu ihr kam ich mir richtig cool und gefasst vor.

Dann mussten wir wieder einsteigen, es ging zu den Feldern auf der gegenüberliegenden Seite des Sees, hier hörte man nur noch die Grillen, und dann landete Gabriel genauso sanft wie das letzte Mal.

Als sich alle in die Arme fielen und nur noch Augen fürs Brautpaar und nicht mehr für den Ballonfahrer hatten, umarmte Gabriel mich. Länger als sonst. Er lehnte seinen Kopf an meinen, dann atmete er tief durch, drückte mich noch mal an sich und kümmerte sich wieder um den Ballon.

Und neben all der Freude und Erleichterung über

seine Landung mischte sich auf einmal Sehnsucht nach weiteren Berührungen von ihm. Einem Kuss.

Ja, ich hatte mich in ihn verliebt. Und ich hatte Angst vor dem, was das bedeuten würde.

Die Sonne zeichnete ein wahres Feuerwerk an Farben in den Himmel, als wir später noch am Weiher ein Radler tranken. Ich versuchte mich zu verhalten, als wäre nichts geschehen. Als hätte sich nichts zwischen Gabriel und mir geändert. Besser, er bekam das gar nicht mit.

Ich beobachtete ihn, wie er mit Emmanuel redete. Sie bildeten eine so starke Einheit, dass es mich schmerzte.

Ich vermisste Elena. Wie gerne würde ich wenigstens mit ihr telefonieren, wenn ich sie schon nicht sehen konnte. Ob sie sich wirklich wieder bei mir melden würde, so, wie es Gabriel und all die anderen prophezeit hatten? Oder sollte ich sie nicht doch noch mal anrufen?

Schon hatte ich mein Telefon in der Hand. Sie hatte ein neues Profilbild, mit Sonnenbrille und Strohhut und einem ganz breiten Lachen. Und sie sah glücklich aus. Ich war mir auch sicher, dass Severin es mir sagen würde, wenn es ihr irgendwie schlecht ginge. Mit ihm telefonierte ich wie immer, also sehr selten, so wie Jungs eben waren.

Ich seufzte tief und legte das Handy weg. Gabriel streckte mir seine Hände über den Tisch entgegen. Emmanuel unterhielt sich mit einer Gruppe Motorradfahrer am Nebentisch, wir hatten daher einen Moment für uns.

»Alles in Ordnung?«, fragte er. Ich nickte.

»Die Braut hat geweint, da oben. Ich weiß dann nie,

wo ich hingucken soll. So ein intimer Moment, und ich stehe als Fremder daneben.«

»Die bemerken dich bestimmt gar nicht«, meinte ich.

»Hoffentlich, ich bin dann auch immer sehr mit dem Brenner und den Navigationsgeräten beschäftigt. Oder genieße einfach die Aussicht.« Er sah mir in die Augen. »Emmanuel hat gesagt, dass du dich um die Brautmutter kümmern musstest? War vielleicht eine blöde Idee, dich ausgerechnet zu einem Heiratsantrag einzuladen. Ich dachte nur – je häufiger du siehst, wie einfach alles abläuft, umso eher steigst du mal selber mit mir in den Korb. Und da du bei Emmanuel mitfahren konntest …«

»Mach dir keine Gedanken, Gabriel, alles ist gut«, ich lächelte ihn an. »Es war wunderschön. Und hier …« Ich wies auf den See und den feuerroten Himmel, »hier ganz besonders.«

Er nickte und schaute mich noch intensiver an. Seine Hände rückten näher, und gerade, als ich meine ausstreckte, um seine zu ergreifen, drehte Emmanuel sich wieder zu uns um, und ich verschränkte meine Arme vor der Brust.

»Du, Papa, ich muss dann fahren.«

»Fragst du bitte erst mal deinen Fahrgast?«, wies Gabriel ihn zurecht, und jetzt kannte ich die Quelle für Emmanuels gute Umgangsformen.

»Nelly, möchtest du noch bleiben?«, fragte Emmanuel mit sehr viel scherzhaftem Schmelz in der Stimme.

»Ich richte mich da völlig nach dir.«

»Na dann.« Er winkte der Bedienung.

»Und du?«, fragte ich Gabriel.

»Ich könnte eigentlich gleich hier sitzen bleiben. Treffpunkt morgen früh halb sechs, mit fünfzehn Passagieren. Aber ich muss noch den Wetterbericht checken.«

»Klingt genauso anstrengend wie der Apothekennotdienst.«

Er lächelte und nahm mich zum Abschied in den Arm. »Das mag ich so an dir«, murmelte er mir ins Ohr. »Du verstehst mich.«

Und du mich, dachte ich, sagte aber kein Wort.

24

Was war es wieder voll gewesen in der Apotheke! Die Stadt voller Touristen, hektisches Gewusel auf den Radwegen, alles war laut und voll. Ich war so froh, als ich zu Hause war und die Tür hinter mir schließen konnte. Endlich alleine, endlich meine Ruhe.

Auf dem Rückweg hatte ich vom Wochenmarkt geräucherte Forellen mitgenommen, dazu Tomaten und Rucola. Und ein großes Bündel Mangold. Und weil die Kunden mich genervt hatten und Samstag war und ich am Sonntag nicht arbeiten musste (und überhaupt!), schenkte ich mir ein Glas Primitivo ein und genoss den ersten Schluck noch vor dem Aufsetzen des Nudelwassers.

Dann hackte ich eine Knoblauchzehe klein und briet sie mit Zwiebelstücken in Olivenöl an. Wie gut das duftete! Meine Laune wurde besser, mein Hunger größer. Ich naschte von den Tomaten und dachte an Carson.

Ausgerechnet heute, an einem hektischen Samstag, hatte er schon wieder einen Aussetzer gehabt. Und weder Adrian noch Mona waren da gewesen, nur Sarah und Sabine, die sich selbst nicht auskannten. Also telefonierte dieses Mal ich mit dem Kundendienst, wieder sollte ein Neustart alles richten. Der Techniker gab mir Anweisungen, und dann: funktionierte Carson tatsächlich wieder. Was für ein Glück.

Der Schreck und die befürchteten Konsequenzen steckten mir noch in den Gliedern. Also noch einen Schluck Wein trinken, Spiralnudeln ins Wasser geben, die Temperatur in der Pfanne reduzieren, Tomatenviertel und mundgerechte Stücke des Forellenfilets in die Pfanne geben.

Da klingelte es.

Schnell schüttete ich die Nudeln ins bereitstehende Sieb und rannte zur Gegensprechanlage.

»Hallo Nelly, Ludwisch hier.«

Was wollte der denn? Ich drückte auf den Türsummer, öffnete die Wohnungstür und ging wieder in die Küche zurück, um die Nudeln abzuschrecken.

»Kann *isch* reinkommen?«, rief er von der Tür aus.

»Ja, ja, Ludwig, ich bin in der Küche.«

»Hier riechts ja köstlich!«

Er trug wieder sein Bayerntrikot, aber es schien ihm nicht mehr ganz so stark wie sonst über dem Bauch zu spannen. Und war er nicht auch im Gesicht schmaler geworden?

Unwillkürlich sah ich an mir herab. Altes T-Shirt, Yoga-Hose. Barfuß.

Er reichte mir einen Strauß rosafarbener Rosen und Gerbera, sie waren wunderschön. Ich bedankte mich überschwänglich, mein höfliches »Das war doch nicht nötig gewesen« überging er völlig.

Und er hatte noch eine Überraschung dabei: seinen Werkzeugkasten.

»Du hast von einer kaputten Glühbirne gesprochen. Und ich dachte … du gehst doch auf keine Leiter …«

»Ach, Ludwig, du bist echt süß.«

Ich drückte auf den Schalter der Deckenlampe, sie leuchtete sofort.

»Das war einer meiner Nachbarn.«

Ludwig sah geknickt aus. Jetzt war nicht mehr *er* der Nachbar, der alles richtete. Arndt hatte ihn abgelöst.

Er stellte den Werkzeugkasten in den Flur, während ich die Nudeln in die Pfanne zu den Forellen gab und alles durchmischte. Dann noch den Rucola und etwas Parmesan drüber reiben, fertig.

Wir setzten uns ins Esszimmer. Er lehnte sowohl den Rotwein als auch das Essen ab, nahm aber dankbar das Angebot eines Espressos an.

Und während ich mich hungrig auf die Pasta stürzte, erzählte er von dem Grund, aus dem er wirklich gekommen war: Es ging um die Pläne für sein Versöhnungstreffen.

»Letztes Juliwochenende. Ich weiß, da habt ihr früher immer euer Sommerfest veranstaltet, das klingt jetzt unpassend, aber da konnten einfach alle.«

»Und dass *ich* da vielleicht arbeiten muss, auf den Gedanken kommst du gar nicht?«

»Wieso?« Er schaute mich erstaunt an. »Das ist doch nicht mehr deine Apotheke.«

»Notdienste muss ich trotzdem machen. Nächste Woche, zum Beispiel.«

Ich schob den Teller mit den Resten von mir weg. Beim Gedanken, demnächst mit Viola und meiner Schwiegermutter an einem Tisch sitzen zu müssen, hätte ich mir am liebsten noch ein Glas Wein eingeschenkt. Da klingelte es schon wieder.

»Erwartest du Besuch?«, fragte Ludwig. »Störe ich?«

»Nein, alles in Ordnung«, antwortete ich. Es war die Klingel an der Wohnungstür, bestimmt nur Thea oder Arndt.

Aber dann stand Thomas vor der Tür, mit geröteten Wangen und einem Paket in der Hand. Was wollte der denn hier? Ich begann, mich in meiner Yoga-Hose unwohl zu fühlen.

»Ach, was bin ich froh, dass du da bist.« Er kam einen Schritt auf mich zu, aber ich war so perplex, dass ich nicht zur Seite ging. Ludwig war doch da.

»Hallo, Nelly.« Er legte mir die freie Hand auf die Schulter und hauchte mir einen Kuss auf die Wange. Dann überreichte er mir das Paket aus hellblauem Wellkarton, das wie eine Handtasche gefaltet war.

»Äh, danke«, stotterte ich, »aber – warum? Habe ich meinen Geburtstag verpasst?«

»Pack es aus, dann wirst du es verstehen.«

Wie stolz er auf die Papiertasche schaute. Warum sollte ich ihn überhaupt abwimmeln – nur weil Ludwig da war? Blödsinn.

»Bitte, komm rein«, ich deutete in die Wohnung und ging voraus ins Esszimmer, wo Ludwig sich gerade den Mund mit dem Handrücken abwischte. Mein Teller war auf einmal leer.

»Darf ich vorstellen? Thomas, ein alter Schulkamerad, Ludwig, ein Nachbar aus Kleinfelden.«

Die Männer gaben sich die Hand, und Thomas setzte sich ihm gegenüber an den Tisch.

»Möchtest du auch einen Kaffee, Thomas?«

»Gerne. Espresso, wenn du hast.«

Ich nickte, räumte meinen Teller ab und ließ die beiden alleine. In der Küche machte ich für Thomas und mich Espresso und füllte noch ein paar Mandelkekse in eine Schale, dann ging ich schnell zurück – wer wusste schon, ob die beiden sich verstehen würden.

Sie redeten gerade über die Wohnung. Ludwig stützte die Arme auf den Tisch, als ob er mit breiter FC Bayern-Brust eindrucksvoller aussehen würde. Thomas hatte lässig die Beine übereinandergeschlagen. Zur sandfarbenen Stoffhose trug er ein weißes Hemd, den obersten Knopf offen. Nicht nur im Vergleich zu Ludwig sah er verdammt gut und selbstbewusst aus.

Ludwig redete lauter als sonst. Und Hochdeutsch.

»Sind Sie nicht der, der meine Nelly von der Straße gefegt hat?«

Meine Nelly? Geräuschvoll stellte ich den Espresso und die Kekse auf den Tisch und setzte mich auf den Stuhl zwischen die beiden.

»Deswegen komme ich ja.« Thomas schob mir die Karton-Handtasche rüber. »Um mich nochmals zu entschuldigen. Das hätte nie passieren dürfen.«

Das besitzanzeigende *meine* ignorierte er einfach.

»Äh, ja, danke!« Was für ein merkwürdiger Anblick, wie die beiden alleine mit ihrer Körperhaltung in eitlen Konkurrenzkampf um mich getreten waren.

Als ich den Geschenkkarton aufklappte, leuchtete mir neongelber Stoff entgegen. Eine *wind- und wasserdichte Jacke zum Radfahren*, stand auf dem Etikett.

»Damit du nie mehr übersehen wirst!«

»Danke«, sagte ich überrascht, dann stand ich auf und zog sie an. Sie passte wie angegossen.

»Sie haben doch gar nicht hingesehen, da nutzt auch eine ach so tolle Jacke nichts!«, meckerte Ludwig.

Thomas richtete sich auf.

»So ein gelber Farbfleck hätte mich dazu gezwungen, in den Rückspiegel zu schauen!«

»Ach ja? Ich habe genug Unfälle gesehen, um daran nicht zu glauben. Es gibt Fahrer, die passen auf. Und es gibt andere!«

»Ludwig, lass doch.« Ich legte ihm die Hand auf seinen Unterarm.

»Du weißt nicht, was da alles passiert, in den Baustellen …«

»Ludwig baut die A3 um«, erklärte ich, und weil es so klang, als ob er selber den Asphalt auf die Straße kippen würde, fügte ich noch hinzu: »Also, er plant und betreut die Baustellen. Als Ingenieur.« Ich zog die Jacke wieder aus. Sie war weich und leicht, und ich konnte mir sehr gut vorstellen, sie zum Radfahren anzuziehen.

Thomas nannte gerade den Namen einer Baufirma, deren Schilder an jeder Autobahnbaustelle hingen. Ludwig nickte. »Genau, das sind wir.«

»Die hatte ich mal als Gegner. Ich bin Anwalt, wissen Sie! Den Prozess habe ich übrigens gewonnen.«

Sie waren immer noch dabei, ihr Territorium abzustecken. Da nahm ich mir lieber einen Keks. Der Rotwein stand ja in der Küche.

»Gegen wen spielt der FC denn heute?«, fragte ich, vielleicht war das ein besseres Thema.

»Ja, müssen Sie nicht bald los?« Thomas sah auf seine teure Sport-Uhr.

»Ist nur öffentliches Training, bis zum Bundesligastart dauert es noch vier Wochen.«

»Fiebert man da eigentlich noch mit, wenn die Bayern sowieso immer gewinnen?«

»Von wegen, wenn ich da an Frankfurt denke … Na ja, ich bin ja nur froh, dass dene ihrn Trainer jetzt bei uns ist.« Der Satz kam wieder hessisch raus.

Wieder klingelte es.

Ich lachte laut los, als Gabriel hinter der Tür stand. Nicht, dass an ihm irgendwas Lustiges war, nein, er sah wie immer aus, Jeans, schwarzes Shirt, verstrubbelte Haare.

Die Situation war zu absurd. Jetzt würden gleich drei Männer an meinem Esstisch sitzen. Und keiner hatte vorher von dem anderen etwas gewusst. Doch – Gabriel und Ludwig hatten natürlich von Thomas als Unfallverursacher gehört. Aber ansonsten …

Gabriel strahlte mich an, und wie die beiden anderen auch ging er einfach auf mich zu, in der Erwartung, ich würde ihn reinlassen. Hätte Zeit für ihn. Nur für ihn und niemanden sonst. Ich schnaubte amüsiert durch die Nase, während ich ihn ins Wohnzimmer schickte.

Er blieb in der Tür stehen. Ludwig und Thomas saßen noch immer am Esstisch und sahen uns erwartungsvoll entgegen.

»Das ist Gabriel«, mehr sagte ich nicht. Was hätte ich auch sagen sollen – Gabriel, der Mann, der mich in den Himmel entführen will?

»Servus«, rief Gabriel etwas zu laut in die Runde.

»Hallo«, antwortete Ludwig, Thomas nickte nur. Ich stellte sie vor und fragte ihn dann, ob er auch einen Kaffee trinken möchte.

»N… na klar«, antwortete er, als ob er erst etwas anderes hätte sagen wollen. »Warte, ich helfe dir.«

Und er folgte mir in die Küche und machte die Tür hinter sich zu.

»Wer sind denn die Typen?«

»Habe ich doch gesagt. Thomas ist mit mir zur Schule gegangen, und Ludwig ist ein ehemaliger Nachbar.«

»Ja, aber … was wollen die hier? Was …«, dabei machte er eine hilflose Geste mit den Armen.

»Ludwig will mich zu einem Versöhnungstreffen mit meiner Schwiegermutter und Viola überreden. Und Thomas hat mir eine neongelbe Radlerjacke geschenkt, damit mich keiner mehr so übersieht wie er mich.«

Ich gab ihm die Espressotasse und trank den Rest aus meinem Weinglas.

»Ja, aber …« Er kam einen Schritt auf mich zu.

»Mach den Mund zu und komm mit. Das wird lustig.«

Thomas zeigte Ludwig gerade Fotos seines Segelboots. »Das ist in Kroatien.«

»Da habe ich auch mal gebaut«, konterte Ludwig.

»Oh, Segeln, interessant«, meinte Gabriel und schnappte sich das Handy. »Sich dem Wind anvertrauen ist schon eine tolle Sache. Aber ihr habt ja immer einen Motor zur Sicherheit. Wir fahren ohne Sicherheitsnetz.«

Und auf einmal zog er ebenfalls sein Telefon aus der Hosentasche, und gab mit den Fotos einer Ballonfahrt an.

»Und du denkst, Nelly fährt mit dir mit?«, sagte Ludwig und stand auf. »Kannste vergessen. Höhenangst, wusstest du das nicht?« Dass er Gabriel duzte, hatte nichts mit einer beginnenden Freundschaft zu tun, das war klar.

Gabriel lächelte mich übertrieben freundlich an. »Aber vielleicht muss da nur der Richtige kommen. Nicht wahr, Nelly?«

»Oh nein!« Lachend schüttelte ich den Kopf. »Niemals!«

Und wieso ließ Gabriel sich überhaupt auf diesen kindischen Konkurrenzkampf ein?

»Jedenfalls, Nelly, in vierzehn Tagen dann bei mir!«, sagte Ludwig und stand auf. Es klang, als hätten wir beide ein Date.

Thomas stand ebenfalls auf und musterte Ludwig, der kleiner als er war und weniger Haare hatte. Irgendwie tat Ludwig mir leid. Gegen den großstädtischen Womanizer Thomas und Gabriel mit seinen Heißluftballons und dem schönsten Lachen der Welt hatte er keine Chance.

»Ich freu mich schon, Ludwig«, sagte ich daher und legte ihm die Hand auf die Schulter, als ich ihn zur Tür brachte. Aus den Augenwinkeln konnte ich sehen, dass Thomas sich reckte und Gabriel erstaunt die Augenbrauen hob.

»Und danke noch mal für die Blumen«, sagte ich so laut, dass die beiden anderen es auf jeden Fall hören konnten, und gab ihm seinen Werkzeugkasten. »Viel Spaß beim Training.«

»Tschüss, Nelly«, flüsterte er. »Das war's dann, oder?

Game over.« Er seufzte. »Wer ist es? Der Lackaffe oder der Luftikus?«

»Keiner«, sagte ich, um ihn nicht zu verletzen, und umarmte ihn. Es war ein Abschied, nicht nur für den Abend. Hoffentlich blieben wir Freunde, so wie wir es früher gewesen waren. Obwohl es nicht schlecht wäre, wenn er dieses überflüssige Versöhnungstreffen jetzt fallen ließ.

Als ich die Tür hinter ihm schloss und wieder ins Wohnzimmer trat, standen Thomas und Gabriel sich gegenüber und sahen aus, als ob sie sich an die Gurgel gehen wollten.

»Du hattest ja nur Glück, dass Nelly einen Helm aufhatte!«, rief Gabriel.

»Jungs, lasst es!« Ich hob beschwichtigend die Arme. »Das war ein Unfall und kein heimtückischer Anschlag, alles ist verheilt.«

Ich ließ mich aufs Sofa fallen. »War heute ganz schön anstrengend.« Die nackten Füße legte ich auf den Couchtisch. Es war zwar sehr schön draußen, aber auf dem kleinen Balkon würde es mir mit den beiden zu kuschelig eng werden.

»Wie wäre es, wenn du dich zur Entschädigung zum Essen einladen lässt?«, schlug Thomas vor.

»Wozu der Aufwand, bleib einfach hier sitzen und ich koche für dich.« Das war natürlich Gabriels Idee.

»Danke, ich habe grad erst gegessen.« Eigentlich müssten sie noch den Duft meiner Pasta in der Wohnung riechen können.

»Noch ein Kaffee?«, fragte Thomas.

»Oder lieber Rotwein?«, fragte Gabriel.

Ich schaute von einem zu anderen. Wie sie da so um mich balzten, das konnte noch sehr amüsant werden.

»Gerne«, antwortete ich und lächelte Gabriel an.

»Schon unterwegs!«

Er kam mit der Flasche und zwei sauberen Gläsern wieder. »Du musst ja noch Auto fahren, oder?«, fragte er Thomas mit einem fiesen Seitenblick, als er einschenkte.

»Und du?«

»Ich wohne gleich ums Eck. Aber so bald will ich sowieso noch nicht nach Hause.« Er setzte sich neben mich und legte den Arm auf die Lehne hinter meinem Kopf.

Zum Glück war auf der anderen Seite von mir kein Platz mehr, sonst hätte sich garantiert Thomas dorthin gesetzt. So wählte er den Sessel, der mir gegenüberstand, beugte sich vor und legte die Arme auf seine Knie.

»Schon mal abgestürzt?«, fragte er Gabriel.

»Niemals!« Gabriels Hand wanderte das Sofa runter zu meiner Schulter.

Thomas rutschte auf seinem Sessel näher an den Tisch heran. »Ich kann verstehen, dass du da Angst hast, Nelly. Risiko ist nur so lange gut, so lange man es kalkulieren kann. Daher dein Helm, daher Rettungswesten auf dem Segelboot oder Sicherheitsgurte in einem Auto. Aber in so einem Korb, da ist gar nichts. Vielleicht mal ein Griff zum Festhalten. Ich kenne mich da aus, ich bin auch mal mit so etwas geflogen.«

Ich zuckte zusammen, als er *fliegen* anstelle von *fahren* sagte.

»Bei unserer Landung damals«, fuhr Thomas ungerührt fort, »da hat der auch nichts genutzt, wir sind so durcheinandergepurzelt, dass sich Diana verletzt hatte.«

»Diana?«, fragte Gabriel.

»Seine Ex«, erklärte ich.

»Ich meine, ich würde natürlich immer wieder da einsteigen, aber wenn du das nicht möchtest, würde ich das immer respektieren. Es gibt ja auch viel schönere Sachen, Segeln zum Beispiel!«

»Segeln mag ich auch nicht besonders«, sagte ich.

»Nein? Aber dein Vater früher ...«

»Ja, der. Und meine Brüder. Ich musste natürlich auch mit, aber wenn der Wind an einem zerrt, während man das Großsegel bergen muss oder das Boot ganz schräg steht, also krängt ...«

»Und all das wirst du in einem Ballonkorb nie spüren«, fügte Gabriel an. »Da ist es still und bewegungslos. Weil wir nicht gegen den Wind fahren, sondern mit ihm. Die Luft trägt den Korb, alles ist ganz still.«

»Bis auf den Brenner, der ist laut. Feuer hoch in der Luft ist eh gefährlich«, warf Thomas da ein.

»Dafür gibt es Feuerlöscher.«

»Na super, der wird ja wohl zu spät kommen«, meinte Thomas und streckte mir seine Hände entgegen. »Mit dem Boot kann man jederzeit umkehren, wenn das Wetter zu schlecht wird. Unter Deck ist es außerdem immer warm und trocken.«

»Da kann einem aber ganz schön schnell schlecht werden«, meinte Gabriel.

»Dir vielleicht, du Landratte!«, konterte Thomas.

»Mir wird da nicht schlecht«, mischte ich mich ein.

»Ich war eigentlich immer unter Deck und habe gelesen, um nichts mitzubekommen.«

»Super!«, meinte Thomas, »Seekrank wirst du schon mal nicht. Der Rest findet sich von ganz alleine.«

»Im Ballonkorb kann einem erst gar nicht schlecht werden.«

»Segeln ist sicherer. Frag ihn doch mal, was passiert, wenn es plötzlich zu regnen anfängt.«

»Das Wetter zu prüfen ist das Wichtigste vor einer Fahrt«, plusterte Gabriel sich auf. »Droht Regen, fahren wir erst gar nicht los.«

»Aber was, wenn der Wetterbericht nicht stimmt?«, fragte ich besorgt.

»Gefährlich ist es nicht. Der Ballon wird durch den Regen schwer und kühlt ab, man sinkt und muss früher landen, das ist alles. Für die Gäste ist es halt blöd, weswegen wir eine Fahrt lieber verschieben.«

»Sonntagsfahrer.«

»Ja, das stimmt absolut. Ballonfahren ist ein Schönwettersport. Kälte macht nichts, da der Ballon dann besser trägt, man weniger Gas braucht und länger unterwegs sein kann.«

»Wie bei einer Alpenüberquerung«, fiel mir ein.

»Genau.«

»Kann man die Alpen im Ballon überqueren?«, fragte Thomas skeptisch. »Wie lange dauert das denn?«

»Drei bis fünf Stunden. Hängt vom Wind ab.«

»Nordwind, nehme ich an?«

Auf einmal fachsimpelten die beiden über Hoch- und Tiefdruckgebiete. Der drahtige, blonde Thomas im Markenhemd und Gabriel mit den grau melierten Schläfen und den Freundschaftsbändern seiner Tochter am Handgelenk.

Es sah nicht so aus, als ob einer dem anderen freiwillig das Feld überlassen würde. Merkwürdig genug, dass sie sich auf einmal zu verstehen schienen.

»Und, was machst du beruflich?«, fragte da Thomas. Ich lehnte mich amüsiert zurück. Runde drei wurde eingeläutet.

»Ich bin Doktor der Philosophie«, antwortete Gabriel, und ich lachte spontan auf. »Seit wann das denn?«, fragte ich und ärgerte mich sogleich. Bestimmt war es nur ein Witz gewesen, und ich war drauf reingefallen. Das machte Gabriel doch so gerne.

»Seit 1999«, antwortete dieser jedoch. »Und was machst du, Thomas?«

»Äh«, auch Thomas sah Gabriel verwundert an. »Rechtsanwalt, mit eigener Kanzlei. Rundumbetreuung in Immobilienfragen.«

»Du bist Philosoph?«, fragte ich Gabriel erneut. So schnell konnte ich das gar nicht glauben, dass er sich beruflich mit Aristoteles oder Adorno beschäftigte.

»Dass du das noch nicht gemerkt hast«, sagte er ganz leicht dahin.

»Na, du hast nichts davon gesagt. Nur, dass du Krimis schreibst, Kuchen für das Café deiner Tochter backst und Ballon fährst!« Unwillkürlich rückte ich ein Stück von ihm ab. Gabriel hatte also genauso wie Martin Geheimnisse vor mir? Und wieder hatte ich nichts gemerkt? Nach all den langen Gesprächen, die wir geführt hatten?

»Sehr erfolgreich kannst du dann ja nicht sein«, warf Thomas da ein. War das der Grund, weswegen Gabriel nichts gesagt hatte? Ich schaute ihn auf einmal mit anderen Augen an.

»Die Frage ist, woran sich Erfolg bemisst«, antwortete Gabriel. »Am Geld? Dem Burn-Out, der Scheidung, den vielen Frauen, die man glaubt, haben zu können, wenn man nur Zeit dazu hätte? Oder der Zufriedenheit?«

»Du bist ein Lebensphilosoph«, warf ich ein.

»Richtig!«

»Ein Esoteriker? Darauf stehst du, Nelly?« Thomas lehnte sich zurück und verzog sein Gesicht zu einem missglückten Grinsen. »Kann man denn vom Kuchen backen leben?«

»Hängt vom Kuchen ab.«

»Unsinn. Erfolg ist, wenn man sein Ziel übertroffen hat.«

»Ich finde, Erfolg ist überhaupt nicht wichtig«, warf ich ein. »Ehrlichkeit, Zuverlässigkeit, das ist es doch, worauf es ankommt.« Ich sah Gabriel scharf an. »Von Lügnern habe ich genug.«

»Du hast mich nie gefragt, was ich früher mal gemacht habe. Nur, was ich jetzt mache. Und das stimmt ja auch alles. So ein Doktortitel, mein Gott. Auf meinen Krimis steht er jedenfalls nicht.«

»Ich habe übrigens auch einen«, warf Thomas ein.

Stimmt, das hatte auf der Visitenkarte gestanden. Mir waren akademische Ehren aber echt egal. Fleißarbeit, mehr war das doch nicht. Damit wurde niemandem geholfen. Manche Apotheker mit Doktortitel fühlten sich den Ärzten gegenüber gleichwertiger, aber sie waren es nicht. Und darauf kam es auch gar nicht an. Es ging um den Patienten, ums Helfen und Heilen.

Und darum, seinen Freunden nichts vorzuspielen. Ich hatte ihm mein Herz ausgeschüttet, alles von Martin erzählt. Und er?

Ich stand auf. Sofort sprangen Thomas und Gabriel ebenfalls hoch.

»Hiermit erkläre ich den Kampf für unentschieden«, ich versuchte, es möglichst lustig klingen zu lassen. Dann streckte ich Thomas die Hand hin. »Vielen Dank für die Jacke, ich werde sie tragen, darauf kannst du dich verlassen.«

Dann wandte ich mich an Gabriel und gab auch ihm die Hand. »Schön, dass du vorbeigeschaut hast.«

Er strich sich die Strähne aus dem Gesicht und sah mich fragend an. »Geh schon mal voraus, Thomas«, rief er und sah mir tief in die Augen. »Ich wollte Nelly noch was fragen.«

Thomas sah aus, als ob er mich auch noch was fragen wollte, aber ich deutete auf die Tür, und er fügte sich.

Dann drehte ich mich zu Gabriel um. »Auf Wiedersehen, Herr Doktor Heilemann.«

Er schnappte nach Luft.

»Lass mich dir erklären ...«, begann er, aber ich unterbrach ihn. »Schade. Ich dachte, wenigstens du wärest immer ehrlich zu mir.«

Nachdenklich sah ich aus dem Wohnzimmerfenster. Gabriel und Thomas waren nicht mehr zu sehen, dafür

Rainer und Arndt auf der gegenüberliegenden Straßenseite. Sie packten gerade Taschen und Koffer in ihr Auto. Freunde verabschiedeten sich von ihnen. Jetzt fiel es mir ein – sie fuhren in den Urlaub, an den Gardasee. Schnell rannte ich nach unten und umarmte sie, wünschte ihnen eine gute Fahrt.

»Komm, Arndt, der Sonnenuntergang wartet. Und der Prosecco!« Rainer stieg ein. Arndt winkte noch mal, und als er neben Rainer im Wagen saß, küssten sich die beiden lange, bevor sie endlich losfuhren.

Dann ging ich wieder nach oben, setzte mich mit meinem Rotwein auf den Balkon in die Sonne und atmete tief durch.

Drei Männer, die um mich buhlten, als wäre ich ein Preisgeld. So etwas hatte ich wirklich noch nie erlebt. Es war irgendwie aufregend gewesen, wenn ich auch nicht verstand, warum Thomas sich so aufgeführt hatte, aber vielleicht war das nur sein normaler Jagdtrieb. Ludwig, klar, der hatte immer noch Gefühle für mich. Und Gabriel?

Mittlerweile kam es mir idiotisch vor, nur wegen seines verschwiegenen Studienabschlusses sauer zu sein. Hatte der Betrug von Martin mich so sehr durcheinandergebracht, dass mir mein Vertrauen in andere Menschen abhandenkam?

Außerdem hatte ich ihm auch nicht alles erzählt, wenn ich da an die Nacht mit Thomas dachte.

Wie Gabriel mich angesehen hatte, als er die anderen beiden entdeckt hatte. Er war erstaunt gewesen über die Konkurrenz, beinahe eifersüchtig … Er empfand mehr für mich, als ich bisher gedacht hatte. Genau dasselbe wie ich. Gefühle, von denen ich gedacht hatte, dass sie mit Martin für immer der Vergangenheit angehören würden.

Aber ich musste an die Kinder denken. Ein neuer Mann im Leben ihrer Mutter, das war einfach zu viel des Neuen. Das würde sie völlig überfordern. Freunde, mit denen man mal was unternahm, lachte, Spaß hatte, okay, das war das eine.

Aber das andere. Gefühle. Verliebtsein.

Liebe.

Nein, das war zu früh.

Und wollte ich das überhaupt? Es war doch schön, selber entscheiden zu können, wann ich aufstand oder frühstückte. Meinen eigenen Weg zu finden und keine Kompromisse mehr eingehen zu müssen, einfach so zu leben, ein Glas Rotwein trinken zu können, am helllichten Tag.

Oder Jogginghosen anzuhaben.

Wer weiß, wie so ein neuer Mann im Alltag war. Martin und ich – wir waren ein eingespieltes Team gewesen. Alle Kämpfe ausgefochten, jeder hatte seine eigene Zahnpastatube, seinen eigenen Fernseher und am Schluss sogar sein eigenes Bett. Wegen der Schnarcherei.

Ich trank noch einen Schluck Rotwein und ließ meinen Blick über meinen neuen, winzigkleinen Balkon schweifen, der genauso aussah, wie ich es wollte.

Auf dem Balkontisch lag der zweite Krimi von Gabriel. »Die Tote in der Villa Stuck«. Alleine das Foto von ihm auf der Innenlasche genügte, und ich spürte, wie all meine vernünftigen Gründe, Abstand zu ihm zu gewinnen, sich zu verflüchtigen drohten.

Und dann vibrierte auch noch mein Handy.

Gabriel schickte mir ein Foto – von einem Meer brennender Kerzen in seinem Wohnzimmer. *Verzeihung* stand darunter. Dann kam ein weiteres meines französischen Lieblingsrotweins und zwei Gläsern. *Du fehlst mir*.

Und ein Selfie mit einer Spaghetti als Bart. *Ich möchte dir alles erklären. Wenn du Zeit hast, komm einfach vorbei, die Kerzen und ich warten auf dich*.

Ich lachte laut los. Wer konnte da schon widerstehen! Sollte ich wirklich weiter hier rumsitzen und mir Gedanken über ihn machen? Wäre es nicht viel besser, mit ihm zu reden? Ja, in meinem Kopf herrschte Chaos, Verstand und Gefühl stritten sich heftig. Vielleicht war es ein Fehler, zu ihm zu gehen. Na und. Wenn ich nicht zu ihm ging, dann würde ich nie wissen, was ich wirklich wollte.

Grüne Früchte

25

Der Anblick der Kerzen raubte mir den Atem.

»Gabriel! Wie wunderschön!« So etwas Wundervolles hatte noch nie jemand für mich gemacht. Er sah mir in die Augen, und mein Herz trommelte in meiner Brust.

»Nelly«, sagte er leise und fast scheu, »es tut mir leid, dass ich dir nicht sofort alles über mich gesagt habe. Ich wollte es nur langsam angehen. Mein Leben, das hat so viele Höhen und Tiefen.«

Er berührte sanft meine Schultern. »Das sind keine dunklen Geheimnisse. Nur lange Jahre voller Umwege und Löcher zum Reinfallen. Ich wollte dich nicht verschrecken. Dir Zeit geben.«

»Und die Zeit ist jetzt gekommen, weil du gemerkt hast, dass du Konkurrenz hast?« Ich lächelte ihn an. »Wenig schmeichelhaft für mich, dass du daran nicht von Anfang an gedacht hast.« Woher nahm ich nur den Mut, so offensichtlich zu flirten?

»Mein Fehler.« Er lächelte, bis die Grübchen in seinen Wangen erschienen. »Ein Riesenfehler.« Und er umarmte mich. Anders als sonst, erst sanfter, dann stärker, er drückte mich an sich und hob mich dabei fast hoch.

»Verzeih mir«, flüsterte er mir ins Ohr. Schauer liefen mir über den Rücken, sein Duft nach Sandelholz stieg mir in die Nase, und mein Herz trommelte in meiner

Brust. Konnte es wirklich sein, dass er mehr wollte? Von mir? War das eine gute Idee, würde ich nicht wieder versagen? Sollte ich nicht besser die Flucht ergreifen?

Aber er hielt mich fest. Seine Lippen berührten meine Haare, ich spürte seinen Atem auf meiner Haut, und es fühlte sich so gut an, aufregend und neu.

Er löste sich von mir und räusperte sich.

»Ich werde dir alles erzählen.« Und er deutete aufs Sofa, schenkte uns von meinem Lieblingsmerlot ein, wir stießen an und ich sah in seine kaffeebraunen Augen mit den gelben Strahlen, die so viel Wärme für mich ausdrückten. Er legte den Arm um mich, mein Kopf sank auf seine Schulter. Ich schloss die Augen, fühlte mich wohl und geborgen und lauschte der Geschichte seines Lebens.

Gabriel fing ganz von vorne an. Er stammte aus dem Allgäu, wie ich vermutet hatte, aus dem kleinen Ort bei Nesselwang, wo sein Bruder jetzt die Heißluftballonfirma hatte. Die Eltern waren Bauern, den Hof hatte der älteste Bruder übernommen. Gabriel war der jüngste. Schon immer war er anders als die Brüder gewesen, hatte lieber der Oma beim Backen geholfen oder sich mit einem Buch in der Scheune verkrochen, anstatt mit den anderen Fußball zu spielen. Er las alles, was er kriegen konnte, von Perry Rhodan bis Wittgenstein.

Nach dem Abitur machte er Zivildienst im Altenheim. Die Gespräche mit den alten Menschen dort hatten ihn dazu gebracht, sich weiter mit Philosophie zu beschäftigen, er studierte in Berlin, wurde Vater von Annabelle, heiratete deren Mutter Ruth (in dieser Reihenfolge, wie er betonte), promovierte. Ruth war älter als er und Architektin. Der Bauboom in Berlin in den Neunzigerjahren ernährte die Familie, während er promovierte und eine Karriere an der Uni anstrebte, mit den Strukturen dort aber nicht zurechtkam.

Ruth wechselte die Stelle, die Familie zog nach München, er arbeitete in einem kleinen Verlag.

Es klang so harmlos, so normal. Dann sprach er davon, wie schwierig es für ihn war, sich anzupassen. Wie sehr er es hasste zu tun, was andere wollten. Entscheidungen nicht aufgrund des Inhalts, sondern der wirtschaftlichen Zusammenhänge zu treffen. Es kam zum Streit, er verlor die Stelle, dann wurde Emmanuel geboren. Er blieb zu Hause, Ruth arbeitete, und irgendwann wurde die Ehe geschieden.

Gemeinsam mit einem Freund machte er dann eine Kneipe auf, doch dieses Mal half ihm das Kochen nicht. Panikattacken. Es ging ihm zunehmend schlechter. Ohne seine Brüder hätte er nie eine Therapie gemacht, und dann auch nie Janina kennengelernt, eine Tierheilpraktikerin. Sie tat ihm gut, mit ihren Globuli und Heilfasten und Meditationen zu zweit.

Jetzt sei er ruhiger, gefasster, betonte Gabriel. Etwas auszuhalten habe er gelernt.

Janina suchte sich dann aber einen neuen Mann, der Hilfe brauchte. Gabriel war ihr allerdings nicht böse deswegen. Ihr Helfersyndrom war für ihn kein Problem, sondern eine Lösung gewesen. Für mich klang es mehr nach einer Langzeittherapie als nach einer Ehe.

Jetzt lebte er so, wie ich es kannte. Er verdiente sein

Geld mit dem Krimischreiben und Heißluftballonfahren. Für die Alimente für Marlene und Emmanuel reichte es. Fürs Café backe er, wenn er Lust habe, betonte er noch, ansonsten würde Annabelle selber backen. Er koche und backe einfach unheimlich gerne.

»Und das ist alles«, sagte Gabriel, als keine Fragen mehr offen waren, und kam mir immer näher. Kurz stockte ich, aber mein Körper sehnte sich nach einer Berührung seiner Lippen und beugte sich ihm entgegen. Zart, ganz zart küsste er mich, wartete ab, aber mein Körper wollte mehr, ich wollte mehr und erwiderte seine Berührung, genauso sanft, genauso vorsichtig, spürte in mich hinein, und es fühlte sich alles so gut an. Sanft hob er mir die Brille von der Nase, legte sie zur Seite.

Wir hatten keine Eile, rannten nicht irgendwohin, rissen uns nicht die Kleider vom Leib. Er streichelte mein Gesicht, meine Arme, und als ich ihm sein Shirt auszog, entdeckte ich ein Tattoo auf seinem Oberarm, einen winzig kleinen, davonfliegenden Luftballon, unter dem »Let it go« stand.

»Von wegen, du hast mir alles Wichtige gesagt.« Vorsichtig berührte ich es. Man spürte überhaupt keinen Unterschied auf der Haut. Ich küsste es, küsste so viele Stellen an seinem Körper, weiche Haut, borstige Haare, Muskeln und Falten.

Als wir nackt waren, kam ich gar nicht dazu, erschreckt zu sein oder voller Angst. Seine Lippen auf meiner Haut zu spüren, auf meiner Schulter, dem Dekolleté, der Brust, erregte mich und holte ein Lodern in mir hervor, das ich lange vergessen und vermisst hatte. Nicht nur, dass ich ihn begehrte, er begehrte mich auch, eine Tatsache, die mich unendlich glücklich machte, und bald bewegten wir uns wie bei einem harmonischen, sich steigernden Tanz, wurden zu einem Körper, zu einem Begehren, zur Einheit.

Hinterher war ich so erleichtert. Es hatte Spaß gemacht, es war gut gewesen, richtig gut! Kein ängstliches Verharren im Moment, sondern ein Gleiten in meine Gefühle, meine Lust – und in seine. Begehren, Befriedigung.

Auf dem Sofa wurde es zu eng, wir standen auf und gingen ins Schlafzimmer hinüber, den Rotwein und die Gläser in der Hand und nichts am Leib, keine Scham und keine Schmerzen. Auf einmal weinte ich.

Er sagte nichts, nahm mich nur in den Arm, hielt mich und küsste mir die Tränen von den Wangen.

Als ich aufwachte, konnte ich durch die große Fensterfront die Sonne aufgehen sehen. Gabriel lag schlafend neben mir, noch immer war es aufregend, seinen nackten Körper zu betrachten. Ihn zu berühren. Sein Tattoo, das Symbol für ein aufregendes, langes Leben voller Umwege und Stolpersteine.

Mein eigenes war eine gerade Straße gewesen. Abitur, Studium, Heirat, Kinder. Wohnen und Arbeiten am gleichen Ort, seit fünfundzwanzig Jahren. Dann brach die Straße einfach ab, ein riesiges Loch tat sich auf, aber ich bin einfach, ja was: darübergeflogen ja auch nicht gerade. Eher reingefallen und wieder rausgeklettert. Jetzt lief ich auf einer neuen Straße, sie war schmaler und voller Kurven, hinter denen Abenteuer auf mich warteten.

»Let it go«. Manche Dinge ließ man wirklich besser einfach los, verzichtete auf Ballast, der einem das Leben schwer machte. Aber ihn wollte ich nicht loslassen. Ich küsste sein Tattoo, er schlang im Halbschlaf den Arm um mich. Wir liebten uns im Morgengrauen, die Stadt durchs geöffnete Fenster war noch still.

So hatte ich mich seit Jahren nicht mehr gefühlt. Nach einem gemütlichen späten Frühstück und dem kritischen Blick zum Himmel – mittlerweile voller Gewitterwolken – blieben wir den ganzen Tag in seinem Bett. Wir erzählten uns Geschichten aus unserem Leben, lasen Zeitung und tranken Gabriels Lieblingstee – Orangenblütenoolong.

Abends gingen wir zu mir, um gemeinsam zu kochen. Gabriel durchforstete meine Vorräte und hatte sofort eine Idee, was wir kochen sollten. Besser gesagt: backen. Eine Mangoldtarte.

Da kämpfte sich auf einmal die Sonne durch die Wolken, und wir öffneten alle Fenster und Türen und setzten uns auf den Balkon. Es roch nach nasser Erde und Steinen. Die kleinen Kräutertöpfe waren umgefallen, schnell stellte ich sie wieder auf.

»Dein Orangenbaum ist ja riesig!«, wunderte er sich.

»Groß und alt, und trotzdem hat er dieses Jahr das erste Mal geblüht.«

»Ist das bei Orangenbäumen immer so, dass sie erst im Alter blühen?«, fragte er, und ich umarmte ihn und erzählte von den ersten Knospen am Umzugstag und davon, dass für mich die Orangenblüten das Symbol meines Neuanfangs waren.

»Das ist wohl so etwas wie dein Tattoo«, meinte er und untersuchte vorsichtig die kleinen Früchte, die immer noch dunkelgrün, mittlerweile aber größer als eine Kirsche waren und die Form einer Orange annahmen. »Dann wollen wir mal dafür sorgen, dass sie nicht eingehen«, und küsste mich so, dass mir fast schwindelig wurde.

26

Innerlich tanzte ich die ganze Zeit, lachte und scherzte und hätte die ganze Welt umarmen können.

»Du strahlst ja so!«, empfing mich Mona am Montagmorgen, und als ich ihr vom »Drei-Männer-Samstag« und dem Tattoo erzählte, kam sie aus dem Staunen nicht mehr heraus. Sobald nur irgendwie Zeit war, wollte sie von mir noch mehr Einzelheiten und Details wissen, und mittags dann gönnten wir uns im Café gegenüber der Apotheke mit den roten Plüschsofas und der Prinzregententorte eine lange und lustige Pause.

Obwohl Gabriels Manuskript aus dem Lektorat zurück war und er jetzt im Schnelldurchlauf die Änderungen einarbeiten musste, hatte er jeden Abend Zeit für mich. Wir kochten zusammen, tranken zu viel Rotwein, und ich fühlte mich, als wäre ich zwanzig und zum ersten Mal verliebt.

»Wie gut, dass der Regen nicht aufhören will«, sagte Gabriel und reichte mir den Kochlöffel.

»Wieso das denn?«, fragte ich und pustete auf die heiße Tomatensoße, bevor ich sie kostete. Lecker, aber noch nicht perfekt. Oregano? Genau, und ein Spritzer Balsamico.

»Es ist Saison, wir könnten zurzeit jeden Abend mit zwei oder drei Ballonen fahren, so viele Touristen möchten gerne Schloss Neuschwanstein vom Himmel aus sehen. Mit mir kannst du nur eine Schlechtwetterbeziehung haben, mehr ist leider nicht drin.«

Überrascht schaute ich zu ihm. Hatten wir überhaupt eine Beziehung? Aber Gabriel grinste so unverschämt, dass er das gar nicht ernst meinen konnte.

»Besser als jemand, der nur bei gutem Wetter da ist und sich bei Gewitter sofort verzieht«, entgegnete ich.

Gabriel verstand mich sofort. »Keine Angst, ich stehe dir bei allem bei. Ob Sonnenbrand, Sturmflut oder Glatteis. Immer.«

Und ich schlang meine Arme um ihn und küsste ihn, bis die Tomatensoße anbrannte.

Das schlechte Wetter hielt sich bis Donnerstag, dann wurde es schlagartig besser. Wie gut für Gabriel, der es allerdings nicht für eine Ballonfahrt, sondern für etwas ganz Besonderes brauchte. Er nahm an einer »Gartenlesung« teil, bei der literaturbegeisterte Münchner ihre privaten Gärten zur Verfügung stellten, um an diesen ungewöhnlichen Orten eine Lesung stattfinden zu lassen.

Und so standen Mona und ich abends staunend vor einer völlig mit wildem Wein zugerankten Altbauvilla in Bogenhausen und schauten gleich dreimal aufs Klingelschild, um sicherzugehen, dass wir richtig waren.

Die Gastgeberin im weißen Leinenanzug bat uns in einen traumhaften Garten. An einer Steinmauer rankten Rosen in den Himmel, davor blühten bunte Stauden, und hohe Bäume schützten vor Nachbarsblicken.

Es waren vielleicht dreißig Frauen anwesend, nur wenige Männer. An einem kleinen Tisch wurden Getränke verkauft, der Erlös war für Leseaktionen in Asylbewerberheimen bestimmt. Die Frauen tranken alle ein rosafarbenes Getränk mit Himbeeren und Minzeblättern, das wollten wir auch ausprobieren. Es hieß *Lillet* und schmeckte nach Beeren, köstlich und erfrischend.

Die laue Luft duftete nach Rosen, mit weißen Hussen verzierte Bierbänke warteten auf die Gäste – und die Gäste auf Gabriel.

Und als er dann aus dem Haus trat, klatschten sie so begeistert, dass ich mich wunderte. Auf einer Autorenlesung war ich, ehrlich gesagt, noch nie gewesen, und hatte es mir viel steifer vorgestellt. Mehr wie eine Vorlesung an der Uni.

Launig plauderte Gabriel mehr über die Entstehungsgeschichte von »Der Vorhang fällt« und der Recherche in der Bayerischen Staatsoper, als dass er selber aus dem Krimi vorlas. Er war unglaublich witzig, und als er am Schluss Bücher signierte, lächelte er jede Einzelne an, als ob sie die wichtigste Frau auf der Welt sei.

»Was für ein Charmeur«, flüsterte Mona mir zu, »die himmeln ihn ja regelrecht an. Ob ich mich auch für ein Autogramm anstellen soll?«

»Das ist alles nur Geschäft, das weißt du«, flüsterte ich zurück.

»Natürlich weiß ich das. Und du?«

Ich wusste das auch. Aber ich fühlte es nicht. Es gab mir jedes Mal einen Stich, wenn ich ihn nach dem Namen fragen hörte und er »Mailin, das ist aber ein seltener Name« antwortete, oder »Sie kommen extra aus Augsburg, nur für mich?«

Mona und ich tranken einfach noch einen Lillet, und als die Lesung zu Ende war, umarmte Gabriel uns beide und ging einfach, an einem Arm Mona, am anderen Arm mich, und alle anderen schauten uns überrascht nach.

Es fühlte sich komisch an. Als ob ich wieder sichtbar geworden wäre, wo ich mich doch in der Münchener Menschenmenge verstecken wollte. Mir war gar nicht bewusst gewesen, dass er irgendwie prominent war. Bis jetzt hatte ich ihn hauptsächlich alleine gesehen, oder beim Ballonfahren, und da war er einfach nur Gabriel, der Bruder vom Chef.

So, wie am Wochenende nach der Lesung, als Gabriel zum Ballonfahren ins Allgäu fuhr. Ich blieb in München, arbeitete und ging am Samstag mit Thea in die Pasinger Fabrik, wo wir uns ein spanisches Violinquartett ansahen, dass seine Sache nicht besonders ernst meinte und über die ich fast so viel lachte wie mit Mona beim Opernslam.

Aber wenn Gabriel mich mit seinem Lausbubengrinsen ansah und stürmisch küsste, dann war mir egal, ob er in München bekannt war oder nicht. Sollten die Leute mich doch sehen. Verstecken wollte ich mich vor den Gerüchten damals, und die waren genauso weit weg wie Kleinfelden. Vergangenheit.

Gabriel, das war jetzt, das war neu und Gegenwart und vielleicht Zukunft, aber darauf wollte ich nicht achten.

Spüre den Moment, lebe im Hier und Jetzt, so hieß es doch immer beim Meditieren. Im Sendlinger Yogastudio wurde übrigens noch mehr meditiert als bei Silvie in Kleinfelden. Und anstrengender geübt. Wesentlich. Dafür kippte ich beim »Baum« wenigstens nicht mehr ständig um, und bei meinem »Helden« sah man mir den Mut und den Kampfgeist so richtig an.

Das Leben hier in München war ganz anders geworden, als ich es mir vorgestellt hatte. Wobei – eigentlich hatte ich mir gar nichts vorgestellt. Es war eine Flucht gewesen, das wusste ich mittlerweile, eine überstürzte Flucht – wann war eine Flucht auch je geplant. Geflohen vor einer dunklen, grauen Zukunft mitten hinein in eine helle, bunte, die jedoch auch ihre Schattenseiten hatte: den Streit mit Elena.

Am Freitag hing ein Gewitter in der Luft, und viele Patienten mit Kreislaufschwierigkeiten und Kopfschmerzen suchten bei uns Hilfe. Als ich den nächsten Kunden begrüßte, betrat ein bekanntes Gesicht die Apotheke. Thomas, im dunkelgrauen Anzug. Kurz schien er zu zögern, ob er sich bei Adrian in die etwas kürzere Schlange oder bei mir anstellen solle, kam dann aber doch zu mir und schaute betont unbeteiligt vor sich hin. Ich freute mich, ihn zu sehen.

Zuerst verkaufte ich noch ein Herzmedikament, dann eine Zeckenzange. Dann stand Thomas vor mir, die rechte Hand in einem dicken Verband. Er grüßte mich lächelnd und gab mir ein Rezept für ein Antibiotikum.

»Was ist dir denn passiert?«, fragte ich gerade, als Diana in die Apotheke stürmte, mit wehenden Haaren und wutentbrannter Miene.

»Claire?«, schnaubte sie. »Im Ernst, Claire? Eine dahergelaufene Kellnerin?«

»Leiser, Diana«, flüsterte er. »Wir sind geschieden, vergiss das nicht.«

Sie kam einen Schritt näher. »Letztens hatte ich aber noch einen ganz anderen Eindruck, Thomas.«

Oh je, so genau wollte ich gar nicht wissen, was da zwischen Thomas und seiner Exfrau abging. Oder zwischen ihm und Claire. So unauffällig wie möglich kopierte ich das Rezept und ergänzte es um die Angaben, die die Privatversicherung benötigte. Dann ploppte es, Carson schickte die Packung in den Auffangbehälter, und Diana sah zu mir.

»Ausgerechnet Sie!«, schnaubte sie. »Nehmen Sie ihn ruhig, diesen untreuen Mistkerl!«, und sie rauschte genauso schnell von dannen, wie sie hereingekommen war.

»Was war das denn?«, fragte ich und reichte ihm die Antibiotikaschachtel.

»Mich hat Coco gebissen.« Er hielt die Hand hoch. »Der Kater von Claire ist ganz schön eifersüchtig. Leider hat die Wunde sich entzündet.«

Er lächelte schief, als ob er Mitleid erwarten würde. Aber ich musste nur daran denken, wie er mit Claire bei unserem Date im *Le Parisien* geflirtet hatte, und grinste ihn schadenfroh an.

Für den gleichen Abend hatte Gabriel mich zum Essen eingeladen. »Aber nicht bei mir«, hatte er geheimnisvoll angekündigt. »Ich hole dich um acht ab, lass dich überraschen.«

Wir fuhren mit der U-Bahn zum Odeonsplatz und liefen an der Pinakothek der Moderne vorbei bis zur Technischen Universität. Hier in der Maxvorstadt, in der ja auch die Sonnen-Apotheke lag, kannte ich mich mittlerweile ganz gut aus. Ich war gespannt, wo er mich hinführen würde.

Nie wäre ich jedoch auf die Idee gekommen, dass er mit mir ins Universitätsgebäude hineingehen würde. Was wollten wir hier? Vorlesungen hören? Viele Glastüren, ein weißes Treppenhaus im Stil der Fünfzigerjahre, ein Aufzug, der genauso alt zu sein schien, und dann: öffneten sich die Türen, und wir standen mitten in einem Café. Alles war neu und weiß, nackte Glühbirnen hingen von der Decke, die hellen Holztische waren leer.

»Ist das nicht nur für die Studenten?«, flüsterte ich.

»Nein, ins *Café im Vorhoelzer Forum* darf jeder rein.«

Von draußen drangen Gelächter und heitere Stimmen zu uns. Die Sonne strahlte durch die großen Fenster und auf die Tische und Stühle vor diesen Fenstern. Auf der Dachterrasse.

Im sechsten Stock.

Gabriel bat mich natürlich nach draußen und ging langsam zur kleinen Begrenzungsmauer vor. *Halte durch*, sagte ich mir, du musst das schaffen. Du musst dich ja nicht an den Rand stellen.

Gabriel schwieg und ergriff meine Hand. Ob er spürte, dass ich zitterte? Jedenfalls legte er den Arm um mich, drückte meine Schulter, ging aber immer noch vorwärts. Unerbittlich.

Das reicht, wollte ich sagen, ließ es dann aber, schließlich wollte ich ja mutiger werden. Noch ein, zwei Schritte, dann blieb Gabriel stehen.

»Ist es nicht wunderschön hier oben?«, fragte er.

Oh ja, es war beeindruckend. Die Frauenkirche ganz nah, dahinter St. Peter und all die anderen Kirchen, deren Namen ich mir noch nicht merken konnte. In der anderen Richtung ragte ein kupferner Uhrenturm ganz nah auf, und Gabriel erklärte mir, dass der *Thiersch-Turm* das Wahrzeichen der Technischen Universität sei. Und er überlege, dort auch mal einen Krimi spielen zu lassen.

»Forschungsintrigen oder Liebesaffären, so eine Universität bietet eine Menge Stoff.« Er schaute den Turm sehnsuchtsvoll an, als ob er sofort dort hinaufklettern und anfangen wollte.

»Und, wie geht es dir hier oben?«

»In deinen Armen gut.« Ich lehnte mich an ihn.

»Noch einen Schritt weiter? Nur zum Gucken, wir müssen uns nicht an einen Tisch an der Außenseite setzen.«

Ich atmete tief durch, er drückte meine Schultern und hielt mich ganz fest. Gemeinsam gingen wir noch einen Schritt, noch einen, noch einen. Bis auf eine Armlänge an die Mauer und den dahinterliegenden Abgrund heran, dann verwurzelten sich meine Füße mit dem Boden, und es ging nicht weiter. Was, wenn ich fallen würde? Von hier aus landete ich noch nicht unten, aber noch einen Schritt …

Er küsste meine Wange, und wir blieben noch einen Moment stehen, bis sich mein Puls beruhigte.

»Von mir aus können wir hier stehen, bis die Sonne

hinter dem Thiersch-Turm untergeht«, flüsterte er. »Aber an der Bar wartet bestimmt ein Prosecco auf dich.«

Einen Moment harrte ich noch tapfer aus. »So weit vor habe ich mich früher nicht getraut«, flüsterte ich zurück. »Früher, da wäre ich unter irgendeinem Vorwand erst gar nicht auf die Dachterrasse gegangen.«

»Und dein Mann? Hat ihn das nicht gestört?«

»Nein.« Es war eigenartig, mit Gabriel über Martin zu reden. »Der saß sowieso lieber drinnen.«

»Wegen dir.« So, wie Gabriel es sagte, klang es nicht wie eine Frage, sondern wie eine Feststellung.

»Vielleicht«, überlegte ich.

»Bestimmt«, meinte Gabriel. »Wer sitzt schon lieber drinnen, außer alten Damen, die Angst vor Zugluft haben.«

Ich wollte nicht an Martin denken oder an das, was er Gutes für mich getan hatte, Nettes und Liebevolles. Morgen, nein, das ganze Wochenende würde ich noch genügend an ihn denken, über ihn reden müssen.

»Wie war das mit der Bar?«, fragte ich.

27

Nicht, dass hier irgendjemand denkt, ich hätte meine Kinder vergessen. Nein. Elena nicht mehr anzurufen fiel mir so schwer. Jeden Tag schaute ich mir ihre Social Media-Profile an, nur um zu wissen, ob sie noch lebten. Severin kommentierte auf Twitter die österreichische Politik, Elena postete auf Instagram Fotos von sich, Konstantin und ihren Freundinnen in der Mensa, beim Picknicken oder in irgendwelchen Bars. Nur wegen ihr sehnte ich mich nach dem Treffen, das Ludwig organisierte. Egal, wie es ausgehen würde. Hauptsache, ich konnte sie wiedersehen, sie und Severin.

Heute war es so weit. Die zwei Wochen seit dem »Drei-Männer-Samstag« waren wie im Fluge vergangen.

Severin hatte vorher bei mir angerufen und gefragt, ob irgendwas los wäre, Sina hätte doch erst im November Geburtstag. Ich war so froh, dass er sich mal wieder telefonisch bei mir meldete, dass ich ihm von Ludwigs Versöhnungsidee erzählt hatte. Ob er es gut fand oder nicht, darüber schwieg er sich aus. Auch, ob er sich an meine Bitte halten würde, es Elena nicht zu erzählen. Hoffentlich kam sie trotzdem.

Severin holte mich mit dem Wagen ab. In den tiefen Odenwald fuhr die Bahn nur in Umwegen und Bummelzügen, außerdem hatte Kleinfelden noch nicht mal einen

Bahnhof. Dass ich so schnell wieder dorthin fahren würde, hätte ich auch nicht gedacht.

Severin fuhr schnell und konzentriert. Wir hörten Musik, viele Bässe, viel Elektronik, aber trotzdem melodisch und angenehm. Seine Rap-Phase schien beendet zu sein. Anstelle eines übergroßen Shirts trug er ein knapp sitzendes, kurzärmeliges weißes Hemd und eine beige Stoffhose.

Ich versuchte, mich auf einen Krimi zu konzentrieren, zupfte stattdessen aber nur an meinem Kleid herum oder sah aus dem Fenster. Wenn wir reden würden, dann über Elena oder Ludwig oder was weiß ich, jedenfalls über lauter Sachen, über die ich bei 200 km/h nicht debattieren wollte. Ich hätte nie gedacht, dass der kleine Seat so schnell fahren konnte.

Die Fotoalben hatte ich übrigens zu Hause gelassen. Irgendwie hatte ich keine Lust gehabt, sie mitzunehmen. Was, wenn es wieder vergebens war? Noch einmal wollte ich die schweren Dinger nicht umsonst die Treppen runterschleppen. Nein, ich war vorsichtiger geworden. Nicht jede Idee war wirklich so gut, wie sie den Anschein machte.

Bei Heilbronn verließen wir die A6, jetzt noch eine Stunde Bundesstraße – wenn wir Glück hatten. Oft dauerte die Strecke durch den Odenwald viel länger.

»Geht es dir gut?«, fragte Severin mitten in die Stille hinein.

»Natürlich, wieso?«

»Na, ich dachte, du würdest nie mehr nach Hause wollen, weil alles voller Erinnerungen ist.«

»Ich krieg das hin!«, antwortete ich so überzeugt, wie ich konnte. In Wahrheit war ich so nervös, dass ich Baldriantropfen genommen hatte.

»Nicht, dass ihr euch wieder nur anbrüllt.«

»Streit will ich doch auch nicht. Nur meine Gründe nennen. Sollen die anderen doch damit machen, was sie wollen.«

»Das meine ich.«

»Was?«

»Du bist so passiv-aggressiv.«

»Seit wann kommt Psychologie schon in den ersten Semestern vor?«

»Entspann dich, Mama! Ich greif dich doch nicht an!«

Er fuhr beängstigend nahe an den Seitenstreifen, und ich deutete mit dem Zeigefinger nach links.

»Und Autofahren kann ich mittlerweile auch, du brauchst mir keine Zeichen mehr zu geben.«

Ich schaute zu ihm rüber. Er hatte die Fahrbahn im Blick, die Kurve, den Wagen vor uns. Und er hatte Bartstoppeln auf seinen Wangen – der beginnende Dreitagebart stand ihm. Er sah so erwachsen aus. Viel erwachsener als früher.

»Entschuldigung«, sagte ich und atmete aus.

»Lass die anderen erst mal reden, bevor du dein Statement abgibst. Und hör hin!«

»Sag mal!«, regte ich mich auf und wusste in dem Moment gleichzeitig, dass er recht hatte. So machte ich es immer – legte mir vorher meine Argumente zurecht und bügelte alle mit einem Vortrag nieder, sobald Widerworte kamen.

»Wir wollen alle dasselbe.«

»Ehrlich?«

»Ja«, sagte er und erklärte nicht, was er damit meinte, sondern schwieg die restliche kurvenreiche Strecke. Jedes Mal, wenn er zu nahe an den Seitenstreifen fuhr, zuckte mein Finger, bis ich mich auf meine Hände setzte. Dann hörte er auf mit den Schlangenlinien. Als hätte er mich provozieren wollen.

Und dann – der Wald lichtete sich, und Kleinfelden lag vor uns, in der Mitte der weiße Kirchturm mit den roten Sandsteinverzierungen. Unerwarteterweise freute ich mich auf einmal, unsere kleine Stadt wiederzusehen. Egal, was im letzten Jahr hier geschehen war, es hatte auch gute Zeiten gegeben.

Wir fuhren am Schwimmbad vorbei, durch die Wohngebiete bis hin zu uns in die Käthchen-Paulus-Straße. Die erste deutsche Berufsluftschifferin und Luftakrobatin. Elena hatte mal ein Referat über sie halten müssen. Monatelang hing damals das Bild von Käthe im Heißluftballonkorb über ihrem Bett, bis das *Highschool-Musical* sie ablöste.

Ich musste das unbedingt noch Gabriel erzählen – ausgerechnet ich hatte in der Straße einer Ballonfahrerin gewohnt.

Vor unserem alten Haus stand ein Wohnmobil. Und die Magnolie war gefällt worden. Was für ein Jammer. Auf der anderen Straßenseite stand bereits Elenas weißer VW Up vor Ludwigs Garage.

Erst mal tief durchatmen. Dann aussteigen. Doch ich blieb sitzen. Ja, ich hatte Angst. Das war alles so unnötig wie sonst was. Konnte Severin nicht einfach …? Aber nein. Er öffnete mir die Tür, ich ergriff seine ausgestreckte Hand und stieg aus.

Auf den Terracottasteinen lagen Grashalme vom Rasenmähen, die Hortensien vor Ludwigs Haus blühten üppig in den unterschiedlichsten Rosétönen. Ich mochte sein Haus, mit dem roten Dach und den Holzfensterläden sah es aus wie eine Kinderzeichnung. Das Türschild war selbst getöpfert, die Klingel leise. Schon öffnete er.

Ich wollte etwas sagen, musste mich aber erst räuspern.

»Wer ist denn schon da?«, brachte ich mühsam raus.

»Hallo, Nelly«, er streckte die Arme aus, umarmte erst mich, dann Severin, der hilflos in seinen großen Armen verschwand.

»Geht ruhig rein, Elena, Viola und Matteo sind bereits da. Ich hole nur schnell Kaffee«, er deutete Richtung Wohnzimmer.

Kaffee? Hatte er nichts Stärkeres? Da war er schon in der Küche verschwunden. Die Terrassentür stand offen, ich folgte Severin zögernd durch Ludwigs Wohnzimmer und erspähte schon von Weitem Elena im Schatten der Markise. Mein Herz schlug wie wild.

»Hallo, Liebes«, sagte ich und trat ins Freie. Sie sah nicht hoch, ich kam noch einen Schritt näher. Jetzt erst konnte ich sehen, was sie so fesselte – Matteo, der ungestört in den Fliesenfugen herumpulte. Mein Kleiner. Es schnürte mir die Kehle zu. Sollte ich es wagen und ihn auf den Arm nehmen? Ob er mich wiedererkennen würde? Oder würde er weinen?

»Hallo, Nelly.«

Ich fuhr herum. Viola. In einem zartgelben Kleid, das wir mal zusammen in Heidelberg gekauft hatten. Sie hielt ein Tablett mit Kaffeetassen vor sich. Matteo lächelte sie an, so, wie er früher auch mich angelächelt hatte.

Wie ein Sohn war er für mich gewesen, und jetzt … Ich grüßte Viola mit matter Stimme, ließ ihr den Vortritt und setzte mich dann auf den freien Stuhl gleich an der Terrassentür, gegenüber von Elena.

Ludwig schenkte allen Kaffee ein, reichte eine Schale mit Keksen herum. Obwohl es sommerlich warm war, umklammerte ich mit kalten Fingern die heiße Tasse. Die Kinder, mein Glück, und Viola, mein Unglück, an einem Tisch zu sehen, überforderte mich. Am liebsten wäre ich sofort aufgesprungen und geflohen, da klingelte es, und Ludwig eilte zur Tür.

Betretenes Schweigen. Viola zog Matteo auf ihren Schoß und gab ihm einen Keks, Elena rührte Milch und Zucker in ihren Kaffee. Sie sah gut aus in ihrer türkisfarbenen Bluse und dem lockeren Haarknoten, den sie modisch ganz oben auf dem Kopf platziert hatte.

»Wo ist denn das Geburtstagskind?«, schrillte da die Stimme meiner Schwiegermutter durch die Stille.

Wenigstens eine, die den wahren Grund für unser Treffen nicht kannte.

»Sina kommt später. Und, Inge – sie hat gar nicht Geburtstag. Das war nur – schau, wer alles da ist!«

Und mit diesen Worten tauchten Ludwig und Inge in der Terrassentür auf.

»Oh Gott«, sagte Inge und fixierte mich mit ihrem stechenden Blick. Sie trug eine Jeans und ein blau-weiß-geringeltes Shirt mit einem Anker aus Glitzersteinen. Die blond gefärbten Haare leicht hochtoupiert, rosa Lippenstift. Perlenohrringe.

Ihr typisches »Freizeit«-Outfit. In meinen jungen Ehejahren hat sie mir ja mal erklärt, wann eine Frau was anzuziehen hat – Kostüm oder Stoffhose, Twinset oder T-Shirt, Cocktailkleid oder Bermuda-Shorts. Jeans hatten immer für »Freizeit« gestanden.

Wieso musste ich jetzt daran denken? Weil sie mich damals bevormunden wollte und es heute nicht mehr konnte? Weil ich nicht darüber nachdenken wollte, was gleich geschehen würde?

Letzteres, eindeutig.

»Cornelia!«, sagte sie und legte ein pinkfarbenes Geschenk auf den Tisch. »Was machst du denn hier?«

»Bitte, setz dich, Inge.« Ludwig legte ein Extra-Kissen für sie auf den Stuhl am Kopfende.

Sofort griff Matteo nach dem Paket, Viola nahm es ihm wieder weg, und er protestierte nölend, bis sie ihm einen weiteren Keks gab.

»Auch einen Kaffee, Inge?«, fragte Ludwig.

»Kaffee um diese Uhrzeit? Soll ich heute Nacht senkrecht im Bett stehen?«

»Ich habe auch entkoffeinierten.«

»Meinetwegen.«

Bevor sie sich setzte, umarmte sie Elena und Severin, sogar Viola. Sie strich Matteo sanft über die Haare, er lächelte sie an. Dann setzte sie sich und strich ihr Shirt glatt.

»Und was soll das jetzt?«

»Es geht um mich«, entfuhr es mir. »Um – mein Verhalten.« Ich setzte mich aufrecht hin. »Als Erstes möchte ich sagen, dass es mir leidtut, wenn ich, völlig ohne Absicht übrigens, irgendjemanden verletzt haben sollte. Aber ich muss auch sagen, dass ich nicht eine einzige Entscheidung bereue.«

»Das sieht dir wieder ähnlich!«, meckerte Inge. »Als ob das ganze Leben nur um dich kreisen würde!«

»Hört auf«, sagte Ludwig und stellte eine Tasse Kaffee vor Inge. »Keine Vorwürfe. Wenn ihr jetzt schon anfangen wollt, okay. Jeder sagt reihum, wie er sich fühlt mit den Entscheidungen, die Nelly getroffen hat. Und die anderen schweigen.«

Er schaute streng in die Runde. So hatte ich ihn noch nie erlebt.

»Wer fängt an?«, fragte er.

Sollte ich mir etwa anhören, was die anderen sagten, ohne mich verteidigen zu können?

»Vielleicht sollte ich …«, begann ich, während die anderen noch auf ihre Hände starrten, auf ihre Kaffeetassen oder den Tisch.

»Nein«, sagte Ludwig.

Was war das, ein Tribunal? Das war nicht mehr der nette Ludwig, der mir die Glühbirnen auswechseln wollte.

»Ist doch alles in Ordnung«, fing Severin an. »Ich kann meine Mutter verstehen. Es fiel mir nur schwer, Abschied von allem zu nehmen. Aber ich finde es toll, wie sie ihr Leben verändert hat. In dem Alter noch mal neu anfangen!«

Ich ignorierte das *Alter* und strahlte ihn an.

»Du hältst ja immer zu Mama«, gab Elena zurück, dann sah sie zu mir. Endlich sah sie mich das erste Mal heute an, ich war glücklich und doch voller Angst, vor dem, was sie sagen würde. Sie lehnte sich zurück, um mehr Abstand zwischen uns beide zu bekommen, und verschränkte die Arme vor dem Bauch.

»Ich finde es scheiße, dass du Papa völlig vergessen willst und jetzt nichts Wichtigeres kennst, als dir einen neuen Mann zu suchen!«

Inge regte sich über das *Scheiße* auf, und fuhr dann fort: »Ich sehe das genauso wie Elena. Du warst gar nicht zurechnungsfähig, als diese Frau aufgetaucht ist und dir weisgemacht hat, du müsstest umziehen!«

»Meinst du Mona?«

»Keine Ahnung, wie sie hieß, diese herrische Blondine, die die ganze Zeit schlecht von Kleinfelden geredet hat. Als ob der Roboter im Lager ihrer Apotheke der Sinn des Lebens sei!« Sie schob die Tasse klirrend von sich, der Kaffee schwappte in die Untertasse. »Bestimmt bereust du deine Entscheidungen, sonst wärst du gar nicht hier.«

»Ich …«

Ludwig unterbrach mich und wies darauf hin, dass jetzt Viola dran sei, doch ich redete einfach weiter. Erinnerte daran, wie schlecht es uns allen nach Martins Tod ging. Wie ich als Wrack die Apotheke managte, bis ich endlich eine Vertreterin gefunden hatte. Und wie ich die Blicke nicht ertrug, die Beileidsbekundungen, das Getuschel auf der Straße. Wie ich gar nichts mehr aushielt und wie ein Stein auf dem Sofa zu Hause lag, niemandem helfen konnte, leider, niemandem, auch nicht mir selber. Aber Mona, die konnte es.

»Mona bot mir einen Ausweg an«, endete ich. »Und wir haben alle gemeinsam darüber entschieden. Nicht ich alleine. Vergesst das nicht.«

»Kleinfelden ohne Martin«, sagte Viola, »wer kann das schon aushalten? Jeder Stein hier erinnert an ihn. Deswegen bin ich auch weggezogen. Wenn der Mann, den man liebt, stirbt …« Ihre Stimme brach. Hatte Ludwig nicht erzählt, sie wäre der Gerüchte wegen gegangen?

»Zum Glück lebt er in seinen Kindern weiter, für Nelly in Elena und Severin und für mich in Matteo.« Sie gab ihm einen Kuss auf die Stirn.

Bei ihr klang das so, als hätten wir uns Martin friedlich geteilt.

»Genauso wie in der Apotheke«, betonte Inge, ohne dass sie dran war, und erntete einen scharfen Blick von Ludwig dafür.

»Martin wollte die Apotheke auch verkaufen«, sagte da Viola, und auf einmal schwiegen wir alle erstaunt und sahen zu ihr hinüber. Matteo streckte erneut die Hände nach Inges Geschenk aus und warf dabei die Kaffeetasse seiner Mutter um. Kommentarlos stellte Viola die leere Tasse einfach wieder hin.

»Er hatte keine Lust mehr. Er meinte, wenn man sie jetzt, wo sie noch viel Geld einbringt, verkauft, wäre es viel besser, als noch zehn Jahre bis zu seiner Rente zu warten, wenn der Onlinehandel alles kaputt gemacht hätte.«

Zu mir hatte er das nie gesagt. Ich dachte, er wollte sich wie ich treu um die Kunden kümmern, die brauchten uns. Mit Martin gemeinsam hätte ich nie verkauft!

»Deshalb hat er sie auch nicht den Kindern vermacht«, sagte Viola. »Er wollte, dass sie ganz unbelastet in ihre Zukunft starten konnten und sich nicht Sorgen um eine schlecht laufende Apotheke machen müssen – und am Ende glauben würden, sie dürften sie aus Pietät nicht verkaufen.«

»Kümmerst du dich jetzt auch noch um seinen letzten Willen, oder was?«, fragte ich aufgebracht.

»Das klingt, als ob Papa gewusst hätte, dass er sterben würde«, rief Elena dazwischen.

»Nein, das wusste er nicht. Aber er hatte das Testament für Matteo ändern lassen.«

»Und warum hat er mir nichts von Matteo erzählt?«, rief ich. »Hat er dir etwa ganz klassisch versprochen, sich scheiden zu lassen? Und dann hat er immer gekniffen?«

»Er wollte dich nicht im Stich lassen.«

»Ach, das ist Unfug. Der hat dir Geschichten erzählt. Im Stich lassen! Der war nur froh, dass ich ihm die Socken gewaschen habe und in der Apotheke immer Verlass auf mich war, wenn er mal wieder in der Mittagspause viel zu lange weg war. Bei dir, nehme ich an. Von wegen, er braucht ein *Mittagsschläfchen.*«

Sie sah betreten zu Boden, dann blickte sie auf: »Er hat sich um dich gekümmert, du hast es nur gar nicht mehr gemerkt. Denk mal an deine Höhenangst!«

»Martin hätte die Apotheke nie verkauft«, meldete Inge sich zu Wort. »Er wusste, was von ihm erwartet wurde.«

»Hätte er sie bis zum Ruin behalten sollen?«, fragte Viola.

»Die Apotheke war Familienerbe, so etwas wirft man nicht weg. Niemals!«

»Dann kauf sie dir zurück und such einen Pächter.«

»Was?«

»Na, wenn du sie unbedingt haben willst! Bitte schön, tu dir keinen Zwang an. Warte einfach noch ein paar Jahre, bis der Preis sinkt.« Viola grinste mir zu. Ja, es war lustig, was sie sagte, aber ich grinste nicht zurück.

»Martin wollte sein Leben ändern!«, ergänzte Viola mit Nachdruck.

»Er hätte ruhig früher damit anfangen können«, sagte ich verächtlich, »Er war so ein Pascha. Ein müder alter Mann. Ausgetobt hat er sich dann wohl bei dir. Unser Leben war langweilig geworden. Echt, ich vermisse Martin kein bisschen. Du hättest ihn ruhig haben können.«

»Das meinst du doch nicht ernst, Mama!«

»Doch, Elena. Euer Vater, der war schon lange gar nicht mehr richtig da gewesen. Ich hatte nur nicht gewusst, was los ist. Ich dachte, er wird alt. So das Typische, dass Männer, wenn sie sich neu verlieben auf einmal Sport treiben und abnehmen, das hat er leider ausgelassen.«

»Aber Papa …«

»Elena, du kannst es nicht ändern. Papa hat Mama einfach schlecht behandelt«, mischte Severin sich ein. »Er hat sie betrogen. Was für ein Scheißkerl!«

»Severin!«, rief ich erstaunt.

»Ist doch wahr! Du hast gar nicht mehr gemerkt, wie schlecht er dich behandelt hat. Er musste nur mit der

Wimper zucken, und du bist gerannt. Wann hat er denn mal was im Haushalt gemacht? Immer war er unterwegs, zu Kunden oder bei Freunden oder was weiß ich. Mir war nicht klar, dass er Mama betrügt, aber dass er sie ungerecht behandelt hat und die ganze Hausarbeit an ihr hängen blieb und er sich immer beschwert hat, wir Kinder würden dir nicht genug helfen, das habe ich sehr wohl gesehen. Dabei hat er noch nicht mal seine Kaffeetasse selber in die Spülmaschine geräumt.«

»Er musste arbeiten!«, rief Inge.

»Oma!« Severin wies mit dem Kopf zu Matteo, der mittlerweile laut brummend mit einem kleinen Holzauto auf dem Tisch herumfuhr. »Nennst du das etwa Arbeit?«

Inge schnappte nach Luft.

»Jetzt bist du dran, Inge«, sagte Ludwig.

Sie stand auf. »Ihr solltet euch schämen, so über euren Vater zu sprechen!«

Dann drängte sie sich an Ludwig vorbei zurück ins Wohnzimmer.

»Oma!«, rief Elena und rannte Inge hinterher.

Viola setzte Matteo auf den Boden, er ging ein paar Schritte und reckte dann die Arme, sodass Severin ihn hochhob. Wieder wurde mir eng im Hals. Beide hatten diesen Wirbel mitten über der Stirn, der den Pony abstehen ließ. Die gleichen grauen Augen.

»Martin wollte sich mit dir nicht streiten«, sagte Viola mitten hinein in meine Gedanken.

»Wie bitte?«

»Du bist so dominant! Hast ihm nie eine Chance gelassen.«

»Wer bist du, die große Familienversteherin? So was Verlogenes!«

»Du hast Martin doch gar keinen Raum gelassen!«

»Jetzt fang nicht wieder damit an, und schieb mir die Schuld für alles in die Schuhe. Das ist deine Wahrheit, aber nicht meine.«

Ich stand auf, ich hatte genug. Brachte ja doch nichts.

»Ich muss mal hier raus.«

»Gehst du?«, fragte Severin und reichte Viola ihren Sohn.

»Nur ein bisschen spazieren, das ist alles.«

Er folgte mir. »Kann ich mitkommen?«

Ich nickte.

28

Auf der Straße ging mein Blick unwillkürlich zu unserem alten Haus. Wehmut überkam mich. Wehmut, nicht nur nach der gefällten Magnolie, sondern nach den guten Zeiten, die wir hier verlebt hatten. Jeden Stein hatten wir gemeinsam geplant, den Wintergarten, die Sträucher im Garten. Dort, wo einst eine Schaukel gestanden hatte, machte sich jetzt ein Trampolin breit. Ein Hund bellte auf einmal, wir wandten uns ab.

Wir liefen auf der Straße an der Gärtnerei vorbei, bis wir aufs offene Feld kamen. Unwillkürlich atmete ich auf, als wir im Freien waren, das Dorf mit all seinen Erinnerungen hinter uns gelassen hatten.

»Wenn Papa dich nicht betrogen hätte, wärest du dann auch weggezogen?«

Ich musste schlucken. »Keine Ahnung, Severin. Darüber habe ich noch nie nachgedacht.«

»Ich denke, du wärst hiergeblieben. Und deshalb ist Viola an allem schuld, und nicht du.«

Ich schaute ihn an. »Das ist lieb von dir, Severin.«

»Ich finde, Papa hat sich wie der letzte Scheißkerl verhalten.«

»Severin!« Solche Sätze war ich von ihm gar nicht gewöhnt.

»Ist doch wahr. Vater werden und es verstecken. War er

jemals da, wenn Matteo nachts schrie und gewickelt oder gefüttert werden musste? Nein, da lag er brav bei dir und bekam am Morgen noch seinen Kaffee ans Bett gebracht.«

Ich seufzte.

»Mich hat Papa auch nicht leiden können. Ich sei eine Enttäuschung, hat er mal zu mir gesagt, hast du das gewusst? Und das nur, weil ich die Mülltonnen nicht an die Straße gebracht hatte. Weil ich nicht Pharmazie studieren wollte. Oder aus irgendeinem anderen Grund, keine Ahnung. Nie hat er gefragt, wie es mir geht, wofür ich mich interessiere, immer ging es nur um Elena oder die Apotheke.« Er stieß einen harten Erdklumpen mit dem Fuß wie einen Fußball. »Dabei war *er* eine Enttäuschung.«

Ich wusste, dass er recht hatte. Aber wie sollte ich ihn trösten? Lügen? Das kaufte er mir nicht ab.

»Mich hast du noch nie enttäuscht.«

»Mama, von dir rede ich ja auch gar nicht.«

Es klang, als ob ich nicht zählen würde. Väter waren für Söhne einfach wichtiger als Mütter.

Er legte den Arm um mich und drückte mich im Gehen an sich. »Und dich hat er auch enttäuscht.«

Wir gingen weiter übers offene Feld. Reiter kamen uns entgegen, die Spreu des frisch geernteten Weizens lag in der Luft, alles schien friedlich. Unwillkürlich wählten wir den vertrauten Weg, den wir früher oft gegangen waren, als die Kinder noch mit uns nach draußen gingen, mit Puppenwagen oder Ritterrüstung, später mit Pflanzenbestimmungsbuch und Lupe. Erst auf dem Nachhauseweg fiel mir auf, dass es ein Fehler war, auf diesem Weg ins Dorf zurückzugehen.

Denn wir kamen am Haus meiner Schwiegermutter vorbei.

Wie befürchtet stand sie mitten auf der Straße und unterhielt sich mit ihrer Nachbarin. Als wir näherkamen, huschte die in ihren zugewachsenen Vorgarten.

Inge blieb wartend stehen.

»Du weißt gar nicht, wie gut du es hast«, rief sie mir entgegen.

Ich – sollte es *gut haben*? Drehte sie jetzt völlig durch?

»Dein Sohn lebt noch. Den Tod des eigenen Kindes zu erleben ... das ist das Schlimmste, das einem passieren kann. Glaube mir.«

Ich sah zu Severin und stellte mir vor, er wäre ... ich konnte es nicht. Nicht mein Junge, er war noch so jung und hatte sein Leben vor sich ...

»Ich hätte sterben sollen, ich bin alt und nutzlos. Nie wird er sehen, was aus seinen Kindern wird. Seinen Enkeln ...« Inge brach die Stimme.

Severin berührte sie an den Schultern, dann umarmte er sie. »Oma, ist schon gut.«

Wie innig sie dastanden, und noch immer erschreckte mich der Gedanke, Severin sterben zu sehen. Oder Elena. Das wollte ich nie erleben, nie, das könnte ich nicht aushalten, sie waren das Wichtigste ...

Auch für Inge hatte Martin immer an erster Stelle gestanden, das wusste ich, schließlich hatte ich darunter oft leiden müssen. Ihr Mann, Martins Vater, war auch jung gestorben, wie Martin in seinen Fünfzigern. Ich dachte immer, sie hätte ihn so verzogen und vergöttert, weil es ihr Charakter wäre.

Dass sie es tat, weil sie ihren Mann vermisste, auf die Idee war ich nie gekommen. Aber jetzt, jetzt sah ich es überdeutlich, denn auch ich könnte heute zu Severin nicht mehr so streng wie früher sein. Einfach weil ich froh war, dass es ihn noch gab. Weil der Tod Einzug gehalten hatte in unsere Familie und man sich vor ihm schützen musste. Zusammenhalten.

Inges Augen glitzerten. »Alles würde ich hergeben, die Apotheke, mein Leben, nur um ihn wiederzubekommen.«

»Ich dachte …«, fing ich an, biss mir dann aber auf die Zunge. Es ging hier nicht darum, recht zu haben. Endlich sagte Inge, was sie wirklich fühlte. Der Kampf um die Apotheke war anscheinend nur vorgeschoben gewesen. Sie trauerte nicht um sie, sondern um Martin. Die Apotheke war nur das Symbol gewesen.

Ja, Martin würde nie erleben, dass Severin Arzt werden würde oder Elena in der Entwicklungshilfe arbeiten würde, ihr Kindheitstraum. Er würde nie Großvater werden. Elena und Severin hatten oft nach Martins Vater gefragt, was er für ein Mann gewesen war. Ob er auch so viel wie Martin gearbeitet hätte, sie wollten seine Hobbys und Interessen wissen, hatten nach Familienähnlichkeiten gesucht und einen Opa gebraucht wie ihre Freunde ihn hatten, mit viel Zeit zum Basteln und Fußball gucken und Eis essen gehen.

Mein eigener Vater war dazu immer zu weit weg gewesen.

Tränen krochen mir den Hals hoch. Bislang hatte ich mich immer nur über Martins Betrug aufgeregt. Über Viola und Matteo, und alles, was damit zusammenhing.

Aber jetzt …

Ich ging auf Severin und Inge zu, legte ihm eine Hand auf die Schulter, ihr die andere. Eine Weile standen wir so da, dann zückte Inge ein Stofftaschentuch mit einer Häkelspitze, wischte sich die verlaufene Schminke weg, richtete sich auf und ließ uns los, um ihr Shirt gerade zu ziehen. Dann ging sie wortlos ins Haus.

»Es tut mir leid.« Ich lief ihr hinterher. »Wegen der Apotheke. Mir war nicht klar gewesen, wie wichtig sie für dich war.«

Sie sah mich streng an. »Du hast mich noch nie verstanden, Cornelia. Jetzt ist es auch egal. Ich bin alt und sterbe bald, und du lebst dein neues Leben.« Sie seufzte. »Und keine Angst, ich habe einen Gärtner für Martins Grab beauftragt, und für die Zeit nach meinem Tod ist alles Finanzielle in meinem Testament geregelt.«

Ich schluckte. »So schnell stirbst du schon nicht, Inge. Wir sehen uns bestimmt bald wieder.«

Sie schüttelte den Kopf, winkte Severin kurz zu, dann verschwand sie in ihrem riesigen Haus.

Und ich stand dort und hatte das erste Mal das Gefühl, meine Schwiegermutter verstanden zu haben.

Elena war weg, als wir wieder bei Ludwig waren, genauso wie Viola und Matteo. Ganz alleine schürte er den Grill ein und hoffte wohl, dass wir alle zurückkämen.

»Dein Treffen war eine gute Idee«, tröstete ich ihn. »Ich glaube, sie hatten recht. Es war falsch, was ich gemacht habe.« Der Gedanke hatte mich seit dem Streit mit Elena an Martins Todestag nicht losgelassen.

»Ehrlich?« Ludwig stutzte und stellte den Brennspiritus zur Seite. »Eigentlich wollte ich, dass sie dich endlich unterstützen!«

»Das ist lieb von dir, Ludwig.«

»Du bist in München richtig aufgeblüht!« Er räusperte sich und flüsterte dann: »Erst dachte ich ja, es läge an mir. Aber der Typ mit dem Heißluftballon ist doch auch recht nett. Nur der Anwalt, ich bitte dich!«

»Ach Ludwig.«

»Du machst das schon richtig«, sagte er.

»Es ging nur alles so schnell, dass keiner mitkam«, mischte Severin sich ein. »Ich habe es noch nicht mal geschafft, ein Foto von Papa anzugucken, ohne zu weinen und mich elend zu fühlen, und du krempelst dein Leben von einem Tag auf den anderen um, kaum dass Mona die Idee mit der neuen Stelle in München auch nur erwähnt hatte.«

»Ganz oder gar nicht«, sagte Ludwig. »So ist deine Mutter eben.«

»Ich habe es hier einfach nicht mehr ausgehalten.«

»Du hast uns überfordert.«

Betroffen sah ich ihn an. »Und jetzt?«, fragte ich.

»Sagst du es allen.«

»Aber sie sind doch gegangen!«

»Na und.« Severin zog sein Telefon hervor und schaffte es tatsächlich, dass sie alle zurückkamen, Inge, Viola und Matteo und sogar Elena.

Eine halbe Stunde später saßen wir alle wieder um den Tisch, Ludwig hatte uns Bier eingeschenkt und Laugenstangen hingestellt, und die Grillkohle glühte langsam. Matteo saß mir gegenüber auf Severins Schoß und malte mit dicken Wachsmalstiften in einem Malbuch. Ich konnte meinen Blick nicht von ihm wenden, während mich die anderen erwartungsvoll anschauten.

Severin hatte sie damit hergelockt, dass ich ihnen etwas sagen wollte. Sollte, wäre wohl korrekter gewesen. Aber es fiel mir schwer, die ersten Worte zu finden. Severin nickte mir aufmunternd zu, und ich atmete einmal tief durch.

»Entschuldigung«, sagte ich stockend. »Ich … ich verstehe jetzt, dass es euch zu schnell ging. Dass auf einmal nicht nur Martin weg war, sondern auch die Geborgenheit eines Elternhauses. Der tröstliche Anblick der Apotheke, die nicht nur sein Erbe, sondern auch das seines Vaters war. Deines Mannes, Inge.« Ich schaute sie an, sie nickte mir zu. »Ich … ich habe … ich konnte nicht … es tut mir leid, wirklich. Aber ihr wisst ja, das ist alles eingelagert. Ein ganzer Container voller Erinnerungen an euren Vater.«

Da steckte Matteo beim Malen den Stift in den Mund. Das war bestimmt nicht gut für ihn, doch bevor ich was sagen konnte, gab Viola ihm einen Schnuller.

»Du hast die Sachen aufgehoben?« Elena richtete sich auf.

»Ja, in München, das hatte ich erzählt.«

»Ich höre das erste Mal davon.« Kurz schob sie die Lippe vor, aber dann lächelte sie mich zaghaft an. »Sonst wirfst du doch immer alles weg.«

»Dieses Mal nicht. Ich konnte es nur nicht mehr

sehen. Was weggeworfen wird oder nicht, das können wir später gemeinsam entscheiden.«

»Da muss ich hin«, sagte sie, und Severin nickte ihr aufmunternd zu.

»Das hättest du Elena wirklich früher sagen können, Cornelia! Das Kind hat so gelitten«, sagte Inge.

Ich wollte mich gerade erneut verteidigen, als mich Viola unterbrach.

»Ich vermisse dich«, sagte sie und schaute mich noch nicht mal an dabei. Wieso war sie überhaupt hier, ich hatte überhaupt keinen Grund, mich bei ihr zu entschuldigen. Aber dann fiel mir ein, dass Ludwig es sich ja andersherum gedacht hatte – dass die anderen verstehen sollten, warum ich wie gehandelt hatte. Und Viola? Er wusste, wie sehr sie mich verletzt hatte. Es tat weh, sie zu sehen, es riss doch nur neue Wunden auf, anstatt sie zu heilen.

»Ich vermisse meine beste Freundin«, sagte Viola und hob einen der Malstifte von Matteo auf, die er gelangweilt über den Tisch kullern ließ. »Ich weiß, das klingt komisch, weil ich dich so belogen habe. Ich war schlecht zu dir, aber du warst immer gut zu mir, Nelly.«

Das kam unerwartet. »Danke«, sagte ich, mehr nicht. Hatte ich sie vermisst? Nicht einen Moment. Da waren zu viel Ärger und Wut und Schmerz gewesen.

»Ich möchte mich auch bei euch allen entschuldigen«, sagte sie. Schon wieder. Sich zu entschuldigen war ihr neuestes Hobby.

»Du hast mir ein weiteres Enkelkind geschenkt, du brauchst dich nicht entschuldigen«, sagte Inge.

Elena, die beobachtete, wie ihre Oma Viola die Hand auf den Unterarm legte, schaute zu mir. Ich versuchte, sie anzulächeln.

Sie erwiderte das Lächeln nicht, schaute aber auch nicht weg. »Und du hast nie was gemerkt, Mama?«, fragte sie. Und das, obwohl Viola direkt neben ihr saß.

»Nein. Dazu hatte ich viel zu viel Vertrauen zu Martin. Anfangs hat mich das sehr geärgert – ich, die ich in der Apotheke immer alles so genau kontrolliere, schaue ausgerechnet zu Hause nicht genau hin. Aber jetzt denke ich, mein Vertrauen, das war eben meine Art, meine Liebe zu zeigen. Denn ich habe Martin geliebt, bis zum letzten Atemzug.«

Nur danach nicht mehr, wollte ich noch sagen, verkniff es mir aber.

»Und ich dachte, er würde mich genauso lieben. Ich fand unsere Ehe gut. Wir haben uns verstanden. So viele Jahre gemeinsam, die schweißen einen doch zusammen.« Tränen schnürten mir die Kehle zu. Ich ließ den Kopf sinken, räusperte mich, wollte nicht weinen. Nicht um Martin.

Aber dann brach lautes Schluchzen aus mir heraus. Ludwig legte seine Hand auf meinen Rücken, Inge reichte mir ein frisches Stofftaschentuch. Stühle ratterten auf den Fliesen, Schritte, Gemurmel, Genöle von Matteo. Als ich mich beruhigt hatte und wieder aufsehen konnte, waren Viola und er verschwunden.

29

Severin brachte mich wieder nach Hause. Er war ganz aufgekratzt und erzählte die ganze Zeit von Sarahs Schwierigkeiten, ein Zimmer in einer WG zu finden. Zwischen den Zeilen klang durch, dass er überlegte, ob sie zusammenziehen sollten, aber wie es so seine Art war, sprach er es nicht aus. Ich war mit meinen Gedanken eher bei Elena als bei Sarah und hielt mich mit Ratschlägen zurück.

Sie hatte mich zum Abschied umarmt, aber so richtig mit mir geredet hatte sie noch immer nicht. Vieles war heute klargestellt worden, ich konnte Inge besser verstehen und Severin und Elena auch. Aber Elena war immer noch so verschlossen und unversöhnlich.

Umso einsamer fühlte ich mich, als ich in München die Tür zu meiner Wohnung aufschloss und das Licht überall anmachte. Es war Samstagabend, ziemlich spät. Gabriel musste das ganze Wochenende Ballon fahren. Er hatte mir vorher angeboten, eine Fahrt abzusagen, aber das wollte ich nicht. Das war sein Job, und der war wichtig. Ich würde das bis Sonntagnachmittag, wenn er wieder in München war, schon alleine hinkriegen.

Theoretisch ist man ja immer stärker als in der Praxis, oder? Ich fühlte mich schlecht, richtig schlecht. Mona und Kurt besuchten in Bayreuth die Opernfestspiele, und so klingelte ich erst bei Thea, und, als diese nicht da war, bei Rainer und Arndt. Obwohl es bereits nach elf war, konnte ich Musik und Gelächter durch die Tür hören. Bloß nicht alleine sein.

Die Ärmsten mussten dann bis weit nach Mitternacht meinen Monolog über meine Familie aushalten, in dem ich mich abwechselnd beschwerte und dann über meine Fehlentscheidung beklagte. Aber sie verstanden mich, verstanden jeden meiner Schritte und hörten einfach nur zu, die Guten.

»Manchmal ist es einfach so, dass deine Familie kein Verständnis für deine Entscheidungen hat«, sagte Arndt abschließend und schaute Rainer dabei lange an.

Sie hatten bestimmt viel schwerere Zeiten als ich durchgemacht, ihr Verständnis war Balsam für meine Seele.

Am Sonntag dann, ich lag noch im Bett und las Zeitung, rief Elena an. Ich musste zweimal hinschauen, um mir sicher zu sein, aber ja: Da stand ihr Name auf dem Display.

»Hallo, Liebes«, begrüßte ich sie mit zitternder Stimme.

»Hallo, Mama«, antwortete sie ernst. »Sag mal – kann ich – dich nicht mal besuchen kommen?«

»Elena, du kannst immer kommen, jederzeit«, *das ist dein Zuhause*, hätte ich beinahe noch angefügt, aber das war es nicht. Es war eine fremde Wohnung für sie. Langsam erkannte ich ihre Probleme.

»Geht es dir nicht gut, ist irgendwas?«, fragte ich besorgt.

»Nein, Mama«, ich hörte ihr Grinsen. »Ich möchte dich nur einfach gerne besuchen. So für ein oder zwei Tage. Mir Papas Sachen im Lager anschauen, Monas Apotheke, einfach alles.«

»Das ist eine tolle Idee, Liebes.« Mein Herz schlug vor Freude Purzelbäume. Elena wollte mich besuchen und mein Leben, meinen Alltag kennenlernen!

»Wann?«, fragte ich ungeduldig.

»Konstantin und ich sind ja gerade unterwegs nach Kroatien, das hatten wir nur wegen Ludwigs Einladung um einen Tag verschoben.«

Das hatte ich gar nicht gewusst. Dann musste ihr das Wiedersehen mit mir wirklich wichtig gewesen sein. Noch ein Grund mehr, sich zu freuen!

Ich schnappte mir meinen Kalender, und wir vereinbarten ihren Besuch für Mitte August.

Als Gabriel dann von der Ballonfahrt zurück war, brachte er mir einen Strauß Sonnenblumen mit und Apfelkuchen vom Café. Offensichtlich befürchtete er, es würde mir nicht gut gehen. Doch durch das Telefonat mit Elena hatte sich alles geändert.

»Du bist eine so mutige und starke Frau«, sagte Gabriel, als ich mit meinem Bericht geendet hatte, und küsste mich zart.

»Findest du?« Das hatte noch nie jemand zu mir gesagt.

»Du hast so viel geschafft in diesem Jahr. Alleine dieses Treffen in Kleinfelden! Sich so einer Begegnung auszusetzen. Der Frau, die deine Ehe zerstört hat. Deinem Schwiegermutterdrachen, den beleidigten Kindern … Das macht nicht jeder.«

»Du willst mir ja nur schmeicheln, damit ich doch noch mit dir Ballon fahre.«

»Das stimmt«, antwortete er und küsste mich leidenschaftlich.

Die Zeit bis zu Elenas Besuch verging wie im Fluge. Mona und Kurt waren eine ganze Woche in Bayreuth, danach fuhr Tereza mit ihren Kindern für zwei Wochen zu ihren Großeltern nach Spanien, dazu die ganzen Urlaube der anderen Mitarbeiter, da war viel zu tun in der Apotheke.

An einen eigenen Urlaub hatte ich auch schon gedacht, vielleicht im Herbst. Nicht alleine, natürlich. Aber dazu müsste ich den Kindern von Gabriel erzählen …

Obwohl ständig Gewitterfronten über Bayern hinwegzogen, sah ich ihn kaum. Zum einen war da die Bearbeitung seines neuen Krimis rund um das wunderschöne alte Gemälde, zum anderen unternahm er viel mit Marlene, die ja jetzt Sommerferien hatte. Einmal kam ich mit, wir fuhren nach Günzburg ins Legoland. Marlene war ein Wirbelwind, sie hatte noch eine Freundin dabei, und gemeinsam hielten die beiden uns ganz schön auf Trab.

Es war erstaunlich, wie locker Gabriel und seine Kinder damit umgingen, dass er eine Freundin hatte. Mir klopfte anfangs immer das Herz bis zum Hals, wenn ich sie traf, aber sie freuten sich alle so, dass ich mich sofort aufgenommen fühlte. Sogar Carl mochte mich, wenn Gabriel ihn abends noch mal im Kinderwagen durch Sendling schob, damit er besser einschlief.

Natürlich erinnerte Carl mich an Matteo, und zum

Ersatz knuddelte und spielte ich mit Carl, so oft ich nur konnte, aber ich ließ ihn nicht ganz so nahe an mein Herz wie Matteo. Ich hatte dazugelernt. Auch, wenn ich glücklich mit Gabriel war, wer wusste, wie es weitergehen würde.

Elena und Severin jedenfalls durften erst mal nichts von meiner Beziehung zu Gabriel wissen. Wenn ihnen bislang alles zu schnell gegangen war, wollte ich sie nicht weiter überfordern. Und daher bat ich Gabriel auch, während Elenas Besuch nicht vorbeizuschauen.

»Ehrlich?«, fragte er da und zog belustigt die Augenbrauen hoch, und ich war mir nicht sicher, ob er sich daran halten würde.

Dann war es so weit. Mona bestand darauf, dass ich mir die zwei Tage freinahm. Ich war so nervös, dass ich vorher zum Frisör ging und die gesamte Wohnung putzte. Als ob Elena die Wollmäuse unterm Sofa jemals auffallen würden.

Die erste Minute war irgendwie komisch. Erst, als ich sie umarmte und sie sich an mich kuschelte, mich festhielt, dann ein »Entschuldige, Mama. Ich glaube, ich habe es übertrieben« murmelte, war alles wieder in Ordnung, und als wir losließen, wischten wir uns beide über die Augen und mussten lachen.

Ich zeigte ihr noch mal in Ruhe die Wohnung, erklärte, warum ich mir ein neues Schlafzimmer gekauft hatte und warum keinen neuen Schreibtisch. Und wir stellten amüsiert fest, dass wir bei Ikea die gleichen Sofakissen gekauft hatten.

Sie war auf einmal so gelöst und locker drauf. Als wir uns nachmittags auf den Weg in die Stadt und in die Apotheke machten, hatte sie mich noch nicht einmal kritisiert. Auch ich hielt mich zurück, wollte nicht die Mutter raushängen lassen, die alles besser wusste. Im Hofgarten tranken wir Kaffee, und dann ging es mit der Tram zur Apotheke.

»Mann, das ist ja cool.« Ehrfürchtig stand sie vor Carson und beobachtete, wie der Greifarm eine kleine, weiße Packung aus einer der oberen Schubladen holte und sie auf ein Tablett legte, das automatisch nach unten gefahren wurde, sich zur Seite drehte und die Packung auf ein Förderband legte. »Und das Band bringt es jetzt nach vorne zu den Bedientheken?«, fragte sie. »Mama, da brauchst du wenigstens keine Joggingschuhe mehr zur Arbeit anziehen.«

Mona und ich grinsten uns an. Ich trug aus Gewohnheit noch immer Sportschuhe, aber Mona lief meistens in schicken Pumps und feiner Stoffhose zum gelben Apothekenshirt herum und nicht in weißer Jeans wie ich.

Auf einmal war Adrian ständig hinten und prüfte überflüssigerweise die bestellten Medikamente im Regal, bis ich ihm Elena vorstellte und er rot wurde.

Gestenreich erklärte er dann, wie er den Ausfall von Carson bewältigt hatte.

»Kein Wunder, dass du das alleine machen musstest«, sagte sie und grinste. »Meine Mutter hat Höhenangst.«

Erstaunt sah Adrian zu mir rüber. Oh, Elena! Ich hätte sie … Aber ich lächelte nur höflich und lotste Elena in die Teeküche.

»Musst du mich so bloßstellen?«

»Sag bloß, er weiß gar nicht, warum er stundenlang die Leiter raufklettern musste?« Sie griff in die Keksdose auf der Anrichte. »Schick hier. Viel größer als bei uns.« Kauend schaute sie sich in der Teeküche um. »Zehn Spinde? Ihr seid hier zehn Leute?«

»Elf sogar. Mona und ich teilen uns einen Spind, die Firma hat Lieferschwierigkeiten.«

Gebannt lauschte sie meiner Erläuterung, wer welche Aufgaben zu erledigen hatte.

»Dich nur um die Patienten kümmern zu dürfen – das hat dir ja früher oft gefehlt«, sagte sie dann nachdenklich.

Dass ihr das aufgefallen war. Ich nickte und nahm mir vor lauter Rührung auch einen Keks.

Elena liebt chinesisches Essen, und so führte ich sie abends in ein Restaurant im Gärtnerplatzviertel, das Mona mir empfohlen hatte. Es war sehr klein und stilvoll eingerichtet, dunkles Holz, rote Tischdecken, weiße Orchideen auf den Tischen.

Und dort fragte ich sie, was ich sie schon die ganze Zeit fragen wollte: Warum sie mich besuchte. Was sich geändert hätte, auf einmal.

»Gar nichts. Oder besser: alles.« Sie schob die Orchidee an sich heran und drehte sie auf einmal hin und her. »Ich glaube, ich habe einfach nur Zeit gebraucht, um alles zu verarbeiten. Mal in Ruhe nachdenken. Nicht nur mit Oma Inge zu reden, sondern auch mit Oma Jutta.« Sie seufzte. »Und mit Ludwig. Ehrlich, ich glaube, das hat mir am meisten gebracht. Während Oma Inge sauer auf dich ist und Oma Jutta meinte, es sei zu spät, sich überhaupt über irgendetwas aufzuregen, war Ludwig auf mich sauer.«

Jetzt sah sie zu mir. »Er hat dich unglaublich verteidigt. Und ihr seid wirklich nur Freunde?«

»Ja«, konnte ich zum Glück guten Gewissens sagen. »Ludwig ist ein guter Kerl.«

»Finde ich auch.«

Eine junge Chinesin brachte uns zwei Bambuskörbchen, in denen für Elena gebratene Gans und für mich gedünsteter Fisch auf Gemüse angerichtet sehr verführerisch duftete. Wir probierten, und es schmeckte sogar noch besser, als es aussah.

»Ich habe dich vermisst, Mama«, sagte sie. Mir schossen die Tränen in die Augen, und ich legte meine Hand auf ihre.

»Ich auch, Elena. Ich bin so froh, dass du wieder mit mir redest, ich habe es überhaupt nicht mehr ausgehalten.«

»Und warum hast du dann auf einmal aufgehört, mich anzurufen?«

»Gab …« Beinahe hätte ich mich verplappert und Gabriels Namen gesagt und räusperte mich, um es zu vertuschen. »Ich wollte dich nicht drängen.«

»Ich fing schon an, mir Sorgen zu machen«, meinte Elena. »Aber Severin hat mich dann beruhigt.«

Wieder drückte ich ihre Hand und war so stolz auf sie, auf Severin, auf mich. Wir hatten diesen Streit echt gut gelöst. Ich musste Gabriel unbedingt sagen, wie hilfreich sein Rat gewesen war.

»Was unternimmst du eigentlich so alleine in der Stadt?«, fragte Elena da mit vollem Mund.

Und ich zählte von den Radtouren über die Vernissage bis hin zu Gabriels Lesung alles auf, nur mit wem ich das alles erlebt hatte, das ließ ich einfach aus.

»Klingt, als hättest du viel Spaß gehabt!«

»Ja. Und das alles in den wenigen Monaten. Früher sind wir zwar Skifahren oder in Sommerurlaub gefahren, aber den normalen Alltag, den bestimmte die Apotheke. Und das finde ich einfach so toll hier, es ist immer was los.«

»Und du hast die Zeit, es auszunutzen.«

»Genau!«

»Ich weiß gar nicht, wieso ich wollte, dass du in Kleinfelden bleibst. Ich glaube, ich … habe einfach nur an mich gedacht. Wie so ein Kleinkind wollte ich, dass alles bleibt, wie es war.«

Ich atmete tief durch.

»Und du, du bist hier so glücklich«, setzte Elena fort, »aber ich konnte das einfach nicht sehen.«

»Wichtig ist doch nur, dass du es jetzt siehst.«

Ihr Blick, dieser dankbare Blick voller Liebe und Verbundenheit, der entschädigte mich für alles, was wir bislang miteinander erlebt hatten.

Der Abend wurde noch lang und lustig, wir erzählten uns Familienanekdoten, und als wir wieder in der Danklstraße waren, war ich nur noch müde und glücklich.

Am nächsten Morgen lag ein schwerer Weg vor uns, doch gemeinsam meisterten wir ihn: den Besuch im Self-

Storage-Lager, um Elena Martins alte Sachen zu zeigen. Direkt nach dem Frühstück fuhren wir mit Elenas Wagen in das Gewerbegebiet im Münchner Süden.

Hinter einer blauen Tür in einem sehr aufgeräumten Betongebäude verbargen sich in Kisten verpackt seine Schulzeugnisse genauso wie seine Bücher, die Apothekengefäße seines Großvaters und die Golfschläger. Elena weinte viel und klammerte sich an mich, aber sie schaffte es. Soweit es möglich war, schaute sie in die Kisten und Schränke, und am Schluss nahm sie die Tasse mit, die sie für ihn getöpfert hatte und aus der er immer seinen Kaffee getrunken hatte. Wie einen Schatz hielt sie die Tasse fest und schaute mich dabei überglücklich an.

Dann ließ ich für sie und Severin Schlüssel zum Lager nachmachen, damit sie jederzeit Zutritt hatten, und wir fuhren zu einem Café, von dem ich mir sicher war, dass es Elena aufheitern würde.

Sie hat schon immer nicht nur gerne Tassen getöpfert, sondern auch sonst voller Hingabe gebastelt, genäht, gestrickt. Und sie liebte schöne Dinge. Daher ließen wir uns vom Navi in die Parkstraße bringen, in der in einem ehemaligen Kurzwarenladen das wunderschöne *Café Marais* untergebracht war. Knöpfe konnte man zwar keine mehr dort kaufen, aber die alte Einrichtung war noch vorhanden, und umgeben von Flohmarktsachen und Antiquitäten stärkten wir uns bei Safranrisotto und Apfeltarte.

Sie war so begeistert, dass sie eine Hand aus Porzellan kaufte, um ihre Ringe und Armbänder daran aufzubewahren. Die Hand war antik und etwas angeschlagen, aber

Elena sagte, dass sie sie immer an den heutigen Vormittag erinnern würde.

Auf dem Nachhauseweg ergatterten wir einen Parkplatz nicht weit von meinem Haus und liefen Arm in Arm zurück. Jetzt war der richtige Zeitpunkt, ihr die Fotoalben mitzugeben, sie freute sich sehr. Später dann würde sie heimfahren, und ich genoss jede Minute mit ihr.

Vor dem Haus stand Gabriels Rad. Wieso hielt er sich nicht an meine Bitte? Was würde Elena zu ihm sagen? Ich ging die Treppe mit so viel Angst hoch, dass ich völlig außer Atem oben ankam. Von Gabriel keine Spur.

Elena hatte nichts gemerkt. Doch die ganze Zeit lauschte ich, ob ich ihn vor der Tür hören würde, damit ich ihn noch vor dem Klingeln abwimmeln könnte. Aber da war nichts, und allmählich atmete ich auf.

Elena und ich verstanden uns auf einmal so gut, das wollte ich auch auf keinen Fall durch das Geständnis, einen Freund zu haben, riskieren.

30

Die Sonne über dem Kleinhesseloher See im Englischen Garten umhüllte uns mit ihrer Wärme. Gabriel ruderte das türkisfarbene Boot so ruhig über das glitzernde Wasser, dass ich mich entspannt zurücklehnen und die Fahrt tatsächlich genießen konnte. Richtig geborgen fühlte ich mich.

Eingestiegen war ich bereits an Land, er hatte dann das Boot ganz sanft ins Wasser geschoben. Ob ihm bewusst war, dass ich auch davor früher Angst gehabt hatte?

»Wieso stand dein Rad eigentlich gestern bei mir vor dem Haus, als meine Tochter zu Besuch war?«, fragte ich, hielt mich an einer Seite fest und beugte mich vorsichtig zur anderen, um das Wasser berühren zu können. »Du hast mir einen ganz schönen Schrecken eingejagt.«

»Ach Nelly.« Sein Hemd stand offen, und ich konnte sehen, wie sich seine Muskeln beim Rudern bewegten. Er sah so verdammt gut aus. »Keine Angst, dein Geheimnis ist bei mir gut aufgehoben. Selbst wenn ich euch begegnet wäre, hätte ich so getan, als wärest du Luft für mich.« Er grinste so stark, dass seine Grübchen erschienen. Immer ein Zeichen dafür, dass er mich nicht ernst nahm, und ich spritzte ein wenig Wasser in seine Richtung, ohne ihn zu treffen. Sein Grinsen wurde noch breiter. Falls das überhaupt ging.

»Ich war bei Thea, um sie für meinen neuen Krimi zu interviewen. Wobei ich das Versteckspiel mit deinen Kindern ziemlich albern finde.«

»Elena und ich haben uns gestern so gut verstanden, uns über alles ausgesprochen.«

»Alles?«

»Na ja, fast.«

Er steuerte das Boot unter einer am Ufer stehenden Weide hindurch, deren dünne Zweige uns wie Perlenschnüre an einem Vorhang berührten. Dann legte er die Ruder ins Boot und ließ uns treiben.

»Willst du keine neue Beziehung?« Er zögerte und sah mich ernst an. »Wenn nicht mit mir, dann mit irgendjemand anderem?«

»Nein! Auf keinen Fall. Keine neue Ehe oder Familie …«, ich stoppte. Da war mir wieder was rausgerutscht, was ich gar nicht sagen wollte. Hoffentlich hatte ich ihn jetzt nicht verschreckt.

»Das glaube ich dir aber nicht. Frauen wie du, die wollen nicht alleine bleiben«, sagte er ganz ruhig.

»Was soll das denn heißen – Frauen wie ich?«

»Frauen, die jemanden brauchen, den sie umsorgen können.«

»So siehst du mich?«

»So bist du. Ständig machst du dir Sorgen um deine Kinder, deine Mutter oder sonst wen. Kümmerst dich um Carl, spielst den Babysitter für deine Nachbarin. Das ist auch gut so! Ohne fürsorgliche Menschen ginge es allen ziemlich schlecht.«

Irgendwie klang es nicht gut, was er da sagte.

»Ich habe kein Helfersyndrom. Ich bin nur gerade erst dabei zu entdecken, wie es ist, alleine zu sein.« Ich beugte mich zu ihm, und das Boot begann zu wackeln.

Gabriel umfasste schnell den Bootsrand und stabilisierte uns. »Musst du es erst lernen?« Er zog amüsiert die Augenbrauen hoch, dann stand er langsam auf. Oh je, würden wir jetzt kentern? Das Boot schwankte, Gabriel wurde immer langsamer und setzte sich wie in Zeitlupe zu mir auf die kleine Rückbank. Noch ein, zwei Pendelbewegungen, und alles beruhigte sich wieder.

»Und was ist das, was wir hier haben?«, fragte er.

Ich zögerte. Eigentlich wusste ich es nicht.

»Was?«, fragte er. Er saß eng neben mir, und am liebsten wäre ich auf einmal weit weg gewesen.

»Du weißt schon«, vermied ich eine Antwort.

»Nein, sag du es mir. Was ist das zwischen uns in deinen Augen?« Er rückte sogar noch näher an mich heran. Wenn ich mutig wäre, würde ich jetzt ins Wasser springen und fliehen. Oder ihn küssen.

»Freundschaft?«, antwortete ich lasch und mochte mich selber nicht dabei.

»Auf jeden Fall.«

»Ich will aber … ich will mich aber nicht …«

»Binden?«

Da war es raus. Es klang so falsch und egoistisch.

»Versteh mich richtig«, sagte ich flehentlich, »Martin und ich, wir waren vierundzwanzig Stunden am Tag zusammen. Und jetzt brauche ich Zeit, um zu lernen, alleine zu sein. Ich will mich nicht schon wieder binden, nicht in eine neue Beziehung flüchten.«

»Du bist also immer noch auf der Flucht?«

»Irgendwie schon. Das hat aber gar nichts mit dir zu tun! Ich muss mir nur über vieles klar werden. Was, wenn die Kinder dich ablehnen? Ich wüsste nicht, wie ich mich entscheiden würde.«

»Aber ich weiß es. Du würdest dich für deine Kinder entscheiden. Du bist so, eine Mutter, eine gute Mutter.« Wir mussten einem anderen Boot ausweichen, zwei junge Frauen ruderten im Kreis und lachten sich die ganze Zeit darüber kaputt.

»Wir haben beide eine Familie, die uns wichtig ist«, sagte er. »Wir haben beide einen Job. Und ganz viel Vergangenheit. Aber wir haben auch eine Zukunft, so empfinde ich das zumindest.«

Wir trieben wieder auf den offenen See hinaus. Die untergehende Sonne malte goldene Flecken aufs Wasser, es war so romantisch, und ich machte alles kaputt. Ich fühlte mich miserabel. Außerdem war ich keine gute Mutter.

»Du brauchst Zeit, Nelly. Okay.« Er atmete tief durch. »Du weißt, nächste Woche fahre ich mit meinen Kindern zu Fabio.«

Fabio war der Freund, mit dem er früher die Kneipe gehabt hatte. Mittlerweile wusste ich, dass diese »Kneipe« ein italienisches Restaurant gewesen war, und seine Kochkünste nicht nur von seiner Oma, sondern auch von Fabio stammten. Jetzt hatte Fabio ein Restaurant in der Nähe von Viareggio in der Toskana, direkt am Meer, und Gabriel wollte ihn mit seinen Kindern und seinem Enkel für zwei Wochen besuchen.

»Mein neuer Krimi wird nicht nur in München spielen, sondern auch bei ihm in der Toskana. Und weil ich überhaupt nicht vorankomme, hat er mir angeboten, dass ich nach dem Familienurlaub bei ihm bleibe. In Schreibklausur.«

»Schreibklausur?«

»Ja, bei Fabio unterm Dach. Die Kinder fahren dann einfach ohne mich nach Hause. Ich denke, ich nehme das Angebot an. Ich werde von ihm bekocht und kann meinen leergeschriebenen Kopf abends im Mittelmeer abkühlen. Kein Ballonfahren, kein Alltag, gar nichts. Nur schreiben.« Er stand wieder auf, setzte sich in den Bug und ergriff die Ruder.

Mir wurde ganz flau. Bereits die vierzehn Tage Urlaub mit seinen Kindern waren mir endlos erschienen. Alleine ohne ihn. »Und wie lange?«

»Solange ich brauchen werde.«

Ich musste schlucken. Machte es ihm denn gar nichts aus, mich so lange nicht sehen zu können? Oder wartete dort irgendjemand auf ihn, irgendeine Italienerin, die ihm den Urlaub versüßen würde? Oder war ich jetzt völlig verrückt? Was hatte Martin aus mir gemacht – eine Frau, die sich nicht mehr binden kann, weil sie voller Misstrauen ist? War es gar nicht der Wunsch, selbstständig und frei und modern zu sein – sondern nur mein Misstrauen? Angst, auch ihn zu verlieren? Warum sagte ich es den Kindern nicht? Aus Angst, sie zu verlieren? Oder war es etwas ganz anderes?

Glaubte ich nicht an ein *wir*, an Gabriel und mich, und hielt es deshalb vor ihnen geheim?

Ich wusste es nicht.

Die letzte Woche vor seiner Abreise sahen wir uns jeden Abend, feierten Abschied für uns alleine, und dann: war er weg. Ich gab vor, dass mir alles nichts ausmachen würde, aber wieder alleine in meiner Wohnung fühlte ich mich elend.

Ich arbeitete viel, ging oft mit Mona aus. Sie verstand mich, aber sie teilte auch meine Befürchtung, eine schöne Italienerin könnte uns dazwischenfunken. Sie war wie ich ein gebranntes Kind, dachte an ihren Vater und ich an Martin. Ihre Freundschaft mit Kurt wuchs jedoch, langsam, sehr langsam, aber sie wurde stärker und stärker. Sie beide hatten jeder ein eigenes Leben mit ihrem Job und ihren Freunden. Und ein gemeinsames, das sich hauptsächlich in Konzertsälen abspielte. Mona war noch immer die Alte, wobei: Nein, das stimmte nicht. Mona war glücklicher. Sie aß und lachte mehr, und eines Tages erwischte ich sie zu Hause in einer Jogginghose.

Aber wenn Mona und Kurt sich um sich selber kümmerten, dann war ich alleine wie am Anfang, als ich Gabriel noch nicht kannte. Nur diese Euphorie, dieser unbedingte Entdeckerwille, der war weg. Egal, wie oft ich mit Thea Canasta spielte, ich war einsam, und ich vermisste Gabriel. Das war der Unterschied zu den ersten Wochen im Frühling. Martin hatte ich nie vermisst.

Aber Gabriel, den vermisste ich, auch wenn wir viel telefonierten. Mein Koffer stand bereits gepackt da, als ich ihm versprechen musste, ihn nicht überraschend besuchen zu kommen. Er kannte mich und meine impulsiven Entschlüsse mittlerweile ziemlich gut.

Ich lenkte mich mit einem Besuch bei Severin in Wien

ab, brachte ihm die Fotoalben vorbei und genoss das Zusammensein. Sarah war die perfekte, lebhafte Ergänzung zu Severin, sie redete viel und lachte noch mehr.

Von Gabriel erzählte ich immer noch nichts. Wer wusste schon, wie es mit uns weiterging, wenn er aus Italien wieder da war. Dafür war ich ständig im *Café Himmelblau*.

Manchmal muss man die Perspektive wechseln, um den Himmel zu sehen, war mein neuer Lieblingsspruch von Annabelles Schiefertafel, er passte wunderbar zu meinem Leben hier in München, in dem ich so vieles von einer neuen Warte aus gesehen hatte. Und noch sehen wollte.

Es wurde immer stiller. So still, dass ich sogar mit Ludwig zu einem Bundesligaspiel ging.

Ständig hatte ich den Finger bereits über der Tastatur oder rief Skype auf meinem Laptop auf. Aber dann bezähmte ich meine Impulsivität. Er brauchte Ruhe zum Schreiben, und die wollte ich ihm geben. Auch wenn ich die Antwort auf seine Frage vom Kleinhesseloher See längst wusste.

Einen Lichtblick allerdings gab es. Einen ganz wunderbaren.

Als ich einmal Elena in Nürnberg besuchte, war Matteo bei ihr. Viola wohl auch, aber sie verbrachte den Nachmittag in der Stadt, während ich die Zeit mit Matteo auskostete. Er war immer noch so offen und freundlich wie früher und fremdelte kaum. Wir malten gemeinsam mit den Wachsmalstiften, bauten einen Turm aus Holzklötzen nach dem nächsten, und ich war so glücklich, als er am Schluss vor Erschöpfung auf meinem Arm einschlief.

Beim Abholen sprach Viola davon, dass nicht nur Elena und Severin ihn zukünftig sehen durften, sondern auch ich.

Was für ein wunderbares Geschenk.

Reife Früchte

31

Der wilde Wein am Haus gegenüber färbte sich bereits rot, als Gabriel wieder vor meiner Tür stand. Braun gebrannt, die Augen blitzend vor Freude, in der Hand seine Reisetasche, als wäre er noch gar nicht zu Hause gewesen. Wir schlossen uns wortlos in die Arme, aber erst als ich seine weichen Lippen auf meinen spürte, seine kräftigen Arme, seine Wärme und seinen Duft, da wusste ich, dass er wirklich zu mir zurückgekommen war.

Wir sagten nichts, wir spürten nur die Sehnsucht nach dem anderen, lebten sie aus, genossen sie. Bis er mich später, irgendwann, an sich zog und fragte: »Hast du über uns nachgedacht?«

Ich atmete tief durch und sah ihn ernsthaft an. Natürlich hatte ich mir in dieser viel zu langen Zeit Gedanken über uns gemacht. Darüber, wie ich mir eine Beziehung zwischen uns vorstellte. Zusammen – und doch getrennt.

»Zwei Wohnungen«, sagte ich daher. »Damit ich dich nicht mit meiner Fürsorge überschütte.«

»Muss ich mich dann anmelden, wenn ich dich bekochen möchte?« Er lächelte, und ich wusste sofort, dass er es nicht ernst meinte. Dass er mich verstand.

»Kochen darfst du immer, aber erwarte nicht, dass ich deine Socken wasche.«

Und er lächelte, dass ich seine Grübchen sehen konnte.

»Zwei Kassen«, antwortete er. »Meiner Erfahrung nach gibt es immer irgendwann Streit ums Geld.«

»Treue«, sagte ich, und fügte keine Erklärung an.

»Ehrlichkeit«, antwortete er.

Und ich schaute in seine braunen Augen mit dem goldenen Kranz und traute mich endlich, es zu sagen: »Ich liebe dich.«

Und er erwiderte es.

Es war ein wunderbarer Abend und eine einzigartige Nacht. Nicht nur er war zu mir zurückgekommen, auch ich zu ihm. Nie mehr würde ich ihn von mir wegstoßen. Jetzt, in diesem Moment, fühlte ich mich so glücklich wie seit vielen, vielen Jahren nicht mehr. Sorgen, Bedenken wurden zur Seite geschoben. Da waren nur noch Freude und Begehren, Lust und Leidenschaft, Liebe und Verständnis, nicht mehr und nicht weniger.

Am nächsten Morgen öffnete ich die Balkontür, ein frischer Wind wehte das Lachen spielender Kinder zu uns.

»Wieder alles in Ordnung?«, fragte er und schlang von hinten seine Arme um mich.

»Mach das nie wieder«, sagte ich. »Mich vier Wochen alleine zu lassen.« Ich drehte mich zu ihm um, und wir sahen uns lange in die Augen.

»Nie mehr«, antwortete er ernst, es klang wie ein Versprechen. Dann überzog ein Grinsen sein Gesicht. »Du musst halt mitkommen!« Er umfasste meine Taille. »Was meinst du, jetzt im Herbst, wie schön der Wald da von oben aussieht. Wenn der Nebel in den Senken steht und der erste Frost so wie heute die Luft zum Glitzern bringt.«

»Es hat gefroren?« Meine armen Balkonblumen! Ich reckte mich und schaute durchs Fenster auf den Balkon. Aber es sah nicht so aus, als wäre irgendetwas erfroren. Allerdings hatte sich etwas verändert: »Schau mal, die Orangen sind endlich orange!« Sie strahlten richtig zwischen den grünen Blättern.

»Waren sie das noch nicht?«

»Nein. Sie brauchen Frost, um die Farbe zu entwickeln.«

»Interessant«, murmelte er da in meine Haare hinein. »Das zeigt mal wieder, dass wahre Schönheit und Größe erst entstehen, wenn man größere Probleme überwunden hat.«

»Du Philosoph«, sagte ich, strich ihm die Haarsträhne aus dem Gesicht und küsste ihn intensiv.

Und dann klingelte es auf einmal an der Tür.

»Bestimmt der Postbote«, murmelte ich und zog seinen Kopf wieder an mich heran.

Es klingelte erneut. Wieder und wieder.

Ich hechtete an die Sprechanlage. »Hallo?«

»Komm, Mama, mach auf, wir sind es, Elena und Severin.«

»Die Kinder!«, rief ich erschrocken und sah an mir herab. Nackt, wie Gott mich geschaffen hatte. Ich drückte auf den Türöffner, ließ die Wohnungstür aber geschlossen und rannte ins Schlafzimmer. »Was machen die denn hier?« Schnell, eine Unterhose. Gabriel suchte seine Jeans, fand sie unter dem Bett. Ich schlüpfte derweil in irgendein herumliegendes T-Shirt.

»Ob etwas passiert ist?«

Da klingelte es bereits oben.

»Bestimmt nicht, dann hätten sie angerufen«, versuchte Gabriel mich zu beruhigen.

Schnell mit den Fingern durch die Haare und ein strahlendes Lächeln aufgesetzt. Hinter mir hörte ich, wie sich die Badezimmertür schloss, dann atmete ich durch und öffnete den Kindern die Wohnungstür. »Guten Morgen!«, begrüßte ich sie.

»Überraschung!«, riefen beide. Und sie trugen beide das gleiche Shirt. Sehr merkwürdig.

»Alles in Ordnung?«, fragte Elena und sah mich durchdringend an. »Bist du krank?«

»Nein, wieso, was macht ihr hier?«, sagte ich so ruhig wie möglich, dabei trommelte mein Herz.

»Ist nur so ungewohnt, dich um diese Uhrzeit ungeschminkt zu sehen«, meine Elena. »Und weshalb wir hier sind …«

»Wir gehen heute zu *Daughter!*«, rief Severin und breitete die Arme aus.

»Was?« Ich verstand immer noch nichts.

»Ach, Severin hat wieder die Pointe versaut.« Elena stupste ihm in die Seite. »Jedenfalls gehen wir heute zufälligerweise auf das gleiche Konzert. *Daughter*, im Kesselhaus. Und da dachten wir uns, wir überraschen dich vorher!«

»Na, das ist euch gelungen!«

Wir gingen in die Küche, ich schaltete die Kaffeemaschine ein. Ich wollte mich gerade nach Sarah erkundigen, als ich die Badezimmertür hörte. Und danach nicht die Wohnungstür, wie ich es erhofft hatte, sondern ein »Guten Morgen« von Gabriel. War der wahnsinnig? Ja, ich wollte den Kindern von ihm erzählen. Aber doch nicht so!

»Ich bin Gabriel.« Vollständig mit Hose und Pulli bekleidet streckte er ihnen die Hand entgegen.

Elena verstummte. Severin ergriff seine Hand und stellte sich ebenfalls vor. Ich zitterte auf einmal. Sollte ich etwas sagen, erklären? Wozu. Jetzt war alles zu spät.

»Ich glaube, wir stören«, presste Elena hervor.

»Nein, es ist gut, dass wir da sind.« Severin verschränkte die Arme vor der Brust.

»Kaffee?«, fragte ich und schüttete frische Kaffeebohnen in den Automaten.

»Ich könnte uns Brötchen holen«, bot Gabriel an. »Oder wir gehen zu Annabelle.«

Die beiden schauten fragend. »Gabriels Tochter hat ein Café in der Nähe, aber ich denke, wir bleiben besser zu Hause, oder?« Annabelle konnte bestimmt keinen Familienstreit in ihrem Café gebrauchen.

»Café finde ich gut«, sagte Severin, »da hast du weniger Arbeit, Mama.«

»Ist mir egal«, meinte Elena. »Du solltest dir nur was Richtiges anziehen.« Und sie deutete auf meinen Aufzug.

Erst jetzt fiel mir auf, dass ich Gabriels verwaschenes Shirt mit der Ballonwerbung trug. Mir wurde heiß, und bestimmt wurde ich knallrot.

»Kleinen Moment.«

Während ich mich schnell fertig machte, hörte ich Gelächter aus der Küche. Hauptsächlich Gabriels und Elenas Stimmen. Wie hatte er denn das geschafft?

Sie strahlte ihn richtig an, als ich wiederkam und Gabriel gerade Anekdoten von seinem Enkel erzählte.

»Gabriel kennt übrigens *Daughter*«, sagte sie zu mir. »Seine Tochter hört die auch.« Sie lächelte ihn an.

»Du hast erstaunlich nette Kinder«, meinte Gabriel und grinste, bis seine Grübchen zu sehen waren. »Viel netter als du!«

Und Elena lachte über den Witz. Wenn es etwas gab, das ich nicht erwartet hatte, dann dass Elena Gabriel mochte. Nur Severin schaute missmutig.

»Wollen wir dann?«, fragte ich.

»Der Weg liegt nicht im Himmel, der Weg liegt im Herzen. Buddha«, stand heute auf Annabelles Schiefertafel.

»Und du willst mich immer in den Himmel entführen?«, versuchte ich zu scherzen.

»Ach ja, du bist der Heißluftballonfahrer«, sagte Severin und schaute ihn kritisch an. Wieso eigentlich, er war mit einem neuen Mann in meinem Leben doch einverstanden gewesen? Jedenfalls als wir rein theoretisch darüber gesprochen hatten.

»Hier waren wir schon mal«, sagte Elena. »Erinnerst du dich, Severin?«

Er nickte.

Im *Café Himmelblau* war es noch leer, nur ein junges Paar mit zwei kleinen Kindern belegte den Tisch mit dem Sofa. Hinter der Theke war die junge Frau mit den Piercings, als sie uns sah, grüßte sie erfreut und zog ihr Handy hervor.

Wir setzten uns ans Fenster und versuchten uns im

Small Talk. Elena lachte über jeden Witz, und Severin hatte an allem etwas auszusetzen. Ich selber war so angespannt, dass ich anstelle von Kaffee einen Kräutertee trank.

Gabriel erzählte gerade vom Heißluftballonfahren, als Annabelle mit dem kleinen Carl auf dem Arm neben uns auftauchte.

»Papa!« Sie fiel ihm um den Hals. »Wie schön, dass du wieder da bist.«

Er nahm ihr Carl ab und hielt ihn hoch in die Luft, bis er juchzte, und sie begrüßte mich ebenfalls mit einer Umarmung. Dann stellte ich ihr Elena und Severin vor, und Gabriel erklärte, wie viele Kinder er noch hatte und was die alle so machten.

Während ich nervös von einem zum anderen schaute, ging alles gut. Elena hatte nur Augen für Gabriel und seinen kleinen Enkel, und Severin unterhielt sich mit Annabelle über das Café. Seine Skepsis blieb, das spürte ich alleine schon daran, wie sehr er Gabriel und Annabelle zu allem Möglichen ausfragte. Aber er entspannte sich, lächelte und erzählte jetzt sogar von Sarah, die *Daughter* offensichtlich nicht gerne hörte.

Im Gegensatz zu Annabelle, die abends auch auf das Konzert gehen wollte. So klein konnte die Welt sein, bis jetzt hatte ich an meinen und Gabriels Kindern keinerlei Ähnlichkeiten feststellen können. Es war schon erstaunlich, dass Elena und Severin die gleiche Band mochten. *Daughter* musste ich mir unbedingt auch mal anhören.

Wenig später dann verschwand Annabelle in der Küche, und Carl spielte mit einem Eimer voller Sandspielzeug »Bück dich und heb auf« mit Gabriel, bis dieser alles zusammenpackte.

»Ich geh dann mal und lass euch allein.«

Er beugte sich zu mir und küsste mich zum Abschied, vor den Kindern, und nicht nur kurz auf die Wange, sondern lange und intensiv auf den Mund.

Dann schlenderte er mit Carl im Kinderwagen über die Straße und öffnete seine Haustür.

»Wohnt er da?« Severin deutete auf das große Wohnhaus.

»Mama, der ist ja total nett«, meinte Elena. »So einen coolen Typen hätte ich dir gar nicht zugetraut. So gechillt, und das in dem Alter! Und der Kleine, der ist ja soooo süß!«

»Bist du dir sicher, dass er dich nicht ausnutzen will?«, fragte Severin. »Ich meine, was will der von dir?«

»Was soll das denn heißen?«

»Na ja, du hast viel Geld, das darfst du nicht vergessen. Und er?« Severin sah wieder zu dem großen Wohnblock, der dringend saniert werden müsste. Zum Glück war es aber noch nicht so weit, denn Gabriel würde sich dann die Miete nicht mehr leisten können.

»Du glaubst, er ist nur hinter meinem Geld her? Weißt du eigentlich, was du da sagst?«

»Ich will dich nur beschützen, Mama!«

»Severin hat recht. Er kann dich ja trotzdem mögen, aber ich würde an deiner Stelle auch gut auf dein Geld aufpassen!«

»Ihr glaubt wirklich, eure alte Mutter wird nur ihres Geldes wegen angeguckt.« Ich war fassungslos.

»Na ja«, Elena deutete auf meine grauen Haare, »zu dir passt eigentlich eher so ein Typ wie Ludwig.«

»Ja!«, betonte Severin.

Am liebsten wäre ich aufgesprungen und gegangen. Aber die Zeiten, in denen ich impulsiv einfach weggerannt bin, die lagen hinter mir.

»Ihr habt echt Nerven«, sagte ich stattdessen. »Geht es nicht darum, ob ich glücklich bin?«

»Natürlich, Mama. Wir meinen es nur gut.«

»Ihr hört euch an wie …« Meine Mutter, wollte ich sagen. »Wie ich«, gab ich dann aber ehrlich zu und musste lachen.

»Wenigstens bist du besser drauf als sonst«, sagte Elena.

»Was?«

»Na ja, du lachst, wenn man dich kritisiert. Sonst wirst du immer so schnell wütend.«

»Ich – werde schnell wütend?« Sie war es doch, die so schnell explodierte.

»Du fühlst dich immer gleich so angegriffen. Dabei meine ich das gar nicht so.«

Mir blieb die Spucke weg.

»Du missverstehst mich ganz oft. Oder jetzt Severin – er meint es nur gut, und du siehst es als Kritik an.«

Was sollte ich dazu sagen. Sprachlos stocherte ich mit der Gabel im Rührei.

»Ich meine das jetzt echt positiv, Mama!«

Wenn sie es so meint, dann sollte sie es auch sagen, dachte ich, sprach es aber nicht aus. Ich wollte unser Wiedersehen nicht kaputt machen.

Und ich musste darüber nachdenken, ob sie recht hatte.

»So viel wie heute Morgen habe ich dich schon lange nicht mehr lachen sehen«, meinte sie dann noch und legte ihre Hand auf meine. »Ich glaube, Gabriel ist genau der Richtige für dich. Trotzdem vermisse ich Papa.«

»Ich auch«, sagten Severin und ich gleichzeitig. Wir saßen genau an dem Tisch, an dem damals Gabriel auf mich gewartet hatte, an Martins Todestag.

Wir können die Zeit nicht zurückdrehen, wir können uns nur mit dem anfreunden, was jetzt in diesem Moment stattfindet. Noch so ein Kalenderspruch, den Annabelle hier aufgehängt hatte. Aber es war so viel Wahres dran.

»Ich vermisse unser Familienleben, als ihr klein wart. Sonntagsausflüge, Engelchen flieg und Eis essen.«

»Wisst ihr noch, damals im Felsenmeer?« Und Severin begann, Kindheitsanekdoten zu erzählen. Elena stimmte ein, ich steuerte Details dazu. Wir gingen durch Sendling spazieren, sie sammelten Kastanien wie damals als kleine Kinder. Dann trafen sie sich mit ihren Freunden und ließen mich wieder alleine.

Doch ich war nicht alleine. Ich hatte Gabriel.

Und wieder Blüten

32

Dann war März. Nach einem verregneten Winter fast ohne Schnee wurde es schlagartig warm, so warm, als hätten wir bereits Mai. In den Vorgärten und Parks blühten nicht nur die Schneeglöckchen, sondern auch die Narzissen, und ich war mittags im Shirt draußen unterwegs und freute mich über das stabile Hoch.

Ob mein Plan aufgehen würde, würde sich heute zeigen. Ich war optimistisch. Er war so ausgefeilt, dass gar nichts schiefgehen konnte. Außer, ich würde mich wie eine Braut verhalten, die vor dem Standesbeamten davonrennt.

Gabriel hatte ich gesagt, wir würden wandern gehen, ich hätte da was vorbereitet und er brauche nichts mitbringen außer wetterfester Kleidung. Ich platzte fast vor Freude, als er mit Wanderschuhen vor der Haustür stand, und musste mich sehr zusammennehmen, um die Überraschung nicht zu früh zu verraten.

Auch, wenn da immer noch eine gehörige Portion Respekt in mir versteckt war, ein Respekt, zu dem ich früher Angst gesagt hätte.

Er war zu früh, ich war noch nicht fertig. Gabriel folgte mir ins Schlafzimmer und küsste mich auf den Nacken, als ich auf dem Bett saß und mir die Socken anzog. Dann stand er auf, schaute neugierig den Orangenbaum an und rief: »Schau mal, der Orangenbaum blüht wieder!« Er deutete auf die Äste, die noch immer voller orangefarbener Früchte hingen. »Wie wunderbar das duftet!« Gabriel berührte vorsichtig die zarten, weißen Blüten. »Blüten und Früchte an einem Ast. Anfang und Ende.«

»Manchmal ist ein Ende ein neuer Anfang«, sagte ich.

»Und jetzt?«, fragte Gabriel. »Was für ein Symbol soll es jetzt sein? Die ersten Blüten letztes Jahr, das hast du mir ja erklärt. Dein Umzug und alles was darauf folgte.« Er küsste mich. »Aber was bedeuten die neuen Blüten für dich?«

»Lass dich überraschen!«

Das Navi im Mietwagen hatte ich ausgeschaltet, damit die Überraschung möglichst groß war. Am liebsten hätte ich Gabriel auch die Augen verbunden, obwohl die falsche Fährte mit der Wandertour bis jetzt gut funktioniert hatte. Ein Picknickkorb war im Kofferraum versteckt, die Route auswendig gelernt.

»Ist es was Gutes?«, fragte er.

»Ja. Und jetzt entspann dich.« Die Ampel war rot, ich beugte mich zu ihm und küsste ihn so lange, bis die Wagen hinter uns zu hupen anfingen.

Ob er ahnte, wo wir hinfuhren? Die Stadtgrenze von München lag schon lange hinter uns, ich verließ in Holzkirchen die Autobahn. Er erzählte von der Recherche für seinen allerneuesten Krimi, »Der tote König«, der in der Residenz spielen sollte. »Der verschwundene Ballon« rund um das Lunardi-Gemälde erschien nächste Woche,

Gabriel war ganz schön aufgeregt deswegen. Wie gut, dass unser Ausflug heute stattfinden konnte, denn sobald der Krimi draußen war, standen einige Marketingaktionen an. Jetzt hatten wir noch unsere Ruhe.

Wir. Es war ein gutes *Wir* geworden, eines, das jedem von uns seinen Freiraum ließ, Zeit für die eigene Familie und die Arbeit. Und genügend Zeit für uns zu zweit. An Gabriels Geburtstag im November hatten sich endlich alle unsere Kinder kennengelernt und sogar gut verstanden, vor allem Emmanuel und Severin.

Severin hatte sich jetzt auch von Martins Erbe eine Wohnung in einem Neubau in Wien gekauft, in die er mit Sarah ziehen wollte, sobald alles dort fertig war.

Ich war sogar noch einmal in Kleinfelden gewesen. An Weihnachten. Inge hatte sich Mühe gegeben, es gab keinen Streit, dafür eine wunderbare Gans und Severin und Elena, die richtig glücklich waren, was wollte man mehr.

An Martin dachte ich fast gar nicht mehr. Und wenn, dann war ich nicht mehr wütend. Eher – traurig. Ich dachte dann an unsere jungen Jahre, die Kinder klein, wir mitten im Hausbau – was hatten wir viel Spaß damals gehabt.

Auch jetzt, unterwegs zur großen Überraschung, dachte ich an ihn und wusste, er wäre heute sehr stolz auf mich.

Gabriel und ich durchquerten Felder und Wälder, fuhren an Zwiebelkirchtürmen und den letzten Schneeresten auf schattigen Plätzen vorbei, bis ich kurz vor Bad Tölz auf einen kleinen Parkplatz bei einer Tankstelle einbog.

»Hier?« Gabriel schaute sich unwillig um. »Wo willst du denn hier wandern?«

Da fuhr ein uns beiden bekannter Van mit dem kleinen, roten Ballonanhänger auf den Parkplatz. Gabriel starrte mich ungläubig an, und sein Mund blieb offen stehen, bis auch noch Michael und Hartmut ausstiegen.

»Servus!«, rief Gabriels Bruder.

»Aber – was ...?« Gabriel sah zwischen Michael und mir hin und her.

»Ich habe heute eine ganz besondere Fahrt, Bruderherz«, sagte Michael und schlug ihm auf die Schulter. »Gast warst du bei mir echt lange nicht mehr.«

»Wirklich?« Endlich sah er mich an. Sein Gesicht strahlte so viel ungläubiges Staunen aus, dass mein eigenes Herz unbändig zu schlagen begann.

»Du willst dich trauen?«, fragte er und kam immer näher.

»Bei dir klingt es wie ein Heiratsantrag«, antwortete ich und umarmte ihn.

»Oh nein«, er schüttelte den Kopf. »Du machst das hoffentlich für dich und nicht für mich.«

»Natürlich. Ich will endlich frei sein. Keine Angst mehr haben, vor keiner Leiter und keinem Betriebsausfall von Carson. Aber ohne dich würde ich mich vielleicht nie trauen.«

»Sag das nicht. Du hast die Kraft dazu in dir.«

»Ich weiß«, sagte ich, und sein Staunen wurde immer größer.

Wir packten unsere Sachen in den Van, schlossen den Wagen ab und fuhren dann noch einige Minuten bis zum

Startplatz. Routiniert packten wir vier an, und der kleine Ballon, mit dem Gabriel damals das Brautpaar gefahren hatte, war schnell aufgebaut.

Erst als ich die Hände an den Korbrand legte, um hineinzusteigen, wurde mir klar, dass jetzt der Moment gekommen war, auf den ich so lange hingearbeitet hatte. Ich zögerte, mein Puls ging nach oben, aber ich atmete bewusst ein und aus und sagte mir, dass ich das schaffen würde.

Gabriel stand auf einmal neben mir und machte eine Räuberleiter, ich stellte meinen Fuß in seine Hand und schwang mich in den Korb.

»Alles klar?«, fragte Michael und feuerte noch einmal eine Stichflamme in den Ballon. Der Korb wurde wie immer mit einem Seil am Van gesichert, trotzdem sah ich anhand der Landschaft um mich herum, dass wir auf einmal schwebten. Instinktiv hielt ich mich an den Schlaufen am Korbrand fest. Spüren konnte man das Steigen gar nicht.

Gabriel umfasste meine Schulter.

»Auf geht's«, rief Michael, Hartmut antwortete mit »Glück auf und gut Land«, schon hatte Michael die Hand am roten Karabinerhaken, löste die Seile, und langsam ging es nach oben.

Und ich stand im Korb und schaute, wie die Welt verschwand. Man konnte wahnsinnig schnell so viel sehen, dass ich kaum darüber nachdachte, wie hoch es ging. Ich sah einen Jungen, der mit einem Hund über die Felder jagte, einen Reiter, braune Felder, Wiesen, die bereits grün wurden, weiße Schlehenhecken an den Waldrändern und zwischen den Wiesen. Bei manchen Höfen waren sogar schon die Kühe draußen. Und überall fuhren die Bauern mit ihren Gülletanks Muster auf die Felder.

»Wie fühlst du dich?«, fragte Gabriel.

»Gut«, sagte ich voller Stolz.

»Aber …«

»Ich habe eine Therapie gemacht«, lüftete ich mein Geheimnis. »Gespräche, viele Gespräche, und Konfrontationen.«

»Konfrontationen?«

»Wir haben trainiert. Ich bin mit dem Therapeuten sogar im Turm vom Alten Peter gewesen.« Der *Alte Peter* war die Kirche am Marienplatz, gegenüber der ich an meinem allerersten Tag gefrühstückt hatte.

»Du meinst, du bist da hoch gelaufen? Diese unebenen, offenen Holzstufen hoch, durch die man mindestens zwei Stockwerke nach unten schauen kann?«

»Ja«, sagte ich und schmiegte mich an ihn. »Alle 306 Stufen.«

»Nelly, ich bin beeindruckt!«

Michael öffnete wieder das Gasventil, der Ton erschreckte mich jedes Mal ein bisschen. Aber nicht, weil ich Angst hatte.

Sondern weil es hier oben wirklich so leise war, wie Gabriel immer behauptet hatte. Leise und still. Der Korb bewegte sich überhaupt nicht, nur die Landschaft um uns herum veränderte sich wie in einem Planetarium.

Man spürte keinen Wind, gar nichts. Nur die Wärme des Brenners.

Und die von Gabriels Lippen.

Wir kamen nicht viel zum Küssen, denn es gab so viel zu sehen. Der Wind kam aus Westen, in den höheren Luftschichten aus Südwest, wie Michael erklärte. Wir fuhren über Schloss Reichersbeuern, und schon strahlte das türkisblaue Wasser des Tegernsees am Horizont. Und auf der anderen Seite sahen wir die schneebedeckten Alpen.

»Am Anfang haben mich viele gefragt, warum ich vom Land in die Stadt gezogen bin«, fiel mir gerade ein. »Weil sie als Städter lieber auf dem Land wohnen würden. Du hast mich das nie gefragt.«

»Warum auch? Warum sollte ich dir eine solche Entscheidung madig machen wollen? Ich finde überhaupt, dass beides wichtig ist. Ich lebe gerne in der Stadt, aber ohne dass ich am Wochenende die Misthaufen rieche und die Nase von meinen älteren Brüdern sehe, werde ich auch nicht glücklich.«

»Du bist die Symbiose aus Stadt und Land.«

»Nein. Ich lebe in der Luft!«, und er grinste wieder sein Lausbubengrinsen, in das ich mich von Anfang an verguckt hatte. Dann zog er sein Handy hervor. Mir fiel auf, dass er einen neuen Sperrbildschirm hatte: die Orangenblüten. Symbol für den Tag, an dem sich mein Leben geändert hatte, der Tag, der mich zu ihm geführt hatte. Es wurde das schönste Foto von mir, das ich kannte, so sehr strahlte ich.

Erst, als Michael unverkennbar mit der Suche nach einem Landeplatz anfing, verließ mich das geborgene Gefühl im Ballonkorb, und ich machte mir Sorgen. Wieder musste ich an diese YouTube-Filme denken, bei denen der Korb im Wasser landete, in einem Baum hängen blieb oder so hart landete, dass die Insassen rausgeschleudert wurden.

»Alles frei«, meinte Gabriel. »Keine Kühe, keine Heuwiesen, die aufs Mähen warten. Nur auf die Hochspannungsmasten muss er achten, aber der Michi kennt sich hier aus. Der fährt oft am Tegernsee.«

Ich schaute auf mein Handy, wir hatten wieder Mobilfunkempfang, so niedrig fuhren wir bereits. Gabriel nahm mich in den Arm und drückte mich beruhigend.

»Alles wird gut«, meinte er.

Michi funkte mit Hartmut, der Van fuhr einen Feldweg weiter, verschwand ganz. Dann erschien eine riesige, ebene Wiese neben einer kleinen Kapelle.

Der Ballon senkte sich so langsam, dass man es kaum merkte. Das braune Wintergras mit seinen ersten hellgrünen Spitzen kam immer näher. Dann stoppte der Ballon, ich rutschte gegen Gabriels starke Brust, schon standen wir. Er beugte sich zu mir, küsste mich lange und intensiv, und als ich aufsah, lag der Ballon bereits auf der Seite, der Brenner war aus, und Hartmut parkte den roten Van direkt neben uns. Mein Handy vibrierte, es gab viele Antworten von Mona und den anderen auf das Foto von mir im Ballonkorb, hoch oben in der Luft.

»Geschafft«, sagte Gabriel.

»Geschafft«, sagte ich. »Jetzt kann mein neues Leben beginnen.« Mein neues Leben ohne Angst und mit Gabriel an meiner Seite.

Himmlischen Dank

Wie immer gilt es, am Schluss *Danke* zu sagen bei so vielen Freunden.

Hauptsächlich haben mir zwei ganz besondere Menschen geholfen, die ich vorher gar nicht kannte und die sich nur aufgrund einer simplen E-Mail dazu bereit erklärten, mich beim Schreiben dieser Geschichte zu unterstützen.

Zum einen die überaus fachkundige Apothekerin Ann-Katrin Pause (Röntgen-Apotheke, Würzburg), zum anderen der langjährige Ballonpilot Klaus Schweiger (Bavaria-Ballon, Seeg im Allgäu). Beide beantworteten äußerst geduldig all meine Fragen, erklärten ihre Arbeitsschritte und Fachterminologie, und beiden durfte ich bei der Arbeit über die Schulter blicken. Meinen allerherzlichsten Dank euch beiden. Sollten sich Fehler in den Text eingeschlichen haben, so bin ganz alleine ich dafür verantwortlich.

Weitere Unterstützer finden sich immer auf Facebook oder im Autorenforum Montségur. Sie alle mit Namen zu nennen würde hier den Rahmen sprengen, aber besonders möchte ich mich bei Susanne E., Susan B. und Josephine H. bedanken.

Damit mein Romanballon nicht abstürzte, konnte ich mich wie immer auf meine Navigationsgeräte verlassen: meine Lektorinnen Michelle Stöger und Diana Mantel sowie meinen Agenten Uwe Neumahr. Vielen, vielen Dank dafür.

Ganz besonderen Dank schulde ich meiner Familie. Der Weg von der ersten Idee bis zum letzten Stoßseufzer wäre ohne sie nicht denkbar. Sie gibt mir Ruhe und Raum und Zeit, damit ich meinen Weg ins Herz der Geschichte und hoffentlich auch ins Herz meiner LeserInnen finden kann.

Denn auch bei Ihnen möchte ich mich bedanken. Ohne begeisterte BuchhändlerInnen und LeserInnen wären wir Autoren doch gar nichts.

Und alle, die sich für Gabriels Apfelkuchenrezept interessieren, finden dieses auf meiner Website www.ulrike-sosnitza.de

Glück auf und gut Land